WIENER HUNDSTAGE

W0410300

Michael Horvath, 1963 in Wien geboren, war Anfang der neunziger Jahre Chefredakteur des Magazins »Buchkultur«. Neben Büchern veröffentlichte er zahlreiche Artikel, Essays und Interviews in diversen österreichischen Zeitungen und Magazinen.

Alle Figuren in diesem Roman sind selbstverständlich frei erfunden; sollten sie Züge von tatsächlich lebenden Personen tragen, so kann es sich dabei natürlich nur um reinen Zufall handeln. Das gilt auch für die Handlung, was allein schon daraus ersichtlich sein mag, dass sich in dem klar umrissenen Roman-Zeitraum vom 10.7. bis zum 16.7.1995 Dinge zutragen, die historisch zu einem anderen Zeitpunkt stattgefunden haben. Es ist dies also, noch einmal gesagt, ein reines Produkt der Phantasie. Versprochen.

Im Anhang findet sich ein Glossar.

MICHAEL HORVATH

WIENER HUNDSTAGE

Kriminalroman

emons:

Lust auf mehr? Laden Sie sich die »LChoice«-App runter, scannen Sie den QR-Code und bestellen Sie weitere Bücher direkt in Ihrer Buchhandlung.

Bibliografische Information der Deutschen Nationalbibliothek
Die Deutsche Nationalbibliothek verzeichnet diese Publikation in der Deutschen Nationalbibliografie; detaillierte bibliografische Daten sind im Internet über http://dnb.d-nb.de abrufbar.

MIX
Papier aus verantwortungsvollen Quellen
FSC® C083411

© Emons Verlag GmbH
Alle Rechte vorbehalten
Umschlagmotiv: Christian Thür/photocase.de
Umschlaggestaltung: Nina Schäfer, nach einem Konzept von Leonardo Magrelli und Nina Schäfer
Umsetzung: Tobias Doetsch
Gestaltung Innenteil: César Satz & Grafik GmbH, Köln
Lektorat: Carlos Westerkamp
Druck und Bindung: CPI – Clausen & Bosse, Leck
Printed in Germany 2020
ISBN 978-3-7408-0913-3
Originalausgabe

Unser Newsletter informiert Sie regelmäßig über Neues von emons:
Kostenlos bestellen unter
www.emons-verlag.de

Meinem Vater gewidmet

Wer mit Ungeheuern kämpft, mag zusehn,
dass er nicht dabei zum Ungeheuer wird.
Und wenn du lange in einen Abgrund blickst,
blickt der Abgrund auch in dich hinein.

Friedrich Nietzsche,
»Jenseits von Gut und Böse«, 146

Montag

Donauwelle

Alles begann mit einer bezahlten Rechnung. Kurz vor Mitternacht betrat ich meine Wohnung, riss die Fenster auf, um den Mief von zwei Wochen gegen heiße, abgashaltige Wiener Luft einzutauschen, und stellte fest, dass auf die viel geschmähte Post eben doch Verlass war: Mein Telefon war wieder aufgesperrt worden. In einer seltenen Anwandlung von Verantwortungsbewusstsein und Rechtschaffenheit hatte ich vor dem Urlaub alle ausständigen Rechnungen eingezahlt. Hätte ich es nicht getan, wäre die Leitung noch immer tot gewesen. Und alles wäre anders gekommen. Vielleicht.

Mit einem Glas Isle of Jura ließ ich mich auf die Couch fallen und knöpfte mir die Post vor. Der Alkohol kam an. Er kam phantastisch an. Nach zweiwöchiger Abstinenz sang jeder Schluck ein Lied. Es war eine Ballade. Eine schottische Single-Malt-Ballade. Orwell hätte diesen Whisky geliebt, wenn er getrunken hätte, und was für Orwell recht war, ist für uns billig. *»Drink me«*, schien er zu flüstern. Wer könnte da schon widerstehen?

Ich zog die beiden Belegexemplare des »Wiener Boten« vom letzten Montag aus dem Poststapel. Sie brachten das Interview mit dem deutschen Kirchenkritiker Karlheinz Deschner so, wie ich's geschrieben hatte. Nichts geändert, nichts gekürzt. Das lag daran, dass der zuständige Redakteur zum Zeitpunkt der Abgabe in Urlaub gegangen war. Sogar den Titel *»Écrasez l'infâme«* hatten sie übernommen. Wer sollte den verstehen? Wenn Kainrath aus Thailand zurückkommt, gibt es Ärger, dachte ich. »Ich rede mich zum Volltrottel, um aus meinen Freiberuflern«, kein Witz, er sagte wirklich »Freiberufler«,

»Journalisten zu machen, und dann fallen *Sie* mir in den Rücken.« Das würden seine Worte sein.

Ich schmiss das Blatt auf den Tisch, verschob die Durchsicht meiner Post auf morgen und drehte den Fernseher auf. Während ein B-Western mit Kip Kendall in den letzten Zügen lag, warf ich die Schmutzwäsche in die Waschmaschine und brachte das Programm zum Laufen. Es ist schön, wenn Strom da ist, um die Dinge in Bewegung zu setzen. Das wird einem viel zu selten bewusst.

Kip brachte seinen mexikanischen Kontrahenten sauber zur Strecke, stieg auf sein treues Pferd und ritt, einsam, aber unbesiegt, dem Abspann entgegen, der im neuen ORF grundsätzlich nicht mehr gezeigt wurde. Nach der Werbung folgten die Spätnachrichten, die sonst immer einen herrlichen Hintergrund abgaben, um langsam dabei einzudösen. Diesmal nicht. Diesmal hatten die flotten Leute von der »Zeit im Bild« eine Meldung auf Lager, die mich förmlich aus dem Sessel hob. Und mir einen Haufen Schwierigkeiten einbringen sollte.

Ich bekam es nicht sofort mit. Erst als ich Namen und Gesichtszüge zur Deckungsgleiche gebracht hatte, ging mir auf, von wem da die Rede war. Sarah Ortbauer war eine Journalistin, die ihr Arbeitsfeld ganz auf das Gebiet der sogenannten Skandalberichterstattung verlegt hatte. Dafür gibt es in diesem Land eine ganze Menge Material, und wer bereit ist, im Dreck zu wühlen, der kann mit den erstaunlichsten Funden rechnen. Ortbauer war diesbezüglich völlig hemmungslos gewesen und hatte, begabt mit einem bemerkenswerten Gespür für Unrat, Hausputz bei der Hautevolee der Korruption abgehalten – bei Männern, mit denen man sich besser nicht anlegte. Irgendwann einmal hatte sie mir erzählt, dass sie ihr Aussehen – Marke »kleines Mädchen, das keiner Fliege was zuleide tun kann« – als Waffe einsetzte, um dann mit ihrer zweiten Klinge, einem analytischen Verstand, den Feind kunstgerecht zu tranchieren. Wer sie gekannt hatte, konnte dieser Selbsteinschätzung nur zustimmen. Sogar auf dem flimmernden Funkfoto war ihr Schulmädchengesicht unverkennbar, auch wenn es weniger attraktiv aussah als im wirklichen Leben. Vielleicht lag das daran, dass sie nicht mehr lebte. Und Leichen sind selten fotogen.

Es war nicht gerade so, dass wir uns nahegestanden wären. Wir kannten uns von ein paar zufälligen Treffen in Lokalen, die wir beide mochten; von Festen, die gemeinsame Bekannte gegeben hatten; von zwei, drei belanglosen, unverbindlichen Plaudereien unter Schreiberlingen. Auf eine distanzierte Art werden wir uns wohl gemocht haben; befreundet waren wir nicht gewesen. Doch sie war immerhin eine Kollegin, und tote Kolleginnen waren eine neue Erfahrung für mich, eine, auf die ich gerne verzichten konnte. Umso mehr, wenn ihr plötzliches Ableben auf Mord zurückzuführen war.

Die vierunddreißigjährige Journalistin Sarah Ortbauer wurde gestern in den frühen Abendstunden im Stadtpark ermordet. Zeugen haben einen mittelgroßen Mann mittleren Alters beobachtet, der mit einem schwarzen Aktenkoffer vom Tatort weglief. Bei der Mordwaffe handelt es sich nach ersten Aussagen des Pressesprechers der Wiener Kriminalpolizei um eine kleinkalibrige Faustfeuerwaffe. Das Tatmotiv ist vorläufig unbekannt. Weitere Einzelheiten über den Mordfall Ortbauer bringen wir morgen in der »Zeit im Bild« …

Anhand *dieser* Beschreibung würden sie den Täter natürlich bald haben. Blieben grob geschätzt nur mehr zweihunderttausend Tatverdächtige. Was jedoch den Aktenkoffer anging, so kannte ich zwar ein paar Leute, die so ein Ding freiwillig nie anrühren würden – ich selbst etwa gehöre zu dieser Spezies –, doch die waren wohl eher in der Minderzahl. Dann das *vorläufig unbekannte* Tatmotiv. Nun, bei einer Journalistin der Kategorie Ortbauer konnte das tatsächlich alles sein, wenn auch die Variante »bewaffneter Raubüberfall mit tödlichem Ausgang« wahrscheinlicher war als »Rache des Paten an neugieriger Reporterin«. Denn: »Wien darf nicht Chicago werden«, hat ein freiheitlicher Abgeordneter einmal charmant formulieren lassen. Wie auch immer, die Angelegenheit war alles, nur nicht mein Job. Zumindest dachte ich das damals.

Das Telefon klingelte lauter als die Glocke der braun-weiß gefleckten Leitkuh, die mampfend über eine sattgrüne obersteirische Wiese schwankte; es brachte mich dazu, meine friedvollen Traumgefilde zu verlassen, um einem harten, fordernden Montagmorgen ins stahlblaue Auge zu blicken. Es war neun Minuten vor sechs. Ich sah noch einmal auf das Ziffernblatt, um mich von der Richtigkeit dieses elenden Umstands zu überzeugen. Welcher Verrückte rief um diese gottverlassene Zeit an? Ich schaffte es, den Hörer bis ans linke Ohr zu bringen, dann ging der Text los.

Sie sind mit Paul Mazurkas Anrufbeantworter verbunden. Wenn Sie eine Nachricht auf Band sprechen wollen, dann tun Sie das nach …

»Moment bitte«, krächzte ich, sprang aus dem Bett und lief ins Arbeitszimmer, um das Tonband auszuschalten. Als ich zurückkam, war die Leitung tot. Ich fluchte und legte auf. Eine halbe Minute später klingelte es wieder.

»Hallo, Paul.«

»Tom … Warum bist du nicht drangeblieben?«

»Sag nichts, hör mir einfach zu. Ich bin in Schwierigkeiten. Was ich meine, ist, dass ich bis zum Hals in einer Jauchegrube sitze und nicht weiß, wie ich da wieder rauskomme.«

Irgendetwas war mit seiner Stimme los. Sie war zu leise, unterlag Schwankungen im Bereich einer halben Oktav, war rau wie nach drei Schachteln Marlboro, weich wie nach einer gewaltigen zwölfstündigen …

»… Sauftour!«, rief ich. »Ich hab's. Du hast die Nacht durchgemacht und denkst dir jetzt, es muss noch nicht zu Ende sein, wir könnten noch –«

»Sarah ist ermordet worden.«

»Ich hab's gehört. Tut mir leid.« Mehr fiel mir zu dieser Tageszeit beim besten Willen nicht ein.

»Wir hatten was miteinander. Ist zwar schon eine Weile her, und sonderlich erfolgreich war es für beide nicht, aber es könnte der Grund sein, warum –«

»Auch das weiß ich«, unterbrach ich ihn. »Und wie es ausgegangen ist, weiß ich auch. ›Nicht sonderlich erfolgreich‹ ist kühnes Understatement. Tom, wir können darüber reden. Aber muss es um sechs Uhr morgens sein?«

»Sie haben mein Studio durchsucht. Sie wissen, dass ich es habe. Sie wollen es zurück.«

»Wovon sprichst du? Wer hat dein Studio durchsucht?«

»Drei. Sie waren zu dritt. Gestern Abend. Ich habe es vom ›Café Prückel‹ aus beobachtet, bin dann ins ›Alt Wien‹ gerannt. Unter Menschen, verstehst du?«

Nein. Nichts verstand ich.

»Der Typ, von dem Sarah es hatte, ist verschwunden. Nicht unwahrscheinlich, dass er im selben Zustand wie sie wiederauftaucht. Ich habe keine Lust, der Nächste zu sein. Darum hab ich alles von der Diskette auf meine Festplatte kopiert.«

»Was ist los?«

»Die Diskette und die Fotos. Eines hat sie mir zum Vergrößern gegeben, bevor die Schweine sie erwischt haben.«

»Versuch dich zu beruhigen, wie wär das?«

»Hör mir einfach zu, Paul! Ich hab's dir geschickt; ich wusste ja nicht, wann du wiederkommst. Du müsstest es schon haben. Die anderen, die wirklich schlimmen –«

»Was hast du mir geschickt?«

»Hörst du mir jetzt endlich zu!« Seine Stimme überschlug sich.

»Bleib ruhig, ich hör dir ja zu.«

»Ruhig!«, schnaufte er. »Hast du deine Post durchgesehen?«

»Um sechs Uhr am Morgen? Nein.«

»Das Foto muss dabei sein. Der Grund, warum sie Sarah

umgebracht haben … Prüf nach, wer der Mann neben dem Bischof ist …«

»Tom! Wer? *Wer* ist hinter dir her?«

Er murmelte etwas. Es klang wie »Radius Hominis«. Dann rief er: »Mist! Ich hab kein Telefongeld mehr. Hör zu, Paul. Komm ins ›Alt Wien‹. Sie sperren um neun wieder auf. Ich treib mich inzwischen hier in der Gegend herum. Wir sehen uns dann.«

»Wo ist ›hier‹? Wo bist du jetzt? Warum kommst *du* nicht zu *mir*?« Noch während ich meine Fragen stellte, ertönte ein Tuten, das ihn dazu aufforderte, eine Münze nachzuwerfen.

»Kann gut sein, dass die Polizei deine Adresse bereits hat. Zu riskant. Komm ins ›Alt Wien‹, Paul. Um neun.«

»Tom? Bist du noch dran? Warum sollte sich die Polizei für meine Adresse interessieren?«

»Weil die denken werden, *ich* hab's getan. Ich war dort, ja. Aber nur, um die Tasche zu übernehmen. Verstehst du? Da war sie bereits –«

Klick. Nur klick. Nichts weiter. Wenn das ein Scherz ist …, war mein erster Gedanke. Aber ich wusste, dass es keiner war. Tom und Sarah hatten sich vor der Trennung zerfleischt, einander beschimpft, Sachen an den Kopf geworfen, die keine Beziehung überlebt. Schon gar nicht eine, die von allem Anfang an auf Sand gebaut war. Doch mit ihrem Tod würde er keine Scherze treiben. Das nicht.

Thomas Hrdlicka und ich sind uns vor zehn Jahren zum ersten Mal über den Weg gelaufen. Tom war damals fünfundzwanzig und damit beschäftigt, ein Lokal aufzuräumen. Er war gut darin. Ich ging in Deckung, wartete, bis er den letzten Stänkerer zur Tür hinausbefördert hatte, und widmete mich wieder meinem Schnaps. Wir kamen ins Gespräch und stellten fest, dass uns eine gemeinsame Leidenschaft verband: Wir tranken beide gerne bis zum Umfallen.

Heute ist aus dieser Leidenschaft eine halb gezähmte Bestie geworden, die im Keller angekettet von ihrer Freiheit träumt und viel öfter knurrt, als sie beißt. Hin und wieder, wenn nicht viel zu tun ist, darf sie in den Garten, und der ist umzäunt. Doch damals war sie ein wilderndes, unberechenbares Raubtier, das mit Zähnen und Klauen über alles und jeden herfiel.

Der Rausschmeißerjob war einer von vielen, mit denen sich Tom in jenen Tagen seine Ausbildung finanzierte. Nachdem er sie abgeschlossen hatte, konnte er bescheidene Erfolge als Fotograf verbuchen, während ich fast gleichzeitig meine schlecht bezahlte Lektorentätigkeit aufgab und in den Journalismus überwechselte. Anfangs war die Bezahlung nicht nennenswert besser, doch immerhin fiel das Texten von Waschzetteln weg – ein Fortschritt, den man nicht gering achten sollte. Wir machten zusammen ein paar Reportagen und einmal sogar ein Buch und gaben im Großen und Ganzen ein gutes Team ab. Zumindest, wenn kein Schnapsfass in Reichweite war.

In letzter Zeit war Tom die Steuer auf den Hals gerückt (ein Schicksal, das mir bislang erspart geblieben ist) und hatte einen Teil seiner Studioeinrichtung gepfändet, doch war es ihm, bevor es wirklich brenzlig wurde, geglückt, die teuersten Geräte auszulagern und an einem sicheren Ort zu verstecken. (Wo, wird nicht verraten; vielleicht gehören Sie ja selbst zu dieser Bande.) Trotz solcher Querelen, die zum Alltag fast aller zählen, die nicht angestellt oder beamtet sind, hatte sich Toms Auftragslage merklich verbessert; auch die Bank war längst kein Ort des Schreckens mehr; es ging ihm mit einem Wort gar nicht so übel. Wie's schien, hatte sich das allerdings über Nacht geändert.

An Schlafen war natürlich nicht mehr zu denken. Ich wälzte mich noch fünf Minuten im Bett herum, ging dann ins Badezimmer und vergönnte mir eine ausgedehnte kühle Dusche. Beim Zähneputzen fiel mir unangenehm auf, wie leer das Badezimmer war. Obwohl es sieben Wochen oder noch länger zurücklag, dass Dana Broch mit gepackten Koffern aus meinem Leben gegangen war, hatte ich es immer noch nicht geschafft, mich mit diesem Anblick anzufreunden. Das Badezimmer war Danas Domäne gewesen, das *Étagère* (ja, so heißt das, ob Sie's glauben oder nicht) ihre Kommandobrücke, auf dem wegen erhöhten Flacon- und Puderdosenaufkommens kein Platz mehr für meine Zahnbürste und meinen Rasierer geblieben war. Nun lagen sie auf dem Waschbord (so hatte *ich* das Ding vorher genannt) und schienen dem alten Trubel nachzutrauern.

Mit schwarzem Mocca und einer ersten Zigarette bewaffnet, ging ich den Terminplan durch. Heute Abend Präsentation der Zeitschrift »Donauwelle«; drei weitere Termine bis zum Ende der Woche. Das war nicht sehr viel. Warum auch. Es war Montag, der 10. Juli 1995. Hochsommer. Ferienzeit. Ganz Wien lag mit kalten Wickeln in der Hängematte und stöhnte über die Hitze. Das änderte jedoch nichts an der Tatsache, dass ich schleunigst einen Auftrag brauchte. Urlaubsreisen kosten immer mehr als geplant; bei mir war das nicht anders. Bei mir schon gar nicht.

Für mich war die Zeit gekommen, die Post nach Toms Sendung durchzusehen. Ich hatte diesen Augenblick hinausgezögert, um aus dem Telefonat schlau zu werden. Den Gedanken gab ich auf. Ich fand es sofort. Ein gepolstertes DIN-A4-Kuvert. Wiederverschließbar mittels Klebestreifen. Ein Foto, dreizehn mal achtzehn Zentimeter. Schwarz-weiß, Hochglanz. Toms bevorzugtes Ilford-Papier. Zwei Männer, die lachend Arm in Arm aus einem Tor heraustraten. Darüber ein Schriftzug, den ich nicht entziffern konnte. Nicht mit freiem Auge. Eine weinbewachsene Mauer. Konnte überall sein, wo es Wein gab. Zum Beispiel in Wien. Der jüngere Mann war ein südlicher Typ: überschlank, dunkle, kurz geschnittene Haare, dunkler Teint, Falkenprofil. Ich hatte ihn nie zuvor gesehen. Der andere war der österreichische Kardinal Heinrich Grunert. Kardinal geht mit Freund zum Heurigen. *So what?* Wenn dieses Foto eine brisante Information verbarg, dann bekam ich sie jedenfalls nicht mit. *Prüf nach, wer der Mann neben dem Bischof ist.* Tom hatte Bischof gesagt, nicht Kardinal. Warum?

Ich marschierte ins Arbeitszimmer, klappte den Fadenzähler auf und widmete mich dem Foto. Der Schriftzug in stilisierten gotischen Lettern lautete: »Zur Reblaus«. Wenn das nicht in Wien war. Klang nach einem Grinzinger Heurigen, bei dem man an guten Tagen Hans Moser treffen konnte. Außerdem entdeckte ich ein Hausnummernschild, das meinem unbewaffneten Auge entgangen war. Nummer sechs. Welche Straße? Egal. Zumindest vorläufig.

Ich schaltete den Computer an, wischte den Staub vom Monitor und schrieb das Vorwort für eine Anthologie, die im Herbst erscheinen sollte. Es ging glatt von der Hand. Um drei viertel neun warf ich die Wohnungstür hinter mir zu und nahm Kurs auf die Innenstadt.

Das »Alt Wien« war still und menschenleer, wie man es selten erlebte. Gogo war dabei, die schwarze Theke auf Hochglanz zu polieren. Er begrüßte mich mit einem Schlenker des Putztuchs. Als er mit einem Spezialtoast und einem Glas Orangensaft auftauchte, war es zwanzig nach neun. Ich erkundigte mich nach meinem Freund.

»Tom?«

»Genau.«

»Der Fotograf?«

»Derselbe.«

»Er schuldet mir Geld!«

»Tom? Kaum zu glauben. Er wollte hier auf mich warten.«

»Wann?«

Ich gab auf. Gogo starrte unverwandt auf die Tür; er war einfach nicht bei der Sache. Vielleicht war die Hitze daran schuld, vielleicht die vielen Seidel, die er gestern Abend gegen den Durst getrunken hatte. Ich änderte die Taktik.

»Ich möchte seine Schulden bezahlen«, sagte ich. Ich sagte es leise. Langsam drehte er sich zu mir herum. Ich hatte seine volle Aufmerksamkeit.

»Jetzt?«

»Nein. Morgen. Sag mir nur, was er getrunken hat.«

Er dachte nach. Heute fiel ihm das schwer. Glücklicherweise kam ihm ein Geistesblitz zu Hilfe. Er zückte seine Kellnerbrieftasche, ließ sie aufspringen und blätterte in rasantem Tempo ein Bündel bekritzelter Zettel durch. Es waren höchstens hundertzwanzig, was in etwa der Anzahl der anschreibenden Stammgäste entsprach. Er wurde fündig und zog einen heraus.

»Hier«, rief er erfreut. »Acht Krügel sind offen. Ah, da fällt mir was ein.«

»Sag's mir, Gogo.«

»Er lässt dir ausrichten … warte … genau: Er kann doch nicht kommen.«

»Wann hat er das gesagt?«

»Gesagt?«

»Woher weißt du, dass er doch nicht kommen kann?«

»Ach, das meinst du.« Er ging hinter die Theke, tauchte unter und kam mit einem zweimal gefalteten Zettel in der Hand wieder hervor. Darauf stand: »Sie sind hinter mir her. Ich melde mich. Tom«.

»Woher hast du das, Gogo?«

»Oh, das. Das hat er mir in die Hand gedrückt.«

»Wann?«

»Um halb neun.«

Ich bedankte mich und frühstückte, um mich danach einer Wagenladung Zeitungen und Magazine zu widmen. Der Mordfall Ortbauer war noch nicht in den Morgenausgaben der Tageszeitungen, dafür erfuhr ich alles über das vorherrschende Kaiserwetter, die Tatsache, dass der Sommer nun endlich eingekehrt war und Badefreuden nichts mehr im Weg stand, über die »anhaltende Hitzewelle« und ihre Auswirkungen auf Tier und Mensch. Die Schlagzeile: »Hitze und Vollmond macht Frauen verrückt« erkor ich zu meinem persönlichen Favoriten. Sie musste der Feder eines Dichters entfleucht sein. Ich wurde den Eindruck nicht los, dass auch der Journalismus unter der Sonne litt.

Um elf Uhr war Tom immer noch nicht da, und ich beschloss, dass es Besseres zu tun gab, als im »Alt Wien« herumzuhängen. Zwei Stunden waren genug. Ich winkte Gogo heran, zahlte und verließ das Café.

Die Straßen waren grau, schattenlos und staubig, mit flirrenden, konturlosen Hauswänden, die zu beiden Seiten aufragten wie Kulissen. Ein paar Autos schleppten sich müde über den aufgeheizten Asphalt, träge und grantig, dass ausgerechnet sie während der Hundstage ihre verdammte Pflicht erfüllen mussten, die Stadtluft mit den notwendigen Schadstoffen anzureichern. Jammerbares Schicksal. Wie heiß würde es wohl werden, wenn einem bereits am Vormittag nach wenigen Schritten der Saft von der Stirn rann?

Am Stephansplatz war es noch relativ erträglich – eine leichte Brise gab sich dort die Ehre –, doch Graben und Kohlmarkt dampften vor sich hin. Erst in den kühlen Hallen der Nationalbibliothek war an Atmen wieder zu denken.

Der Zeitschriftenlesesaal war vereinsamt. Ich schritt forsch zum Bibliothekarspult hin und strahlte die kleine Blonde an, deren Name mir schon wieder nicht einfiel. Es war gut, dass sie Dienst hatte und nicht der bärbeißige alte Pinguin, mit dem sie sich die Arbeit teilte. Bei ihm wäre es erheblich schwieriger geworden. Beharrlichkeit und gute Laune, sagte ich mir, sind die wesentlichen Voraussetzungen, um ans Ziel zu gelangen.

»Guten Tag«, sagte ich, unerbittlich lächelnd. »Ich hatte einen durchaus respektablen Grund, diesen Ort aufzusuchen. Leider ist mir der entfallen. Die Hitze, Sie verstehen … Würden Sie mit mir auf ein Eis gehen, damit es mir wieder einfällt?«

»Herr Mazurka«, sagte sie lächelnd, »wie war Ihr Urlaub?«

Gewonnen. Sie hatte sich sogar meinen Namen gemerkt. »Woher wissen Sie denn, dass ich auf Urlaub war?«

»So braun, wie Sie sind … Haben Sie sich gut erholt?«

»Erholt? Wie können Sie so etwas sagen? Die Zunge klebte mir ständig am Gaumen. Die Lederschläuche platzten bereits am ersten Tag. Sand, nichts als Sand. Endlose Meilen bis zum nächsten Wasserloch. Selbst die Kamele –«

»Also«, unterbrach sie mich. Sie hatte die randlose Brille abgenommen. Schöne Augen, dachte ich. Sie grinste immer noch, aber es lag etwas in ihrem Blick, das mich vorsichtig machte. »Also. Was ist es diesmal? Soll ich Ihnen Einblick in die zurückgelegten Bücher Ihrer Kollegen gewähren? Wegsehen, wenn Sie versuchen, einen kompletten Jahrgang der ›Presse‹ hinauszuschmuggeln? Womit kann ich diesmal dienen?«

Ich wies derlei Unterstellungen strikt von mir und kam zur Sache: »Ortbauer, Sarah. Magistra jur., freie Journalistin. Ich brauche jeden Artikel, den sie seit Jänner veröffentlicht hat. Ist das möglich?«

Sie setzte die Brille wieder auf. War das ein gutes Zeichen oder ein schlechtes? »Grundsätzlich ja«, sagte sie. »Über den Computer ließe sich das schon machen. Die Frage ist: Bis wann?«

Ich breitete die Hände aus. »Gestern?«, fragte ich schüchtern.

»Gehen Sie Ihr Eis essen«, sagte sie. »In vierzig Minuten haben Sie's.«

Kurz erwog ich, ihr eine Tüte Erdbeereis mitzubringen, doch das hätte vielleicht als Beamtenbestechung ausgelegt werden können – und überdies hätte das Eis kaum die dreihundert Meter vom Salon zur Bibliothek überlebt.

Als ich zurückkam, lag alles vorbereitet auf meinem Platz. Ich machte mich ans Sortieren. Keine aufreibende Arbeit: zwei Wochenmagazine, drei Artikelserien. In diesem Jahr hatte Sarah Qualität vor Quantität gestellt. Sie hatte sich's leisten können. Oder auch nicht, wenn man es recht bedachte. Ich folgte dem Ariadnefaden der Chronologie. Die ersten beiden Serien schieden aus. Warum? Weil ich wusste, dass beide Opfer tot waren. Der eine mittels Selbstmord aus einem Leben geschieden, das ohne Inhalt war, seit Sarah die honorable Fassade mit dem Bulldozer niedergerissen hatte; der zweite bei einer der endlosen Prozessverhandlungen, die angeblich der Wahrheitsfindung dienen, auf jeden Fall aber eine ganze Riege Rechtsverdreher mit breitflächiger finanzieller Zuwendung beglücken, von einer finalen Herzattacke zu Boden gestreckt. Die Ortbauer war in den Krieg gezogen. Und in einem Krieg gibt es Tote. Damit müssen beide Seiten rechnen. Ich denke nicht, dass sie selbst damit gerechnet hat.

Das also war es nicht. Es sei denn, ein trauernder Verwandter war ins Racheengel-Kostüm geschlüpft – möglich, aber auch wahrscheinlich? Tom hatte *sie* gesagt. *Sie* sind hinter mir her. Plural. Und er hatte nicht die Polizei gemeint. Die Wiener Polizei, was immer man von ihr halten mag, bringt keine Leute um. Sie. Eine Gruppe, eine Organisation, mehrere, vielleicht sogar viele …

Es blieb nur mehr die letzte Serie. Wenn zwischen Ortbauers Ermordung und ihren Veröffentlichungen ein Zusammenhang bestand, dann musste er hier zu finden sein. Abermals ging ich chronologisch vor, unoriginell, aber, wie mich die Erfahrung gelehrt hat, nützlich, um sich einen ersten Eindruck zu verschaffen. Also Artikel eins von Serie drei. Schlag das Heft auf. Lies den Aufmacher. Du traust deinen Augen nicht? Dann lies ihn ein zweites Mal. Jetzt glaubst du's. Klapp das Heft zu. Vergiss es. Für heute. Für immer.

Der Witz an der Sache war, dass ich mir und dem hilfsbereiten Blondschopf, dessen Name mir nie einfiel, die Mühe hätte sparen können. Denn diese Artikel kannte ich. Wer kannte sie nicht? Die Serie war Sarah Ortbauers Glanzstück gewesen; der Gipfel ihrer Karriere; ihr Schwanengesang. Blüh, bevor du stirbst. Das hatte sie getan.

Sie sind hinter mir her. Eine Gruppe, eine Organisation. Mehrere, vielleicht sogar viele. Oh ja. Sogar verdammt viele. *Prüf nach, wer der Mann neben dem Bischof ist. Der Grund, warum sie Sarah umgebracht haben …* Vergiss es. Geh nach

Hause. Die Organisation war die heilige römisch-katholische Kirche. Sarah Ortbauers letztes Opfer war der österreichische Kardinal.

Erinnern Sie sich: Etwa im März brachte ein Mann, der der Öffentlichkeit bislang in höchstem Maße unbekannt gewesen war, eine schwerwiegende (und folgenschwere) Anschuldigung vor. Günther Abfalter war ein kleiner Angestellter, der mit Frau und Kind ein kleines, braves und in jeder Hinsicht unspektakuläres Leben geführt hatte. Kein Konkurs, keine Vorstrafen, kein Meineid, kein verweigerter Wehrdienst, kein Ladendiebstahl, kein psychiatrisches Gutachten. »Unbescholten« lautet das dazu passende Fremdwort. Lassen wir uns das Wort auf der Zunge zergehen. Unbescholten. Wer möchte das nicht gerne sein? Ein Mann, dem jedes Gericht glauben *muss*, denn wir leben schließlich in einer Demokratie, vor dem Richter sind wir alle gleich et cetera. Er wandte sich mit seiner Geschichte direkt an Ortbauer, die ihm als kompetente, vor allem aber mutige Journalistin bekannt war. Und Mut war notwendig, um die Story zu veröffentlichen. Abfalter behauptete, vor dreißig Jahren, als knapp vorpubertärer Zögling eines katholischen Internats, von Pater Heinrich Grunert sexuell missbraucht worden zu sein.

Natürlich, das hat es hin und wieder schon gegeben. Nur mit dem kleinen Unterschied, dass es der Beschuldigte in diesem Fall in dreißig verschwiegenen Jahren zum Oberhaupt der österreichischen Kirche gebracht hatte. Kardinal Heinrich Grunert. Die Bombe war gezündet worden. Sie explodierte und hinterließ einen Krater. Grunert war vorher nicht sonderlich beliebt gewesen; er galt als Wojtyłas Wunschkandidat, als Reaktionär, der zwischen Marienkult und Heiligenverehrung mit beiden Augen angestrengt in Richtung Monarchie schielte. Jetzt sank seine Beliebtheit unter den Gefrierpunkt. Nicht etwa, weil man Abfalters Geschichte so ohne Weiteres geglaubt hätte. Unbescholten sein ist eines, Kardinal sein ein anderes. Einfach deshalb, weil Grunert sich zwischen Ja und Nein für die schlechteste Möglichkeit entschied. Er schwieg. Er schwieg, und die Kirche mauerte, allen voran der St. Pöltner Bischof Konrad Immermann, Erzreaktionär und *God's own ironfist*, dessen eherne Stimme das Schweigen seines Chefs zu übertönen versuchte.

Wenn gegen einen Bürger der Republik eine Anschuldigung diesen Ausmaßes vorgetragen wird, dann muss er sich vor Gericht verantworten. Nicht so in Katholien. Der Papst ließ verkünden, die leidige Angelegenheit zähle zu den Vatikan-Interna, Punktum. Aber die Trennung von Staat und Kirche ist in Österreich gesetzlich garantiert, warfen schüchtern ein paar vorlaute Kritiker ein. An sich ja, tönte Immermann als alter Wojtyła-Intimus retour, aber natürlich gilt das nur so lange, bis der Papst ex cathedra spricht. Denn dann ist er unfehlbar, alles klar? Also Ende der Debatte, ab nach Hause und amen.

Grunerts Schweigen trat etwas Unvorhergesehenes los. In Windeseile bildete sich ein Komitee von Katholiken, die ein sogenanntes Kirchenvolksbegehren auf die Beine stellten. Fünfhunderttausend Gläubige unterschrieben; für ein Acht-Millionen-Land ein recht ansehnlicher Haufen. Forderungen, die auf eine Gesamtreform der Kirche hinausliefen. Dagegen nahm sich das zweite Vatikanum wie eine Lappalie aus.

Hatte Grunert nun, oder hatte er nicht? Man wusste es nicht. Auch innerhalb der Kirche sank die Zahl derer, die ihn für unschuldig hielten, mit jedem Tag. Der Fall Grunert war noch nicht abgeschlossen. Doch die Frau, die die Bombe gezündet hatte, war ermordet worden.

Ich kopierte Ortbauers Grunert-Artikel und gab die Hefte zurück. Mit herzlichem Dank für die prompte Hilfe.

»Woher das plötzliche Interesse an Ihrer Kollegin?«, fragte Blondschopf süffisant. Sie hatte jedenfalls die Nachrichten nicht gesehen. »Ist das nur beruflich oder auch privat?«

Ich zuckte die Schultern. »Wenn, dann wäre es vergebliche Liebesmüh. Verraten Sie mir Ihren Namen?«

Während sie die Brille abnahm, sagte sie, nur eine Spur schnippisch: »Wenn's wieder kühl genug ist, dass Ihr armer Kopf ihn auch behalten kann.« Sie winkte mit dem Brillenbügel, als ich den Saal verließ. Ich erkundigte mich beim Informationsstand.

»Warum? Wollen Sie eine Beschwerde anbringen?«

»Das exakte Gegenteil. Ein großes Lob für eine fähige Mitarbeiterin.«

Ich erfuhr, dass sie Sonja Trebermann hieß. Beim nächsten Besuch würde ich sie verblüffen.

Zu Hause machte ich mir einen Teller Tagliatelle alla Carbonara zurecht. Im Sommer wie im Winter bevorzuge ich die leichte Küche; Pasta, Speck, Eier, frisch geriebener Parmesan und Pfeffer sind dafür unverzichtbar. Ich trank Weißwein gespritzt und rauchte eine Camel light. Es war die vierte. Mein Gott, lebe ich gesund.

Keine Nachricht auf dem Anrufbeantworter. Noch kein Grund, sich Sorgen um einen verschwundenen Freund zu machen, redete ich mir ein. Nach ein paar unerquicklichen Telefonaten (die meisten Redaktionen schienen bei freien Mitarbeitern grundsätzlich ein Zahlungsziel von drei Monaten zu veranschlagen; Buchverlage waren da kaum besser) und einer nicht minder unerquicklichen Überprüfung der Barschaft, die auf den Schilling ident war mit meinem pekuniären Gesamtvermögen, zog ich, einer vagen Idee folgend, den ersten Band des Wiener Telefonbuchs aus der Lade und wurde tatsächlich fündig. Günther Abfalter. Der Mann, der behauptete, von Heinrich Grunert sexuell missbraucht worden zu sein. Kurz entschlossen wählte ich die Nummer. Eine nichtssagende Männerstimme meldete sich.

»Spreche ich mit Herrn Abfalter? Mein Name ist Mazurka. Ich bin Journalist und –«

Die Verbindung wurde unterbrochen. Ich drückte die Wahlwiederholtaste und wartete. Nach dem zweiten Freizeichen schaltete sich ein Anrufbeantworter ein. Ich wartete den Piepton ab und sagte: »Herr Abfalter. Ich bin ein Freund von Sarah Ortbauer. War es, denn Sarah ist ermordet worden. Ich bitte Sie um ein kurzes Gespräch. Wenn Sie es wünschen, werden wir kein Wort über Grunert verlieren. Sie können mich unter meiner Nummer zurückrufen.« Ich gab die Nummer durch und legte auf.

Keine zehn Minuten später läutete das Telefon. Zwischen Stoßseufzern und Beileidsbekundungen der Kategorie »Oh Gott, das arme Mädchen« gab er mir zu verstehen, er sei jetzt bereit, mit mir zu reden, ja, er ging sogar so weit, sich auf ein persönliches Treffen einzulassen. Das war unter den gegebenen Umständen mehr, als ich erwartet hatte.

»Wo wäre es Ihnen denn recht?«

»Nun, ich weiß nicht …« Er stotterte nicht gerade, war aber auch nicht weit davon entfernt.

»Kennen Sie das ›Café Landtmann‹?« Jeder kannte das »Landtmann«, darum schlug ich es vor.

»Nein, leider.«

Ich gab ihm die Koordinaten durch und bedankte mich im Voraus. Mein letzter Anruf galt Toms Mutter Hedi Hrdlicka. Wir plauderten ein wenig, doch über den Verbleib ihres Sohnes wusste sie weniger als ich. Sie hatte ihn seit Wochen nicht mehr gesehen. Ich verzichtete darauf, sie mit Vermutungen zu beunruhigen. Mit einem Haufen Fragen ausgerüstet, brach ich auf, um nach einem Anstandsbesuch im »Café Magistrat« Toms Studio unter die Lupe zu nehmen. Meine Uhr bestand auf zwölf Minuten nach zwei.

Das »Magistrat« ist zwei Stock unterhalb meiner Wohnung angesiedelt und hat eine Hintertür, die Eingeweihten den Zutritt vom Gang aus gestattet: Sprich Mellon und tritt ein. Das ist bei Regen recht praktisch. Der kleine Schankraum wird den ganzen Winter über mit Zigarettenqualm eingenebelt, damit sich die Stammgäste heimisch fühlen. Wenn es im Frühjahr das Wetter erlaubt, wird ein Schanigarten mit Ausblick auf das nicht unbeträchtliche Verkehrsaufkommen auf der Taborstraße aufgestellt. Dann zieht es die Gesundheitsbewussten nach draußen, und nur die ganz Harten halten die Stellung.

Einer von ihnen saß auf seinem Stammplatz neben dem Spielautomaten und trank, scheinbar unberührt von der Hitze, sein Bier. Der Mann war nicht ganz einen Meter achtzig groß. Er trug eine Art Che-Guevara-Bart und die dazugehörige Frisur, dichtes, schwarzes, halblanges Haar, in das sich einige verfrühte Silberfäden eingeschlichen hatten. Havanna und Barett fehlten, stattdessen trug er eine Brille mit Stahlgestell. Irgendwie kam er mir bekannt vor – mehr als »irgendwie« wurde jedoch trotz kurzer Gedächtnisprüfung nicht daraus. Er nickte mir zu, als ich mich neben ihn an den Tresen stellte. Ich nickte zurück und bestellte bei einer leicht derangierten platinblonden Kellnerin, die einen Kilo Schminke im Gesicht herumschleppte, ein Glas Weißwein gespritzt – davor allerdings bombardierte sie mich mit einem wirren Monolog über die Hitze, das bedauernswerte Los von Kellnerinnen im Allgemeinen und speziell der armen Schweine, die im »Magistrat« arbeiten mussten.

»Sklavenarbeit, Paul. Die reinste Sklavenarbeit.« Sie seufzte, zückte einen Taschenspiegel und verbrachte die nächsten Minuten damit, ihr Make-up zu verschlimmern. Gewiss keine leichte Aufgabe. Der Mann neben mir grinste still und sardonisch vor sich hin.

Als der Wein schließlich gebracht wurde, prostete ich meinem Nachbarn zu. Er dämpfte eine Zigarette der Marke Lange Milde aus und zündete sich die nächste an. Wenn sich aus den vielen weißen Stummeln in seinem Aschenbecher Rückschlüsse ziehen ließen, dann war er in der wettkampfmäßigen Disziplin des Dauerrauchens mehr als bloßer Amateur. Er musste Angehöriger des Olympiateams sein.

»Sie wohnen hier, stimmt's?«

Ich nickte und zündete mir ebenfalls eine Zigarette an. Er hatte meinen Sportsgeist geweckt; doch bereits nach den ersten paar Zügen sah ich ein, dass ich mich neben diesem Lungenprofi wie der reinste Hobbyraucher ausnahm. Wir tauschten ein paar belanglose Scherze über die Kaste der »Magistrats«-Sklaven aus, dann zog ich los. Vielleicht hätte ich mir und einer Handvoll Freunde viel erspart, wenn ich länger geblieben wäre und über mein Problem geredet hätte, anstatt harmlose Witze zu reißen. Vielleicht.

Thomas Hrdlickas Reserveschlüssel lag wie üblich auf der Oberkante des Türrahmens; man musste springen und einen Klimmzug machen, um ihn zu erwischen. Auf den ersten Blick deutete nichts darauf hin, dass eine Hausdurchsuchung stattgefunden hatte. Ich habe Wohnungen gesehen, die von der Polizei im Zuge einer Ermittlung so zugerichtet worden waren, dass die Besitzer glaubten, sich in der Tür geirrt zu haben. Hier war alles beim Alten. So sah es aus. So sollte es aussehen. Denn wenn Toms Bericht stimmte – und davon war ich mittlerweile überzeugt –, dann *war* sein Studio durchsucht worden. Nur dass hier eine andere Art von Schnüfflern als die Polizeidickhäuter am Werk gewesen war. Profis, die keine Spuren hinterließen. Die nicht einmal den Kuckuck entfernt hatten, der seit Wochen auf den Möbeln und Geräten klebte.

Ich riss das Fenster auf und lehnte mich hinaus. Im Schanigarten des »Café Prückel« brieten die Leute in der Sonne. Einige sahen schon recht gut durch aus. Offenbar hatten den Kellner beim Ausfahren der Markise die Kräfte verlassen, sodass sein Werk unvollendet blieb. Von einem dieser Plätze aus musste Tom gestern Abend drei Männer beobachtet haben, als sie in sein Studio einbrachen.

Die Telefonzelle auf dem Luegerplatz war besetzt. Ein mittelgroßer Mann, der einen schwarzen Staubmantel lässig über die rechte Schulter geworfen hatte, lehnte mit dem Hörer am

Ohr in der Tür. Gute Idee, dachte ich mir, in dem Affenkäfig hat es sicher fünf Grad mehr. Nur zwei Dinge gefielen mir nicht. Dass er zu mir hinaufstarrte. Und dass er schon dort gestanden war, als ich das Haus betreten hatte.

In der Dunkelkammer blieb meine Suche erfolglos. Ich setzte mich an den Computer – Tom hatte dem Exekutor seinen alten 486er zum Fraß vorgeworfen – und merkte zum ersten Mal, was hier nicht stimmte. *Ich habe die Daten auf meine Festplatte kopiert*, hatte er gesagt. Interessante Daten. Nachdenklich betrachtete ich den Golfplatz, der sich über siebzehn Zoll Bildschirmdiagonale erstreckte. Sehr grün, sehr friedlich; sogar Vögel zwitscherten aus den Vierzig-Watt-Aktivboxen. Musste ein herrliches Gefühl sein, über diesen gepflegten Rasen zu schreiten. Ich kannte das Spiel. Es hieß »Links«, galt als *die* Golfsimulation und kam der Realität ziemlich nahe; zumindest behaupteten das Leute, die Golf dreidimensional spielten. An seinen Computer ließ Tom stets nur das Beste. Die Frage war bloß, wie er es in der ganzen Hektik noch geschafft hatte, gemütlich eine Partie Golf zu spielen. Und zu allem Überdruss darauf vergessen hatte, das Programm zu beenden, korrekt auszusteigen und am Schluss den Power-Schalter zu betätigen. Denn das tat Tom, seit er mit Computern arbeitete. Und dann fiel mir das Ergebnis dieser letzten Runde ins Auge.

Golf ist ein einfaches Spiel. Nimm den richtigen Schläger, schlag den Ball richtig an und triff ins Loch. Davon gibt es pro Kurs neun oder achtzehn. Für jedes Loch ist, je nach Entfernung und Schwierigkeitsgrad, eine bestimmte Anzahl von Schlägen vorgegeben: drei, vier oder fünf. Schafft man ein Loch exakt laut Vorgabe, dann heißt das Par. Wenn ein Spieler mehr Schläge braucht, dann liegt er über Par, braucht er weniger, liegt er darunter. Eins unter Par ist toll, zwei über Par ist Pech. Die Summe über Par ergibt das Handicap. Kapiert? Dann haben Sie etwas mit der Frau unseres Bundeskanzlers gemein.

Tom hat üblicherweise ein Handicap von elf. Bei diesem Spiel hatte er eins von vierundsechzig.

Die Lösung war irritierend einfach: Jemand anderer hatte gespielt; und dieser Jemand war der Letzte, der das Studio betreten hatte. Ich beendete das Programm und fand, was ich suchte. Nämlich nichts. Ohne Zweifel waren hier Profis am Werk gewesen. Aber nicht, ohne Spuren zu hinterlassen. Sämtliche Daten waren von der Festplatte gelöscht worden.

Tom hatte eine Diskette erwähnt. Also machte ich mich ohne viel Hoffnung über die Diskettenbox her. Natürlich hatten sie die Disketten mitgenommen. Alle drei Boxen waren leer. Die Festplatte leer, die Disketten fort – das sah nicht gut aus. Herr Jemand und seine Kompagnons hatten den Job erledigt und sich als Bonus für die gute Arbeit bei einer Partie Golf entspannt, während sie darauf warteten, dass Tom den Fehler beging, zurückzukommen. Golfprofis waren sie keine.

Ich sah mich noch einmal um. Eine Mappe mit der Aufschrift »Donauwelle« stach mir ins Auge. Die »Donauwelle« ist – laut Auskunft der Mitarbeiter – ein »revolutionär-poetisches Manifest, das bewusst abseits vom etablierten literarischen Mainstream operiert«. Prosaisch gesagt, eine kleine Literaturzeitschrift, die mit Hilfe mehr oder weniger regelmäßiger Zuwendungen vom Kulturministerium ihr Dasein fristet. Tom hatte in letzter Zeit ein paar kleinere grafische Arbeiten für das Blatt gemacht; kaum wegen des tollen Honorars (er hatte sich einmal ausgerechnet, dass er bei diesem Projekt auf einen Stundenlohn von zwölf Schilling dreißig vor Abzug der Steuern kam), sondern eher, um sich zu beweisen, dass er längst noch nicht so bürgerlich geworden war, wie er zu sein glaubte. Heute Abend wurde das neue Heft präsentiert, darum hielt ich es für eine gute Idee, die Mappe mitzunehmen.

Ich schloss ab, fuhr mit dem Aufzug ins Erdgeschoß und winkte im Vorbeigehen dem Mann in der Telefonzelle zu. Keine Ahnung, wie er es geschafft hatte, eine halbe Stunde lang alle Leute abzuwimmeln, die dringend telefonieren wollten, doch so viel Durchhaltevermögen darf man nicht unbeachtet lassen. Leistung muss sich noch lohnen.

Horst Fiedler, Herausgeber und Redakteur der »Donauwelle« in Personalunion, hatte bereits schwer getankt, als er mir über den Weg lief. Das sah man an seinem schwarzen Kopftuch. Wenn es gerade gebunden ist, macht er Entzug, wenn es schief sitzt, trinkt er. Es saß sehr schief. Er kam gerade vom Klo zurück und versuchte, sich einen Weg durch das Gedrängel zu bahnen. Der Gastgarten des »Amerling« war total überfüllt.

»Sieht nach Erfolg aus, eure Präsentation«, sagte ich.

»Ja«, bestätigte er und kratzte sich versonnen am Hinterkopf. »Dieses Heft ist poetisches Dynamit. Die großartigsten Texte von –«

»Wo ist denn euer Tisch?«, unterbrach ich seine Eloge, solange es noch möglich war.

Er deutete in den hinteren Teil des Hofes, wo unter dem Pawlatschen eine Art Podium aufgebaut war, und hob wieder an zu psalmodieren: »Dort sitzen die VIPs des literarischen Undergrounds, die erste Garde der revolutionären Poesietribunen, die anarchistischen Hohepriester der –«

»Alles klar, Horst.«

Ich fand den Weg allein und setzte mich, nachdem ich ein paar flüchtige Bekannte begrüßt und die Suche nach den Literatur-VIPs aufgegeben hatte, neben Jens Zschokke. Er ist Chefredakteur eines Kulturmagazins, für das ich hin und wieder schreibe, um dann nach Wochen aufreibender Grabenkämpfe mit der Finanzabteilung vielleicht doch den einen oder anderen Schilling zu sehen. Jens ist einer der seltenen Menschen in dieser Branche, die so viel von ihrem Job verstehen, dass sie es nicht nötig haben, einem ständig mit Sermonen darüber, wie man seinen zu erledigen hat, auf die Nerven zu gehen.

»Was hat dich hierher verschlagen, Jens? Zu viel Zeit?«

»Zufall. Habe die Schere, du siehst gesund aus«, sagte er,

während er sorgfältig seine Brille putzte. »Segeltörn? Safari? Saharadurchquerung? Oder schreibst du im Solarium?«

»Urlaub in der Steiermark; für mehr hat das Geld nicht gereicht. Kühe, Wiesen, Steinnelken, Wald. Ziemlich ruhig, ziemlich verschlafen, ziemlich trocken.« Ich nahm ein schlecht gezapftes Bier in Empfang und stieß mit ihm an. »Was tut sich in der Redaktion?«

Er legte den Kopf schief. »Ist die Frage ernst gemeint?«

»Schon gut«, sagte ich beschwichtigend. »Wie immer zu wenig Budget, das sie noch weiter kürzen wollen, richtig?«

»Fast richtig. Seit Kurzem sucht der Verlag erstsemestrige Publizistikstudenten aus wohlhabenden Familien – sehr wohlhabend, denn die jungen Herrschaften sollen sich die Honorare ja auch leisten können, die sie für ihre Arbeiten zahlen müssen.«

Ich grinste. Natürlich übertrieb er. Aber was taugt schon eine Redaktion, die nicht mit der Verlagsleitung in den Clinch geht?

»Wie steht es zwischen dir und Dana? Habt ihr …«

»Kein Thema, Jens.«

Er nickte bedächtig und setzte seine Brille auf. »Dein Deschner-Interview ist gut geworden. Wie bist du mit ihm zurechtgekommen?«

»Großartig. Tatsächlich ist er ausgesprochen liebenswürdig. Das würde man doch nicht unbedingt bei einem Mann vermuten, der sich seit drei Jahrzehnten hauptberuflich mit der Kirche duelliert.«

»Warum nicht? Hast du genügend Material, um ein zweites Interview daraus zu basteln?«

»Wahrscheinlich schon. Außerdem habe ich seine Telefonnummer. Ich kann ihn um eine halbe Stunde bitten, wenn mir der Text ausgeht. Wie viel?«

Jens wischte sich den Bierschaum vom ergrauten Schnurrbart und grinste. Dann feilschten wir ein wenig um Abgabetermin und Honorar; allerdings nicht sehr ernsthaft. Ich kannte die Grenzen, die seinem Redaktionsbudget gesteckt waren, und er wusste, dass ich wie üblich unter einem vorübergehenden Liquiditätsproblem litt – bei so klaren Fronten kommt man schnell zu einer Einigung, die beiden Seiten nicht ganz ungerecht wird. Als wir das erledigt hatten, ging er, um seine Kinder zu versorgen. Allerdings nicht ohne mich darauf hinzuweisen, dass er das Interview exklusiv kaufte und dass, wenn es vor Erscheinen in seinem Magazin an anderem Ort abgedruckt würde, ich Sorge um meine Eier tragen sollte.

Wie es aussah, war der offizielle Teil des Abends schon vorüber; die Leute saßen entspannt in Grüppchen herum, tranken, plauderten, stritten und genossen das bisschen Kühlung, das der fortschreitende Abend brachte. Über dem »Amerling«-Hof zeigten sich die ersten Sterne.

»Irre!«, rief Horst Fiedler. Mit der linken Hand schwenkte er die Mappe mit den Layouts, die ich aus Toms Studio mitgenommen hatte, während er mit den Fingern seiner Rechten auf einem Stapel maschingeschriebener Blätter einen Marsch trommelte. »Exorbitant. Das ist die Superlative des Erzengels Luzifer! Der poetische Faustschlag ins Antlitz des etablierten bürgerlichen Literarmanufakturwesens. Notzucht am beamteten Feuilleton!«

Rechts von mir kicherte jemand.

Ich sagte: »Heißt das, du bist zufrieden?«

»Was heißt zufrieden!«, schnaufte Fiedler beleidigt. »Wir sprechen von der Textwerdung des gefallenen Engels, und du fragst, ob ich zufrieden bin! Was für ein bürgerlicher Zustand.«

»Ich meine die Layouts«, sagte ich sanft.

»Ach, die.« Er starrte auf die Mappe in seiner Hand, als würde er sie zum ersten Mal wahrnehmen. »Ja, die sind ganz okay. Hat Tom dir das Cover auch mitgegeben?«

»Nein«, sagte ich und steckte mir eine Zigarette an. Vorsichtig blies ich den Rauch vor mich hin. »Tom ist für ein paar Tage weggefahren, doch ich kann morgen ins Studio gehen und das Cover abholen. Er hat mir die Schlüssel dagelassen.«

»Weggefahren?« Fiedler starrte mich verständnislos an. »Wer macht dann die Korrekturen? Ist er verrückt? Wir schanzen ihm einen gut dotierten Job zu, der ihm als Grafiker Renommee bringt, und er haut ab und –«

»Nur für ein paar Tage«, beschwichtigte ich ihn. »Er muss irgendeine dringende Sache erledigen. Nächste Woche wird er wieder zurück sein.« Hoffte ich.

»Gib mir die Schlüssel, ich suche es.«

Ich schüttelte den Kopf. »Kein Weitergaberecht.«

Fiedler kratzte sich die Stirn, rückte sein Kopftuch ein wenig zurecht und nippte an seinem Bier. Er brummte irgendetwas, gab sich aber mit der Antwort zufrieden. Wir verabredeten uns für den nächsten Morgen im »Café Engländer«, und ich sagte zu, bis dahin eine Druckvorlage für das Cover zu besorgen. Wie, war mir noch nicht klar.

Ein paar Leute, Mitarbeiter der »Donauwelle«, die ich vom Sehen kannte, kamen hinzu, besprachen mit Fiedler die Layouts und verwickelten ihn kurzerhand in einen Streit über Detailfragen. Während sie »Redaktionssitzung im Grünen« spielten, ließ ich mir ein neues Bier kommen und fing ein Gespräch mit meinem Tischnachbarn an, der sich als äußerst trinkfester Bursche entpuppte.

»Haben Sie vorhin gekichert?«

»Fast nicht«, sagte er grinsend. Er hatte angegrautes, jedoch noch volles, mittellang geschnittenes Kraushaar, zerfurchte slawische Gesichtszüge und einen dichten Schnurrbart, dessen Enden traurig an den Mundwinkeln herabhingen. Ich erfuhr, dass er Franjo Bregović hieß, ehemaliger Universitätslektor war und aus Dubrovnik kam, einer Stadt, die vor nicht allzu langer Zeit beschossen und bombardiert worden war, um auch noch die letzten Reste von Lebenslust und Schönheit daraus zu tilgen. Während nebenan die »Donauwelle«-Mitarbeiter sich darüber in die Haare gerieten, ob Toms Layout nun zu sehr dem Zeitgeist oder zu wenig den Anforderungen modernen Leseverhaltens entsprach, ob er Neville Brody imitierte oder in infamer Weise offenen Anti-Brodyismus betrieb, ob die Typografie einem so ernsten Thema unangemessen war oder sich im Gegenteil anmaßte, es grafisch mitzugestalten, fand ich heraus, dass sämtliche Texte der Ausgabe von Bregović zusammengestellt worden waren.

»Der Herr Herausgeber lässt arbeiten?«, stichelte ich.

Franjo Bregović winkte ab. »Horst weiß, dass ich mit kroatischen, bosnischen und serbischen Kollegen befreundet bin, also sagt er zu mir, Franjo, rede mit ihnen, sag ihnen, wir machen ein Heft gegen den Krieg, jeder von euch soll dafür schreiben ...«

»Und das hat geklappt?«

»Natürlich. Viel weniger Menschen, als Sie denken, sind für diesen Krieg. Die meisten waren sehr froh, Texte veröffentlichen zu können, die keine Zeitschrift abdrucken würde, ob in Serbien oder Kroatien. Wir alle sind froh, dass man uns dieses – ist ›Forum‹ das richtige Wort? – zur Verfügung gestellt hat.«

»Und was zahlt er Ihnen dafür?«

Ein Grinsen zog Bregovićs Schnurrbartenden hoch. »Die Tätigkeit ist mehr ehrenamtlich.«

»Das habe ich befürchtet. Wer hat denn die Artikel übersetzt?«

»Hm ... Einen größeren Teil habe ich übernommen, die übrigen Texte hat eine ehemalige Studentin und gute Freundin übertragen, die bei mir an der Universität ...«

Der Rest des Satzes ging im allgemeinen Tumult unter, den die Layout-Mappe ausgelöst hatte.

»Welchen Schnaps wollen Sie trinken?«, hörte ich Franjo Bregović dicht an meinem rechten Ohr fragen.

Er orderte Grappe, und als sie kamen, waren es natürlich doppelte, und natürlich mussten wir sie, nachdem wir einander zugetrunken hatten, in einem Zug hinunterstürzen, damit ich bei der Kellnerin sogleich die Revanchebestellung aufgeben konnte. Mein Entschluss, den ersten Tag in Wien nicht zu hart angehen zu lassen, war damit suspendiert worden.

»Die Arbeit Ihres Freundes«, Franjo deutete über den Tisch auf die Mappe, »erregt schon jetzt viel Aufsehen. Das ist gut.«

Wenn es ironisch gemeint war, dann ließ er sich jedenfalls nichts anmerken; sein Gesicht drückte freundliche Neutralität aus.

»Nun ... wissen Sie«, meine Stimme hatte Mühe, sich gegen den Lärm durchzusetzen, »ich denke, Sie sollten diesen Streit nicht allzu ernst nehmen. Der ist morgen vergessen, und wenn das Heft erst erschienen ist, werden sie alle zu denen gehören, die uns ja gleich gesagt haben, dass es gut wird.«

Franjo lachte und ließ sich von mir Feuer geben.

Dienstag

Beichtgeheimnis

»Hallo? Ist dort –«

»Einen Augenblick, bitte.« Ich legte den Hörer weg, ging ein paar Schritte auf und ab, streckte mich, gähnte und trank ein Glas Grapefruitsaft. Die Säure zog mir das Gesicht zusammen, doch die Zunge war danach beweglicher.

»Ich bin wieder da.«

»Spreche ich mit Herrn ... Paul Mazurka?«

»Am Apparat.«

»Hier ist ›Das Freie Wort‹, Redaktionssekretariat. Ich verbinde Sie mit Herrn Dr. Frank.«

Ich wartete. Eine scharfe, kühle Stimme meldete sich, nicht eigentlich unsympathisch, aber befehlsgewohnt und mit einem militärischen Touch, der mir zu dieser frühen Stunde Sodbrennen verursachte.

»Frank«, knurrte die Stimme. »Ich habe gehört, dass Sie Auftragsreportagen übernehmen.«

So. Hatte er gehört.

»Was ist, sind Sie noch dran?«

»Sicher, sicher«, beeilte ich mich zu sagen.

»Gut. Was ich Ihnen anbiete, ist ein Interview. Ein Interview mit Bischof Konrad Immermann.«

Oh nein. »Herr ... äh ... Dr. Frank. Es muss ein Missverständnis vorliegen. Ich bin vor fünfzehn Jahren aus Ihrem Verein ausgetreten und habe mein letztes Interview mit der gegnerischen Mannschaft gemacht, um präzise zu sein mit –«

»Karlheinz Deschner, ich weiß. Ich habe natürlich Erkundigungen über Sie einholen lassen. Es verhält sich so, dass der Bischof im Juni in den Medien hart angegriffen wurde, was Ihnen kaum entgangen sein dürfte. Ich will ihm im ›Freien

Wort‹ die Gelegenheit geben, seine Sicht der Zusammenhänge darzulegen.«

Wer von uns beiden war wohl verrückt geworden? »Das Freie Wort« war eine betont konservative Tageszeitung, die es traditionell seit ihrer Gründung kurz nach Kriegsende mit der Amtskirche hielt und daraus niemals einen Hehl gemacht hatte. Erst vor drei Wochen hatte der Herausgeber im Editorial verkündet, das Volksbegehren zur Liberalisierung der Kirche sei überflüssig. »Viele«, hatte er damals allen Ernstes geschrieben, »machen nur aus der Hetz' mit, das Fundament eines katholischen Staates zu zerstören.« Das war ungeschickt formuliert, aber es traf schon den Kern dessen, was er *eigentlich* meinte: dass nämlich trotz aller anderslautender Versicherungen seitens der Regierung die Trennung von Kirche und Staat in Österreich niemals ganz vollzogen worden war. Grunert, Immermann und Konsorten hatten jedenfalls im »Freien Wort« immer Gelegenheit gehabt, ihre *Sicht der Zusammenhänge darzulegen* – dazu brauchten sie mich nicht.

Frank missdeutete mein Schweigen. »Wir zahlen ein angemessenes Honorar; die Hälfte als Vorschuss bar oder auf Ihr Konto, den Rest nach Abgabe des Interviews.«

Das klang zu schön, um wahr zu sein. Mein Misstrauen begann zu knurren wie ein alter Kettenhund, den man zur Unzeit mit einem Fußtritt aus dem Schlaf gerissen hat. »Warum setzen Sie nicht einen Ihrer Redakteure darauf an?«

»Der Bischof wünscht einen ... einen außenstehenden Gesprächspartner. Sehen Sie's als einen Akt der Toleranz gegenüber Andersdenkenden.«

»Das haben Sie schön gesagt. Ich fürchte, ich verstehe immer noch nicht ganz«, sagte ich und nahm noch einen Schluck Grapefruitsaft. »Wieso sind Sie so sicher, dass Immermann sich dazu breitschlagen lässt?«

Frank räusperte sich. »Das hat er bereits getan, und zwar nachdem er Ihr Deschner-Interview gelesen hat. *Er* will mit Ihnen reden.«

Ich schluckte, diesmal ohne Saft, und nahm Notizblock und Bleistift zur Hand. Es war acht Uhr dreizehn, und mein Kopf fühlte sich an, als wäre er in Zement verpackt. »Die konkreten Themen, bitte. Worüber will der Bischof sprechen, und was lassen wir besser von vornherein weg?«

»Die Causa Grunert und das Volksbegehren«, kam es wie aus der Pistole geschossen.

»Dann bleibt nicht mehr viel übrig«, warf ich ein.

»Wie?« Frank lachte, so kurz und trocken wie ein Schlüsselbeinbruch. »Da haben Sie wohl etwas missverstanden. Das sind die Themen. Darüber wird Bischof Immermann mit Ihnen reden. Was ist, nehmen Sie an?«

»Wenn ich die redigierte Fassung vor der Drucklegung zu lesen bekomme.«

»Das ist bei uns nicht üblich.«

»Das ist nirgends üblich. Doch in diesem Fall ist es meine Bedingung.«

»Ich werde sehen, was sich tun lässt. Ihr Termin ist Mittwoch, elf Uhr vormittags im erzbischöflichen Palais. Noch Fragen?«

Mittwoch – das war morgen. Es blieb wenig Zeit. »Ja. Würden Sie mir eine Pressemappe zusammenstellen? Ich brauche alle Interviews, die der Bischof in letzter Zeit gegeben hat, Abschriften von Hörfunk- und Fernsehaufnahmen, wenn solche existieren, ansonsten Videos und Tonbänder. So vollständig wie möglich.«

»Kein Problem. Kommen Sie heute in der Redaktion vorbei, sagen wir um … halb elf, wenden Sie sich an Frau Peichl. Das Material wird bereitliegen.«

»Und der Vorschuss? Ich hätte ihn gerne bar.«

Seine Stimme klang jetzt, als würde er grinsen. »Und ein Barscheck. Ach ja, ehe ich's vergesse: Wer wird die Fotos machen? Arbeiten Sie mit einem Fotografen zusammen, den Sie bis morgen –«

»Im Augenblick leider nicht. Wenn Sie niemanden auftreiben, werden wir wohl auf bereits vorhandenes Material zurückgreifen müssen.«

Einen ausgewachsenen Kater zu beschwichtigen ist eine Sache, die Know-how, Fingerspitzengefühl und Zeit erfordert. Letztere stand mir nicht zur Verfügung. Ich ließ den obligaten Early-Morning-Espresso ausfallen, hielt das Duschen kurz und vergaß, den Anrufbeantworter anzuschalten. Um zwei Minuten vor neun schlugen die Schwingtüren des »Café Landtmann« hinter mir zu.

Ich hatte es nicht für nötig gehalten, mit Günther Abfalter ein Erkennungszeichen auszumachen; immerhin war der Mann einige Wochen lang in den Medien fast so präsent wie der Kardinal gewesen. Trotzdem machte ich zweimal die Runde, ehe ich ihn erkannte. Ein Gesicht, dem jedes Extrem fehlte. Wie es wohl ausgesehen haben mochte, als er noch Zögling im Hollabrunner Internat gewesen war? Ich stellte mich vor, reichte ihm die Hand und setzte mich. Dann legte ich die Spielregeln fest: »Wir können jederzeit unterbrechen, Herr Abfalter. Wenn Sie eine Frage nicht beantworten wollen, sagen Sie es einfach. Dieses Gespräch wird nicht veröffentlicht werden; trotzdem würde ich es gern auf Band aufzeichnen. Stört Sie das?«

Es störte ihn nicht. Stockend begann er, über seine Treffen mit Sarah Ortbauer zu berichten. Bemüht, ihn nicht zu verschrecken, verkniff ich mir die Zwischenfragen, tat so, als machte ich mir hin und wieder Notizen, und nickte verständnisvoll. Er selbst war es, der auf den Fall Grunert zu sprechen kam.

»Sie müssen entschuldigen, dass ich einfach aufgelegt hab«, sagte er und rutschte auf seinem Stuhl hin und her. »Aber meine Frau und ich, sogar unsere Kinder, sind in letzter Zeit so oft belästigt worden, dass ... Ich habe dann den Anrufbeantworter gekauft, damit das aufhört. Diese ständigen Drohanrufe und Beschimpfungen ... Sie finden das vielleicht lächerlich ...« Er lachte und brach ab.

»Ich finde daran gar nichts lächerlich, Herr Abfalter. Sind es verschiedene Anrufer?«

Er warf mir einen verwirrten Blick zu, doch bevor ich die Frage anders formulieren konnte, sagte er: »Dass wir alle exkommuniziert werden und in die Hölle kommen. Er sagt, dass wir alle in die Hölle kommen.«

»Wer? *Wer* sagt das?«

»Meine Frau ist damit zur Polizei gegangen, doch die haben ihr erzählt, das ist nur ein Verrückter, der wird sich schon beruhigen.« Abfalter lachte wieder, doch sein Gesicht sah so aus, als würde er jeden Moment in Tränen ausbrechen.

»Kennen Sie die Stimme?«

»Ob ich … Wissen Sie, ich glaube, ich bring den Menschen Unglück. Dem Fräulein Ortbauer hab ich es gesagt, und jetzt …«

Jetzt kamen sie wirklich, die Tränen, und liefen ihm die Wangen runter.

Scheiß auf das Interview. Der Mann war fertig. Man tritt nicht auf jemand, der am Boden liegt. Ich stand auf, ging zum Ober, der gerade in die »Neue Post« vertieft war, und bestellte zwei Fernet-Branca. Ich schob einen über den Tisch und sagte: »Trinken Sie das.«

Widerspruchslos kippte er den Schnaps. Sehr geübt war er nicht in dieser Disziplin; ein Hustenanfall beutelte ihn. Als ich mit der Linken zum Diktafon griff, um es abzuschalten, sagte er: »Nein, lassen Sie nur, es geht schon. Ich fühle mich so schuldig am Tod –«

»Jemand hat Sarah ermordet«, sagte ich, schärfer, als es in meiner Absicht lag. »Wer es auch war, ist schuldig. Nicht Sie.«

Er schüttelte den Kopf. »Das ist es, was mir gestern mein Beichtvater gesagt hat … und fast in denselben Worten.«

»Dann ist er zumindest kein Dummkopf.«

»Er ist ein guter Mann.«

Beichte – mit zwölf konsumierte ich diese katholische Dienstleistung zum letzten Mal; eine Art Generalservice, der mich von all den großen und schweren Sünden reinwusch, die einem Zwölfjährigen so auf die Seele drücken. Darauf folgte die Firmung und hinterher der Austritt ...

»Sie gehen nach dem, was passiert ist, immer noch zur Beichte?«

»Natürlich«, sagte Abfalter, als wäre es natürlich. »Gumpoldskirchen ist zwar nicht gerade in der Nähe, aber ich mag die Fahrt, und ...« Er starrte mich an, als ich mir eine Zigarette ansteckte.

»Möchten Sie eine?«, fragte ich und schob ihm die Packung hin.

»Nein danke, ich rauche nicht. Es ist nur so ...«

Ich trank meinen Fernet und wartete ab, was er mir zu sagen hätte.

»Es ist das Feuerzeug«, sagte er plötzlich. »Er benützt dieses Feuerzeug, und er trinkt diesen Schnaps.«

Gumpoldskirchen. Ein Zippo-Feuerzeug. Fernet-Branca. Himmel, es gibt Zufälle, die darf es gar nicht geben ... Ich beugte mich vor und fragte: »Ihr Beichtvater – wäre es möglich, dass Sie von Dominik Weibl sprechen?«

Abfalters Blick wurde misstrauisch. »Woher wissen Sie ...«

»Dominik ist ein alter Freund«, sagte ich beschwichtigend.

Ich war sieben Jahre alt, als ich ihm zum ersten Mal begegnete; ein großer, finsterer Mann mit der Statur eines Bären und einem Gesicht so breit wie ein Parmaschinken. Er besuchte hin und wieder meine Eltern, um sich mit ihnen und anderen Freunden diskutierend die Nächte um die Ohren zu schlagen. Er rauchte wie ein Schlot, konnte auf den Händen gehen und spielte hinreißend gut Klavier. Und er benützte trotzig sein altmodisches Zippo in einer Zeit, als alle Welt auf Bic-Feuerzeuge abfuhr. Trotz seines düsteren Aussehens – das noch verstärkt wurde durch seine schwarze Arbeitskleidung – fühlten sich Kinder zu ihm hingezogen. Vielleicht, weil sie instinktiv erkannten, dass sich hinter dem rauen, polternden Äußeren ein sanftes Gemüt verbarg. Dazu kam, dass er sie wie seinesgleichen behandelte, und das macht auf Kinder größten Eindruck.

Später fand ich heraus, dass Dominik, der jede Gesellschaft zum Lachen bringen konnte, selbst unter schweren Depressionen litt und an seiner Berufung öfter zweifelte, als es für einen Priester gut sein kann. Ich besuchte ihn hin und wieder in Gumpoldskirchen, und wenn es ihn nach Wien verschlug – was in den letzten Jahren zunehmend seltener vorkam –, dann gingen wir in irgendein gepflegtes Restaurant, denn Dominik liebte gutes Essen fast so sehr wie große Weine, harte Schnäpse, starke Zigaretten und den Anblick schöner Frauen.

Ausgelaugt wie ein alter Mopp nach tausendundeinem blank polierten Fußboden kam ich im »Alt Wien« an. Es war der Kater, es war die Hitze, es war das Gefühl, jemand genötigt zu haben, der gerade das am allerwenigsten brauchen konnte. Aus Günther Abfalter war nichts mehr rauszubringen gewesen. Die Tatsache, dass ich seinen Beichtvater kannte, hatte jede Basis für weitere Gespräche zerstört; er glaubte mir nicht, dass es einfach ein Zufall war, der mich genauso überraschte wie ihn, und witterte dahinter eine groß angelegte Verschwörung.

Nico hatte Dienst; er sah mich reinkommen und brachte unaufgefordert einen Espresso. Er wusste, was notwendig war, dazu bedurfte es keiner Diskussion; er sah es mir an. Nico trug ein blendend weißes, perfekt gebügeltes Baumwollhemd, dessen gestärkter Kragen über seinem breiten, gebräunten Hals offen stand. Seine Armani-Jeans sahen aus, als hätte er sie heute früh gekauft. Das volle, kaum grau gesprenkelte Haar war nach hinten gebürstet und schien geradewegs aus den kundigen Händen eines sauteuren Innenstadtfriseurs zu kommen. Ich kann mir nicht vorstellen, dass irgendwer Nico jemals anders gesehen hat.

Ich beutelte eine Camel aus der verdrückten Packung, steckte sie mir zwischen die Lippen und ließ mein Zippo klicken. Sarahs Ermordung hatte die tiefsinnigen Essays über das Sommerwetter aus der Tagespresse verdrängt. Sie war groß drin, größer sogar als die allseits bejubelte Offensive, die Kroatien soeben unter dem so originellen wie assoziativen Decknamen »Sturm« gestartet hatte. Bis auf die denkwürdige Aussage des Pressereferenten der Wiener Polizei, man verfolge bereits eine vielversprechende Spur, fand sich allerdings wenig Neues über den Fall Ortbauer. Das konnte bedeuten, dass die Polizei Tom Hrdlicka gar nicht als Verdächtigen ins Auge gefasst hatte. Es konnte aber auch das genaue Gegenteil bedeuten.

Ich blätterte die heutige Ausgabe des »Freien Wortes« durch und sah mir das Impressum an; ein ausführliches, korrektes Impressum, wie es sich gehört. Ein Dr. Frank war darin nicht erwähnt. Auch das konnte etwas bedeuten. Oder eben nicht. Ich ließ mir von Nico, der an der Theke frühstückte, eine Packung Camel geben, zahlte und ging.

Die Redaktion des »Freien Wortes« war in der Singerstraße in einem kaisergelb gestrichenen Barockgebäude angesiedelt. Ich trat ein und fragte den alten, triefäugigen Portier nach einem Dr. Frank. Er kannte keinen. Ich zog meinen Notizblock hervor und las den Namen Peichl herunter. Er nannte eine Zimmernummer im ersten Stock, die ich nach einem angemessen ausgedehnten Fußmarsch fand. Ich klopfte an eine Tür, an der eine geprägte Messingtafel mit der Aufschrift »Eva Maria Peichl – leitende Redakteurin« angeschraubt war, und trat ein.

Eine ältere Dame mit platinblondem, hochtoupiertem Haar, das an den Wurzeln grau war, widmete mir einen kühlen, abschätzigen Blick. Er ging durch mein Sakko hindurch, schnappte sich meinen Personalausweis, erfasste die Daten und wurde noch kühler.

Sie sagte: »Grüß Gott.«

Als wenn das so einfach wäre. Ich sagte: »Angenehm, Mazurka. Ist Dr. Frank zugegen?«

»Der Herr *Doktor*« – den Titel betonte sie auf eine geradezu bedrohliche Weise – »ist in einer Konferenz und darf nicht gestört werden. Aber er hat etwas für Sie hinterlegt.« Den letzten Satz brachte sie mit hörbarem Ekel hervor. Sie öffnete eine Schublade und entnahm ihr ein kleines Blatt Papier, das so vertrauenerweckend knisterte, wie nur ein Barscheck knistern kann. Ich nahm den Schein in Empfang, machte meinen Kratzfuß und strebte der Tür zu, begleitet von dem lauen Gefühl, etwas vergessen zu haben. Ihre Stimme hielt mich zurück, sie warf sie wie ein Lasso nach mir.

»Da wäre noch eine Kleinigkeit, Herr Mazurka.«

Sie hielt in beiden Händen einen Stoß Mappen und Kopien, die sie mir nach einigem Zögern überreichte, als wäre es die Bundeslade.

»Hier sind alle Interviews und Stellungnahmen gesammelt, die Seine Exzellenz in den letzten Wochen gegeben hat. Vielleicht«, sie hob eine gezupfte, haarscharf nachgezogene Augenbraue in schwindelerregende Höhe, »ist die Lektüre ein Ansporn, es besser zu machen als Ihre unhöflichen Kollegen.«

»Ich werd mir Mühe geben. Rechnen Sie mit dem Schlimmsten.«

Darauf ging sie nicht ein. »Wann bekommen wir Ihre … Arbeit?«

»Sobald sie fertig ist. Keinen Tag später, Ehrenwort.«

Der Weg zur Bank hatte mir selten so viel Freude bereitet. Ich wusste nicht, wer Frank war, noch, was er sich von meiner Arbeit erwartete. Doch dass er sich die einiges kosten ließ, das wusste ich jetzt. Mit ein paar unverhofften Tausendern in der Tasche sieht die Welt ganz anders aus. Sogar die ehrwürdige Statue des alten Wiener Bürgermeisters Karl Lueger schien ein wohlwollendes Auge auf mich zu werfen, ein strenger, aber gerechter Patriarch, der den verlorenen Sohn begrüßte. Sie stand aufgeräumt und würdevoll wie immer auf ihrem Steinsockel und bewachte den Luegerplatz. Sie tat das immerhin bereits seit 1926, und doch kam mir heute vor, als hätte das bronzene

Gesicht des alten Antisemiten ein feines schelmisches Grinsen aufgesetzt, so als würde der schöne Karl den Wienern kundtun, heute könnten sie ihn alle. Was nach so langer Zeit nur zu verständlich wäre.

Ich überquerte den Platz, zückte Toms Schlüsselbund und öffnete das Haustor. Ein blau gekleideter Riese kam mir entgegen, der unter jedem Arm eine Schachtel trug. Zusammen hatten sie höchstens die Größe und das Gewicht eines überfüllten Kleiderschranks. Der Mann sah aus, als würde er nichts lieber tun, als noch zwei davon aufpacken, nur leider war eben das Tor nicht breit genug.

Mit dem Lift fuhr ich in den letzten Stock. Die Tür mit der Aufschrift »Grafikstudio Thomas Hrdlicka« stand offen, und dahinter herrschte Hochbetrieb. Eine exklusive Stehparty, veranstaltet von der Republik Österreich. Geladen waren nur Clubmitglieder; alle anderen hatten hier nichts verloren. Zwei maßstabgetreue Miniaturausgaben des blauen Riesen waren damit beschäftigt, Toms Mobiliar und die Geräte säuberlich in Schachteln zu verpacken, während ein Dritter danebenstand und Buch führte. Er trug einen blauen Stangenanzug, ein hellblaues Hemd mit weißem Kragen und eine extrabreite Krawatte in einem Rotton, der den Teufel vom Höllenfeuer weggelockt hätte. Seine Augen hatten den scharfen, erbarmungslosen Glanz, den Augen kriegen können, wenn sie zu viel in anderer Leute Angelegenheiten herumstieren, beruflich und von Rechts wegen. Am Abend, wenn die Sonne tief über dem Wiener Becken stand, würde sein Schatten die Umrisse des Doppeladlers annehmen.

Er schoss auf mich zu und schnauzte: »Ham Sie hier was zu suchen?«

»Herrn Hrdlicka«, sagte ich und strahlte ihn an. »Dies ist sein Studio.«

»War es. Und jetzt gehen S' wieder. Und zwar plötzlich, wenn ich bitten darf.«

»Sie dürfen«, sagte ich zuvorkommend.

Er sagte ein Wort, das anzugtragende Herren für gewöhnlich nicht zu sagen pflegen. Sonst sagte er nichts. Er stand nur da, starrte mich aus seinen blauen Puppenaugen an und versperrte mir den Weg. Ich trat einen Schritt vor und hielt ihm meinen Presseausweis unter die Nase. Tolle Sache, so ein Ausweis. Wirkt manchmal Wunder. Diesmal wirkte er überhaupt nicht. Blauauge verschwendete nicht einmal ein Blinzeln darauf.

»Interessiert es Sie gar nicht, warum ich hier bin?«

Er schüttelte einmal den Kopf, schnippte mit dem Finger und sagte: »Raus.«

Er sagte es nicht besonders laut. Hinter meinem Rücken raschelte etwas. Ich beachtete es nicht, rührte mich einfach nicht vom Fleck. Er begann, mich zu beschimpfen, alles in gemäßigter, wohltemperierter Stimmlage, als hätte er es nicht nötig, zu brüllen. Als er damit fertig war, sagte er: »Sie stören die Arbeit eines gerichtlich beeideten Exekutors. Wissen S' eigentlich, was Ihnen das einbringen kann?«

Ich sagte, das wüsste ich nicht und es interessierte mich einen Dreck. »Alles, was ich will, ist ein Entwurf, den Hrdlicka in meinem Auftrag gemacht hat. Irgendwo da drin liegt eine Mappe oder ein Kuvert ...«

Er zog ironisch die Augenbrauen hoch. »Wir werden sofort alles wieder auspacken für den Herrn, nicht wahr?«, sagte er, an seine beiden Mitarbeiter gerichtet, die pflichtschuldigst lächelten, ohne in ihrer Arbeit innezuhalten. »Schließlich ist bei uns der Kunde König.«

Heute war der Tag der Arschlöcher. Ich trat noch näher an ihn heran und deutete mit dem Finger an ihm vorbei ins Studio. »Vielleicht lassen Sie mich selbst suchen, wie wär das? Oder haben Sie Lust auf einen freundlichen kleinen Artikel, mit Foto und allem, nur Sie, Ihre Dienstnummer und Ihre Scheißkrawatte?«

Das war ein Bluff, und das wusste er. Er grinste, sagte: »Ich darf bitten!«, und schnippte zum zweiten Mal. Ein Felsbrocken legte sich auf meine rechte Schulter. Ich brauchte mich nicht umzudrehen, um zu wissen, wer hinter mir stand. Das Riesenbaby hatte seine Geschenkpäckchen verstaut und war zurückgekehrt. Er musste sich nach Indianerart angeschlichen haben.

»Alles klar«, sagte ich und nickte ihm zu. »Du brauchst mich nicht zu tragen. Ich finde den Weg schon alleine.«

Der Große nahm seine Pranke weg und machte Platz. Jedenfalls das, was einer von seiner Sorte darunter verstand. Toms Vorzimmer war mir nicht so schmal in Erinnerung gewesen.

Das »Engländer« hatte vor ein paar Jahren noch »Windhaag« geheißen. Damals war es ein altes, traditionsreiches Kaffeehaus gewesen, in dem hauptsächlich reizende ältere Damen verkehrten, um die »Presse« zu lesen und ihre gut genährten Dackel mit Gugelhupf zu füttern. Vom nahe gelegenen Stubenbastei-Gymnasium kamen die Schüler – vorwiegend die schlechten – und saßen stundenlang bei einem kleinen Braunen, den sie dann beim Ober anschreiben ließen. Der Ober war geblieben (es schien sogar, als wäre er nicht einmal älter geworden), doch sonst war nach der Neuübernahme nicht mehr viel übrig vom alten »Windhaag«.

Das »Engländer« war schick, und das waren auch die jungen und nicht mehr ganz so jungen Typen, die bis in die frühen Morgenstunden hinein am Tresen Weine verkosteten (»Du, Erich, noch ein Glas, aber nicht vom Neuburger, der korkt grau-en-haft. Ich nehm den Veltliner Smaragd vom Willi Bründlmayer, den mit dem Waaahnsinnsabgang, du weißt schon, Erich …«), elendslange Diskussionen über Squash oder Golf führten und dabei alle Hände voll zu tun hatten, das Handy zu bedienen.

Da ich Horst Fiedler von der »Donauwelle« erst in einer halben Stunde erwartete, knöpfte ich mir die Artikel über Bischof Konrad Immermann vor. Ich bestellte Tonic und sautierte Salbeileber im Basmatireisring, die sich als das entpuppte, was ich Hühnerleber mit Reis nennen würde und ganz passabel schmeckte, solange man sich nicht durch den Preis den Appetit verderben ließ.

Beim Essen las ich. Das mag ungehörig sein, spart aber Zeit. Frank hatte recht gehabt. Die Medien ließen kein gutes Haar auf dem ohnehin nur spärlich bewachsenen bischöflichen Haupt. Die Blätter waren voll mit bissigen Beschreibungen Immermanns und noch bissigeren Kommentaren zu seinen Vorstellungen; selbst aus dem konservativen Lager kam hin und wieder gedämpfte Kritik. Das war nicht weiter verwunderlich, schien es doch Immermanns erklärtes Ziel zu sein, das Zweite Vatikanum zu annullieren. Was ihm offensichtlich vorschwebte, war eine Rückkehr ins Goldene Zeitalter, als die Kirche noch eintausend Jahre jung und die Erde eine Scheibe war. Frauen als Ministranten? So weit kommt's noch! Priesterehen? Da sei GOtt davor. Nein; das war schon ein Kirchenmann der guten alten Schule Anno Domini fünfzehnhundert, ganz knapp, bevor dieser ketzerische Wittenberger Trunkenbold seine häretischen Thesen an die Kirchentür nagelte.

Allerdings ging seinem heilsamen Wirken gänzlich die Naivität seines Chefs Heinrich Grunert ab, der mit feinsinnigen Exzerpten über den geografischen Standort der Hölle, eindringlichen Beschreibungen der vielen Ränke, die Satan beim Verführen Minderjähriger zum sündhaften Lebenswandel ins Spiel bringt, Wallfahrten, Bittprozessionen und Marienbeschwörungen seinen lebenslangen Kreuzzug gegen den Gottseibeiuns führte – Immermanns Stärke lag in einem anderen, kriegerischen, wenn auch durchaus intellektuellen Bereich. Dieser frohe Botschafter war so etwas wie Grunerts schwere Reiterei, ein eherner Kürassier des HErrn, dessen sprichwörtliche Streitlust öffentliche Provokationen sonder Zahl verursachte, die, wie böse Zungen behaupteten, vor allem dazu dienten, ihn in die Medien zu bringen. Er war der anerkannte Großmeister im Wortklauben, Haarspalten, Niederwalzen und Weghören, wenn's unbequem wurde; und wenn er erst seine segensreiche Trickkiste auspackte, um Weiß in Schwarz zu verkehren und vice versa, dann kam man aus dem Staunen gar nicht mehr heraus.

Seine letzte Entgleisung hatte ihn allerdings ins mediale Out gedrängt – eine historische Interpretation (um ein mildes Wort für das zu finden, was eine ehemalige Präsidentschaftskandidatin »Geschichtsklitterung« genannt hatte), der man weder kühne Originalität noch Sinn für dramaturgische Brisanz absprechen konnte. Das Kirchenvolksbegehren in einem Atemzug mit jener »Abstimmung« von 1938 zu nennen, die den Anschluss Österreichs ans Dritte Reich legalisieren sollte, war zwar aus seiner Position heraus durchaus folgerichtig und konsequent gedacht, hatte ihm aber in breitesten Kreisen den Ruf eines Antidemokraten von rechtem Schrot und Korn eingetragen. Als ob »demokratische Kirche« nicht ohnehin ein Oxymoron wäre.

Schlag ein Uhr, auf die Minute genau, stand Franjo Bregović an meinem Tisch und grinste auf mich herunter. Nachdem er seine Bestellung losgeworden war, holte er ein Päckchen Marlboro aus der Brusttasche seines grasgrünen Poloshirts und paffte genüsslich vor sich hin.

»Horst Fiedler lässt sich entschuldigen«, sagte er nach einer Weile. Seine Stimme hörte sich an, als spräche er den ersten Satz des Tages, brüchig und heiser und wie aus den Tiefen einer stillgelegten Kohlenmine hervorgeholt. »Er ist ... Er hat den Abend gestern nicht so gut vertragen.«

Ich lachte und zuckte mit den Schultern. Erst beim zweiten Hinsehen bemerkte ich dunkle Schatten unter seinen Augen; von den Schnurrbartenden gingen zwei tiefe Linien weg, die aussahen, als wären sie mit dem Schnitzmesser eingekerbt und heute Morgen wieder nachgezogen worden.

Als der Kellner sein Bier brachte, sagte er »Danke« auf eine Art, die einen spüren ließ, dass er es ernst meinte. Er widmete dem Krug einen entrückten, fast ekstatischen Blick aus seinen traurigen Augen, als hielte er nach langen Jahren der Suche endlich den Heiligen Gral in Händen, und tat einen zögerlichen ersten Schluck. Sein Profil entspannte sich.

»Es hat gestern wohl noch länger gedauert«, sagte ich.

»Wie? Oh, ja«, sagte er mit ernstem Gesicht.

Ich kam zur Sache. »Ich sag es Ihnen besser gleich«, begann ich. »Das Cover für die aktuelle Ausgabe der ›Donauwelle‹ können Sie wohl vergessen. Ich war gerade in Toms Studio. Der Exekutor ist dabei, die ganze Einrichtung abtransportieren zu lassen. Ich hab versucht, mit ihm zu reden. Wollte ihn dazu bringen, dass er mich danach suchen lässt. Leider war ich noch nie besonders gut darin, mit diesen Typen umzugehen. Er ließ mich rausschmeißen.«

Wider Erwarten lachte Franjo. »Ich hätte sicher auch nicht mehr Glück gehabt«, sagte er. Plötzlich trat ein boshaftes Funkeln in seine Augen. »Und Horst Fiedler mit seinem schwarzen Kopftuch hätte die Erzengel-Luzifer-Show abgezogen und wäre gleich verhaftet worden.«

Wir lachten beide.

»Was werden Sie jetzt machen?«, fragte ich. »Kennen Sie einen anderen Grafiker?«

Er hob die breiten Schultern. »Vielleicht kennt Horst jemand. Ich habe für dieses Heft genug getan. Ihr Freund Thomas ... wann wird der wieder zurück sein?«

»Sehen Sie, das ist der Punkt. Ich weiß es nicht. Ich bin mir nicht einmal sicher, ob er selbst es weiß.«

»Der Exekutor«, sagte Franjo und nickte so verständnisvoll, wie das nur einer zustande bringt, der die ganze widerliche Prozedur selbst einmal erlebt hat. Vielleicht war es diese Geste, die mich zu einem Fehler verleitete, der einen Menschen das Leben kosten sollte.

Ich sagte: »Das ist es nicht. Tom vermutet, dass ihn die Polizei im Visier hat.« Als Antwort auf Franjos fragenden Blick sagte ich: »Mordverdacht. Eine Journalistin wurde umgebracht, mit der er ein paar Wochen ein Verhältnis hatte. Zeugen haben ihn am Tatort gesehen, was er selbst nicht einmal abstreitet.«

Bregović beugte sich vor, legte die Unterarme auf den Tisch und gab Rauchzeichen von sich. Er sagte nichts, er wartete.

»Er rief mich gestern an, wollte, dass wir uns treffen. Aber er kam nicht. Seither herrscht auf seiner Seite Funkstille.«

Franjo nickte, während er bedächtig seine Zigarette ausdämpfte. »Davon habe ich gelesen«, sagte er. »Ortbauer. Sie hat die Sache mit Kardinal Grunert groß rausgebracht. Ein riesiges – heißt es Spektakel? – in den Medien.«

»Ja, das war es. Tom hat am Telefon behauptet, er hätte eine Tasche – in den Nachrichten war von einem Aktenkoffer die Rede – von ihr übernommen, kurz vor oder kurz nach ihrem Tod.«

»Denken Sie, dass er …«

»… Sarah umgebracht hat? Unsinn«, sagte ich und grinste freudlos. »Als Liebespaar waren die beiden eine Katastrophe. Aber sie blieben auch nach der Trennung in Kontakt. Und immerhin hat sie Tom so sehr vertraut, dass sie ihn um Hilfe bat. Hat ihm erzählt, sie wäre einer ganz heißen Angelegenheit auf der Spur.«

»Und jetzt versuchen Sie herauszufinden, wer es getan hat, wenn nicht Ihr Freund«, stellte er fest. »Wie wär's mit einem Bier?«

»Dann sind wir sehr schnell wieder dort, wo wir gestern aufgehört haben.«

Ein schräges Grinsen zog sein rechtes Schnurrbartende hoch. »Wie Sie meinen. Ich wollte nicht aufdringlich wirken.«

»Ich hab nicht Nein gesagt.«

Nachdem der Ober zwei Krügel gebracht hatte, fragte Franjo: »Was war in dem Koffer?«

»Die richtige Frage. Ich weiß es nicht genau.« Ich erzählte ihm vom Grunert-Foto, von den verschwundenen Disketten und von der gelöschten Festplatte. Das Golf-Turnier amüsierte ihn, doch eine Lösung hatte er auch nicht parat. Warum auch.

»Aber es muss noch etwas anderes dabei gewesen sein«, sagte ich abschließend. »Tom sprach von weiteren Fotos, von ›wirklich schlimmen‹ – das waren, glaub ich, seine Worte. Fotos, die mit der Grunert-Geschichte zu tun haben? Und wenn, wo sind sie dann geblieben? Wo ist die Diskette, die Tom auf die Festplatte kopiert hat? Jede Menge Fragen, auf die ich keine Antwort habe.«

Es war kurz nach zwei, als ich zahlte und meine Unterlagen zusammensammelte. Ich erhob mich und reichte Franjo die Hand.

Anstatt sie zu ergreifen, legte er seine Linke auf meinen Unterarm und sagte: »Sie haben heute noch zu tun?«

»Ich muss nach Gumpoldskirchen.«

Er nickte. »Haben Sie einen Wagen? Nein? Ich bring Sie zum Bahnhof.«

Das Anwesen in Gumpoldskirchen bestand aus einem alten Vierkanthof, zwei oder drei Geräteschuppen und einer kleinen Schmiede. Ich konnte mich noch an einen großen, brummigen Schmied erinnern, zu dem die Bauern aus der Umgebung kamen, wenn eine Pflugschar gesprungen war. Dann heizte er die Esse an, schwang den klobigen Hammer und tauchte das glühende Metallblatt in einen Holztrog voll Wasser. Doch seit zwei Jahrzehnten blieb die Schmiede ungenutzt. Ein gepflegter Obstgarten mit Weinlaube und Gemüsebeeten gehörte ebenfalls dazu. Weiter außerhalb des Ortes gab es noch ein Pflegeheim, doch dorthin hatte es mich selten verschlagen.

Als Kind waren mir die Dimensionen riesig vorgekommen; der Garten war ein weitläufiger Park gewesen, in dem man sich verirren konnte. Als ich durch das Tor in den kühlen, schattigen Innenhof trat, wunderte ich mich wieder einmal darüber, wie sehr alles zusammengeschrumpft war.

Ein junger Geistlicher, den ich noch nie gesehen hatte, teilte mir mit, dass der alte Pfaffe anwesend war.

»Werden Sie erwartet?«, fragte er höflich.

Ich verneinte. Ich heftete mich an seine Fersen, als er lostrabte, um Dominik in seiner Klause aufzuscheuchen.

Er klopfte an die Tür, dann flüsterte er etwas in den Raum, und dann brummte eine Bassstimme: »... keine Zeit. Soll sich anmelden. Wir haben hier nicht Tag der offenen Tür.«

Der Geistliche drehte sich zu mir herum und hob bedauernd die Hände.

»Was ist«, rief ich laut. »Seit wann empfängt Don Camillo keine Ketzer mehr?«

Die Tür wurde ganz aufgerissen. Dominik schob seinen Adlatus mit einer Handbewegung zur Seite, als würde er Fliegen verscheuchen.

»Das gibt's doch gar nicht«, dröhnte er. »Wenn man den Teufel nennt, kommt er gerennt!«

»... und er hat wirklich ›Akt der Toleranz gegenüber Andersdenkenden‹ gesagt?« Dominik wieherte erneut los und hielt sich den gewiss nicht unbeträchtlichen Bauch, der im Rhythmus seines Gelächters mitschwang.

»Du bist fett geworden«, sagte ich, nachdem er sich beruhigt hatte. Wir saßen in der Weinlaube auf Heurigenbänken und tranken kalten Messwein aus dickwandigen Henkelgläsern. Hier draußen war es merklich kühler als in der staubigen Stadt. »Ein feister, ausgefressener Pfaffe«, ergänzte ich genüsslich. »Wie Bruder Tuck.«

»Bruder Tuck wird dir gleich zeigen, wo Gott wohnt«, brummte er erbost und schnappte sich eine Handvoll Käse-Halasz, die er auf einen Sitz verschlang. »Aber ernsthaft, Bürschchen: Weißt du, wer heute Morgen bei mir anrief?«

»Immermann?«, schlug ich grinsend vor. Ich wusste, dass der Bischof auf Dominiks Werteskala noch tiefer rangierte als sein marianischer Kardinal. Etwa einen Kilometer tiefer.

»Nicht ganz«, sagte er, kaum ungehalten darüber, dass ich ihm die Pointe ruiniert hatte, und wiegte seinen massigen Schädel hin und her. »Aber schon recht gut. Der Anruf kam aus seinem Büro.«

»Mir fehlen die Worte.«

»Gott sei's gedankt. Sie wollten wissen, wie lang ich dich kenne, was ich über deine Arbeit weiß, wie du's mit der Religion hältst, ob ich dir in jungen Jahren die Beichte abgenommen habe, ob du – wie war das gleich? – *seriös* bist, als Journalist, du weißt schon.« Er steckte sich eine filterlose Gitane an, inhalierte mit sichtbarem Genuss und ließ den Rauch langsam durch die Nase entweichen. Nicht alles ist *light* in diesem Leben.

»Woher wissen die, dass wir befreundet sind?«

Dominik zuckte mit den mächtigen Schultern. »Weiß der Teufel ... Es ist schon sehr merkwürdig, dass Immermann dir ein Interview vorschlägt. Das sieht ihm gar nicht ähnlich.«

»Apropos Interview«, begann ich vorsichtig. Ich hielt es für eine gelungene Überleitung. »Ich bin heute Günther Abfalter begegnet –«

Weiter kam ich nicht. Offensichtlich hatte ich von allen möglichen Wegen den schlechtesten beschritten. Blitzschnell veränderte sich Dominiks unbekümmerte Körperhaltung; er ähnelte jetzt einem Boxer, der zur finalen rechten Geraden ansetzt.

»Daher weht der Wind! Oh nein, Paul, *vade retro* – kein Wort mehr darüber!« Er hieb mit einer kindskopfgroßen Faust auf den Tisch, dass die Gläser wackelten.

»Nimm Rücksicht auf mein Trommelfell«, warf ich ein. »Alles, was ich von dir wissen will, ist ...«

»... was mir Abfalter während der Beichte gesagt hat. Vergiss es.« Er trank sein halb volles Glas leer und schenkte sich nach, ohne mich zu bedenken. In der Nachbarschaft krähte ein Hahn. Vielleicht hatte Dominiks Stimme sein Zeitgefühl durcheinandergebracht.

»Du verstehst mich falsch. Es ist mir wichtig, dass –«

»Ich versteh dich sehr gut. Glaubst du, du bist der Erste, der es versucht? Jeder männliche Journalist in Österreich würde sein rechtes Ei dafür hergeben.«

Wider Willen musste ich lachen. Und während ich lachte, wuchs die Wut über so viel Sturheit.

»Du bist sexistisch«, sagte ich. »Was ist mit den Frauen?«

Er grunzte.

»Sei so gut und hör mir zu, ohne Rambo in Kutte zu spielen.«

»Nein«, sagte er und zielte mit seinem dicken Zeigefinger auf meine Nase. »Du hörst mir zu, Paul. Du bist, wie gesagt, nicht der Erste, der das wissen will, und du kriegst die gleiche Antwort wie die Kleine, die die ganze Sache aufgebracht hat, und alle anderen aus eurer blöden Branche. Die Antwort heißt: Beichtgeheimnis.«

Abermals krähte der Hahn.

»Du sturer Hund«, rief ich, »ich will nicht, dass du dein Schweigegelübde brichst. Sag mir nur: ja oder nein.«

»Ja oder nein was?«

»Wenn Abfalter gelogen hätte – immer vorausgesetzt, er weiß, was er sagt …«

»Er weiß, was er sagt.«

»… also *wenn* er gelogen hätte, dann wüsstest du das jetzt.«

»Ja.«

»Ja, er hat gelogen?«

»Ja, ich wüsste es.«

»Weißt du's?«

»Beichtgeheimnis.«

»Auch dann noch, wenn es um Mord geht?«

»Wie?«

»Liest du keine Zeitungen?«

»Nicht, wenn es sich vermeiden lässt.«

Ich schenkte mir nach und sagte ohne besondere Betonung: »Sarah Ortbauer ist ermordet worden.«

»Scheiße«, sagte Dominik, und schließlich: »Sie ist vor ein paar Monaten hier aufgetaucht und hat mir dieselbe Frage gestellt.«

»Und dieselbe Antwort erhalten.«

»Na klar. Letzte Woche hat sie mich angerufen. Da wollte sie wissen, ob mir eine Organisation namens ›Gladius Domini‹ geläufig ist.«

»Und?«

»Nie davon gehört.«

Und da witterte ich etwas. »Wie war noch einmal der Name?«

»Gladius Domini.«

Toms Telefonanruf … Er hatte nicht »Radius Hominis« gesagt, sondern »Gladius Domini«.

»Was wollte die Ortbauer sonst noch, Dom?«

»Das war's auch schon. Oder warte. Sie erwähnte einen Namen … jemand, mit dem sie sich treffen wollte. Und ob er mir bekannt sei. Ein polnischer Name: Daszyński. Ja, ich glaube, das war der Name. Daszyński.«

Um einundzwanzig Uhr dreiundzwanzig kam ich am Schwedenplatz an und ging den Rest meines Heimwegs zu Fuß. Es war noch nicht dunkel, und die schwüle Stadtluft hüllte mich ein in eine stinkende, schweißtreibende Umarmung, die unwillkommener nicht hätte sein können. Den Abend verbrachte ich auf der Couch lümmelnd in meinem Wohnzimmer, in das Pressematerial über Immermann vertieft, das ich schließlich gegen Karlheinz Deschners gesammelte Werke eintauschte, um meinen Aggressionspegel noch ein wenig anzuheben. Ich trank Tee, rauchte drei Zigaretten und rief ein paar Leute an, unter anderem Sergej Markow, der mich für morgen zum Mittagessen einlud. Kurz nach Mitternacht schwirrte mir der Kopf, und ich warf mir die Jeansjacke über die Schulter, um dem jungfräulichen Tag meine Reverenz zu erweisen.

Die Luft war abgestanden, staubig und angereichert mit den Ausdünstungen eines langen, betriebsamen Tages, und sie führte eine zähe Feuchtigkeit mit sich, die das Atmen beklemmend machte. Ich drehte eine Runde durchs Karmeliterviertel, geriet auf die Hollandstraße und wandte mich stadteinwärts. Der Morgen steckte in den Kinderschuhen, und es sprach viel für ein einsames Bier im »Café Piccolo«, weshalb ich vor der Salztorbrücke links abbog und zielstrebig in Richtung Gredlerstraße marschierte. Doch als ich vor dem »Piccolo« stand, verlor ich mit einem Schlag alle Lust, meine Nase den rauchdurchzogenen, beißenden Küchendämpfen auszusetzen. Ich trat wieder auf die Taborstraße und spielte mit dem reizvollen Gedanken, nach Hause und ins Bett zu gehen, als ich bemerkte, dass die Fenster der kleinen Rive-Gauche-Buchhandlung noch hell erleuchtet waren. Und das brachte mich auf eine Idee.

Die Rive-Gauche-Buchhandlung war, wenn man aus dem Namen Schlüsse ziehen konnte, eine von der linken Sorte; ein Flussufer, an dem man nicht von vornherein nach kirchlichen Themen suchen würde. Andererseits sind ja GOttes Wege erwiesenermaßen unergründlich.

Mein Interesse hatte ein unscheinbarer Band in der Auslage geweckt. Er trug den Titel »In den Himmel kommen wir alle – Gespräche mit österreichischen Bischöfen« und war von der Machart her genau zwischen Buch und Broschüre angesiedelt. Der Autor hieß Heinz Kopetzky, und das Ganze roch geradezu nach Eigenverlag, handkopiert, Auflage achtzig Stück. Was wahrscheinlich zu hoch angesetzt war.

Ich klopfte ein paarmal an die Tür und spähte durch die Scheibe ins Innere. Gut vierzig Leute waren auf engem Raum versammelt und unterhielten sich über Weingläser mit rotem oder weißem Inhalt hinweg. Ich entdeckte kein bekanntes Gesicht, bis sich aus der wimmelnden Menge ein Mann in schwarzem Jeansanzug löste; er kam auf mich zu und sperrte auf. Ein Lärmballon zerplatzte über mir.

Ich sagte: »Ich würde gerne dieses Buch kaufen.« Dabei deutete ich auf die »Gespräche«.

»Nur, wenn Sie ein Glas Wein mit uns trinken.«

»Sonst nicht?«

»Sonst nicht.«

Der Mann war nicht ganz einen Meter achtzig groß. Er trug eine Art Che-Guevara-Bart und die dazugehörige Frisur, dichtes, schwarzes, halblanges Haar, in das sich einige verfrühte Silberfäden eingeschlichen hatten. Havanna und Barett fehlten, stattdessen trug er eine Brille mit Stahlgestell.

Ich sagte: »Das ist Nötigung zum Alkoholismus.«

»Genau«, antwortete er. »Aber damit dürfte ein geprüfter ›Magistrat‹-Stammgast keine Probleme haben.«

Dem war nichts entgegenzusetzen, also trat ich ein und drückte ihm die Hand.

»Versuchen Sie Ihr Glück in der Küche«, rief er mir nach.

Ich drängte mich auf der Suche nach dem Buffet vorsichtig an Menschentrauben vorbei, stets darum bemüht, niemandem das Glas aus der Hand zu schlagen. Mazurka, der Menschenfreund. Nach einem rekordverdächtigen Slalomlauf gelangte ich in den hinteren Teil des Geschäfts, passierte eine Schwingtür, deren Flügel ich in echter Grenzermanier hinter mir zupendeln ließ, und versorgte mich in einer viel zu engen Küche mit trockenem Weißen. So bewaffnet, warf ich mich ins Getümmel.

Ein Ellbogen stieß gegen meine Schulter, und eine weibliche Stimme murmelte: »Entschuldigung.«

Ich machte eine halbe Drehung und stand einer jungen rothaarigen Frau gegenüber, die mit einem schrägen Grinsen viel Weiß zeigte, während sie mit zwei Fingern auf die Brusttasche meiner Jacke tippte.

Sie sagte: »Schenken Sie mir eine Zigarette?«

Ich nickte, suchte mit den Augen eine Abstellfläche für mein Glas, fand keine und löste das Zigarettenproblem einhändig. Dann schüttelte ich eine zweite aus der Packung, zwickte sie mit den Lippen ein und warf das Zippo an.

Nach dem ersten Zug verzog sie den Mund. »Das schmeckt ja grässlich«, sagte sie.

»Kommt darauf an. Manche mögen den Benzingeschmack.«

Sie unterzog mich über den Rand ihres Glases hinweg einer kurzen Musterung, die möglicherweise zu ihrer Zufriedenheit ausfiel, und sagte lächelnd: »Ich denke, Sie sehe ich zum ersten Mal.«

»So ist es. Arbeiten Sie hier?«

»Nicht mehr. Ich habe früher hin und wieder ausgeholfen und damit mein Studium finanziert, doch jetzt fehlt mir die Zeit. Aber ich bin Stammkundin. Im Gegensatz zum Großteil der reizenden Leute, die Sie hier sehen. Die kommen nämlich eher zum Plaudern als zum Einkaufen her. Bei Kaffee oder Wein, je nach Tageszeit und Verfassung.«

»Das klingt ein bisschen boshaft.«

»Soll es auch.« Sie nickte bekräftigend. »Es ruiniert das Geschäft. Der Inhaber ist mittlerweile so hoch verschuldet, dass er jederzeit den Ehrenvorsitz im Verein der Pleitiers und Bankrotteure einnehmen könnte. Aber lassen wir das Thema. Wie heißen Sie übrigens?«

»Mazurka. Paul Mazurka.«

»Lustiger Name.«

»Finden Sie?«

»Ich heiße Christa Kramer. Trinken wir noch etwas?«

»Warum nicht?«

Sie ergriff mein Glas und schob sich geschmeidig durch einen lebenden Vorhang, der hinter ihr wieder zusammenging. Ich zog ein letztes Mal an der Zigarette, ließ sie unauffällig zu Boden fallen und beobachtete das Treiben, als ich eine melodiöse Männerstimme meinen Namen rufen hörte. Ich wandte den Kopf und sah Hanns Lex Streu auf mich zusteuern. Er leitete eine der drei Wiener Buchhandlungen, die ich regelmäßig heimsuchte.

»Was machst du hier?«, fragte ich, während wir uns die Hände schüttelten. »Hast du vor, zur Konkurrenz überzulaufen?«

»Bin ich lebensmüde? Der einzige regelmäßige Kunde ist hier der Exekutor!«

Nachdem er mir ausführlich dargelegt hatte, wie tief in den roten Zahlen die Buchhandlung stand und dass er ihr zwei, allerhöchstens drei Monate bis zur endgültigen Schließung gebe, sagte ich, mit dem rechten Zeigefinger auf meinen »Café Magistrat«-Bekannten deutend: »Kennst du den Mann an der Kassa?«

»Klar«, sagte Hanns, »das ist Heinz Kopetzky, Inhaber und Geschäftsführer in Personalunion. Der Mann mit den hohen Schulden. Schreibt für den ›Freigeist‹.«

»Wie war der Name?«

»›Der Freigeist‹. Nie gehört? Ein Journalist mit deiner Tendenz sollte doch –«

Er wurde von Christa Kramer unterbrochen, die mir ein volles Weinglas überreichte. Diesmal war es Rotwein.

Ich stellte sie einander vor, dann hakte ich nach: »Was ist das für ein Blatt?«

Hanns strich sich über den kurz geschorenen Hinterkopf und zog die Stirn in Dackelfalten. »Hmmm … wie wär's damit: aufklärerisches Kleinforum für notorische Pfaffenhetzer mit polemischem Charakter, niedriger Auflage und vierteljährlichem Erscheinungsrhythmus, der immer dann eingehalten wird, wenn die Schreiber pünktlich abgeben, also nie?«

Ich grinste und sagte: »Ich brauche Informationen über Immermann.«

»Den Bischof? Dann ist Kopetzky der Richtige für dich.« Er warf einen Blick auf die Uhr. »Ich muss gehen«, sagte er. »Wir sehen uns, Paul.«

Christa Kramer sah mich neugierig an. »Was haben Sie denn mit dem Bischof vor?«

»Nichts Schlimmeres als ein Interview. Sie nehmen's mir doch nicht übel, wenn ich mich jetzt verabschiede? Ich will sehen, ob Kopetzky etwas für mich tun kann. Vielleicht gehen wir nächste Woche gemeinsam essen?«

»Ich habe einen eifersüchtigen Freund.«

»Was haben Sie eigentlich studiert?«

»Sie werden es nicht glauben: Ich bin Anwältin.«

»Großartig. Hoffentlich sind Sie gut, dann kann ich Sie nach meinem nächsten Mord konsultieren.«

Nachdem wir Visitenkarten ausgetauscht hatten, legte sie mir ihre Hand auf den Arm und sagte, nahe an meinem linken Ohr: »Kommen Sie, ich will Sie mit Heinz bekannt machen.« Sie trug ein Parfum, das zu ihr passte, als wäre es exklusiv für sie angefertigt.

Kopetzky hatte seinen Standort am Kassenpult nicht verlassen; er befand sich in angeregtem Streitgespräch mit einer kleinen Gruppe dunkelhäutiger Tequilatrinker. Die Sprache, in der sie stritten, war Spanisch; ein Spanisch mit eindeutig lateinamerikanischem Einschlag.

»Mazurka?«, sagte Kopetzky und zog die Augenbrauen hoch. »Wen man nicht alles im ›Café Magistrat‹ kennenlernt. Haben Sie nicht mit Deschner …«

»Genau«, sagte ich.

»Und worum geht es diesmal?«

»Um Immermann.«

Er stutzte, dann feixte er. »Der hat sich doch aus der Medienwelt zurückgezogen und grollt allen gottlosen Journalisten. Wie haben Sie denn das geschafft?«

»Überhaupt nicht. Der Vorschlag kam von ihm selbst.«

»Es geschehen noch Zeichen und Wunder. Wo soll das Interview erscheinen?«

»Im ›Freien Wort‹.«

»Netter Witz.«

»Kein Witz. Die haben mich angerufen.«

In Kopetzkys Gesicht rührte sich etwas, das schließlich seine Augen erreichte und glitzerte. »Ihr Ernst?«, fragte er.

»Mein voller Ernst.«

»Warten Sie eine Sekunde«, sagte er.

Er verschwand für ein paar Minuten im Gewühl. Als er zurückkam, trug er einen Stapel Bücher und Zeitschriften, die wir gemeinsam durchgingen. Einiges kannte ich bereits, doch das meiste war mir neu. Als wir bei seinem Buch angelangt waren – »Gespräche mit österreichischen Bischöfen« –, sagte Kopetzky: »Ich habe mit fast allen gesprochen. Allen außer Immermann.« Nach einer kurzen Pause fügte er hinzu: »Und Kardinal Grunert natürlich.«

»Tolle Ausbeute«, sagte ich, nachdem er mir die Rechnung gemacht hatte. »Nur hab ich nicht genug Geld dabei.«

»Macht nichts. Zahlen Sie's beim nächsten Mal.«

»Ich bin in zwanzig Minuten wieder da«, bot ich an.

Aber davon wollte Kopetzky nichts wissen. »Sie haben viel vor für heute«, sagte er lächelnd. »Und übrigens: Wenn die Ihr Interview im ›Freien Wort‹ abdrucken, lass ich mich taufen.«

Als ich eingeschlafen war – irgendwann nach vier Uhr früh –, geisterten Begriffe wie Synode, Infallibilität, Glaubensgewissheit und Trinität durch meine Träume. Ich lief durch lange dunkle Gänge, die nach Moder rochen und pulsierten wie der Verdauungstrakt eines hypertrophen Leviathans. Ich wurde verfolgt von neun gesichtslosen Kuttenträgern, die in der Rechten einen Hammer hielten und in der Linken Spanische Stiefel, und sie riefen mit dünnen, hohlen Vogelstimmen: *»Summis desiderantes affectibus.«*

Mittwoch

Schwarzmantel

Ein Diktafon ist eine ungeheuer praktische Sache. Es ist klein, es ist leicht, und man kann es ohne besondere Anstrengung sogar in die Brusttasche eines Sakkos zwängen. Es wird mit zwei Batterien gefüttert und geht ausgesprochen sparsam damit um, sieht rundum erfreulich aus, und, was das Beste ist, es erspart einem das leidige Mitschreiben bei Interviews. Ich habe diese kleinen Kästchen richtiggehend lieb gewonnen und könnte mir ein Leben ohne sie gar nicht mehr vorstellen. Man stellt die Maschine auf den Tisch, drückt einen Knopf, schaut seinem Gegenüber tief in die Augen und redet einfach drauflos. Zu Hause ruft man es ab, wieder nur ein Knopfdruck, genießt die eigene Eloquenz und mehr noch die peinlichen Ausrutscher des Gesprächspartners und tippt das Ganze in den Blechtrottel, so, wie's aus dem Kopfhörer fließt. Das nennt man dann sorgfältig redigiertes Interview. Ein Instrument also, das seinem Erfinder den Nobelpreis hätte einbringen müssen. Es hat eigentlich nur einen Nachteil: Im entscheidenden Moment versagt es den Dienst. Ich habe bereits vier davon auf den Mist geworfen; dieses war Nummer fünf.

Während ich damit beschäftigt war, das bänderfressende kleine Monstrum zu verfluchen, klingelte das Telefon. Langsam hatte ich das Gefühl, nur mehr mit früh aufstehenden Telefonsüchtigen zu tun zu haben.

»Hab ich Sie geweckt?«, fragte Franjo Bregović.

»Keineswegs. Ich bin hellwach und zu allem bereit.«

»Ich möchte Ihnen gerne jemand vorstellen. Jemand, der Ihnen vielleicht weiterhelfen kann.«

»Wann und wo?«

»Kennen Sie das Quartier Latin?«

»Die Handvoll Lokale am Donaukanal? Nur vom Hörensagen und Vorbeigehen. Die gibt's noch nicht so lang, oder?«

»Seit etwa drei Monaten. Ist Ihnen achtzehn Uhr recht?«

»Ja. Und in welchem?«

»Wie wär's mit dem Boot?«

»Ah. In Fachkreisen als das Saufboot bekannt.«

»Das war einmal. Jetzt wurde es neu hergerichtet, heißt ›La Caleta‹ und ist auf höllisch gute Cocktails spezialisiert.«

»Wo ist der Unterschied?«

»Ich würde sagen, jetzt ist es mehr ein *drinkboat.*«

»Eine feine Differenzierung. Haben wir dort genug Ruhe zum Reden?«

»So früh am Abend sicher.«

»Ich werde hinkommen.«

Auf dem Weg zum Erzbischöflichen Palais suchte ich eine Niedermeyer-Filiale auf. Der Verkäufer lag mir eine Zeit lang mit verkaufsförderndem Gewäsch in den Ohren, bis er mich so weit hatte, dreihundert Schilling mehr als geplant über den Ladentisch wandern zu lassen, um ein Diktafon zu erstehen, »das Sie so schnell nicht im Stich lassen wird, ehrlich, und sehen Sie, die Benutzerfreundlichkeit, alles mit nur einer Hand, und dann die Extras, zum Beispiel …«.

Im »Daniel Moser« ließ ich mir einen Toast und einen Espresso bringen, testete meine Neuerwerbung, rauchte eine Zigarette und betrachtete die geschäftige Rotenturmstraße. Ich schlug den aktuellen »Kurier« auf und überflog ihn. Und blieb gleich am Anfang hängen. Eine kurze Meldung gab bekannt, dass der Sekretär des Kurienbischofs Jakob Roder beim Überqueren der Wienzeile einem Verkehrsunfall zum Opfer gefallen sei. Der Pkw-Lenker habe Fahrerflucht begangen; der Sekretär sei noch auf der Fahrt ins Unfallkrankenhaus Meidling verschieden. Jakob Roder sagte mir überhaupt nichts, doch den Namen des Sekretärs hatte ich irgendwo gelesen. Daszyński. Pawel Daszyński. Nein. Halt. Ich hatte den Namen nirgends gelesen – Dominik hatte ihn erwähnt. Daszyński war der Mann, den Sarah Ortbauer kurz vor ihrer Ermordung aufsuchen wollte. Und der wurde zwei Tage später Opfer eines tödlichen Unfalls mit anschließender Fahrerflucht. Was für ein bemerkenswerter Zufall.

Um zehn Uhr fünfzig zahlte ich, stand auf und nahm Kurs auf die Wollzeile. Ich umging eine Ansammlung, die sich vor einer Ausspeisung, wo man schlechte Pizza per Laufmeter kaufen konnte, gebildet hatte, und hielt vor einem großen dunklen Holztor, das jetzt geöffnet war. Dahinter war ein Eisengitter zu sehen und dahinter ein friedlicher Innenhof, der die Freuden klösterlichen Lebens heraufbeschwor. Auf der linken Seite schützte eine Glaswand den Hausmeister der Erzdiözese vor den Unbilden der Witterung. Neonlicht erleuchtete seinen Koben, der mit einer Eins-a-Telefonanlage und mehreren Monitoren ausgestattet war. Die Segnungen des Fortschritts hatten auch hier Einzug gehalten.

Ein kleiner uniformierter Mann mit rotem Gesicht und einer Trinkernase, auf der sich Schweißperlen festgesetzt hatten, stürzte heraus und schnarrte: »Eintritt verboten!«

Ich erklärte ihm, dass Bischof Immermann meiner harrte. Er glaubte es nicht. Es kostete nicht übermäßig viel Überzeugungskraft, bis er so weit war, einen Anruf zu riskieren. Ich sah seinen ausdrucksvollen Pantomimen durch die Glaswand zu. Schließlich betätigte er irgendeinen verborgenen Schalter, und das Gittertor schwang auf. Er sprang wieder heraus, wieselte auf mich zu und erklärte mir den Weg. Ich verstand kein Wort. Er durchsuchte mich nicht nach Waffen. Davon abgesehen arbeitete der Sicherheitsdienst der Erzdiözese einwandfrei und fehlerlos.

Ich ging über den Hof, stieg ein paar Treppen hoch, durchwanderte einige Kilometer Korridor und kam zu dem Schluss, dass die Angestellten dieser Firma gewiss gut in Form waren. Verschwitzt erreichte ich um zehn Uhr achtundfünfzig die Tür zum bischöflichen Sekretariat, klopfte an und trat, als keine Aufforderung kam, kurzerhand ein.

Ein gut gekleideter Herr sagte: »Einen Augenblick, bitte«, zog eine randlose Brille mit Goldbügeln von der Nase, legte sie auf einen Tisch, dessen Schreibfläche kaum größer war als ein durchschnittliches niederösterreichisches Zuckerrübenfeld, erhob sich nonchalant, öffnete eine Tapetentür und verschwand dahinter.

Ich sah mich um. Es war ein sehenswertes Büro, hell und großzügig, spärlich mit gediegenen, wahrscheinlich antiken Holzmöbeln eingerichtet. Hier konnte man sich wohlfühlen.

Der Mann kam wieder zurück. Er hatte erdnussbraunes, kurz geschnittenes, glattes Haar, das er straff nach hinten gebürstet trug. Er sah aus wie ein Manager. Vielleicht war er einer. Mit einer einladenden Geste forderte er mich auf, in einem Lederfauteuil Platz zu nehmen. Ich zog ein Päckchen Zigaretten aus der Brusttasche meines Jeanshemds. Er blickte auf und sagte: »Bitte, rauchen Sie nicht. Seine Exzellenz leidet unter einer Sommergrippe.«

Ich steckte die Packung wieder weg.

Wir warteten. Die Sekunden zogen vorbei wie eine Herde Kühe, träg und ziellos und ohne sich was dabei zu denken. Dann kam er, pünktlich auf die Minute. Ein schwarzer, bodenlanger Talar hüllte seine wohlgenährte Figur ein. Er hielt den Kopf leicht gesenkt, wie es einem Diener des HErrn wohlansteht. Der Kopf war rund, kahl und rosig. Pausbacken gaben dem runden Gesicht einen harmlosen Ausdruck, der durch einen gespitzten kleinen Mund noch verstärkt wurde. Der Mund sah aus, als würde er immer nur Teddybären küssen wollen. Nur die Augen gefielen mir nicht. Sie waren klein, wässrig und wimpernlos, versteckten sich in zwei fetten Hautfalten. Sie bewegten sich mit der Vorsicht und dem wachsamen Misstrauen von Irokesen auf dem Kriegspfad.

Der elegante Herr war aufgesprungen und scharwenzelte um Immermann herum wie ein alter, treuer Airedale Terrier um seinen Herrn. Ich erhob mich, deutete eine Verbeugung an und sagte mein Sprüchlein auf. Lächelnd nickte Seine Exzellenz, nahm mich jovial beim rechten Ellbogen und führte mich in das Zimmer hinter der Tapetentür.

Er sagte: »Es freut Uns sehr, dass Sie sich freimachen konnten und Unserer Bitte nachgekommen sind. Setzen Sie sich doch, junger Mann.«

Ich setzte mich an einen Couchtisch, dessen Oberfläche mit zarten Intarsien verziert war, packte Diktafon und Notizblock aus und wartete.

»Was halten Sie von einer Tasse Kaffee?«

»Viel«, sagte ich.

Immermann ging zu seinem Schreibtisch, flüsterte ein paar Worte in die Gegensprechanlage und kam wieder zurück. Keine Minute später brachte der elegante Herr ein Tablett mit Zuckerdose, Milchkännchen und zwei Porzellanschalen und stellte es auf dem Tischchen ab.

Nach kurzem einleitenden Phrasendreschen sagte ich, dabei den Aufnahmeknopf betätigend: »Sie halten den Kardinal nach wie vor für das Opfer einer Verleumdungskampagne. Was spricht dann gegen eine Untersuchung des Falls Grunert?«

»Sehen Sie, für mich ist der Kardinal unschuldig, da brauche ich gar keine weiteren Beweise.«

»Heißt das, dass Günther Abfalter in Ihren Augen ein Lügner ist?«

»Ich würde sagen, ein kranker Mensch, der den Bezug zur Realität verloren hat. Unsere Zeit, die sich vom Pfad des Glaubens und Gehorsams vor GOtt abgekehrt hat, bringt viele zerstörte Seelen hervor; das ist eine Tatsache, die sogar durch Ihre allwissenden Statistiken belegt wird.«

»Hm ja, gewiss. Aber sind es – in diesem wie in vielen anderen Fällen – nicht gerade Ihre Kirche und deren Repräsentanten, die die Menschen krank machen?«

»Schaun Sie, junger Mann, auf dieser Ebene bin ich nicht

bereit, mich mit Ihnen zu unterhalten. Hier geht es doch um ganz andere Dinge.«

»Wie zum Beispiel?«

»Ein angesehener, rechtschaffener und treuer Diener der Kirche ist denunziert und verleumdet worden, da haben die Medien und Sie alle mitgespielt, ohne die Gerechtigkeit, die Sie so gern für sich in Anspruch nehmen, auch für Kardinal Grunert gelten zu lassen. Und da muss ich schon sagen, dass eine Fortsetzung dieses sonderbaren Gaudiums mit Unserem Zutun sicher nicht stattfinden wird.«

»Gaudium – ging es nicht vielmehr darum, die Wahrheit herauszufinden? Wenn der Kardinal einfach entschieden ›Nein‹ gesagt hätte, ›Nein, das habe ich nicht getan‹ …«

»Hätten Sie ihm geglaubt? Wahrheit.« Er schnaubte verächtlich. »Die Wahrheit ist Jesus Christus, der sich nicht verteidigt hat, obwohl er ohne Sünde war, der alle unsere Sünden auf sich genommen hat, der am Kreuz für uns Sünder gestorben ist.«

»Ein rasanter Vergleich, Heinrich Grunert und Jesus …«

»Kein Vergleich«, schwächte Immermann sofort ab, »sondern ein Gleichnis. Der Herr Kardinal hat sein Leben stets nach dem Vorbild Jesu Christi geführt, da ist ein solches Gleichnis durchaus angebracht.«

»Von alldem abgesehen: Denken Sie nicht, dass das Schweigen des Kardinals in hohem Maß mitverantwortlich ist für die rapide ansteigenden Kirchenaustritte und das Ergebnis des Kirchenvolksbegehrens?«

»Die Initiatoren dieses seltsamen Begehrens –«

»Allesamt gläubige Katholiken …«

»Unterbrechen S' mich nicht. Diese Leute vertreten im Grunde niemand. Ich weiß gar nicht, wer die Forderungen stellt, denn wir kriegen ja keine Unterschriften, sondern nur eine Ergebniszahl. Eine anonyme Botschaft. Und was den Kardinal betrifft: Ich glaube nicht, dass man ihn mit den seltsamen Forderungen dieser Herrschaften in Verbindung bringen sollte. Ich persönlich halte das Begehren für einen Sturm im

Wasserglas; mit einer Zielsetzung, die nichts mit den Zielen der römisch-katholischen Kirche zu tun hat. Wenn wir darauf eingehen, können wir ja gleich protestantisch werden.«

»Ich hätte es nicht präziser formulieren können. Übrigens ist Günther Abfalter nicht der Einzige, der Grunert sexuellen Missbrauch vorgeworfen hat.«

Der Bischof wurde nun tatsächlich ungehalten. »Das ist doch selbstverständlich, dass man jetzt auf den fahrenden Zug aufspringt. Seit Ihre Kollegin den ersten Stein geworfen hat, ist es große Mode geworden, den Herrn Kardinal mit abstrusen Geschichten zu denunzieren. Ich möchte ja nichts Schlechtes über das verstorbene Fräulein Ortbauer sagen, aber was sie da veranstaltet hat, war eine öffentliche Hinrichtung, ein Schauprozess …«

»Ein Autodafé?«, schlug ich vor.

Immermann blinzelte mich an, ohne etwas zu sagen. Es war Zeit, meinen ersten Hammer niedersausen zu lassen. Mit einem ablenkenden Blick auf meinen Notizblock sagte ich so beiläufig wie möglich: »Herr Bischof, denken Sie, dass ein Zusammenhang zwischen dem Mord an Sarah Ortbauer und dem … Unfall des Bischofssekretärs besteht?«

Es gibt Interviewpartner, bei denen diese Taktik zu staunenswerten Erfolgen führt. Plaudere kreuz und quer durch den Obstgarten, hör ihnen zu, ermuntere sie, sich alles von der Seele zu reden – vor allem aber stell nur Fragen, die sie auswendig kennen und bis zum Erbrechen beantwortet haben. Und dann, wenn sie sich in Sicherheit wiegen, gib ihnen den Rest. Immermann gehörte zu der Spezies, die immun gegen den Trick ist. Er hielt es nicht einmal für nötig, die schütteren Augenbrauen zu heben.

»Das meinen Sie doch nicht ernst«, sagte er, die Hände über dem Tisch verschränkend. Sie wirkten feist, aber enorm kräftig.

»Todernst«, sagte ich und bemühte mich redlich, so viel tödlichen Ernst wie möglich in meine Stimme zu legen. »Kannten Sie den Sekretär?«

»Flüchtig. Pater … wie war noch sein Name?«

»Daszyński. Pawel Daszyński«, half ich nach. »Ich vermute, er wurde ebenfalls ermordet.«

»Eine ausgesprochen taktlose Theorie.«

»Mag sein. Doch mit Daszyński hatte die Ortbauer ihre letzte Verabredung. Ich denke, dass er ihr das Material übergeben hat.« Hammer Nummer zwei.

»Material?«, sagte Immermann gedehnt.

Wortlos zückte ich das Grunert-mit-Unbekanntem-Foto und platzierte es neben das Tablett. Immermann betrachtete es eine Weile, ohne seine Haltung zu verändern, dann blickte er mir kalt in die Augen.

»Und?«, sagte er.

»Was können Sie mir über Gladius Domini sagen?«

»Ich weiß nicht, wovon Sie sprechen. Wir haben die vorgesehene Zeit längst überschritten; ich muss Sie bitten, jetzt zu gehen.«

Die Wollzeile brütete in der Mittagshitze; staubige dreiunddreißig Grad Celsius entwickelten das Aroma von Schweiß, Hundekot und Abgasen zu einem formidablen Geruchsunisono. Erst im Stadtpark fand ich die Luft erträglicher, doch vielleicht war das nur Einbildung. Ich nahm den Weg am Tierspital vorbei. Es war ruhig und menschenleer; nur ein paar Hunde trotteten mit heraushängender Zunge hechelnd über den verbrannten Wiesenboden. Von ihren zweibeinigen besten Freunden war nichts zu sehen. Ich bog rechts ab, schritt über die Bahnbrücke und gelangte verschwitzt in die Strohgasse.

Vier Stockwerke ohne Aufzug können einen schaffen, vor allem, wenn es sich um einen Altbau handelt. Als ich keuchend den Türklopfer an das messingne Gegenstück schlug, beschloss ich zum weißichwievielten Mal, das Rauchen einzuschränken.

Die Tür ging auf.

Sergej trug schwarze Cordhosen und ein weinrotes, ärmelloses T-Shirt. Sein Haar war hell und kaum zentimeterlang, und in seinem kurz gestutzten Bart zeigten sich die ersten weißen Fäden. Er war gut eins sechsundachtzig groß, kräftig, und er wirkte jünger, als er war. Er musste auf die fünfzig zugehen.

Ein kaum hörbarer russischer Akzent schwang in seiner Stimme mit, als er mit heruntergezogenen Mundwinkeln sagte: »Lange nicht mehr gesehen. Schick hin und wieder ein Telegramm, damit ich weiß, dass du noch lebst.«

Er legte mir den Arm um die Schulter und bugsierte mich zur Tür hinein. Wir gingen in die Küche, und ich zog mir einen Klappstuhl heran und beobachtete ihn, wie er mit dem Kochlöffel hantierte. Es roch nach fernöstlichen Gewürzen. Wir aßen schweigend ein höllisch scharfes Hühnercurry und wechselten zum Tee ins Wohnzimmer. Es war groß, annähernd quadratisch und mit Perserteppichen belegt. Ein Schreibtisch und zwei geräumige französische Jugendstilschränke mit geschliffenen Glastüren waren mit Büchern vollgeräumt. An den Wänden hingen Stiche und Bilder aus Fernost, und an der Türwand wurde eine Messersammlung mit Exponaten präsentiert, die Sergej aus mindestens fünfzehn Ländern zusammengetragen hatte, die europäischen nicht mitgerechnet. Ein Katana aus der mittleren Tokugawazeit lag auf einem kleinen Holztisch. Gleich daneben lag das dazugehörige Kurzschwert, das, womit man sich den Bauch aufschlitzt.

Wenn man aufs Klo ging, konnte man beim Pinkeln durch das schmale, hohe Fenster auf die russisch-orthodoxe Kirche sehen. Manchmal fragte ich mich, ob er bei diesem Anblick Heimweh empfand, vor allem im Winter, wenn Schnee auf der Kuppel lag. Sergej Markow war russischer Emigrant und lebte seit bald dreißig Jahren in Wien. Er hatte früher als Neurologe an einer Anstalt praktiziert, war dann unter dubiosen Umständen rausgeschmissen worden und widmete sich seither ganz seinem

Buch »Religion und Neurose«. Ich hatte Sergej vor zwölf Jahren kennengelernt. Wir hatten uns in jenen Tagen in dieselbe Frau verschaut, und das war ausreichend, um einander unausstehlich zu finden. Zwei Wochen führte sie uns beide am Gängelband, dann schleppte sie einen Dritten ab und ließ uns im Regen stehen. Als der Streitgrund weggefallen war, beschlossen wir, uns für zwei gar nicht mal so üble Burschen zu halten.

Sergej schenkte Tee in die Tassen, schaltete den Ventilator ein, legte eine Platte auf – ein paar frühe Einspielungen von Django Reinhardt aus der Zeit, als er noch mit dem Hot Club spielte – und setzte sich. Wir tranken Tee, hörten der Musik zu und rauchten, Sergej Pfeife, ich die obligate Filterzigarette. Ein klarer Bass gab ein paar Takte vor, verklang, und in den leeren Raum hinein sprang die unerhörte Gitarre des großen Zigeuners. Django raste über die Saiten, »Minor Swing«, ein Lauf flatterte durchs Zimmer, flog hoch, explodierte wie ein Feuerwerkskörper und schwebte als bunter Funkenwald zu Boden.

»Nun«, sagte Sergej, das abgekaute Mundstück seiner Peterson zwischen den Zähnen, »was gibt's Neues?«

»Tom Hrdlicka ist verschwunden. Er denkt, dass ihn die Polizei für Sarah Ortbauers Mörder hält.«

Sergej stützte die Ellbogen auf den Knien ab und sah mich neugierig aus hellwachen blauen Augen an. »Seine Exfreundin«, stellte er fest.

Ich nickte.

»Aber du glaubst das nicht.«

»Ich weiß, dass er's nicht getan hat.«

Ich zeigte ihm das Foto.

Er betrachtete es eingehend. »Sieht aus wie Kardinal Grunert. Wo ist das?«

»Hier steht – mit der Lupe kann man es lesen – ›Zur Reblaus‹. Ich hab in einem Restaurantführer nachgesehen. Ein Grinzinger Heuriger. Sagt dir der andere Mann etwas?«

»Ist mir unbekannt. Hängt das mit der Sache zusammen?«

»Für mich sieht es so aus. Das Foto gehört zu einem Konvolut, das Sarah Tom übergeben wollte. Dabei – kurz davor – wurde sie umgelegt. Es gibt da ein paar Punkte, die mir Kopfzerbrechen bereiten.«

Ich listete ihm die Punkte auf. Ich erzählte ihm die ganze Angelegenheit, und als Bonus ließ ich ihn das Interview mit dem Bischof anhören. Er lauschte, ohne zu unterbrechen. Dann legte er die Pfeife weg – sie war inzwischen ausgegangen – und presste die Fingerkuppen aneinander.

Er sagte: »Wenn Immermann das Interview tatsächlich inszeniert hat, um dich auszuquetschen, dann weiß er jetzt, was du in der Hand hast.«

»Was er nicht weiß, ist, ob das, was ich habe, ausreicht, um die Buchstaben in die richtige Reihenfolge zu bringen.«

»Damit ein Text daraus wird.«

»Damit ein Text daraus wird.« Etwas tauchte kurz aus tieferen Erinnerungsschichten auf, verblasste, bevor ich darauf zugreifen konnte, verschwand schließlich ganz. Ich schenkte mir Tee nach und fragte: »Was meinst du: Hängt Immermann mit drin?«

Sergej steckte die erkaltete Pfeife wieder in den Mund, verschränkte die Hände im Nacken und dachte nach.

»Schwer zu sagen«, sagte er und hielt ein brennendes Streichholz an den Pfeifenkopf. »Irgendwie muss er damit zu tun haben, sonst hätte er sich kaum eine unbewiesene Frechheit nach der anderen sagen lassen, anstatt dich einfach rauszuwerfen. Zum Teufel, du hättest es nicht einmal in seine Nähe geschafft.«

»Ja«, sagte ich. »Das sehe ich auch so. Jedenfalls ist jetzt Bewegung in den Ameisenhaufen gekommen.«

»Anzunehmen«, sagte Sergej und sah einem perfekten Rauchring nach, der ohne Eile an die Decke schwebte.

Kurz nach vier schaltete ich das Notebook aus, klappte den Deckel zu und ging in die Küche, um Grünen Veltliner mit viel Soda zu mischen. Mit dem Weinglas, dem vierseitigen Ausdruck des Interviews und einem Rotstift machte ich es mir auf dem Sofa gemütlich. Lustlos korrigierte ich daran herum, fand irgendeinen belanglosen Titel, schrieb einen wenig originellen Vorspann und ließ es dann bleiben. Ich argwöhnte, dass dies nicht der Tag war, der mir den Staatspreis für Publizistik einbringen würde. Während ich rauchte, am Wein nippte und ohne nennenswertes Ergebnis in mich hineinhorchte, kam mir eine Idee. Ich wählte die Redaktionsnummer des »Wiener Boten« und ließ mich zu Kainraths Büro durchstellen.

Seine Sekretärin hob ab. »Passen Sie auf«, flüsterte sie. »Er hat Ihr Deschner-Interview gelesen und zerspringt gleich.«

»Oh«, sagte ich und wartete. Nach nicht ganz einer Minute meldete sich Kainrath. Er klang wütend.

»Wie war Ihr Urlaub?«, fragte ich unbefangen.

»Mazurka«, bellte er. »Sie Irrer! Wie können Sie mir das antun? Ich reiß mir Jahr und Tag den Arsch auf, um aus meinen Freiberuflern Journalisten zu machen –«

»Ist schon gut«, sagte ich beschwichtigend, »es ist ja nichts passiert.«

»Nichts passiert?«, stöhnte er. »Sind Sie jetzt komplett durchgedreht? *›Écrasez l'infâme‹* – der Titel kann doch nicht Ihr Ernst sein! Glauben Sie, das kapiert irgendeiner, der unser Blatt liest? Was heißt das überhaupt?« Er sprach den Titel englisch aus, was ihm einen eigenen Reiz verlieh. »Ist Ihnen nichts Reißerisches eingefallen? Ich meine, dieser Antichrist – wie heißt der schnell? – Wäschner, genau: der ist doch ein echtes Feindbild für die Kerzelschlicker. Da kann man doch Phantasie beweisen, journalistisches Engagement! Mein Gott, mir fallen zehn, zwölf Titel ein, ohne lang darüber nachzudenken. ›Der Pfaffenjäger‹. Oder, noch besser: ›Bekenntnisse eines Kirchschlägers‹. Nein, halt: ›Laien pflastern seinen Weg‹. So sieht ein Titel aus, auf den die Leute anspringen. So was will das Volk lesen, glauben Sie's mir. Nicht diesen intellektuellen

Fremdwörterbuchbildungsscheiß. Oder warten Sie, wie wäre es mit –«

Ich unterbrach seinen kreativen Schub mit zwei Worten: »Konrad Immermann.«

»Was?«

»Wollen Sie ein Interview mit Immermann?«

»Sie meinen den Bischof?«

»Bingo.«

»Mazurka, wenn Sie glauben, Sie können hier den Clown spielen …«

»Aber nein, ich meine es ernst. Würden Sie es bringen? Nicht irgendwo versteckt zwischen Schönheitsrezepten, Fernsehprogramm und Annoncen, sondern in voller Lebensgröße?«

»Her damit«, rief er. Ich sah förmlich, wie er sich die Lippen leckte.

»Doppeltes Honorar?«, fragte ich vorsichtig. Als er nicht einmal versuchte, den Entrüsteten zu spielen, ging mir auf, dass ich schlecht gepokert hatte.

»Wann liefern Sie?«, fragte er mit rauer Stimme.

»Wenn Sie wollen, noch heute.«

Ich hörte ein Geräusch, das wie Zähneknirschen klang. »Warum liegt noch nichts auf meinem Schreibtisch?«

»Ist es schon zu spät für die Freitagsausgabe?«

»Die geht morgen vierzehn Uhr in Druck … warten Sie … geht klar. Aber zuerst will ich es lesen. Auf der Stelle. Gestern.«

»Bleiben Sie dran«, sagte ich, legte den Hörer weg, schaltete das Fax ein und ließ die vier Blatt Papier durchlaufen. Ich ging in die Küche, füllte das Weinglas auf, setzte mich wieder neben das Telefon, trank und wartete.

»Mazurka!«

Ich nahm den Hörer ans Ohr.

»Gekauft«, sagte Kainrath und legte auf.

Im befriedigenden Bewusstsein, etwas Ungehöriges getan zu haben, trank ich mein Glas leer.

Stoßzeit auf der Taborstraße gehört zu jenen unvergesslichen Wien-Attraktionen, die Sie nicht versäumen sollten. Vor allem dann, wenn eine anhaltende Hitzewelle den eindringlichen Charakter dieses Spektakels zu ungeahnten dramaturgischen Höhepunkten steigert. Das Szenario ist festgelegt; die Rollen sind verteilt; jeder kennt seinen Text; das Drehbuch wird, trotz aller Stegreifeinschübe, eisern durchgezogen.

Da sind die Fußgänger, die manchmal aus ihrem Statistendasein ausbrechen, indem sie ex tempore wortgewaltige Schimpforgien vom Stapel lassen; die Mountainbiker, die sich die Rolle der urbanen Kavallerie mit den Moped- und Motorradfahrern teilen, frech, draufgängerisch und unverschämt; und schließlich sind da die Autofahrer, die eigentlichen Hauptdarsteller des täglichen Schaustücks, in allen ihren Ausprägungen: Die Schüchterne Graue Maus (bestickt durch mimischen Ausdruck); Der Lässige Cabrioletfahrer (gegen jedes modische Diktat noch immer im bewährten Don-Johnson-Look); Der Hauptberuflich Nervöse (aufgrund großer Beliebtheit meist mehrfach besetzt); Der Honorable Geschäftsmann (erkennbar an der Antenne, die ihm aus dem rechten Ohr ragt); Der Mephistophelische Provokateur (eine Dialektrolle Kraus'scher Prägung) – all die großen Charaktere sind jetzt auf dem Set.

Vorhang auf. Fenster werden heruntergekurbelt, soweit nicht bereits geschehen. Vorstellung der Charaktere durch moderates Fluchen (*Andante maestoso*). Die Insulten werden treffender, gemeiner, persönlicher (*Allegretto*). Endlich, nichts bleibt dem Zufall überlassen, alles genau nach Regieanweisung: Ein Stau-Protagonist (wechselnd; gestern war Der Lässige Cabrioletfahrer an der Reihe, heute ist es Der Honorable Geschäftsmann) verliert nach der dritten verpassten Ampelphase die Nerven und vergisst, die Finger wieder von der Hupe zu nehmen (*Allegro ma non troppo*) – das ist der Auftakt zum *Finale furioso*, ein Hupcrescendo, das die Hauswände erzittern lässt. Gewiss, auch in anderen Städten wird gehupt. Doch in Wien klingt es immer ein bisschen nach Walzer.

Diesmal brach es los, als ich die Rive-Gauche-Buchhandlung erreicht hatte. Entschlossen ergriff ich den Türknauf und flüchtete.

Heinz Kopetzky saß einsam in seiner Buchhandlung und las den »Corriere della Sera«.

»Ah, Herr Mazurka«, sagte er, faltete die Zeitung, erhob sich und kam auf mich zu. »Haben Sie Lust auf ein kühles Blondes?«

»Wenn Sie Bier meinen – jederzeit.« Ich beglich meine Schulden, stieg zur Galerie hinauf und setzte mich an den vorderen der beiden kleinen Tische. Noch während ich damit beschäftigt war, mir eine Camel anzustecken, tauchte Kopetzkys Kopf am Treppenansatz auf. Er hielt in der einen Hand zwei Biergläser und in der anderen zwei beschlagene Dosen Schwechater Export. Nicht gerade meine Marke, doch das Bier war zumindest eiskalt. Wir füllten die Flüssigkeit langsam in Gläser um.

Kopetzky hob sein Glas und sagte »Prost«. Ich sagte ebenfalls »Prost« und trank, und Kopetzky machte noch einen Zug, angelte sich eine Milde Sorte aus der Packung und ließ sich von mir Feuer geben.

»Spannen Sie einen armen ketzerischen Buchhändler nicht auf die Folter«, sagte er. »Wie war Ihr Treffen mit Immermann?«

»Entzückend«, sagte ich. »Ein leutseliger Bursche, dieser Bischof. Sie können das Ergebnis unseres Geplauders am Freitag im ›Wiener Boten‹ lesen.«

»Ich dachte, die Herrschaften vom ›Freien Wort‹ hätten Sie gedungen.«

»Das stimmt. Nur hab ich mir Ihre Bemerkung zu Herzen genommen – Sie ließen sich taufen, wenn es wirklich dort erscheint. Ich halte das schön langsam auch für unwahrscheinlich und habe vorsorglich der Konkurrenz ein Angebot unterbreitet.« Ich trank einen Schluck Bier, dämpfte die Zigarette aus und fuhr fort: »Haben Sie vom Tod dieses Daszyński gehört?«

Er nickte. »Sekretär von Kurienbischof Jakob Roder. Der hat ihn Anfang achtzig aus Polen mitgebracht.«

»Und Roder ... was wissen Sie über ihn?«

Kopetzky lehnte sich zurück und verschränkte die Arme über der Brust. Konzentriert listete er auf: »Roder stammt aus Salzburg. Altösterreichischer Beamtenadel. Er wurde als Bischof *in partibus infidelium* Ende der siebziger Jahre nach Polen gesandt und soll eine wesentliche Rolle bei der Organisation der Solidarność gespielt haben.«

»*In partibus infidelium?* Im Bereich der Ungetreuen?«

»›Auf dem Gebiet der Heiden‹. Aber heute bezeichnet es einen Bischof ohne eigene Gemeinde und Einflussbereich, der den Rang, nicht jedoch die Macht eines Diözesanbischofs hat. Er muss gute Arbeit geleistet haben, denn bereits '82 oder '83 hat ihn der Papst in den Vatikan berufen. Im Augenblick ist sein Tätigkeitsbereich die Ostmission, obwohl er seine Finger auch in diversen Finanzierungsgeschäften drinnen haben soll. Sie wissen ja, Genaueres ist da schwer herauszukriegen, wenn man nicht dem erlauchten Kreis angehört.«

»Was ist das für ein Rang – Kurienbischof? Auf welcher Stufe der Hierarchie ist der ungefähr angesiedelt? So in der Preisklasse von Immermann?«

»Aber nein! Roder hat mehr Macht als so mancher Kardinal. Wenn Sie so wollen, ein Vatikan-Politiker. Er ist übrigens auch prominentes Mitglied von Opus Dei.«

»Interessant«, sagte ich und beugte mich vor. »Sagt Ihnen Gladius Domini irgendetwas?«

Kopetzky hob die Augenbrauen. »Opus Dei, Legio Mariae, Opus Angelorum kenne ich. Aber Gladius Domini? Ich fürchte, damit kann ich nicht dienen. Warum?«

»Dafür hat sich Sarah Ortbauer interessiert, bevor man sie umgebracht hat.«

»Oh«, sagte Kopetzky und pfiff leise durch die Zähne. »Daher weht der Wind. Sie denken, dass es zwei Morde waren und dass sie zusammenhängen.«

»Ja. Sie hatte vor, Daszyński aufzusuchen. Ein paar Tage später sind beide tot. ›Zufall‹ ist mir ein wenig zu phantasielos für diese Konstellation.«

»Was sagt Ihnen Mayerling?«, fragte Kopetzky unvermittelt.

»Tjaaa«, sagte ich gedehnt, »historischer Ort in der Nähe von Wien; beliebtes Ausflugsziel für traditionsbewusste Monarchisten, die zur Todesstätte ihres geliebten Kronprinzen Rudolf pilgern, wo angeblich manchmal noch der Geist seines Leibfiakers Bratfisch spukt ...«

»Das meine ich nicht. Es gibt in der Nähe von Mayerling ein ehemaliges Kloster, das Opus Dei zu einer Art Erholungsheim für besondere Mitglieder ausgebaut hat. Daszyński soll sich bei seinen Österreichaufenthalten zumindest zeitweilig dort einquartiert haben; sein Herr und Meister Roder übrigens ebenfalls.« Er stockte, als warte er auf die naheliegende Frage. Ich stellte sie.

»Woher wissen Sie das?«

»Ein alter Stammkunde – Alfred Koller ist sein Name, er hat mir für mein Buch die Schiene zu einigen Bischöfen gelegt – verfügte früher über ... Kontakte zu Opus Dei.«

»Das kann doch jedem von uns passieren ...«

»Koller war viele Jahre Opus-Angehöriger, bis er sich aus Gewissensgründen zum Austritt entschloss, was, wie Sie sich wahrscheinlich vorstellen können, keine ganz leichte Sache war«, fuhr Kopetzky fort, ohne auf meine Ironie einzugehen.

»Wieder einer von der Sorte, die in ihrer Freizeit am liebsten mit Andersdenkenden redet?«

»Sie könnten es zumindest versuchen. Koller hat das Kirchenvolksbegehren von Anfang an unterstützt. Er hat keine Probleme damit, über seine Opus-Dei-Vergangenheit zu sprechen; er hat das schon mehrmals getan und dafür eine Menge Unannehmlichkeiten in Kauf nehmen müssen. Wer weiß, vielleicht kennt er – kannte er Daszyński? Rufen Sie ihn an, möglicherweise hilft er Ihnen weiter.«

Als ich die Marienbrücke überquerte, läuteten die Glocken der Karmeliterkirche. Es war achtzehn Uhr zwei; der Stau war im Begriff, in jenen allseits beliebten Zustand zu wechseln, der in den Nachrichten so bildhaft als »zähflüssiger Verkehr« charakterisiert wird. Ich betrachtete die Bronzestatue Unserer Lieben Frau Vom Donaukanal, die auch der Papst bei seinem letzten Wien-Besuch seiner beruflichen wie privaten Wertschätzung versichert hatte, und wunderte mich wieder einmal, warum noch kein Fan auf die Idee gekommen war, den vergoldeten Heiligenschein der Grünspan-Madonna abzumontieren; er würde ein hübsches Souvenir abgeben, eine Zierde für jeden gläubigen Haushalt. (»Gläubiger Haushalt« gefällt mir nicht besser als Ihnen, aber es heißt so.) Offensichtlich ist die Devotionalienverehrung in diesem Land auch nicht mehr das, was sie einmal war.

Auf der anderen Seite der Brücke stand ein mittelgroßer, hagerer Mann; der Hitze zum Trotz trug er einen schwarzen Staubmantel. Er starrte ins Wasser. Daran war nichts Ungewöhnliches, und man muss weder Selbstmörder noch verrückt sein, um hin und wieder einen Blick auf den Donaukanal zu werfen. Es war der schwarze Staubmantel, der meine Aufmerksamkeit erregte. Den hatte ich schon gesehen. Er war vor zwei Tagen lässig auf der rechten Schulter seines Trägers gehangen, den keine zehn Pferde aus einer Telefonzelle herausbringen konnten. Zumindest so lang nicht, bis ich Toms Studio wieder verlassen hatte. Kein Grund, beunruhigt zu sein, redete ich mir ein.

Die Steintreppen, die vom Straßenniveau etwa fünf Meter zum Kanalufer hinabführten, waren wegen Reparaturarbeiten am Geländer seit Wochen abgesperrt; daneben hatte man eine Holzkonstruktion aufgestellt, die an Szenenaufbauten für einen Film der »Indiana Jones«-Reihe erinnerte – wo der Zuseher schon beim ersten Hinsehen weiß, dass demnächst ein Brett bricht und der Held in einen indischen Wildbach stürzt.

Der Treppenersatz knarrte zwar, hielt aber offensichtlich weit mehr, als er versprach.

Ich marschierte den Kanal entlang stromaufwärts. Jenseits der Salztorbrücke kam das Boot in Sicht. Es war eigentlich ein Floß, eine Plattform auf Pontons, mit Stahlstreben und Tauen fest mit dem Ufer verbunden, von dem man über einen Steg an Bord gehen konnte. Die Plattform war überdacht, und von den Glaswänden waren einige Scheiben herausgenommen worden, damit man drinnen beim Trinken oder Tanzen nicht den Hitzetod starb. Eine große Theke schwang sich durch die Mitte des Raumes; darauf standen zwei riesige Töpfe, aus denen Palmen bis zur Decke hochstiegen, einige Aschenbecher und ein großzügig dimensionierter Metallkorb, in dem tropische Früchte mit ihren Farben angaben. An Heck und Bug waren ein paar kleine Tische aufgestellt. Auf jedem brannte eine weiße Kerze, deren Licht sich im schwarz getönten Glas der Oberfläche spiegelte. Das Zentrum bildete die Tanzfläche vor der Theke, dahinter hantierte ein dunkelhäutiger Barkeeper mit Flaschen, Gläsern und Früchten; er bewegte sich perfekt im Rhythmus einer kubanischen Guajira. Bevor ich in die Klangfülle karibischer Musik eintauchte, bestätigte ein rascher Blick zurück meine Vermutung: Ohne jede Eile schlenderte der Mann im schwarzen Mantel am Ufer entlang.

Die Bar war aufgeräumt und leer; ein einziger Gast saß an der Theke, ein massiger schwarzhaariger Mann Mitte vierzig, der sich mit dem Barkeeper leise auf Spanisch unterhielt. Als ich an einem der Tischchen am Bug Platz genommen hatte, glitt er von seinem Hocker und kam auf mich zu. Er war über eins achtzig groß, trug eine Brille, hatte dichte schwarze Augenbrauen und einen angedeutet lateinamerikanischen Gesichtsschnitt mit breiter Stirn und hohen Wangenknochen. Das Gesicht kam mir vage bekannt vor. Er reichte mir die Hand und sagte, bevor mir einfiel, woher ich ihn kannte: »Ich heiße Alejandro. Wir haben uns gestern in der Buchhandlung gesehen.«

Ich schüttelte seine Hand, sagte meinen Namen und lud ihn ein, sich zu mir an den Tisch zu setzen. Ich entschied mich, sein Alter doch auf fast fünfzig zu schätzen.

»Was möchtest du trinken, Paul?«

»Hm … zuerst einmal ein Bier.«

»Und ein Glas Rum? Meine Einladung. *Ricardo, una cerveza grande y dos havana club, por favor.*«

Ricardo, der Barkeeper mit dem Gefühl für Rhythmus und verdurstende Gäste, brauchte eine gestoppte halbe Minute, um die bestellten Getränke bei uns abzuliefern.

»Salud«, sagte ich, während wir die dickwandigen Rumgläser aneinanderstießen.

»Salud«, sagte Alejandro. *»¿Hablas español?«*

»Un poquito. ¿Tu es un amigo de Heinz Kopetzky?«

»Ein sehr alter Freund«, sagte er, wieder ins Deutsche wechselnd. Grammatik, Wortwahl und Aussprache waren makellos, nur das r klang mehr nach *»corrida«* als nach »Parkgarage«. »Noch aus der Zeit, als ich gerade frisch in Wien eingetroffen war. '73, mit der Hilfe Bruno Kreiskys.«

»'73 – war da nicht der Pinochet-Putsch? Bist du Chilene?«

Er nickte. »Kreisky hat sich damals sehr für mich und meine Landsleute eingesetzt. Ein großer Mann.«

»Es gibt viele, die das anders sehen. Bist du ihm einmal begegnet?«

»Ein paarmal. Als in Santiago die erste große Verhaftungswelle losging, gab er mir eine Telefonnummer, unter der ich ihn Tag und Nacht erreichen konnte. Falls es Probleme mit der Einreiseerlaubnis für Flüchtlinge geben sollte, sagte er.«

»Und? Gab es die?«

»Probleme?« Er grinste. »Nein. Wieso?«

Zwei Männer und eine schlanke Brünette betraten das Lokal. Alejandro entschuldigte sich, stand auf und begrüßte sie wie die alten Freunde, die sie wahrscheinlich waren. Ich trank mein Bier aus und fragte Ricardo nach Rotwein. Er brachte eine Flasche chilenischen Cabernet Sauvignon, deutete auf die gestikulierende Gruppe an der Theke und sagte: »Alejandros Einladung. Er freut sich, wenn du auf sein Wohl trinkst.«

»*Gracias.*«

Ricardo breitete die Arme aus und grinste. »*De nada.* Er ist der Boss.«

»Tatsächlich?«

»*Sí.* ›La Caleta‹ ist seine Bar. Du bist sein Gast.«

Zwanzig Minuten nach sechs erschien Franjo Bregović, abgekämpft und verschwitzt wie nach einem Dauerlauf. Wir tranken und lobten den Wein, der das Lob in jeder Hinsicht verdient hatte, dann sagte Franjo, der fast wieder zu Atem gekommen war: »Ich möchte mich entschuldigen …«

»Wenn Sie die Verspätung meinen, dann vergessen Sie's.«

»Leider ist es nicht nur das. Ich muss auch früher wieder gehen. Meine Familie ist vor zwei Stunden unerwartet aus Dubrovnik angekommen.«

»Das freut mich für Sie.«

Jetzt erst sah ich, dass seine Atemlosigkeit nicht nur mit Hektik und Zeitdruck zu tun hatte; Franjo strahlte vor Glück, soweit das die melancholische Prägung seines Gesichts zuließ.

»Wir verschieben das Treffen einfach auf irgendwann«, schlug ich vor.

»Zumindest bleibe ich so lange, bis sie kommt.«

»Sie?«

»Anna Wysocki«, sagte er und begann sich umständlich eine Marlboro light anzuzünden. Beim Klang des Namens trieb ein verirrter Erinnerungsfetzen wie eine Wolke durch mein Gehirn, verschwand aber sofort wieder.

»Die Frau, die ich Ihnen vorstellen möchte«, ergänzte er paffend. »Journalistin und Übersetzerin, vor allem aber eine gute alte Freundin.«

Ich sagte, das sei mir sehr recht.

Ein schräges Grinsen zog Franjos rechtes Schnurrbartende hoch, als wäre ihm auf einmal ein höchst amüsanter Gedanke gekommen. »Erzählen Sie mir doch Neues vom Bischof«, bat er.

»Da gibt's nicht viel zu erzählen. Immermann ist ganz der Alte.«

»Und das Interview?«

»Auch nichts, was wir nicht schon in hundertvierundzwanzig Variationen gehört oder gelesen hätten. Aber da ist etwas, das ich Ihnen zeigen möchte.«

Zum dritten Mal an diesem Tag zog ich das Foto hervor und gab es meinem Gegenüber zum Betrachten. Diesmal landete ich einen Volltreffer.

»Wo wurde dieses Foto aufgenommen?«, fragte Franjo. Seine Körperhaltung hatte sich verändert. Er sah aus wie ein Bussard, der zweihundert Meter unter sich eine unvorsichtige Feldmaus entdeckt hat. Wie ein hungriger Bussard.

»Das ist ein Grinzinger Heuriger.«

»Und wer ist der Mann?«

»Ich weiß es nicht ... Ach, den meinen Sie. Das ist Kardinal Grunert.«

»Schwer zu glauben.«

»Warum?«

»Dieser Mann«, er machte aus seiner Hand einen Revolver, der auf den Hageren deutete, »dieser Mann ist Lojze Majstorović, ehemaliger Lehrer, Obrist der kroatischen Armee, Freund und Vertrauter Tuđmans und einer der brutalsten Kriegsverbrecher, die meine Heimat in den letzten Jahren vorweisen kann. Und jetzt sagen Sie mir, was es zu bedeuten hat, wenn dieses Ungeheuer Arm in Arm mit dem österreichischen Kardinal einen Wiener Heurigen verlässt.«

Das war eine gute Frage, auf die es gewiss eine hervorragende Antwort gab. Nur war ich leider nicht im Entferntesten in der Lage, diese Antwort zu geben. Franjo Bregović schien das auch nicht wirklich erwartet zu haben; er ließ mir im Gegenteil nicht einmal Zeit, etwas Passendes zu sagen, sondern spulte gedrängt und verbissen wie ein erfolgloser Schauspieler, der von seinem Publikum nur Spott und Verachtung zu erwarten hat, seinen Text herunter. Einen Text, der anscheinend zu lange unausgesprochen geblieben war und sich jetzt Bahnen suchte, auf denen er aus dem Konzentrationslager furchtbarer Erinnerungen ausbrechen konnte.

Zwanzig lange Minuten erzählte er ohne Pause seine Geschichte, obwohl »erzählen« kaum das richtige Wort für Franjos atemloses Monologisieren ist und eine Geschichte einen Handlungsfaden voraussetzt, der hier fehlte. Als er mit einer Auflistung von Verbrechen der kroatischen Regierung begann, riskierte ich zum ersten Mal eine Unterbrechung.

»Wollen Sie mir weismachen, dass die Kriegsverbrechen der Serben Propagandaerfindungen sind?«

Er hielt kurz inne und blickte mich mit zusammengekniffenen Augen an. Dann sagte er: »Selbstverständlich will ich das nicht. Das serbische Militär hat dort gewütet wie – nein, kein Tier verdient diesen Vergleich – wie Ungeheuer; Mord, Folterung, Massenvergewaltigungen ... Das ist es nicht, was ich bestreite.«

»Was dann?«

»Dass die kroatische Armee anders vorgeht.«

»Sie sind doch selbst Kroate. Glauben Sie nicht, dass –«

»Das sage ich, *weil* ich Kroate bin«, rief er und schlug mit der flachen Hand auf den Tisch. Ein paar Köpfe drehten sich entzückt zu uns um, doch da kein Skandal folgte, verlor sich das allgemeine Interesse schnell.

»Meine Frau ist Serbin, meine Tochter ist an der dalmatinischen Küste aufgewachsen. Was denken Sie, wie sehr ich unter dieser politischen Führung in meiner Heimat willkommen bin?« Er trank sein Glas leer und ließ sich von mir nachschenken. »Einer Regierung mit einem Mann an der Spitze, der in seinen Schriften ganz unverfroren den Holocaust rechtfertigt ...«

»Wurde Majstorović jemals unter Anklage gestellt?«

»Wo denken Sie hin? Bis vor ein paar Wochen waren doch

für die westliche Öffentlichkeit nur die Serben die bösen Buben. Kroatische Kriegsverbrecher«, er lachte, ohne auch nur eine Spur Humor in sein Lachen zu legen, »sind in diesem Krieg so häufig wie kommunistische Päpste. Bei der Vertreibung der hundertfünfzigtausend Serben, die jetzt aus Kroatien in den Osten flüchten, während ihre Dörfer angezündet werden, handelt es sich natürlich nicht um ethnische Säuberung, denn das ist, wie wir alle wissen, eine serbische Spezialität.«

Der unüberhörbare Hohn in seiner Stimme klang wie bei jemand, der nicht sonderlich begabt darin war, höhnisch zu sein.

»Ist der Spruch von Ihnen?«

»Man könnte darüber lachen, wenn es nicht zum Kotzen wäre, aber das mit der ›serbischen Spezialität‹ hat der US-amerikanische Botschafter in Zagreb gesagt. Nein, glauben Sie mir, ich habe Flüchtlingskonvois gesehen, die von unserer Armee mit Granaten beschossen wurden, Tausende vertriebene, entwurzelte, auseinandergerissene Familien – aber keine Rede davon, dass sich Tuđman und seine Paladine dafür in Den Haag verantworten müssten. Doch nicht unsere Kreuzritter, die für Frieden, Freiheit und Frohe Botschaft die heidnischen Serben aufs Haupt schlagen.«

Franjo hatte sich in Rage geredet, die jetzt langsam abklang und einen schalen, abgestandenen Geschmack hinterließ. Die Frage nach der Verbindung zwischen einem kroatischen Obristen und dem Marienverehrer Heinrich Grunert hatten wir nicht gelöst; wir waren der Antwort nicht einmal näher gekommen.

»Was ist das Aufgabengebiet dieses Majstorović? Ist er aktiver Soldat?«

»Das war er nie, wenn man von Schlächterkommandos absieht, die er gegen die Zivilbevölkerung geführt hat. Sein Aufgabengebiet ist leicht erklärt. Er ist seit Längerem einer von Tuđmans Spezialisten für die Aufrüstung der kroatischen Armee.«

»Ein Waffenexperte …«, sinnierte ich.

»Mehr als das«, sagte Franjo, der unauffällig seine Uhr konsultierte. »Eine Art Einkäufer mit weitreichenden Verhandlungsvollmachten. Ein Botschafter der Heiligen Kroatischen Sache, die er im Westen so überzeugend vertritt, dass Hunderte Millionen an ausländischen – wie heißt das Wort? – Kriegsfinanzierungsgeldern in den goldenen Topf geflossen sind, aus dem man dann die neuesten Wunder der Rüstungsindustrie hervorzaubert.«

»Dann«, sagte ich, »verstehe ich die Sache erst recht nicht. Grunert und Waffengeschäfte – das passt überhaupt nicht ins Bild.«

»Abgesehen von diesem Skandal – was für ein Mensch ist Grunert?«

»Ich hab's auch nur aus den Medien. Ich würde sagen, ein verschrobener Anachronismus; seine Anhänger – die werden allerdings jeden Tag spärlicher – sagen von ihm, er sei ein mildtätiger Mann GOttes. Ich halte ihn für einen Kirchenfürsten der Art, die Pius IX. – das war der Papst, der seine eigene Unfehlbarkeit verkündet hat – gefallen hätte: frömmlerisch, naiv, papsttreu, wallfahrtet um sein Leben gern zu Gedenkorten Unserer Heiligen Jungfrau ... Nicht gerade der Mann, für den sich Majstorović interessieren würde, oder?«

»Wohl kaum«, bestätigte Franjo, warf abermals einen Blick auf seine altmodische Armbanduhr und rutschte nervös auf seinem Stuhl hin und her. Es war sieben vorbei, und ich schlug ihm vor, nach Hause zu gehen. Zögernd stimmte er zu.

»Woran erkenne ich Ihre Freundin?«

Er lachte kurz und unverständlicherweise amüsiert. »Die werden Sie schon erkennen, keine Sorge. Man kann sie nicht verwechseln.«

Gegen halb acht ging ich daran, bei Ricardo eine weitere Bouteille zu bestellen. Es gelang mir nicht, meinen Satz zu beenden; ich vergaß einfach, weiterzureden. Denn ich hatte eine Erscheinung.

Mit Epiphanien ist es so eine Sache. Sie kommen ungebeten und halten sich nicht an Stundenpläne. Meist erwischen sie einen in Situationen, die an Normalität scheinbar nicht zu überbieten sind. Es ist übrigens nicht einmal notwendig, an sie zu glauben – sie geschehen, basta. Über die Jahrtausende wurden ganze Bibliotheken mit Büchern gefüllt, deren Autoren es sich zum Ziel gesetzt hatten, dem Rätsel auf die Spur zu kommen, indem sie Theorie und Praxis des Umgangs mit Erscheinungen beschrieben, Techniken auflisteten, die einen in die Lage versetzen sollen, sie willkürlich hervorzurufen. Eine dieser Techniken ist, wie von berufener Seite behauptet wird, die geistige Klausur, die streng meditative Konzentration auf ein Thema. Und so etwas Ähnliches hatte ich ja tatsächlich hinter mir – drei Tage Beschäftigung mit der Auslegung des göttlichen Wortes, drei Tage im Dunstkreis heilsamen Wirkens. Das steckt an.

Irgendetwas jedenfalls ließ mich genau in dem Moment den Blick auf den Eingang richten, als *sie* darin erschien – und wenn Sie es für nötig halten, würde ich jederzeit eidesstattlich erklären, dass es allen Anwesenden, Männern wie Frauen, nicht anders erging. Sie ließ einen nicht zu schnellen Blick aus Augen, deren Farbe im launischen Licht der späten Sonne zwischen Regengrau und Meergrün wechselte, über die Gäste schweifen. Es war ein kühler, aber sorgfältiger Blick, in dem gewiss nicht weniger höfliches Interesse lag, als sie es für Partygeplauder aufbringen würde. Dabei fiel ihr eine separatistische Locke ins Gesicht, die sie mit einer unnachahmlich beiläufigen Geste wieder zurückschob. Ihr Haar war schulterlang, gewellt und von einem Farbton, der in ihrem Reisepass wahrscheinlich schlicht als Schwarz vermerkt war. Doch es war kein Schwarz. Zumindest war es nicht *nur* Schwarz. Hin und wieder leuchtete ein rötlicher Schimmer auf, der Bewegung suggerierte, so wie es sommerliches Sonnenlicht auf spiegelglattem Straßenasphalt manchmal tut. Ein schwarzes, matt schimmerndes Kleid hüllte ihre schlanke Figur vom Brustansatz bis eine Handbreit übers Knie ein; es saß an ihr wie eine zweite Haut.

Manche Gesichter verlieren an Reiz, wenn man sie aus der Nähe betrachtet. Bei ihrem war das anders. Es konnte gar nicht nah genug sein. Sie trat einen Schritt an meinen Tisch heran und sagte: »Ich bin Anna Wysocki. Die Verspätung tut mir leid.«

Die Augen waren doch eher grün als grau, entschied ich, ein intensives, geradezu maliziöses Grün, das nicht so aussah, als würde es in unseren gemäßigten Breiten häufig in der Natur vorkommen. Ihre Stimme war ein melodiöser Alt, und sie artikulierte einwandfrei. Was der reinste Euphemismus war; ich hätte ihr drei Tage lang zuhören können.

Irgendwann fing ich mich dann doch, stand auf, streckte die Hand in einer weltumspannenden Geste aus und bot ihr einen Stuhl an. »Paul Mazurka«, sagte ich mit einer Stimme, die sich fast wie meine eigene anhörte. Augenblicklich war Ricardo mit einem Glas zur Stelle und schenkte ihr Wein aus einer neuen Bouteille auf eine Weise ein, als wäre es das Einzige, was zu tun er sich in seinem Leben vorgenommen hatte. Sie bedankte sich mit einem winzigen Lächeln, das an einer anderen Frau scheu gewirkt hätte.

»Franjo Bregović muss gut im Beschreiben sein«, sagte ich. »Sie haben mich sofort erkannt.«

»Das war nicht besonders schwer«, sagte sie mit einer hochgezogenen linken Braue, die vielleicht Belustigung ausdrückte.

»Nein, gewiss nicht. Meine verständnisvollen, mitfühlenden braunen Augen machen jede Verwechslung unmöglich.«

»Da haben Sie natürlich recht«, sie grinste ein wenig, »doch um die Wahrheit zu sagen: Das war es nicht.«

»Was dann?«

»Erinnern Sie sich gar nicht?«

»Woran?«

»1985. Herbst oder Winter.«

»Ziemlich lange her«, begann ich, und während mein Hirn im oberen Drehzahlbereich arbeitete, kamen sie wieder, die Erinnerungspartikel, und setzten sich zu einer Wolke zusammen, aus der verschwommen ein Mädchengesicht hervorleuchtete.

»Nein!«, rief ich.
»Doch«, sagte sie lachend.
»Unmöglich! Die kleine Kellnerin im …«
»›Café Stern‹.«
»Das waren *Sie*?«
»Das war ich. Hab ich mich so verändert?«
»Wie Aschenbrödel.«
Sie lachte ihr hinreißendes Lachen und nahm sich eine von meinen Zigaretten. Ich zog mein Zippo aus der Hosentasche und ließ es anspringen. Es sprang nicht an. Akuter Benzinmangel, zurückzuführen auf die Hitzewelle. Doch noch während ich das ungetreue Feuerzeug lautlos verfluchte, war Ricardo neben uns und rettete die Situation mit einem Heft Streichhölzer.
»Sie kamen zwei Jahre hindurch regelmäßig jede Woche. Und dann nie wieder.«
»Ich bin weggezogen.«
Sie hob tadelnd einen makellosen Zeigefinger. »Das ist kein Grund, sich nicht mehr bei seinen Freunden zu melden.« Wieder dieses Lachen. »Aber wahrscheinlich hatten Sie genügend andere Sorgen. Sie waren ja verheiratet …«
»Das wissen Sie?«
»Ich weiß noch eine Menge mehr. Sie sind – wie viel? – vier, fünf Jahre älter als ich. Das macht in diesem Alter viel aus. Ich glaube, ich war sogar ein bisschen verliebt in Sie.«
Damals trug sie ihr Haar kurz geschnitten und hatte es mit Henna dunkelrot gefärbt. Es war eine dieser abgebissenen Frisuren, die bei Jugendlichen beiderlei Geschlechts so beliebt waren. Doch die größte Veränderung war mit ihren Augen passiert. Ich musterte das grüne Wunder noch einmal.
»Kontaktlinsen«, sagte sie, ohne meinem Blick auszuweichen.
»Tatsächlich?«
»Nicht jetzt. Damals trug ich Kontaktlinsen. Ich war kurzsichtig und extrem lichtempfindlich. Darum waren sie getönt.«

»Und *das* haben Sie hinter sich gelassen?« Vielleicht lagen zwei Gramm zu viel Skepsis in meiner Frage. Ihre Reaktion war jedenfalls erstaunlich. Für einen Moment sah ihr Gesicht weiß und angespannt und geisterhaft kindlich aus, doch der Eindruck verging so rasch, dass ich mir hinterher nicht mehr sicher war, was ich wirklich gesehen hatte.

»Ja«, sagte sie und prostete mir zu. »Das hab ich hinter mir.« Dann, ohne auch nur nach einer Überleitung zu suchen: »Sarah Ortbauer war eine Freundin. Früher einmal eine sehr enge Freundin.«

»Wien ist ein Dorf.«

»Wir kannten uns von der Uni. Nun erfuhr ich, dass Thomas Hrdlicka –«

»Den kennen Sie auch?«

»Flüchtig. Weil er die neue ›Donauwelle‹ gelayoutet hat. Ich hab mit Franjo zusammen ein paar Übersetzungen gemacht –«

»Wieso können Sie Serbokroatisch?«

»Lassen Sie mich doch einmal ausreden. Ein abgebrochenes Slawistikstudium und ein paar längere Aufenthalte im ehemaligen Jugoslawien, zwei davon im Zuge dieser Übersetzerstipendien, für die das Wissenschaftsministerium jetzt kein Budget mehr hat – beantwortet das Ihre Frage? Gut. Gestern Abend erzählte mir Franjo von Ihrem ... Problem. Und da dachte ich, das wäre doch eine gute Gelegenheit, ein Wiedersehen zu feiern.«

»Und vielleicht gemeinsame Ziele zu verfolgen?«

»Wenn es sich ergibt.«

»Wird es sich ergeben?«

Sie hob die Schultern. »Das hängt von Ihnen ab.«

»Wofür arbeiten Sie eigentlich?«

Anna nannte ein mittelschlimmes Boulevardmagazin, um gleich die Einschränkung anzuhängen: »Damit hab ich begonnen, um mir mein Studium zu finanzieren. Hin und wieder bring ich einen Artikel in der ›Süddeutschen‹ oder der ›NZZ‹

unter. Das rettet dann mein Selbstwertgefühl für ein, zwei Wochen.«

Ich nickte. »Sind Sie so gut wie Sarah?«

Darüber dachte sie kurz nach. »Nein«, entschied sie schließlich. »Nicht annähernd. Nicht annähernd so skrupellos. Warum hat Immermann Sie zu sich bestellt?«

»Welches Interesse – von Ihrer Freundin abgesehen – haben Sie an dieser Angelegenheit?«

In ihren Augen schienen winzige goldene Funken zu tanzen, als sie mit einer entwaffnenden Geste zwei schön geformte Hände auseinanderbreitete. »So kommen wir nicht weiter«, seufzte sie, nur eine Spur übertrieben. »Einer muss den Anfang machen. Da Sie Ihr Misstrauen nicht überwinden können, werde eben ich beginnen.«

»Ein Vorschlag: Wechseln wir das Lokal, hier wird es schön langsam zu laut, um sein eigenes Wort zu verstehen, und gehn wir essen. Dann reden wir.«

»Nichts dagegen. Nur ist die Flasche noch halb voll.«

»Die lassen wir zustöpseln und trinken sie morgen.«

Um halb neun Uhr schien die Dämmerung noch keine Eile zu haben, sich ans Werk zu machen. Von meinem unbekannten Freund im schwarzen Mantel war nichts zu sehen. Ich folgte Anna Wysocki die Rampe hinauf, die vom Kanalufer nach oben zum Kai führt, erfreute mich am sanften Schwung ihres perfekt gewölbten Hinterns und tat, was man nie tun sollte: den Tag vor dem Abend loben. Als wir oben angekommen waren, fragte ich: »Essen Sie gerne Fisch?«

»Und wie.«

»Kennen Sie das ›Garibaldi‹? Nein? Es wird Ihnen gefallen.«

Bunte Papierlampions hingen wie farbenfrohe Glühwürmchen über den vier kleinen Tischen, für die der Schanigarten Platz bot. Die Tische waren mit makellos weißen, gestärkten Leinentüchern bedeckt, und auf jedem brannte eine weiße

Kerze in weißem Kerzenständer. Selbst für Beri Orovac, den frischgebackenen Patron auf Kredit, war es nicht leicht, uns einen Tisch zu verschaffen; doch nachdem wir zwanzig Minuten an der Theke in alten Erinnerungen geschwelgt hatten (überwiegend an Beris Zeit als Chefkellner im »Café Salzgries«, das in den letzten beiden Jahren aufgrund der hymnischen Boulevard-Elaborate einiger journalistischer Plaudertaschen vom erweiterten Wohnzimmer zum In-Treff von Adabeis und GSM-Netz-Junkies avanciert war), saßen wir im Freien und gaben unsere Bestellungen auf. Was bedeutet, dass wir Beri freie Hand beim Zusammenstellen einer Fischplatte ließen.

Während wir auf das Essen warteten und ich feststellte, dass mein Hunger unmäßige Dimensionen anzunehmen begann, rief ich mir noch einmal alle Fakten, die mit Ortbauers Ermordung zusammenhingen, ins Gedächtnis. Sie waren an den Fingern einer Hand aufzuzählen. Was blieb, waren zu viele lose Fäden, die in zu viele Richtungen verliefen. Mir drängte sich der Verdacht auf, dass ich in diesen drei Tagen nicht einen Schritt weitergekommen war.

»Worüber denken Sie nach?«

»Ich mach gerade eine Krise durch.«

Sie grinste ein bisschen. »Ohne Sie an der Aufarbeitung hindern zu wollen – sind Sie in letzter Zeit auf den Namen Gladius Domini gestoßen?«

Ich sah sie ein paar Sekunden lang ausdruckslos an, um meine Überraschung zu verbergen. »Ich schätze, Sie halten nicht viel davon, sich langsam an ein Thema heranzupirschen. Wie kommen Sie darauf?«

»Wer hat Sie für das Immermann-Interview angeheuert? Sein Büro? Oder jemand anders?«

»Hat Franjo Ihnen das nicht erzählt?«

Sie hob eine Augenbraue. »Franjo hat mir so gut wie gar nichts erzählt. Er konnte ja nicht wissen, ob Sie damit einverstanden sind. Sie können also ganz von vorne beginnen.«

»*Sie* wollten den Anfang machen. Erinnern Sie sich noch?«

Anna zuckte gleichmütig die Schultern. »Wenn es Ihnen lieber ist. Also, zuerst die Hintergründe. Seit etwa einem Jahr sammle ich Informationen über den vatikanischen Nachrichtendienst.«

»Ich nehme an, Sie sprechen von der Pressestelle?«

Mein Witz kam nicht an. Eine Spur Verdrossenheit schwang in ihrer Stimme mit, als sie sich die Berichtigung ungnädig verbat: »Ich drücke mich so präzise wie möglich aus, und wenn ich ›Nachrichtendienst‹ sage, dann meine ich nicht Presseabteilung, sondern Nachrichtendienst. Im Sinn von Geheimdienst, wenn Ihnen das lieber ist.«

Ich lehnte mich zurück und starrte sie skeptisch an. »Ein kirchlicher Geheimdienst? Klingt reichlich absurd, wenn Sie mich fragen.«

»Warum? Der Vatikan ist immer noch ein Staat, falls Sie es vergessen haben sollten, mit selbstständiger Rechtsprechung, organisiertem Finanzwesen, sogar einem eigenen stehenden Söldnerheer.«

»Eine Kompanie Schweizergardisten unter dem Kommando von fünf Offizieren«, ergänzte ich. »Die sollen zwar ziemlich gut sein, aber ich weiß nicht so recht … würden Sie das als ›stehendes Heer‹ bezeichnen?«

»Erinnern Sie sich an die Affäre Marcinkus, Sindona, Calvi und den Banco Ambrosiano?«, fuhr sie ungerührt fort. »Bischof Paul Casimir Marcinkus, damals noch Leiter des IOR, der zu Recht so genannten Vatikanbank, war ein in ganz Italien steckbrieflich gesuchter Mann; man verdächtigte ihn diverser Unterschlagungen und illegaler Transaktionen in Millionenhöhe – die Rede ist von US-Dollar. Ob schuldig oder nicht schuldig – sein Fall wäre, hätte man ihn geschnappt, vor Gericht verhandelt worden. Er entzog sich der gerichtlichen Wahrheitsfindung durch Flucht in den Vatikan, und dort dachte man gar nicht daran, Marcinkus an Italien auszuliefern. Das kann sich nur ein souveräner Staat erlauben.«

»Ich unterbreche Ihre kenntnisreiche Rede nur ungern, aber wo bleibt der Nachrichtendienst?«

Sie schenkte mir einen Blick aus schmalen Augen, den ein gewiefter Anwalt als gefährliche Drohung klassifiziert hätte, und fuhr fort: »Der Vatikan hat in fast allen Ländern der Welt seine Interessenvertreter – Kardinäle, Bischöfe, Priester, Seelsorger, Bankiers, politische Beobachter, Nuntii, ganz zu schweigen von den Orden; ein weitverzweigtes Netz, das schon seiner Voraussetzung nach wie ein Geheimdienst aufgebaut ist. Denken Sie an die starre Hierarchie, denken Sie an das Beichtgeheimnis, denken Sie noch einmal an das Beichtgeheimnis, denken Sie an –«

Diesmal wurde sie durch Beri unterbrochen, der mit seinem dalmatinischen Piratengrinsen eine übergroße Fischplatte servierte.

»Wer soll das essen?«, stöhnte Anna, bevor sie sich mit einem Heißhunger darüber hermachte, der ihre Frage in den Bereich der Rhetorik rückte. »Wo waren wir stehen geblieben? Also ... natürlich liegt es nicht im Interesse der Kirche, die Existenz eines Nachrichtendienstes publik werden zu lassen, was sich ja wohl von selbst versteht. Aber es gibt ihn, und er wird vorwiegend in der Ostmission und in der Dritten Welt eingesetzt.«

»Und im ehemaligen Jugoslawien«, sagte ich. Langsam begriff ich, worauf sie hinauswollte.

»So ist es«, bestätigte sie kauend.

»Sie haben einen bemerkenswerten Appetit.«

»Kein Appetit, Hunger. Ich recherchierte also vor allem in Kroatien und stieß dabei auf eine Sache, die vorerst scheinbar gar nichts mit meinem Thema zu tun hatte: eine Organisation namens Gladius Domini. Damit wandte ich mich an Sarah, und nach einer Absprache beschlossen wir, die Recherche gemeinsam zu machen.«

»Gladius Domini«, sagte ich. »Schön, wieder einmal vom guten alten Gladius Domini zu hören. Die meisten Leute, die man heutzutage darauf anspricht, lächeln bloß verständnislos.«

»Also ist sie Ihnen zumindest bekannt.«

»Nur der Name plus die Tatsache, dass Sarah Ortbauer damit beschäftigt war.«

»Gladius Domini könnte man als Geheimbund bezeichnen, wenn der Begriff nicht rettungslos romantisch klingen würde. Und mit Romantik hat es nun wirklich nichts zu tun. Es ist der Deckname einer Gruppe hoher kirchlicher Würdenträger, die am Balkan tätig ist. Vordringliches Ziel ist, grob gesprochen, die Stärkung des katholischen, prowestlichen Kroatien gegen die sogenannte großserbisch-kommunistische Bedrohung und, sogar wichtiger, gegen den Islam.«

»Was soll daran neu sein? Ich bitte Sie, das ist der offizielle Vatikan-Kurs; von Billy Clinton bis Alois Mock finden den alle okay.«

»Und wenn sie dort direkt an Kriegsverbrechen beteiligt wären?«

»Der Papst?«

»Nicht gerade der Papst. Gladius Domini ist eine Gruppe, die höchstwahrscheinlich eigenverantwortlich agiert. Und dass die Kirche an allen nur denkbaren weltlichen Geschäften beteiligt ist, sollte für Sie auch nicht gerade eine Neuigkeit darstellen. Rüstungsindustrie, Tabak- und Pharmakonzerne – nicht zuletzt solche, die ironischerweise Verhütungsmittel herstellen: Suchen Sie sich's aus, der Gabentisch ist reich gedeckt.«

»Kriegsverbrechen sind keine Geschäfte.«

»Au«, sagte sie und griff sich an die Stirn. »Muss ich jetzt wirklich sagen: Krieg ist das einträglichste aller Geschäfte?«

»Haben Sie Beweise?«

»Für die IOR-Banco-Ambrosiano-Mafia-Geldwäsche-Story? Oder ethisch zweifelhafte vatikanische Portfolios?«

»Nein, das hab ich auch gelesen. Wir sprachen über Gladius Domini. Über kroatische Kriegsverbrechen mit Beteiligung der Kirche. Sind mir nur unter Ante Pavelićs faschistischer Diktatur geläufig. Gab es *jetzt* Kriegsverbrechen? Bisher haben es nur serbische in die Schlagzeilen geschafft.«

Sie zuckte die Schultern. »Was ich fand, waren Ansätze. Nichts, was man veröffentlichen könnte. Einige Spuren, die recht ergiebig aussahen und schließlich im Sand verliefen. Bis Sarah ihre Netze auslegte und der Anruf kam.«

Da sie es von mir zu erwarten schien, fragte ich: »Welcher Anruf?«

»Pawel Daszyński, Sekretär des Kurienbischofs Roder – Jakob Roder ist vatikanischer Sonderbeauftragter am Balkan –, wollte die Frau sprechen, die die Grunert-Story aufgebracht hat.« Sie schaufelte sich eine neue Portion auf den Teller und aß, ohne das Tempo zu verringern.

»Und Daszyński«, resümierte ich, »erliegt einem bedauerlichen Unfall.«

»Genau. Und das, kurz nachdem Sarah aus dem Weg geräumt wurde.«

»Waren Sie bei dem Telefonat dabei?«

»War ich. Außerdem hat sie es auf Band aufgezeichnet. Daszyński bat um ein Treffen – vereinbart wurde Sonntag, sechzehn Uhr –, um ihr Material über Gladius Domini zu übergeben.«

»Warum?«

»Warum was?«

»Warum sollte der Vertraute Roders auf einmal die Seiten wechseln und der Skandalpresse brisante Interna auf dem Silbertablett servieren?«

»Ich weiß es nicht. Da war eine Andeutung über Roder … möglicherweise hatte es damit zu tun.«

Offensichtlich fand sie Gefallen daran, sich die Informationen aus der Nase ziehen zu lassen. Vielleicht, weil sie sich diesen Luxus als Journalistin nicht sehr oft leisten konnte. Ich beschloss, mich fürs Erste an ihre Spielregeln zu halten, und sagte: »Andeutung?«

»Ja. Er sagte, es sei Zeit, dass jemand Roder das Handwerk legt. So ähnlich jedenfalls. Er klang richtig wütend.«

»Was könnte der Grund dafür sein?«

Täuschte ich mich, oder war da tatsächlich die Spur eines Zögerns, bevor sie sagte: »Keine Ahnung.«

»Ich würde gerne das Band hören.«

»Sicher. Wenn *Sie* jetzt endlich reden.«

»Was ist der Clou an der Sache? Ich meine, wie war sein Verkaufsgespräch? Mit irgendeinem fetten Brocken muss er Sie beide ja geködert haben.«

Sie legte den Kopf schief, als würde sie über eine Einladung ins Kino nachdenken, und sagte: »Genießen Sie es eigentlich wirklich?«

»Was?«

»So lästig zu sein?«

»Nur, wenn Sie sich darüber ärgern.«

Sie versuchte es mit einem wütenden grünen Funkeln, das sie nicht lange durchhielt. Immer mehr Lachfältchen bildeten sich um die Augen, bis das Grinsen auch die Lippen erreicht hatte. Sie sagte: »Warum, sagten Sie, hat Ihre Frau Sie verlassen? Seelische Grausamkeit?«

»Wer hat gesagt, dass sie mich verlassen hat?«

»Der Köder heißt Geldwäsche. Daszyński behauptete, er hätte Beweise dafür, dass Gladius Domini am Balkan Geldwäsche im großen Stil betreibt.«

»Und der Heilige Nachrichtendienst hat was genau damit zu tun?«

»Ist das Verbindungsglied in der Kette. Das nehme ich zumindest an.«

Ich legte das Besteck weg, trank einen Schluck Wein und sagte: »Ist Ihnen irgendwann der Name Lojze Majstorović untergekommen?«

»Der kroatische Kontaktmann«, sagte sie und hob in ungespieltem Erstaunen die Augenbrauen. »Tuđmans Beauftragter für Waffendeals. Was wissen Sie über ihn?«

Ich schüttelte langsam den Kopf. »Gegenfrage: Was könnte ein Foto beweisen, das Majstorović und Grunert einträchtig vor einem Wiener Heurigen zeigt?«

»Grunert? *Den* Grunert?«

Statt einer Antwort legte ich ihr das Foto neben den Teller. Sie warf einen Blick darauf. Und plötzlich geschah es.

Erstaunlich, geradezu erschreckend war nicht die Tatsache, dass sie sagte: »Das ist nicht Grunert.«

Gewiss, das war verblüffend, und in jeder anderen Situation hätte ich darauf so reagiert, wie man eben reagiert, wenn man erfährt, dass man seit Tagen hinter dem Falschen her ist, ich hätte mich zurückgelehnt und gesagt: »Oh, das ist ja hochinteressant, erzählen Sie mir mehr davon«, oder irgendetwas Vertrotteltes in diesem Stil, um zu kaschieren, dass ich ihr entweder nicht glauben oder mir wie ein Idiot vorkommen konnte. Auch die Stimme, mit der sie plötzlich sprach, diese piepsige Kleinmädchenstimme, die überhaupt nichts mit ihrem gepflegten Alt zu tun hatte, löste den Schrecken nicht aus. Zumindest nicht sie allein. Hauptsächlich lag es daran, dass mir gegenüber ein anderer Mensch saß. Mit geschrumpftem Kindergesicht. Mit verändertem Blick, anderen Bewegungen. Wie es schien, sogar mit anderem Geschmack und einem neuen Vornamen, denn während sie sich erhob, sagte sie abwesend: »Moni kann Fisch nicht leiden«, und verschwand in Richtung Klo.

Die Zeit, die verging, bis sie zurückkam, betrug möglicherweise nicht länger als drei, vier Minuten, und davon abgesehen, dass sie blass, müde und abgespannt aussah, deutete nichts darauf hin, dass die Metamorphose jemals stattgefunden hatte. Sie trank einen großen Schluck Wein und schien Fisch wieder in Ordnung zu finden. Ich entschied, dass dies nicht der Zeitpunkt war, ihr mit persönlichen Fragen auf die Nerven zu gehen. Also sagte ich: »Das ist nicht Grunert. Wer aber dann?«

Sie nahm sich eine Zigarette, ohne ein Zittern ganz verbergen zu können, und sagte: »Das ist Roder. Kurienbischof Dr. Jakob Roder. Eigentlich ähneln sich er und Grunert gar nicht besonders. Lang nicht so sehr, wie es auf diesem Foto den Anschein hat. Schauen Sie hier«, sie deutete mit dem Zeigefinger auf das Foto, ohne selbst hinzusehen, »Nase und Haaransatz, vor allem die Ohren. Ganz anders als bei Grunert. Und damit«, sie blies den Rauch durch die Nase aus, »haben wir den ersten Beweis für eine Verbindung zwischen Gladius Domini und Majstorović. Vielleicht sollten jetzt wirklich Sie erzählen.«

»Hier und jetzt?«

»Wie wär's, wenn wir zu Ihnen gehen? Dann könnte ich das Immermann-Interview lesen – sofern Sie es schon getippt haben.«

Es war dunkel geworden. Scharf hallte der Klang ihrer hohen Absätze vom Kopfsteinpflaster wider. Die Maria-am-Gestade-Kirche, bei Tag ein viel bestauntes Wunderwerk himmelstürmender Architektur, war zum groben, unförmigen, aussatzbefallenen Steinklotz mutiert; sie hockte da wie eine alte Kröte, die sich, wenn sie nichts Besseres fand, von ihrer eigenen Bosheit ernährte. Und plötzlich verstummte Annas Schritt. Ich hielt an und drehte mich um.

Der Knall war nicht besonders laut – nicht lauter als das Geräusch, das ein Besenstiel macht, wenn man ihn zerbricht –, doch er riss ein Loch in die Nacht. Auch das Pfeifen über meinem Scheitel klang lange nicht so böse, wie es gemeint war. Zu viel fand auf einmal statt. Ich sprang zu Anna hin – es lagen Kilometer zwischen uns –, packte ihren Arm, riss sie herum und zog sie zu einem Stapel Bauholz. Drei weitere Schüsse wurden knapp hintereinander abgefeuert. Sie sirrten über uns hinweg und gruben sich in splitterndes Holz. Ich schubste Anna hinter den Stapel und ging selbst in Deckung.

Vorsichtig lugte ich durch einen Zwischenraum. Knapp zwanzig Meter von uns entfernt stand ein mittelgroßer, hagerer Mann in schwarzem Mantel. In der Rechten hielt er, durch seinen Körper vor etwaigen Beobachtern verborgen, einen langläufigen, brünierten Revolver. Der Mann bewegte sich langsam auf den Stapel zu, die Waffe im Anschlag.

Anna hockte knapp neben mir und spähte konzentriert in die Dunkelheit. Sie wirkte erregt, aber nicht panisch. Von weit weg waren die Stimmen von Nachtschwärmern zu hören. Von zu weit weg.

»Kennst du den Kerl?«, flüsterte ich.

»Nein. Du?«

»Er steigt mir schon den ganzen Abend nach.«

»Was machen wir jetzt? Um Hilfe rufen?«

Noch bevor ich mir eine Antwort ausdenken konnte, ging in einem höher gelegenen Stockwerk des Hauses das Licht an, und ein Fenster wurde geöffnet. Jemand steckte einen kurz geschorenen Igelkopf heraus, und eine geschlechtslose Stimme schrie: »Aus is mit der Ballerei! Hebts eich des fia Süwesta auf, es Sacklpicka, sunst kummt de Kieberei!«

Der Revolvermann reagierte überzeugend: Er torkelte hin und her und lallte Unverständliches. Wir rannten los. Zwei Schüsse bellten auf wie kleine, giftige Köter, denen man aus Versehen auf die Pfoten gestiegen ist. Ein harter Stoß traf meinen linken Oberarm und brachte mich aus dem Gleichgewicht. Der Schlag verwandelte sich in ein Brennen. Überall gingen jetzt Lichter an. Ich drehte mich um. Schwarzmantel hatte sein Arbeitsgerät weggepackt und mimte wieder den Betrunkenen. Wir rannten weiter, kamen auf die Marc-Aurel-Straße und winkten einem heransausenden Taxi. Das funktioniert üblicherweise nur bei Columbo; jeder Normalsterbliche muss darauf warten. Heute hatten wir Peter Falks Glück; der Mercedes bremste sich stilgerecht mit quietschenden Reifen ein. Ich gab dem Fahrer meine Adresse. Die kurze Fahrt verbrachten wir schweigend, beide bemüht, nach Möglichkeit leise zu keuchen.

Nachdem ich – vielleicht zum ersten Mal im Leben – hinter mir zugesperrt hatte, machte ich im Wohnzimmer Licht, holte drei Gläser und die angebrochene Flasche Isle of Jura aus der Küche und zog die Vorhänge zu. Ich füllte ein Glas halb voll mit Whisky und nahm es mit ins Badezimmer. Dort stellte ich es auf den Badewannenrand, zog das Jeanshemd aus und warf es in den Mistkübel. Ungern; immerhin hatte es mich vor einem Jahr neunhundert Schilling gekostet. Doch ein Hemd mit Einschussloch kam für mich nicht in Frage.

Der Spiegel zeigte mir unbarmherzig, dass auch anderes Material gelitten hatte. Knapp unter dem linken Schultermuskel lief eine rote Rille über den Oberarm, die vorher noch nicht da gewesen war. Ich nahm ein Papiertaschentuch aus einer frischen Packung, tunkte es in Whisky und hielt das Ganze an die Schramme. *Au! It's a feh.* Es brannte – stärker, als ich befürchtet hatte. Ich gönnte mir den Schnaps oral, bevor ich die Prozedur wiederholte. Dann streckte ich die Hände mit weit gespreizten Fingern aus und stellte fest, dass sie flatterten, als wollten sie gegen den Willen ihres Besitzers den Spiegel polieren. Noch ein Schluck, beidhändig serviert, damit er auch sicher ins Ziel gelangte.

»Was ist los?«, rief Anna. Sie lehnte im Türrahmen. »Hat er Sie erwischt?«

»Mehr ein Kratzer. Und er hat gar nicht gebohrt.«

»Wollen Sie ins Unfallkrankenhaus fahren?«

»Welche Single Malts führen sie dort?«

Sie lachte unwillig und sagte: »Lassen Sie mich sehen. Ich versteh ein bisschen was davon.«

»Aus Ihrer wilden Zeit am Balkan?«

»Nein, es ist wirklich nicht schlimm«, entschied sie dann. »Sie haben Glück gehabt. Gibt es Verbandszeug hier? Ihr Desinfektionsmittel ist eher unkonventionell.«

»Riecht dafür besser.« Ich kramte in einer Schublade und fand etwas.

»Sie sind ganz schön cool«, sagte sie, während sie mit geschickten Fingern an mir herumdokterte.

»Ich? Ich bin überhaupt nicht cool. Und schon gar nicht, wenn auf mich geschossen wird. Ich lebe nämlich gern. Au, ziehn Sie das Zeug nicht so fest an. Sehen Sie nicht? Mir zittern die Hände, mir schlottern die Knie, und am schlimmsten ist, dass ich mich grauenhaft nüchtern fühle.«

»Das ist nicht Angst, das klingt nach schweren Entzugssymptomen.«

»Das ist die Angst zu sterben, bevor ich genug getrunken habe. Wenn hier jemand cool ist, dann sind Sie's.«

»Ich hab nur die längste Zeit mit so etwas gerechnet.«

»Wie bitte?«

»So. Fertig. Noch Schmerzen?«

»Nein«, log ich. »Trinken wir was. Jetzt. Sofort. Augenblicklich.«

»Ist ja gut. Beruhigen Sie sich!«

»Ha! Nichts ist gut. Nichts wird jemals wieder gut werden. Oder?«

»Sie reden Unsinn.«

»Und sagen Sie nicht Sie zu mir. Wir waren bereits beim Du angelangt, also bleiben wir dabei.«

Statt einer Antwort lächelte sie. Herzerwärmend. Mit diesem Lächeln würde die Welt vielleicht doch wieder in Ordnung kommen. Konnte ich mir vorstellen. Nicht unbedingt heute, vielleicht auch nicht morgen. Aber irgendwann gewiss. Ihr Lächeln versprach es.

Ich holte mir ein schlecht gebügeltes Jeanshemd aus dem Schlafzimmer, zog es über, entnahm einer angebrochenen Camel-Stange eine neue Packung und füllte das Zippo mit Benzin. Der zeremonielle Charakter dieser Handlung beruhigte mich ein wenig. Ich ging ins Wohnzimmer, schaltete eine Stehlampe an und das Deckenlicht wieder aus, füllte die beiden verbliebenen Gläser mit Isle of Jura und ließ mich in einen Fauteuil plumpsen. Anna setzte sich auf die Couch daneben, die Füße von den Schuhen befreit. Sie brauchte gute dreißig Sekunden, bis sie die Position gefunden hatte, die ihr augenscheinlich bequem vorkam, eine Art schiefer Schneidersitz, der bei den meisten Menschen komisch aussehen würde. Bei ihr sah es sexy aus. Per Fernsteuerung warf ich den CD-Player an. Tom Waits grölte uns nieder. Ich drehte leiser, und wir stießen an.

»Auf die Blutsbrüderschaft«, sagte sie.

»Ein dezenter Schubs, endlich auszupacken«, überlegte ich laut.

»Äußerst dezent.«

Ich lieferte ihr eine geraffte Darstellung, ohne bewusst irgendetwas auszulassen. Sie hörte konzentriert zu, unterbrach nur selten und ließ im Übrigen nur durch ihren überhöhten Zigarettenkonsum erkennen, dass sie keineswegs die Ruhe in Person war. Als ich am Schluss angelangt war – was heißt, dass sie die Lektüre des Immermann-Interviews beendet hatte –, sagte sie: »Wo könnte dein Freund das Material versteckt haben? Und woraus exakt besteht es?«

»Hat Sarah dir das nicht gesagt?«

»Sarah wusste es vor ihrem Treffen mit Daszyński selbst nicht; Daszyńskis Andeutungen waren äußerst vage. Und dann …« Sie brach unvermittelt ab.

»Ich weiß nicht mehr, als ich dir bereits erzählt habe. Allerdings …«

»Allerdings?«

»Tom Hrdlicka hat mir das erste Roder-Foto mit der Post geschickt. Das heißt, er muss es spätestens Freitag aufgegeben haben.«

»Und?«

»Denk nach, Anna. Er hat dieses Foto von Sarah übernommen. Wieso wusstest du nichts davon?«

Anna schüttelte verdrossen den Kopf. »Du willst andeuten, dass Daszyński ihr etwas zukommen ließ, das sie mir vorenthielt. Aber aus welchem Grund? Wir haben immerhin zusammengearbeitet.«

»Du hast mir erzählt, früher einmal seid ihr sehr enge Freundinnen gewesen. Warum später nicht mehr?«

Sie überlegte eine Weile, dann erkannte sie den Widerhaken an der Frage. Er gefiel ihr nicht. Sie schob das fein geschnittene Kinn vor, der Mund wurde zu einem schmalen, verbissenen Strich. »Das hat nichts damit zu tun, Paul«, sagte sie, kühler, als das Wetter es erlaubte. »Absolut nichts.«

»Nicht? Dann kannst du mir den Grund ja sagen.«

Sie schüttelte abermals den Kopf. Mit Nachdruck.

»Dann will ich ihn dir sagen: Sarah Ortbauer war ein begabtes, wortgewandtes, nett aussehendes, skrupelloses kleines Scheusal. Das war sie früher, und das ist sie bis zum Schluss geblieben. Sie hat dich benutzt, als sie dich brauchte, aber sie hatte niemals vor, mit dir zu teilen.«

Sie runzelte düster die Stirn und schwieg eine Zeit lang, doch plötzlich grinste sie. »Manche Dinge sieht man nicht gerne ein, wie?«

»Allzu viele, Anna. Aber wenn es so war, dann würde mich interessieren, was sie noch alles vor dir verbarg. Gibt es einen Weg, das herauszufinden?«

»Ich denke darüber nach. Was genau hat Hrdlicka dir am Telefon gesagt?«

»Er sprach von Fotos – von wirklich schlimmen – und einer Diskette. Wenn einer wie Tom Hrdlicka etwas als ›wirklich schlimm‹ bezeichnet, dann muss es ein ziemlicher Hammer sein. Ein Foto haben wir. Wo sind die anderen, was ist auf der Diskette? Und vor allem, *wo* ist die Diskette?«

»Toms Computer hat der Exekutor kassiert«, sinnierte sie mit müder Stimme. »Glaubst du, dass der echt war?«

»Der Exekutor? Ja. Die Typen kenn ich.«

»Und der Revolvermann? Hast du mit dieser Spezies auch Erfahrungen?«

»Zwei Dinge weiß ich sicher – wenn er's ernst gemeint hätte, säßen wir nicht gemütlich hier beisammen. Er hatte Zeit und Gelegenheit.«

»Eine freundliche Aufforderung also, die Jagd abzublasen. Und zweitens?«

»Er hat Kleinkaliber benützt. Das hört man am Klang.«

Anna beugte sich vor, mit plötzlich wieder hellwachem Gesicht. »Weißt du das sicher?«

»Ganz sicher.«

»Woher?«

»Aus *meiner* wilden Zeit.«

»Und Sarah wurde laut Aussage der Polizei mit ... Wie war die Formulierung?«

»... einer ›kleinkalibrigen Faustfeuerwaffe ermordet‹. Was natürlich auch Zufall sein könnte.«

Sie schürzte zweifelnd die Lippen. »In Texas – ja. Nicht in Wien. Wie willst du vorgehen?«

»Vorgehen?«

Sie winkte ungehalten mit ihrer Zigarette. »Ich nehme nicht an, dass du's bleiben lässt, oder?«

»Kaum.«

»Also?«

»Lass uns das morgen überlegen. Woher kennst du Franjo?«

»Ich war seine Studentin. Du lenkst ab.«

»Na gut, ich lenke ab. Wir haben uns eine wichtige Frage noch nicht gestellt.«

»Die da lautet?«

»Wer ist Dr. Frank?«

»Da hast du recht«, räumte sie nachdenklich ein. »Im Impressum des ›Freien Wortes‹ kommt er nicht vor?«

»So ist es. Der Portier kennt ihn nicht. Ich hab zwei, drei Kollegen nach ihm gefragt. Dinosaurier, die seit dem Wiener Kongress in der Branche sind. Niemand kennt ihn. Kannst du dich morgen umhören? Quellen anzapfen, Informanten auspressen?«

»Ich versuch es.«

»Schläfst du hier?«

»Ich hab noch nicht darüber nachgedacht ... vielleicht. Ich würde gerne duschen.«

»Handtücher und Bademantel sind im Schrank. Eine frische Zahnbürste müsste auch noch irgendwo herumliegen.«

Wenig später hörte ich Wasserrauschen, und noch später kam sie im weißen Frotteemantel aus dem Badezimmer. Es erwies sich als unmöglich, nicht auf ihre Beine zu starren. Ich stand auf und reichte ihr ein aufgefülltes Glas.

»Wo soll ich schlafen?«

»Wo du willst. Bei mir.«

»Sagst du das, weil du betrunken bist, oder …«

»Oder«, sagte ich und küsste sie. Die Gläser gingen zu Boden, als wir eng umschlungen durch die Schlafzimmertür wankten und ins Bett kippten. In meinem Hinterkopf – sehr weit hinten – wummerte der Satz, man soll Sex nicht mit Arbeit verbinden. Fast ein Axiom. Tom Waits sang: *»I'll tell you all my secrets but I lie about my past, so send me off to bed forever more.«*

Er sang es noch ein paarmal in dieser Nacht.

Donnerstag

Strandgut

Der scharfe Klang einer Türglocke irritierte aufs Gröbste meine Synapsen. Irgendwie kam ich hoch, stellte die Füße auf den Boden, stemmte mich mit den Händen vom Bettrand weg und stand. Ein wenig schwankend zwar, aber ich stand. Ich bekam den Bademantel zu fassen, den ein unbekannter Künstler letzte Nacht so auf dem Parkett arrangiert hatte, dass ein Faltenwurf von geradezu klassischer Anmut entstanden war, zog ihn über und schlurfte ins Vorzimmer. Puzzleteilchen von dem, was früher einmal ich gewesen war, setzten sich zusammen. Nicht alle passten. Ich drückte die Türklinke und zog an – versperrt. Fluchend suchte ich nach dem Schlüsselbund, fand ihn nach einem halben Jahr, schloss auf und öffnete die Tür. Es war sieben Uhr einundfünfzig, und in meinem Kopf tanzten sieben Zwerge Csárdás.

In diesem Moment war das Puzzlebild des gestrigen Tages komplett, und ich wusste, warum ich abgesperrt hatte – doch da war es schon zu spät.

Ich hätte alles erwartet, Schwarzmantel mit seinem Revolver, eine Horde fröhlich singender Schweizer Gardisten direkt aus dem Vatikan, den Yeti – alles, außer eine so profane Erscheinung wie den Briefträger. Der stand vor mir und bedachte mich mit einem Blick, der üblicherweise Grenzdebilen vorbehalten ist.

Nachdem er mir ein Kuvert in die Hand gedrückt und dafür eine Unterschrift erhalten hatte, sagte er: »Schlimme Nacht gehabt?« Er machte sich nicht die Mühe, es wie eine Frage klingen zu lassen.

Ich sagte ja, so sei es, grüßte, schloss die Tür und ging ins Schlafzimmer. Anna hob die Lider. Ihre Augen waren schläfrig, aber noch genauso grün wie gestern. Die Decke war verrutscht und hatte ihre linke Brust freigelegt. Sie räkelte sich wie eine Katze, gähnte und stolzierte nackt ins Badezimmer. Ich ging ihr nach, nahm den Verband ab und betrachtete nachdenklich die Schramme. Sie pochte, hatte sich aber nicht entzündet. Isle of Jura hatte sein Bestes gegeben. Wir duschten eine Weile gemeinsam, dann ging ich in die Küche und widmete mich fünfzehn Minuten lang der Zubereitung eines Frühstücks der Cholesterin-forte-Kategorie, das im Wesentlichen aus Speck, Eiern, Baguette und Kaffee bestand. Als der Speck und die Eier leise vor sich hin brutzelten, schnappte ich mir das Paket.

Ein erdfarbenes, stabiles A4-Kartonkuvert. Sah nicht schlimmer aus als die, in denen ein paar rechtsradikale Psychopathen seit zwei Jahren Briefbomben verschickten. Laut Poststempel in Wien aufgegeben. Kein Absender. Aber die Handschrift kannte ich. Mit einem Filetiermesser öffnete ich das Päckchen. Es beinhaltete eine Diskette sowie sieben Schwarz-Weiß-Fotos plus die dazugehörigen Negative, die Fotos im Format dreizehn mal achtzehn Zentimeter. Auf dem Etikett der Diskette stand in Tom Hrdlickas Klaue geschrieben: »Donauwelle.cover.gif«. Franjo Bregović würde erfreut sein. Wenn es ihn überhaupt noch interessierte. Ich legte sie beiseite und nahm mir die Fotos vor. Die ersten beiden waren von hervorragender Qualität und offenkundig in allerjüngster Zeit aufgenommen worden. Sie zeigten Majstorović und Roder lächelnd über ein Schriftstück gebeugt, dessen Text, so vermutete ich, unter dem Fadenzähler lesbar werden würde. Roder wies auf beiden Bildern überhaupt keine Ähnlichkeit mit Grunert auf, obwohl sie eindeutig zur selben Serie wie das Heurigenfoto gehörten.

Die fünf verbleibenden Fotos waren technisch weit weniger brillant und offensichtlich auch vor langer Zeit aufgenommen worden. Die Tatsache, dass Roder darauf noch über volle dunkle Haarpracht verfügte, legte diesen Schluss nahe. Sie waren bei unvorteilhafter Hotelzimmerbeleuchtung geknipst worden, doch man sah auch so genug, um den dringlichen Wunsch zu verspüren, das Schwein umzulegen. Ich packte die fünf Fotos zurück in das Kuvert und servierte das Frühstück. Auch wenn mir im Augenblick nichts ferner lag als der Gedanke an Essen.

Wir saßen am Couchtisch und hätten auf einen imaginären Beobachter – einen leicht fehlsichtigen Beobachter – vielleicht den Eindruck ordentlicher, strebsamer junger Menschen gemacht, die nichts anderes im Sinn hatten, als ihr Studium erfolgreich abzuschließen, einen gut bezahlten Beruf zu kriegen und mit Kind und Hund in einer Döblinger Gartenvilla der verdienten Pension entgegenzuträumen. Nur die Glasscherben auf dem Boden und ein feuchter Fleck, der Whiskydunst ausatmete, passten nicht so ganz dazu. Auch nicht die fünf Fotos im Kuvert, die sich für immer in mein Gedächtnis eingebrannt hatten. Die schon gar nicht.

»Warum isst du nichts?«, fragte Anna nach ihrer ersten Portion Speck mit Ei und meiner dritten Zigarette.

»Was weißt du über Roder?«, sagte ich rau.

Sie überlegte – oder tat so, als würde sie überlegen – und sagte dann, auf das Kuvert deutend: »Hat deine Frage damit zu tun?«

Ich nickte.

»Kann ich es sehen?«

Ich schüttelte den Kopf. »Mein untrüglicher Instinkt sagt mir, dass du es gar nicht sehen willst. Niemand will es sehen. Nicht einmal der Staatsanwalt.« Ich stand auf, ergriff die Whiskyflasche und tat einen Schuss in den Kaffee. Ich hasse Whisky am Morgen. »Niemand will diese Bilder sehen, aber du ganz besonders nicht.«

»Woher willst du das wissen, Paul?«

»Roder ist auf den Fotos.«

In ihrem Blick, in ihrer Miene lag etwas, das ich als Frage missdeutete. Ich sagte: »Ich hab dir gestern ein Foto mit Roder vorgelegt. Ich würde sagen, es kam nicht wirklich an.«

Sie hob ungerührt die Schultern. »Mir ging es eben nicht gut.«

»Wer sagt mir, dass es dir heute besser geht?«

»Ich. Und das, worauf du anspielst – einigen wir uns doch einfach darauf, dass es nur mich etwas angeht. Niemand sonst.«

»Wie du willst.«

Anna legte Gabel und Messer neben den Teller, ging zur Stereoanlage, suchte eine CD aus und legte sie auf. Miles Davis' einsame, kühle, klare Trompete machte »Concierto de Aranjuez« zur traurigsten Melodie, die die Welt je gehört hatte. Ohne sich umzudrehen, sagte sie: »Was sind das für Fotos?«

»Zwei ziemlich gute Schnappschüsse von Roder und Majstorović. Und eine Diskette mit dem Cover für die ›Donauwelle‹. Franjo wird erfreut sein.«

»Und?«

»Fünf weniger gute Bilder. Roder beim Ficken.«

»Glaubst du, Pornofotos können mich schrecken?«

»Nein. Ich denke, an sich nicht. Diese aber doch. Außerdem lautet die Frage eher: Warum schreckt dich Roder?«

»Sind es Minderjährige?«

»Kinder«, sagte ich. »Mädchen; zehn, vielleicht zwölf Jahre alt. Sehen aus wie mit Drogen vollgepumpt. Oder ist es Schock? Erleidet man einen Schock, wenn man als Kind an einen Perversen verkauft wird?« Ich brach ab, trank den hochprozentigen Kaffee aus und spürte die Wärme vom Magen her hochkriechen. Es hatte über dreißig Grad Außentemperatur, mir stand der Schweiß auf der Stirn, und trotzdem begrüßte ich diese Wärme.

»Du hast davon gewusst«, sagte ich, um mich gleich zu berichtigen. »Oder es geahnt. Warum? Hat Daszyński etwas am Telefon erwähnt?«

»Es gibt Gerüchte über Roders sexuelle Vorlieben.«

»Gerüchte.«

»Ja. Nicht mehr. Zumindest nichts, was sich beweisen ließ. Bisher.«

»Und außer … Gerüchten war dir nichts bekannt?«

Sie zuckte die Schultern. »Die Frage ist doch eher, wie wir an die Diskette rankommen. Dort sind die Sachen über Gladius Domini.«

»Und das hier«, ich zeigte auf das Kuvert, »bedeutet nichts?«

Wütend fuhr sie herum und funkelte mich an. »Was weißt du schon davon! Glaubst du, das verwendet irgendeine Zeitung gegen den ehrenwerten Kurienbischof Roder? Wach auf, Paul! Keine Redaktion im ganzen Land würde das abdrucken, kein Gericht als Beweismittel akzeptieren.«

»Du hast sie nicht gesehen.«

»Ich kenn den Inhalt.«

»Da bin ich mir sicher.«

Wortlos verließ sie das Zimmer. Ich hörte sie telefonieren, und dann zuckte ich zusammen, als sie dreieinhalb Minuten später die Wohnungstür hinter sich zuknallte.

Annas Nummer stand nicht im öffentlichen Telefonbuch. Nachdenklich klemmte ich mir den Hörer ans Ohr und drückte die Wahlwiederholtaste.

Eine weibliche Stimme am anderen Ende sagte: »Ortbauer.«

Für Sarahs Mutter klang die Stimme viel zu jung. Gab es da nicht eine Schwester? Ich legte sacht den Hörer auf, überlegte, hob wieder ab, wählte 16-11 für die Telefonauskunft und brauchte sieben Minuten und jede Menge Charme, um Annas Nummer herauszufinden. Nachdem ich auf ihrem Anrufbeantworter eine Bitte um Rückruf hinterlassen hatte, ging ich abermals unter die Dusche, bis ich mich fit genug für mein Vorhaben fühlte. Ich suchte mir die Nummer der »Freies Wort«-Redaktion aus meinem Notizbuch und fügte die Durchwahl an. Nach einiger Zeit kratzte eine Frauenstimme im Hörer.

Ich sagte: »Guten Tag, Frau Peichl. Dr. Frank bitte.«

»Ist im Augenblick unabkömmlich. Wer spricht denn?«

»Mazurka. Das Immermann-Interview ist fertig.«

»Das ging ja unerwartet schnell.«

»Nicht wahr? Ich liefere per Fax. Wie komm ich zum Geld?«

»Geld? Ich glaube mich zu erinnern, dass ich Ihnen einen Scheck –«

»Das war die Anzahlung. Ich spreche vom zweiten Teil.«

»Da muss ich Dr. Frank fragen«, sagte sie indigniert.

»Tun Sie das«, sagte ich. »Und fragen Sie ihn bitte gleich, wann ich die redigierte Fassung einsehen kann. Ich meine die, die dann auch gedruckt –«

»Das ist bei uns nicht üblich!«

»Sicher. Ich bestehe aber darauf, und im Übrigen ist das Teil unserer Abmachung. Sprechen Sie mit ihm, ich suche Sie um halb vier heim und wäre entzückt über eine Audienz. Eine Frage noch: Welche Funktion übt denn Herr Dr. Frank bei Ihrer Zeitung aus?«

Sie sagte, dass mich das einen Dreck anginge, und wir legten in stillem Einverständnis gleichzeitig auf. Nachdem ich den Text gefaxt hatte, rief ich beim »Wiener Boten« an und erfuhr von Kainraths Sekretärin, dass das Interview um vierzehn Uhr in Druck ging. Ohne Abstriche. Ich sagte, das würde ich erst glauben, wenn ich es gelesen hätte. Vielleicht nicht einmal dann. Schließlich wählte ich die Nummer, die Franjo Bregović mir gegeben hatte. Nach dem vierten Läuten wurde abgehoben, und eine Kinderstimme sagte: »Hallo! Wer spricht denn da?«

Ich sagte: »Ich bin's nur. Mazurka. Kannst du deinen Papa ans Telefon holen?«

Ein Kichern war zu hören, dann wurde getuschelt, und dann sagte Franjo: »Paul? Meine Tochter fragt, ob Sie wirklich Mazurka heißen. Sie findet den Namen sehr lustig, glaubt aber, dass Sie ihn sich ausgedacht haben.«

»Was will sie werden? Detektivin? Sagen Sie ihr, dass sie mich erwischt hat. Sind Sie noch an ›Donauwelle‹ interessiert? Tom hat mir die Cover-Datei geschickt; die Diskette ist gerade angekommen.«

»Fein. Ich sehe Fiedler heut Abend. Könnten wir uns davor treffen?«

»Ich hab den ganzen Tag in der Stadt zu tun. Wenn Ihnen der Weg nicht zu weit ist …«

»Vom vierten Bezirk?« Er lachte. »Ich hatte ohnehin vor, für meine Familie Fremdenführer zu spielen. Sie wissen schon: Stephansdom, Kapuzinergruft, Schatzkammer, Sängerknaben, ›Sacher‹ …«

»Vergessen Sie die Lipizzaner nicht.«

»Ah ja, die Lipizzaner!«

»Die müssen Sie sehen.«

»Gewiss. Haben Sie schon?«

»Ich? Aber nein. Ich bin doch Wiener. Übrigens – haben Sie einen Computer?«

»Hab ich.«

»Dann können Sie sich das Cover ja ansehen.« Und da machte es leise, aber deutlich *klick* in meinem Kopf. Die Diskette!

Atemlos und fast unhöflich knapp schlug ich Ort und Zeit vor, legte auf und widmete mich, die Hand noch immer am Hörer, einer Eingebung, die so heiß war, dass ich Mühe hatte, sie zu verarbeiten. Wenn diese Diskette gar nicht das enthielt, was das Etikett versprach, dann …

Der Computer brauchte dreimal so lang wie sonst, bis er hochgefahren war. Ich schob die Diskette ins Laufwerk und startete das Programm. Als dieser Prozess abgeschlossen war, standen mir im Verzeichnis »Cover« zwei Dateien zur Wahl. »Donau1.gif« und »Donau2.gif«. Die Abkürzung »gif« weist auf eine Bilddatei hin. Und genau darum handelte es sich. Es wäre auch zu schön gewesen, sagte ich mir, als ich zusehen musste, wie sich im Schneckentempo, Zeile für Zeile, das schwarz-weiße Cover für die »Donauwelle« auf dem Bildschirm aufbaute. Schlaue Idee, falsche Diskette. Ich brach den Aufbauprozess ab.

Dann untersuchte ich die beiden Fotos von Roder und

Majstorović unter dem Fadenzähler und fand heraus, dass auch in diesem Fall meine Vermutung purer Optimismus gewesen war; der Text des Schriftstücks ließ sich auch vergrößert nicht entziffern. Und dann kam Annas Anruf.

Sie sagte: »Was gibt's?«

»Ich möchte mich entschuldigen.« Als keine Reaktion folgte, sagte ich: »Es geht mich nichts an.«

»Was?«

»Deine Probleme.«

»Richtig.«

»Wo bist du?«

»Idiot«, sagte sie. Aber immerhin klang es, als würde sie dabei grinsen. »Was denkst du denn?«

»Zu Hause, wo immer das auch sein mag.« Ich wartete.

»War das eine Frage?«

»Genau.«

»Köllnerhofgasse.«

»Gute Adresse. Ich hab da einen Vorschlag.«

Jene Jahre, als Gad Levin Chefkellner im »Café Ball« war, wurden einmal von einem namhaften Lokalkritiker, der sich als Draufgabe einen geradezu akademischen Ruf als stadtbekannter Rundumtrinker erworben hatte, als das Goldene Zeitalter der neueren – flüssigen – Wiener Gastronomie bezeichnet. Die Stammkunden richteten ihren abendlichen Auftritt nach seiner Arbeitszeit ein, und wenn sie nachmittags anriefen, fragten sie nicht: »Hat er heute Dienst?«, sondern: »Ordiniert Gadi heut Abend?« Als er schließlich beschloss, den ausgetretenen Pfaden den Rücken zu kehren, hub ein groß Jammern und Klagen an. Gad hörte nicht darauf; er machte seine eigene Bar in der Spiegelgasse auf – in dreifacher Grölweite von seiner alten Ordination – und schleppte einen Haufen Stammgäste mit. Das »Café Ball« verlor ein wenig vom bislang unverwechselbaren Charme, doch auf die Umsatzzahlen schlug sich der Verlust nicht nennenswert nieder, da die Zeiten begannen schlechter zu werden, die Leute öfter in Lokale gingen und somit ein reger Pendelverkehr zwischen Ballgasse und Gadis Bar eingerichtet wurde. Man schrieb das Jahr 1990.

Kaum ein Jahr darauf setzte – ebenfalls im Zeichen der allgegenwärtigen Rezession – der wirklich große Run auf die Lokalszene der Wiener Innenstadt ein. Horden von Halbtouristen ritten über die Grenze, die von Ringstraße und Donaukanal gebildet wird, und errichteten im Zuge dieser alkoholdeterminierten Völkerwanderung ihre Fahnen in Lokalen, die wenig tauglich für die Ansprüche diskotheksgeschädigter Post-Yuppies schienen. Was sich als Fehleinschätzung erwies.

Auch Gadis Bar fiel dieser Entwicklung zum Opfer, wenn auch nie vollständig. Das ließ die ausgeprägte Persönlichkeit des Wirts nicht zu, der es sich nicht nehmen ließ, neben langzeitstudierenden Hausherrnsöhnen beiderlei Geschlechts und vollvernetzten Vertretern des fast mittleren Managements auch Wiener Originale der Einkommensklasse Was-ist-ein-Konto? zu bedienen. Am späten Vormittag war die Bar ein Ort der Ruhe und stillen Eintracht, doch zu welcher Tageszeit auch immer war sie eine stadtbekannte Informationsbörse und Gerüchteküche. Mit Gadi Levin als anerkanntem Küchenmeister.

Anna war noch nicht zugegen, als ich gegen elf Uhr durch die offene Tür der Bar schritt, und der Chef wurde durch einen höchstens fünfundzwanzigjährigen Kellner vertreten, dessen zu klein geratenes Gesicht mir entfernt bekannt vorkam. Wahrscheinlich wirken die meisten Gesichter klein, wenn sie von mindestens einem Meter fünfundneunzig auf einen herunterblicken. Er war mit Gläserspülen beschäftigt, und er widmete sich dieser Tätigkeit mit einem Enthusiasmus, der an Selbstaufgabe grenzte.

»Wird Gadi in nächster Zeit auftauchen?«, fragte ich ohne große Hoffnung.

Immerhin erntete ich ein Nicken und ein hingemurmeltes Wort, das vielleicht »einkaufen« bedeutete. Das war mehr, als ich erwartet hatte. Ich bestellte Mocca ohne Zucker und Orangensaft und stöberte unkonzentriert in Zeitungen herum, während ich mir einzureden versuchte, dass die schwüle, gewittrige Hitze immer noch besser war als Schnee, Eis und zwanzig Grad minus. Als sich das Thema als unergiebig erwies, dachte ich über den Vormittag im Allgemeinen und Dr. Frank im Besonderen nach. Auch damit war ich zu keinen nennenswerten Erkenntnissen gelangt, als Anna um viertel zwölf das Lokal betrat. Sie hatte ihre Locken nach hinten gebunden, trug zu einem hellbraunen Rock eine naturweiße Bluse, die nach Rohseide aussah, wildlederne Pumps, eine nicht allzu kleine, ebenfalls wildlederne Handtasche und eine Miene, die man als bewaffnete Neutralität deuten konnte. Der kleingesichtige Kellner unterbrach seine Meditation; das Geschirrtuch in der rechten, ein Campariglas in der linken Hand, starrte er auf Anna hinunter. Er schien es nicht zu fassen. Erst ihr knappes Nicken in seine Richtung brachte seine Automatik wieder in Gang.

Nach einem hingehauchten Kuss, der meine linke Wange höchstens streifte und mir zu verstehen geben sollte, dass der Morgen noch längst nicht vergeben und vergessen war, sagte sie: »Mit deiner Einschätzung meiner lieben Freundin und Partnerin Sarah Ortbauer hattest du leider recht.«

Ich nickte ihr auffordernd und ohne jede Genugtuung zu, trank meinen Orangensaft und wartete. Manchmal wirkt das besser als Phrasen. Allerdings nicht immer. Es ist eine Frage des richtigen Augenblicks. Anna entschied sich nach kurzem Zögern für den Barhocker neben mir und nahm Platz, wobei sie die Beine übereinanderschlug. Dann bestellte sie einen Einspänner und ein Croissant und sah mich eine Weile fragend an. Als das keine Wirkung zeitigte, sagte sie, ironisch lächelnd: »Willst du nicht wissen, was mich zu dieser Erkenntnis gebracht hat?«

»Ich schätze, du hast mit Sarahs Schwester gesprochen.«

Ihr Lächeln verschwand, Millimeter für Millimeter. Sie blinzelte einmal, sehr schnell, kniff die Augen zusammen und richtete einen Blick auf mich, in dem keine Spur Humor lag. Dann legte sie plötzlich den Kopf in den Nacken und lachte.

»Die Wahlwiederholtaste, stimmt's?«

Ich nickte. »Du musst danach eine beliebige Ziffernfolge eingeben – am besten die Zeitansage. Das wirft die Nummer aus dem Speicher.«

»Ich werd's mir merken. Einen Augenblick lang dachte ich …«

»… dass ich dir nachspioniere? War nicht notwendig. Erzähl mir über Sarahs Schwester.«

»Ach, über die gibt es gar nicht so viel zu berichten.« Auf einmal wirkte sie gelöst, als wäre eine besonders hartnäckige Sorge von ihr abgefallen. »Silvia ist so ziemlich das Gegenteil ihrer großen Schwester. Lieb, freundlich, offen, aber ein bisschen …«

»Dämlich?«

»Du übertreibst, wie immer. Sie sieht zwar aus wie eine zu klein geratene Barbiepuppe …«

»Mein Gott.«

»… aber dämlich ist sie deshalb noch lange nicht. Eher naiv, wie jemand, der nicht weiß oder wissen will, dass rundherum gelogen und betrogen wird.«

»Du bist sicher, dass du von Sarahs leiblicher Schwester sprichst?«

»Willst *du* die Geschichte fortsetzen?«

»Ich schweige schon.«

»Gut. Viel interessanter ist das, was Silvia selbst mir erzählte. Dass nämlich am Tag von Sarahs Ermordung, etwa eine halbe Stunde nach ihrem Tod, in ihrer Wohnung eingebrochen wurde – und *das* haben sie nie in den Nachrichten gebracht. Der Punkt ist, dass die Wohnungen Tür an Tür liegen. Geschenk von den Eltern zur Matura; etwas in der Art. Silvia hat ein Türschild, auf dem ihr Nachname steht, Sarah hatte keines.«

»Ich versteh den Gag nicht.«

»Paul, die haben damals die falsche Wohnung erwischt! Kapierst du? Silvias Wohnung! Und deshalb ist ihnen das hier entgangen.« Sie öffnete ihre Handtasche und zog zwei gefaltete Blätter heraus. Ich überflog das eng beschriebene Memorandum. »Woher hast du das?«

»Silvia hat mir Sarahs Unterlagen übergeben. Dieses Papier war dabei. Interessant, nicht?«

Das war untertrieben.

Aus dem Wisch ging zu meinem ungekünstelten Erstaunen hervor, dass Maximilian Frank, geboren am 27.2.1929 in Wien, im letzten Kriegsjahr als aktives Mitglied der österreichischen Widerstandsgruppe O5 tätig war.

Als Frank Anfang Jänner '45 wegen einer Schlägerei abgeurteilt wurde, standen auf seiner Habenseite eine zweifelsfrei arische Abstammung, politische Unbedenklichkeit und seine Herkunft aus dem Wiener Großbürgertum; Vorteile also, die in dieser Zeit nicht mit Gold aufzuwiegen waren. Auf der anderen Seite war da ein Obersturmführer der Waffen-SS, dem nach einem bedauerlichen Disput der Unterkiefer falsch zusammenwuchs, sowie die (weitaus schwerer wiegende) Tatsache, dass Frank seinen effektiven Angriff auf den dreiundzwanzig Jahre jungen Offizier mit dem Schlachtruf »Gott schütze Österreich!« in Szene gesetzt hatte. Bei der Vernehmung zeigte er sich uneinsichtig. Das Urteil lautete Mauthausen als »Politischer«.

Vermutlich trat Frank im Konzentrationslager erstmals in Kontakt zu Protagonisten der O5. Im Zuge einer spektakulären (und vor allem spektakulär vom Glück begünstigten) Flucht Anfang Februar marschierte er, verwundet und gejagt, Richtung Westen, wo er in Tirol mutmaßlich mit Agenten des Office of Strategic Services – dem amerikanischen militärischen Geheimdienst und CIA-Vorläufer – zusammentraf, um Informationen über Mauthausen weiterzugeben. Irgendwann innerhalb der nächsten beiden Monate wurde er von der Gestapo geschnappt und ausgedehnten Verhören unterzogen (der Art, die in Kulturnationen Folter heißt und daher geächtet ist), wovon ihm ein gelähmter rechter Arm als Andenken blieb. Mauthausen-Gusen wurde als letztes reichsdeutsches Konzentrationslager zwei Tage vor Kriegsende befreit, und Frank fand sich in Nürnberg auf der Zeugenbank der Anklage wieder.

Nach dem Krieg ging Frank mit dem erklärten Ziel in die Staaten, dort Wirtschaftswissenschaften zu studieren. Kaum auf der anderen Seite angekommen, verlor sich seine Spur für lange Zeit. Er tauchte erst wieder 1962 in Rom auf, wo er als unabhängiger Beobachter (in Ortbauers Memorandum waren die beiden Worte in Anführungszeichen gesetzt) über das Zweite Vatikanische Konzil berichten sollte. Und zwar für die gesamte Dauer des Konzils, immerhin drei Jahre lang. Die Artikel – wenn er jemals welche verfasst hatte – wurden nie publiziert, und Max Frank löste sich wieder einmal in Luft auf. Erst 1978 folgte eine Erwähnung, die besagte, dass er zu den zwanzig ersten Privatmännern (wieder in Anführungszeichen) gehörte, die der frisch gekürte Papst Johannes Paul II. einer Audienz für würdig befand. Bei diesem Treffen verlieh er ihm den Orden vom Goldenen Sporn. Anlass hierfür unbekannt.

Und damit endete das Schriftstück – von zwei handschriftlichen Notizen abgesehen. Nummer eins war der Name Manti-Core, Nummer zwei eine Adresse im zweiten Wiener Gemeindebezirk – zehn Gehminuten von meiner Wohnung entfernt –, der die Buchstaben (oder Initialen) J.R. vorangestellt waren. Allerdings war das nicht irgendeine Adresse. Sie bezeichnete ein Gebäude am Augarten, und wenn ich mich nicht sehr irrte, grenzte es an jenes Palais, in dem seit 1948 die Wiener Sängerknaben ihr ständiges Quartier hatten.

»Ist das Sarahs Handschrift?«

»Ich glaube, ja. Sie schrieb so gut wie nie mit der Hand, darum bin ich nicht hundertprozentig sicher.«

»Ich werde den Eindruck nicht los, dass uns das alles um

nichts weiterbringt. Es verwirrt die Angelegenheit nur noch mehr. Wie siehst du das?«

Anna wiegte den Kopf hin und her. »Ich weiß nicht. Am Anfang ist es dicht, und dann kommen nur mehr vage Aussagen und spärlichste Details. Die meisten Informationen beziehen sich auf eine Zeit, die normalerweise schlecht dokumentiert ist – den Krieg.«

»Im Gegensatz zu vielen anderen gibt's da für Frank – wenn man dem Wisch trauen darf – keinen Grund, etwas zu vertuschen; im Gegenteil.«

»Das ist wahr. Ich glaube«, sagte sie und trank zufrieden seufzend ihren Kaffee aus, »dass für uns beide die Zeit der Arbeitsteilung begonnen hat.«

»Was fällt dir zu MantiCore und J.R. ein?«

»Zu MantiCore – nichts. J.R. könnte Jakob Roder heißen.«

»Oder Dschej Ar.«

»Der lebt in Dallas, nicht bei den Sängerknaben.«

»Und Roder?«

»Das überprüfe ich. Das und Daszyński. Du übernimmst Frank und MantiCore. Weißt du, Paul«, begann sie dann mit einem Gesichtsausdruck, der irgendwo zwischen Zweifel und Unbehagen angesiedelt war, »ich habe mir heute Morgen die Frage gestellt, warum wir nicht das Naheliegendste tun.«

»Trinken?«

»Die Polizei verständigen.«

Ich nickte zweimal und stellte meine Tasse ab. »Unsere Freunde und Helfer.« Ich nickte noch einmal. »Das wär schon was. Ein kleiner Plausch mit verständnisinnigen Exekutivbeamten reinigt die Seele. ›Fein, dass Sie gekommen sind, wir freuen uns, ehrlich. Sie haben zwar Beweismaterial unterschlagen, aber da wir ohnehin nicht wissen, was Sie beweisen wollen …‹«

»Ich wusste, dass dir die Idee gefallen würde.«

»Anna«, sagte ich, bemüht, einen neutralen Tonfall zu finden, »wir haben nichts in der Hand. Gar nichts.«

»Wir haben die Fotos. Du hast die Fotos.«

»Was beweisen sie? Dass Roder sich mit einem kroatischen Obristen trifft, der noch dazu offizieller Beauftragter seiner Regierung ist – na und? Das ist Politik plus Geschäftemacherei, das ist in Ordnung – solange er bloß kein Serbe ist.«

»Du weißt sehr gut, welche ich meine.«

Ich hob resigniert die Schultern. »Und was beweisen die? Der böse Jakob Roder ist also Kinderschänder. Pfui, pfui. Aber da niemand Anklage erhoben hat ... Und davon abgesehen, hast du mir recht eindringlich klargemacht, dass wir niemand finden werden, der das veröffentlicht. Was wir brauchen, ist die Diskette.« Ich holte kurz Atem, dann sagte ich, so beiläufig wie möglich: »Und falls es sich bei dieser J.R.-Adresse um Roders Wohnung handeln sollte – wovon ich überzeugt bin –, könnte es natürlich interessant sein, dort ein ... Präsent zu deponieren.«

Anna begriff sofort. Sie kniff die Augen zu schmalen Schlitzen zusammen; aus ihrem vollen Mund wurde eine dünne, gerade Linie. Sie sagte: »Nein!«

Zwölf Minuten und zwei Mocca später fixierte mich Anna mit immer noch schmalen, funkelnden Augen. »Du meinst das ernst«, stellte sie fest. Sie sagte es mehr zu sich selbst. »Du musst verrückt sein.«

Ich nickte wortlos, um sie zum Weiterreden aufzufordern.

»Komplett verrückt. Ich muss verrückt sein, auch nur darüber nachzudenken, ob ich mich darauf einlasse. Aber«, sie richtete ihren Blick gegen die Decke, als wäre dort die Antwort auf unsere Fragen zu finden, »wenn es funktioniert ... Versprich mir, nichts zu unternehmen, bevor ich die Adresse überprüft habe.«

»In Ordnung. Wann hast du, was du brauchst?«

Sie warf einen Blick auf ihre Uhr. »Sagen wir – zwanzig Uhr? ›La Caleta‹? Vielleicht haben sie unsere Bouteille aufgehoben.«

»Passt. Und, Anna: Irgendwer ist von uns aufgestört worden. Wer immer das auch sein mag: Wenn er merkt, dass wir zur Jagd blasen, dann wird er uns beiden an die Gurgel fahren. Dir und mir. Denk daran. Denk an gestern.«

»Danke für die Erinnerung. Wo willst du dein … Personal auftreiben? Gibst du eine Annonce auf?«

»Ich fordere per Funk Luftunterstützung an.«

»Was konkret bedeutet?«

»Ich wende mich an jemand, den ich von früher kenne.«

»Ist er das, was ich vermute?«

»Er ist Einbrecher.«

»Und warum sollte er dir helfen?«

»Alte Geschichte.«

Für einen Augenblick hielten Unmutsfalten auf ihrer Stirn Einzug, dann nickte sie. »Du musst wissen, was du tust.«

»Ich hoffe, *er* weiß es.«

Um zwölf Uhr drei – zwanzig Sekunden nachdem Anna losgezogen war – betrat Gad Levin sein Lokal. Er war nur knapp über eins siebzig groß, schlank und ließ sich die vierzig Jahre, die er auf dem Buckel hatte, nicht anmerken. Er trug eine grelle Plastikbrille; die Gläser waren leicht getönt. In seinem Sechs-Tage-Bart blitzte es weiß auf, als er mich erkannte. Er klopfte mir zweimal auf die Schulter und sagte mit einem unüberhörbar jiddischen Akzent: »Warum hast du die schöne Frau vertrieben?«

»Ich muss mit dir reden, Gadi.«

Er nickte, deutete auf den Schanigarten und verschwand in Richtung Küche. Ich dachte kurz nach, dann zog ich die Visitenkarte von Christa Kramer – die rothaarige Anwältin, die ich Dienstagabend in der Rive-Gauche-Buchhandlung kennengelernt hatte – aus der Jackentasche, holte mir das Schnurlostelefon vom Tresen und wählte ihre Büronummer.

»Sie erinnern sich?«

»Na klar. Der Bischofsfreund mit dem lustigen Namen.«

»Ich würde Sie am Nachmittag gerne in Ihrem Büro besuchen. Was halten Sie davon? Wie? Ach nein, es handelt sich nicht um Mord. Zumindest nicht um einen, den ich begangen habe. Ich brauche eine Information aus dem Firmenbuch, und ich muss gestehen, dass mein Finanzmandarin dieser Tage etwas eingerostet ist.«

Nach dem Gespräch ging ich hinaus, suchte mir einen von fünf Barhockern aus und beobachtete die Passanten, die in hellen Sommerkleidern durch die Spiegelgasse flanierten. Die Stadt dampfte.

Gadi hatte sich eine grüne Schürze umgebunden; er hielt in jeder Hand einen Campari Soda.

»So viele schöne Frauen«, sagte er, mit dem Kinn in Richtung Graben deutend. »Man weiß gar nicht, wo man zuerst hinsehen soll.«

»War da nicht diese lustige rothaarige Schickse, die zu ›Di Mame is gegangen‹ auf dem Tresen getanzt –«

»Muss ich mir so was von an Goj anhören. Was willst du, Paul?«

Ich reichte ihm den Umschlag mit den Fotos. »Kannst du das zwei, drei Tage für mich aufbewahren?«

Er grinste. »Über den Inhalt will ich nichts wissen. Stimmt's?«

Ich grinste zurück. »Genau. Es würde sich gut in einem Safe machen. Wirklich gut. So etwas hast du doch, oder?«

»Wer nicht. Was noch? Oder war das schon alles?«

»Wie wäscht man Geld?«

»Hat dich Rothschild adoptiert?«

»Sag mir einen Namen.«

Gadi nahm seine Brille ab und putzte sie umständlich mit dem Schürzenzipfel. »Wenn jemand weiß, wie's funktioniert, dann deshalb, weil er es gemacht hat. Und dann wird er dir nichts verraten.«

»Es wird nicht veröffentlicht.«

»Du meinst, du lässt seinen Namen weg.«

»Ich meine, es wird nicht veröffentlicht. Kein Artikel.«

»Wozu dann das Ganze?«

Ich sah ihn wortlos an. Nach noch nicht fünfzehn Sekunden gab er auf, zog einen Kellnerblock aus der Brieftasche und schrieb einen Namen und eine Adresse darauf. Er riss den Zettel ab und winkte damit. »Überreden musst du ihn selbst.«

Ich las laut: »Kapitän zur See Heinz Weininger – das gibt es?«

Gad nickte. »Ein Mann mit vielen Talenten. Samstagmittags hast du gute Chancen, ihn hier bei mir anzutreffen.«

»Erzähl mir etwas über Weininger.«

Gad versuchte sich zu erinnern. »Er müsste jetzt an die sechzig sein. Hat eine Art Dienstleistungsfirma für Reiche, Schwerreiche und wirklich Reiche. Hauptsächlich aber für noch Reichere.«

»Woher kennst du solche Leute?«

Gad Levin breitete die Arme in einer groß angelegten Geste aus. »Meine Kunden sind Könige.«

»Na klar. Dienstleistungen welcher Art?«

»Beratung, Vermögensverlagerung, Steuererleichterungen, du weißt schon.«

»Nein, Gadi, ich weiß es nicht. Willst du andeuten, dass es eine dieser Firmen mit Sitz in Panama oder auf den Bahamas ist?«

Er grinste. »Auch Virgin Islands wäre vorstellbar.«

»Steuerfreiparadiese«, sagte ich. »Könnte es hin und wieder ein bisschen illegal zugehen bei seinen … Dienstleistungen?«

»Aber Paul! Illegal ist etwas erst dann, wenn du auffliegst und die falschen Anwälte bezahlt hast«, sagte Gad seufzend wie ein Lehrer, der einem begriffsstutzigen Schüler eine Lektion zum dritten Mal erklärt. »Weiningers Aktivitäten sind natürlich absolut legal – er ist nie erwischt worden, und wenn doch, hatte er immer die besten Anwälte bei der Hand.«

»Was interessiert einen Mann, der offensichtlich keine Geldsorgen hat?«

»Risiko, Paul. Weininger ist Sportflieger, Rallyefahrer, Einhandsegler …«

»Einhand-was?«

»Das sind Verrückte, die Zwölf-Meter-Yachten allein über den Atlantik segeln, weil sie das Gefühl unheimlich geil finden. Leben ist Wettkampf, so ein Typ ist er. Und er mag alte Filme.«

»Wie alt?«

»*Bóže moj*, Paul. Alt eben.«

Ich fand Franjo Bregović auf einer Bank auf dem Heldenplatz sitzend, neben sich seine Frau, an der Hand seine Tochter, die damit beschäftigt war, eine stromernde Promenadenmischung herbeizurufen. Franjo begrüßte mich lächelnd und stellte mich seiner Frau vor. Mit ihr sprach er serbokroatisch. Sie war eine kleine, zierliche Brünette mit weit aufgerissenen eichhörnchenbraunen Augen, die so aussahen, als würden sie ständig über irgendetwas staunen. Jetzt war es die Hofburg, später würden es die Torten beim Demel sein. Die Tochter war ein fünfjähriges Mädchen mit blonden Zöpfen, die an beiden Seiten ein wenig abstanden und wippten, wenn sie lief. Sie staunte nicht. Sie war es gewohnt, dass man über sie staunte. Als ich mich zu Franjo und seiner Frau auf die Bank setzte, war das Mädchen dabei, den Hund ins Ohr zu beißen. Der Hund staunte auch nicht, er schien das normal zu finden.

Wir plauderten, rauchten und sahen dem spielenden Kind zu. Ich erzählte Franjo von meinem Treffen mit Anna, und er lachte darüber, dass wir uns von früher kannten. Überhaupt lachte er viel. Nachdem ich ihm die Diskette übergeben hatte, verabschiedeten wir uns. Hier sollte man nicht stören.

Von der Straßenbahn aus konnte ich die großen gelben Lettern an der schmutzig grauen Hauswand erkennen; sie kündigten »Tonis Café« schon von Weitem an. Die Lettern waren auch schmutzig, und das s war irgendwann einmal runtergefallen oder entfernt worden und hatte einen dunkelgrauen Abdruck hinterlassen. Uralter Mief und Zigarettenqualm schlugen mir entgegen, als sich die getönte Glastür – ein Relikt aus den sechziger Jahren – hinter mir schloss. Ich lehnte mich gegen die Schank und bestellte bei einem mürrischen Kellner ein kleines Bier. Aus einer altersschwachen Jukebox bahnte sich Dean Martins Stimme ihren Weg durch ein ausgewogenes Sortiment von Störgeräuschen. Er sang »Memories Are Made of This«, und nachdem ich mich umgesehen hatte, schloss ich mich der Auffassung von Mr Martin an – alles in »Tonis Café« war Erinnerung an irgendwann. Aber die konnte einem niemand nehmen.

An einem Ecktisch saßen drei stille Zecher, die so aussahen, als würden sie schon seit geraumer Zeit hier sitzen und nicht die Absicht haben, diesen Zustand in den nächsten Tagen zu ändern. Der Kellner, ein schwergesichtiger Rothaariger in den Sechzigern mit dem Körperbau eines Ex-Ringers, stellte wortlos das Glas vor mir ab. Ich trank einen Schluck und befand, dass es sich um eins der drei oder vier schlechtesten Biere handelte, die ich in meinem Leben getrunken hatte; es schmeckte schal, abgestanden und seifig. Nach einem weiteren Schluck reihte ich es auf Platz zwei ein. Ich zündete mir eine Zigarette an, um den widerwärtigen Geschmack zu vertreiben, und versuchte, die Aufmerksamkeit des Kellners zu erringen. Ich brauchte vier Minuten dafür.

»Und?«, sagte er.

»Ich suche einen Freund.«

»Bei uns ned.«

»Der Name ist Roman Czerwenka«, sagte ich.

»Hau di üba d' Heisa.«

Ich legte einen Fünfzig-Schilling-Schein auf den Tisch.

Aus den Augenwinkeln sah ich, dass die drei maulfaulen Gentlemen sich für unser karges Zwiegespräch zu interessieren begannen. Ich ließ einen weiteren Fünfziger folgen und gesellte ihm eine meiner Visitenkarten hinzu. Auf die Rückseite schrieb ich »dringend«. Was aller Voraussicht nach gar nicht notwendig war. Wenn Czerwenka die Nachricht erhielt.

Einer der Zecher – ein kleiner, schmerbäuchiger Bursche mit Hundeblick und Walrossschnurrbart – war aufgestanden und bewegte sich mit erstaunlich leichtem Schritt auf mich zu. Tatsächlich war es eine Art Tänzeln, und es erinnerte mich fatal an die Schrittfolge von Boxern im Ring.

»Gibt's an Wickl, Fredi?«, rief er dem Kellner zu, ohne mich aus den Augen zu lassen.

»Nie und nimmer«, sagte ich und schob Fredi die zwei Fünfziger und die Visitenkarte hinüber. Er betrachtete sie unschlüssig, als überlegte er, ob der Tatbestand der Bestechung gegeben sei, entschied sich dann dagegen und griff zu. Das Walross stand nun neben mir, so nah, dass ich seinen säuerlichen Atem riechen konnte. Sein Hundeblick war verschwunden, er starrte mich aus schmalen braunen Augen an, die kälter waren, als braune Augen überhaupt sein konnten. An der Glastür drehte ich mich um und fragte: »Wer ist eigentlich Toni?«

Niemand antwortete.

Im Nordosten zog eine düstere schwarzgraue Gewitterwand auf. Die schwüle Hitze hatte einen Punkt erreicht, an dem Atmen zu einem Vorgang wurde, der nicht mehr selbstverständlich war. Die Stadt roch nach Schweiß, Scheiße und jenem nicht definierbaren, nichtsdestotrotz jedoch unverwechselbar fauligen Gestank, den kollektive Karrieregeilheit verbreitet – eine Mischung aus Gier, Neid, Falschheit, Angst und Freudlosigkeit.

Ich spülte mir mit leidlich kaltem Wasser die Spuren eines nicht übermäßig erfolgreichen Vormittages aus dem Gesicht. Der Effekt verging rascher, als die Handlung gedauert hatte; mein Hirn dampfte. Zu allem Überdruss meldete sich ein dumpfer, pochender Schmerz in der Gegend, wo mein linker, hinterer Backenzahn mich seit einem guten halben Jahr darauf hinzuweisen versuchte, dass es an der Zeit war, dem Zahnarzt einen verbindlichen Besuch abzustatten.

Vielleicht sollte ich die Sache abblasen und einen Artikel

über ein kühles, statisches Thema schreiben. Etwa über Swimmingpools. »Schicken Sie die Rezensionsexemplare zuhanden des Redakteurs mit der coolen Sonnenbrille. Er wird Ihr Produkt in der nächsten Ausgabe besprechen.«

Der Schmerz wurde wilder, heller. Noch war es nicht dieses kristallene Gleißen, diese klarsichtige, körperlose, metaphysische Empfindung, in der man eins ist mit dem Schmerz, in ihm ruhend wie in schwerelosem Raum – und am liebsten die Wände hochkriechen möchte. Dies war erst die Gelbe Karte. Genau das, was mir gefehlt hatte.

Ich ging ins Arbeitszimmer. Das Display des Anrufbeantworters zeigte mir, dass vier Leute versucht hatten, mit mir Kontakt aufzunehmen. Abhören, ja oder nein? Ich entschied mich für ja. Doch dann läutete die Türglocke.

Sie war nicht wirklich klein – im Gegenteil, trotz flacher Schuhe Marke »hässlich, aber gesund« maß sie kaum weniger als einen Meter siebzig, eher mehr –, und dass sie schwächlich war, konnte man auch nicht behaupten; allenfalls, dass sie sich schlecht hielt. Ihr Teint war keineswegs bleich, vielleicht nur durch cin unvorteilhaftes Make-up nicht so recht zur Geltung gebracht, und ihre Haare – nun, die farblosen, strähnigen, ausgefransten Locken erinnerten allerdings an ein unzureichend gerupftes Suppenhuhn. Sie trug ein geblümtes, schmuddeliges Kleid, das in Schnitt, Stoffwahl und Farbgestaltung möglicherweise erst vor vierzig Jahren außer Mode gekommen war – gesetzt den Fall, dass so eine Mode jemals existiert hat. Ihre Hände – große, erstaunlich schlanke, schön geformte Hände – hätten elegant wirken können, wenn sie damit nicht verkrampft eine riesige kunstlederne Aktentasche wie einen Schild vor Bauch und Brust gehalten hätte. So ließen die langen, starken Finger an einen Haufen gordisch ineinander verknoteter Würmer denken. Sie starrte mich aus trübblauen Augen durch die extradicken Gläser einer Krankenkassabrille an und sagte: »Herr Mazurka, der Journalist?«

»Der nämliche«, sagte ich. Ihre Stimme war es, die den Vogel abschoss. Eine Mischung aus Donald Duck und Hans Moser, nur dass ihr das Wienerische des großen Nuschlers abging. Ihr Akzent war keiner. Körperlos. Ein Idiom, das nirgends Fuß gefasst hat.

»Es ist so ... nun, also ... es ...«

»Möchten Sie nicht lieber hereinkommen?«

Sie versuchte es mit einem verwegenen Lächeln, das restlos misslang. Zum Teil war dafür der verkniffenen Mundpartie, zum Teil dem Lippenstift die Schuld zu geben. (Ich habe mir von berufener Seite sagen lassen, dass wirkungsvoller Umgang mit dem Lippenstift eine Kunstform sei, die auf eine längere Tradition als die abendländische Literatur zurückblicken kann. Ich schätze, da ist was dran.) Bemüht, nur ja nicht anzustreifen, glitt sie an mir vorbei, eine Kreuzung aus flügellahmer Schwalbe und humpelnder Albatrossin. Umso erstaunlicher, als ihre Unterschenkel wohlproportioniert, muskulös und braun gebrannt waren. Schließlich saßen wir einander gegenüber; sie auf dem Fauteuil, ich auf der Couch. Die Zahnschmerzen begannen auszustrahlen.

»Kaffee?«, fragte ich. Kaffee ist unverbindlich und bringt die Leute zusammen. Zwar bewirkt er auch eine Art Rausch, wenn man nur genug davon trinkt, doch der findet eher die Toleranz der Gesellschaft als andere Räusche. Zumindest bis vor Kurzem. Schließlich sagt man neuerdings, auch Kaffee sei schädlich für die Gesundheit und darum pfui. Davon jedenfalls schien sie noch nichts gehört zu haben. Ich verzog mich in die Küche und kam wieder mit zwei Tassen Espresso samt Zubehör, die ich auf dem Couchtisch abstellte.

»Also«, sagte ich in Ermangelung einer originelleren Einleitung. »Ich bin Mazurka, der Journalist. Und wer sind Sie?«

»Sie haben mit ... meinem Mann gesprochen.«

»Ah ... ja, gewiss.«

»Ich habe ihm gesagt, dass er sich keine Sorgen machen muss. Obwohl es anfangs natürlich schwer war ...«

»Natürlich.«

»… auch für mich. Ich meine, diese Anrufe …«

»Anrufe.«

»Glauben Sie, dass man der Polizei vertrauen kann? Dass diese Anrufe bald aufhören werden?«

»Ich denke, dass die Polizei damit nicht so falschliegen kann.« Wovon zur Hölle sprach sie?

»Das sag ich Günther auch immer. Also hier« – sie klopfte zweimal vehement auf die Tasche, die sie noch immer vor ihrer Brust hielt – »hab ich Ihnen Beweismaterial mitgebracht.« Das Wort sprach sie so gewichtig aus wie Stephan Derrick.

»Beweismaterial.«

»Ja. Mein Mann soll nicht mehr gequält werden.«

Ich nickte. Mechanisch. Bevor ich begriff. Aber Kaschieren ist eine journalistische Tugend. Ich sagte: »Schön, Frau Abfalter. Worum handelt es sich?«

»Beweisen Sie, dass Günther die Wahrheit gesagt hat. Sie können das. Sie sind Journalist. Ihnen wird man glauben.«

»Also *ich* würde keinem Journalisten glauben.«

»Damit …« – noch einmal Klopfen – »haben Sie alle Unterlagen. Beweisen Sie, dass es stimmt, was er über den Kardinal gesagt hat.«

»Kann ich nicht.«

Frau Abfalter warf mir einen schrägen, misstrauischen Blick zu.

»Ich kann es nicht«, präzisierte ich, »weil ich über Ihren … über Günthers Fall nur das weiß, was in den Zeitungen steht.«

Ihre Kinnlade fiel herunter. »Sie haben ihn interviewt! Sie untersuchen doch den Mord an Fräulein Ortbauer, oder?«

»Sagen wir, ich schnüffle ein bisschen herum. Aber ich hab mich geirrt. Kardinal Grunert hat nichts mit der Geschichte zu tun, an der ich –«

»Wieso nicht?« Ihre Stimme wurde schrill. Armer Günther, dachte ich.

»Hören Sie, warum gehen Sie mit Ihrem Beweismaterial

nicht zu einer Tageszeitung oder einem Magazin? Die nehmen Ihnen das mit Handkuss ab. Wenn Sie wollen, gebe ich Ihnen ein paar Telefonnummern und die Namen der zuständigen Redakteure.« Ich stand auf und ging in Richtung Arbeitszimmer.

Nicht besonders laut befahl ihre plötzlich dunkle, wohlklingende Stimme: »Kommen Sie zurück.«

Manche Menschen können eine ganze Menge Autorität in einen Satz legen, auch wenn er nur aus drei Wörtern besteht. Ihr gelang das fabelhaft. Ich hielt so abrupt an, als wäre ich gegen eine unsichtbare Wand gelaufen, und drehte mich um. Drei Meter von mir entfernt saß sie seelenruhig auf dem Fauteuil. Die lächerliche Brille hatte sie abgelegt und musterte mich aus kühlen, ausgesprochen scharfen blauen Augen, in denen eine distanzierte, maßvolle Neugier, wie sie etwa ein Unfallchirurg einer ungewöhnlich interessanten Hüftfraktur entgegenbringt, die einzig erkennbare Regung war. Wer immer sie auch sein mochte – eine große Schauspielerin war an ihr verloren gegangen. Denn dass sie ihren Job nicht auf den Brettern, die die Welt bedeuten, ausübte, ließ mich die anthrazitfarbene Glock 17 vermuten, die sie im beidhändigen Combatanschlag auf mich gerichtet hielt. Die war kein Requisit. Die Pistole kannte ich vom Bundesheer. Ein scheußliches Ding.

»Bleiben Sie einfach so stehen.« Im Gegensatz zu mir war sie die Ruhe selbst.

»Gute Vorstellung«, sagte ich. »Gefällt mir, wie Sie Ihre Rollen anlegen. Haben Sie lang probiert, oder sind Sie eher der intuitive Typ? Die künstliche Lockenpracht fällt jetzt allerdings aus dem Rahmen.«

Sie zuckte lässig die Achseln und streifte die Perücke vom Kopf. Palisanderfarbenes, glattes Haar fiel ihr bis auf die breiten Schultern. Entweder Kontaktlinsen oder gefärbte Haare, dachte ich; so exquisite Kombinationen kommen in der Natur nur selten vor. Keine fünfunddreißig Jahre alt. Absolut akzentfreies Deutsch, aber so, wie's jemand spricht, der nicht damit aufgewachsen ist. Und auf eine sportliche Art attraktiv. Wenn die Pistole nicht gewesen wäre.

»Lassen Sie mich raten. Sie sind nicht wegen des Kaffees gekommen. Richtig?«

Sie schüttelte den Kopf, noch immer diese Spur von Neugier in den bewaffneten blauen Augen.

»Legen Sie sich nicht mit Profis an«, sagte sie. Es klang wie eine freundschaftliche Empfehlung, etwa, als würde sie mir von Rotwein zu Fisch abraten. Vielleicht war es auch so gemeint.

»Wie zum Beispiel mit Ihrem Freund Schwarzmantel?«

»Mazurka, keine dummen Sprüche. Finger weg von dieser Sache. Ich sag es einmal und dann nie wieder. Das ist Ihnen zu hoch. Sie wissen nicht, worum es geht, und wenn Sie's wüssten, würden Sie es nicht verstehen. Das ist Erwachsenenprogramm. Also Schluss mit Cowboy-und-Indianer-Spielen und ab ins Bett.«

»Kein Gute-Nacht-Kuss?«

»Erst, wenn Sie wieder brav sind.«

»Und Sie sind wer? Das Sandmännlein?«

»Eher die Kindergartentante. Geben Sie's schon her.«

»Liebend gern, wenn Sie mir sagen, was Ihr Herz begehrt.«

»Fotos und Diskette. Und die prompte Antwort auf eine einfache Frage.«

»Welche Fotos? Welche Diskette? Welche Frage?«

»Wo ist Thomas Hrdlicka?«

»Welcher Hrdlicka?«

»*Sie* bestimmen die Gangart«, sagte sie kühl. Klein war sie wirklich nicht. Als sie sich mit einer mühelosen, geschmeidigen Drehbewegung erhob und auf mich zukam, schätzte ich sie auf einen Meter fünfundsiebzig. Das Entenwatscheln hatte sie mit Krankenkassabrille und Perücke abgelegt; zur aktuellen Rolle gehörte ein kraftvoller Raubkatzengang; sie bewegte sich, wie ein Pantherweibchen sich bewegt. Die Pistole hielt sie jetzt locker in der Linken, doch ich bezweifelte keine Sekunde lang, dass sie auch mit links schneller schoss als Clint Eastwood. Ich sah, dass – wie bei einer Zauberdarbietung – plötzlich ein faustgroßes Lederding in ihre rechte Hand glitt, und während ich mich noch fragte, wie sie das gemacht hatte, und zu einem Tritt gegen ihr wohlgeformtes Schienbein ansetzte, kam die Rote Karte. Der Zahnschmerz katapultierte sich in die Poleposition und lähmte meine Motorik.

Halb hinter mich gleitend, sagte sie: »Ich mach das nicht gern«, doch noch bevor ich mich für diese Rücksichtnahme bedanken konnte, zerbrach etwas, und das Licht ging aus.

Die Stimme war tief und dröhnend; sie klang wie ein aufgebrachter Elefantenbulle, der dazu ansetzt, einem die Schädeldecke zu zertrampeln. Was in meinem Fall nicht mehr notwendig gewesen wäre. Ich kannte diese Stimme, war aber nicht in der Lage, sie einem Gesicht zuzuordnen. Noch nicht. Vielleicht auch nie wieder.

Augen öffnen. Erst links, dann rechts. Schlieren, Schemen, Sterne. Selbst Alliterationen können schmerzhaft sein. Mit stählernem Stabreim zur Strecke gebracht. Au. Heranpirschen an die Quelle des Übels. Wenn du robbst, hast du gute Chancen, vom Gegner nicht frühzeitig entdeckt zu werden. Umfassende taktische Feindaufklärung, dann rasch, hart und final zuschlagen.

Sie waren zu zweit. Ein Telefon und ein Anrufbeantworter. Durch den Lautsprecher des Anrufbeantworters trompetete unverdrossen der Elefantenbulle seine Kampfgesänge. »… fünften Mal. Es reicht. Heb ab, du Beleidigung für Aug und Ohr des Rechtgläubigen, sonst komme ich über dich wie GOttes Heuschreckenschwarm über den lästerlichen Pharao …«

Mich mit der Rechten am Schreibtisch hochhantelnd, gelang es mir trotz widrigster Umstände bereits beim zweiten Versuch, den Hörer zu erwischen.

»Ich bin ja schon da«, krächzte ich.

»Schon? Spar dir die Frechheiten für deinesgleichen auf, nichtswürdiger, gottvergessener –«

»Leise, Dominik. Leise. Was gibt's?«

Schnaufen. Schließlich: »Ich muss mit dir reden. Dringend.«

»Muss es jetzt sein?«

»Ich bin heute Abend in Wien.«

»Heute Abend ist eher ungünstig.«

»Du hast mich offenbar nicht richtig verstanden. Das war keine Frage, sondern eine Feststellung.«

»Vielleicht kann meine Sekretärin doch noch einen Termin für dich einschieben. Wie wär's mit zwanzig Uhr?«

»Von mir aus. Such dir eine Spelunke, wo Trank in ausreichender Menge und nicht unter vierzig Prozent Alkoholvolumen vorhanden ist, teil mir Standort und Namen der verlausten Lotterbude mit und schwing um acht Uhr, ich wiederhole: zwanzig-null-null, deinen faulen Arsch durch die entsprechende Tür. *Get it?*«

»*Got it.*«

»*Good.* Und ich rate dir, versetz mich nicht. Es könnte der letzte Termin sein, den du verschläfst. Also. Wo?«

Ich sagte es ihm. Dann ritt mich der Teufel, und ich empfahl ihm, bei einem Kolporteur den neuesten »Wiener Boten« zu erstehen.

»Wozu? Ich mag Zeitungen nicht.«

»Du wirst es nicht bereuen.«

»Mir schwant Übles. *Roger, over and out.*«

»Scheißpriester«, murmelte ich, lehnte den Rücken gegen das Tischbein und tastete vorsichtig die Beule an meinem Hinterkopf ab. Und stellte mit einem Gefühl tiefer Dankbarkeit für die armierte Kindergartentante fest, dass die Zahnschmerzen verschwunden waren. Vielleicht hatte sie die auch k.o. geschlagen.

»Wo ist Frank?« Ich knallte die Tür hinter mir zu.

Eva Maria Peichl, leitende Redakteurin beim »Freien Wort«

und nebenberuflicher Vorzimmerdrache für den ominösen Träger des päpstlichen Ordens vom Goldenen Sporn, holte tief Luft.

»Ich muss ihn sprechen. Sofort.«

»Nicht nur, dass Sie zweiundzwanzig Minuten zu spät kommen ...«

»Ein Engel ist mir erschienen.«

»... und arbeitende Menschen mit Ihren geschmacklosen Verunglimpfungen belästigen, Sie dringen auch noch grußlos und ohne anzuklopfen in mein Büro ein und gebärden sich wie der Straßenrowdy, der Sie offensichtlich auch sind.«

»Das war wirklich eine schöne Ansprache. Wenn wir jetzt zur Sache kommen könnten –«

In diesem Augenblick gab ein kleines schwarzes Kästchen auf dem Schreibtisch von Madame Dragon wütende Brummgeräusche von sich. Sie drückte auf einen Knopf, lauschte und redete das brummende Kästchen an: »Wie Sie meinen, Herr Doktor. Nein, das nicht. Ganz sicher *kein* Problem.« Sie klatschte dreimal müde in die Hände und sagte, ohne mich anzusehen: »Applaus. Sie haben's geschafft. Dr. Frank empfängt Sie.«

»Welche Ehre.«

Sein Büro strahlte den Charme einer staatlichen Versicherungsanstalt aus, so als habe der Architekt alles darangesetzt, mittels ausgefeilter Detailplanung auch noch den leisesten Hauch von Individualität, Menschlichkeit und Wärme zu eliminieren. Der Anspruch war hundertprozentig realisiert worden. Allerdings war dies die Luxusvariante. Hinter einem Schreibtisch der Größe »Hier sitzen Jefe und sonst gar nix«, der so tadellos aufgeräumt und poliert war, dass man auf der gehämmerten Messingplatte hätte Spiegeleier essen können, lehnte er mit übereinandergeschlagenen Beinen in einem büffelledernen Drehfauteuil, der bequem, ergonomisch und sagenhaft teuer aussah. Was ich von ihm selbst ausmachen konnte – im Halbschatten, den ein taktisch klug geraffter Vorhang warf, war sein Gesicht nicht deutlich zu erkennen –, sah ebenfalls teuer aus: ein hechtgrauer dreiteiliger Kammgarnanzug mit polierten Hornknöpfen (einer von der Sorte, die heutzutage eigentlich gar nicht mehr hergestellt wird, und wenn doch, dann so exklusiv, dass man die Adresse des Schneiders nicht einmal seinem besten Freund weitergibt); eine diplomatenblau-politikerrot gestreifte Krawatte mit goldener Krawattennadel, auf der irgendein emailliertes Clubemblem prangte; schwarze Socken zu schwarzen Schuhen, die dem Aussehen nach nicht nur Hand-, sondern auch Maßarbeit waren und in diesem unwirklichen satten Glanz erstrahlten, als stammten sie aus den goldenen Jahren, da die Offiziere noch Burschen und diese nichts anderes zu tun hatten, als sich den lieben langen Tag der Leder- und Leberpflege hinzugeben.

»Sie sind spät dran«, sagte er. »Was hat Sie aufgehalten?«

Wider Erwarten erhob er sich bei meinem Eintreten und reichte mir eine schmale, gebräunte linke Hand. Der rechte Arm hing schlaff herunter – Souvenir von einem Gestapoverhör. Sein Händedruck war prägnant und routiniert, von professioneller Herzlichkeit, als hätte er eine Menge Übung im Händeschütteln. Frank war schlank, sportiv und kleiner, als ich erwartet hatte, mit der Figur eines alternden Tennisprofis, der noch immer genug Mark in den Knochen und Gemeinheiten in der Rückhand hat, um einen vorlauten jungen Spund ins Netz rennen zu lassen.

»Vertreter«, antwortete ich. »Schlagfertige Spezies. Sie knallen einem ihr Anliegen an den Kopf, bis man Ja und Amen sagt.«

Er gestattete sich fast den Schatten der Andeutung eines Lächelns. »Und Sie – haben Sie Ja und Amen gesagt?«

Ich zuckte die Schultern. »Bei *diesem* Angebot? Sie scherzen.«

Mit einer nonchalanten Handbewegung forderte er mich auf, im Besuchersessel Platz zu nehmen. Was ich tat, ohne ihn aus den Augen zu lassen.

Maximilian Frank war ein sehenswerter Mann. Dass er vor ein paar Monaten seinen sechsundsechzigsten Geburtstag gefeiert hatte, sah man ihm nicht an. Nicht im Mindesten. Er hätte für sechzig durchgehen können, und wenn er sich dazu entschlossen hätte, das glatt nach hinten gebürstete eisengraue Haar in dem Ton einzufärben, den es ursprünglich gehabt hatte (wahrscheinlich irgendeine Farbnuance, die Schwarz sehr nahekam), dann hätte man bei günstigen – also unzureichenden – Lichtverhältnissen weitere fünf Jahre abziehen können. Er war beneidenswerter Besitzer eines gebräunten, schmalen Patriziergesichts mit scharfem römischen Profil, kühlen hellgrauen Augen und festem Grübchenkinn, für das er Kirk Douglas die Patentrechte abgekauft haben musste. Ein Gesicht, dessen Anblick bei mir sämtliche Alarmglocken zum Klingeln brachte.

»Nun?«

Ich zündete mir in aller Ruhe eine Zigarette an.

»Also? Sie wollten mich sprechen – Sie sind hier. Was kann ich für Sie tun?«

»Mir einen Scheck über den zweiten Teilbetrag meines Honorars aushändigen. Das würde ein gewinnendes Lächeln auf mein ansonsten griesgrämiges Gesicht zaubern.«

»Nicht dass das zu meinen vordringlichsten Desiderata zählt, aber – ist das alles?«

»Für den Anfang ja.«

»Und danach?«

»Darauf müssen Sie es ankommen lassen.«

Ungerührt zog er mit der linken Hand ein ledernes Büchlein aus der rechten Innentasche seines Jacketts, legte es vor sich auf den Tisch, griff noch einmal hinein und förderte einen goldenen Dupont-Füllhalter zutage. Die Art, wie er damit hantierte, ließ Rückschlüsse auf das nicht unbeträchtliche Gewicht des Schreibutensils zu, was wiederum den Verdacht erhärtete, es könnte sich um massives Gold handeln. Schwungvoll setzte Frank seine Unterschrift hin, riss den Scheck herunter – der

Bursche lief tatsächlich mit einem geklebten Scheck*block* durchs Leben! –, wedelte damit in abgezirkelten Bewegungen dreimal auf und ab und überreichte ihn mir mit einer Beiläufigkeit, die eiserner Selbstdisziplin geschuldet war.

»Zufrieden?«, fragte er.

»Mehr als nur zufrieden. Enthusiasmiert.«

»Sie haben sicher Verständnis dafür, dass ich Ihnen keinen Kaffee anbiete«, sagte er, sich halb erhebend, »aber meine Zeit ist knapp bemessen.«

»*Tempus fugit.* Wie sind Sie eigentlich mit dem Interview zufrieden? Traf es Ihre Vorstellungen zumindest im Kern?«

»Oh.« Er griff sich mit Daumen und Zeigefinger an die Nasenwurzel, als würde er nachdenken. »Ja, doch«, sagte er dann, meinen Sarkasmus ignorierend, und stand endgültig auf. »Ein wenig eigenwillig, aber im großen Ganzen … Natürlich wäre es im Augenblick nicht opportun, das Gespräch in diesem unserem Medium zu publizieren. Wir werden daher«, ein leutseliges Lächeln huschte über sein Gesicht, »ein wenig zuwarten.«

»Grob geschätzt bis zum Sankt-Nimmerleins-Tag – kommt das hin?«

»Wie meinen?«

»Dass Sie das Interview jemals im ›Freien Wort‹ abdrucken, daran habe ich keine Minute geglaubt«, log ich. »Sie haben es nicht einmal gelesen.«

Frank hob eine eisengraue Braue – die linke – und sagte mit einer Stimmtemperatur knapp über dem Gefrierpunkt: »Was wollen Sie damit andeuten?«

»Andeuten? Nichts. Ich will nur einmal rasch meine unzulänglichen Schlussfolgerungen vor Ihnen ausbreiten. Niemand zahlt einem mittelmäßig bekannten Journalisten ein weit überdurchschnittliches Honorar für ein Interview, ohne sich weiters darum zu kümmern, ob – und vor allem wann – die Ware geliefert wird. Ganz abgesehen von der Tatsache, dass Sie dafür nicht einmal eine Honorarnote von mir wollten.

Steuerrechtlich sehr bedenklich. Doch dieses Thema haben Sie bei unserem Telefonat gar nicht gestreift. Sie wollten, dass ich mit Immermann spreche, aber was dann aus der Story wird, war Ihnen gelinde gesagt scheißegal.«

»Und wenn es so wäre?« Ein amüsierter Ausdruck hatte sich in seine grauen Augen geschlichen und in die Winkel kleine Lachfältchen gekerbt. Ihm schien das Geplänkel Spaß zu machen. Noch.

»Tja«, ich ließ meinen Blick über die getäfelte Holzdecke schweifen und gab einer neuen Zigarette Feuer, »wer weiß? Vielleicht sind Sie ja ein alter Kumpel vom Bischof und haben ihm einfach einen Gefallen getan, unter Betbrüdern sozusagen, als dem guten Immermann wieder einmal danach war, sich mit einem sympathischen Andersdenkenden zu unterhalten, ganz zwanglos und von Mensch zu Mensch, und natürlich ohne die Spur eines Hintergedankens. Und vielleicht hat Ihnen ein anderer alter Kumpel dieses repräsentative Büro überlassen, damit Sie in Ihrer karg bemessenen Urlaubszeit ein bisschen Zeitungsmacher spielen können. Ihr altes lieb gewonnenes Hobby. Das würde«, ich sah ihm direkt in die Augen, »auch erklären, warum Sie nicht im Impressum aufscheinen, der Portier noch nie von Ihnen gehört hat und der ganze Laden hier bis vor Kurzem eindeutig ohne Sie gelaufen ist.«

Einen Blick auf seine Armbanduhr werfend, die zu meinem Erstaunen aus ordinärem Edelstahl zu sein schien, sagte Frank: »Sind Sie fertig?«

»Sofort. Natürlich ging es nie um ein Interview. Immermann wollte wissen, was *ich* weiß. Dafür wurde ich von Ihnen engagiert.«

»Und was wissen Sie?«

»Schon wieder ein wenig mehr. Zum Beispiel, dass Sarah Ortbauers Ermordung nichts mit Kardinal Grunert zu tun hat. Aber ich nehme doch an, dass Sie über dieses Segment meines Wissensstandes durch Ihre charmante … Vertreterin informiert wurden.«

Frank gähnte hinter vorgehaltener Hand, ließ dann die Hand sinken und trommelte mit den Fingern auf der Tischplatte einen Marsch. »Ortbauer ... Ja, ich denke, ich erinnere mich. Sie müssen entschuldigen, aber ich kann nur wenig Interesse für die Mord- und Totschlagsberichterstattung der Boulevardpresse aufbringen.«

»Klar, wenn Sie's aus erster Hand kriegen.«

»Leben Sie wohl, Herr Mazurka.«

Während ich die Zigarette ausdämpfte, sagte ich: »Gladius Domini. Daszyński. Roder. Majstorović.«

Frank setzte sich.

Das Amüsement war aus seinem Gesicht gewichen und mit ihm die Lachfältchen. Dafür zogen sich nun zwei tiefe Kerben wie symmetrische Narben von den Nasenflügeln zu den Mundwinkeln; die Augenbrauen bildeten drohende stahlfarbene Schwingen; der Blick wirkte plötzlich starr, falkenhaft, gefährlich.

»Mazurka«, sagte er heiser, »halten Sie sich da raus. Sie haben keine Ahnung, worum es hier geht ...«

»... und wenn ich's wüsste, würde ich es nicht verstehen. Ist es das, was Sie sagen wollten? Den Text hatten wir heute bereits. Schlechte Regie, Herr Doktor. Sie sollten hin und wieder einen Blick ins Drehbuch werfen.«

Er wischte meine Bemerkung mit einer schwungvollen Geste vom Tisch. »Eine gut gemeinte Warnung: Finger weg, sonst gehen Sie unter.«

»So gut gemeint wie die bleiernen Ratschläge, die Ihr Pistolero erteilt? Oder die mehr handfesten Lernhilfen Ihres weiblichen Dirty Harry? Das ist schon ein altruistischer Verein, dem Sie da präsidieren, Herr Doktor.«

»Ganz gleich, mit welchen infantilen Phantastereien Sie mich in Verbindung bringen – Ende der Debatte.«

»Wissen Sie, ich mag Ihre Melodie nicht, und ich mag Ihre Überheblichkeit nicht. Sie schicken Ihre Soldaten los, und alle

Welt hat zu parieren. Komm-du-mir-dumm-und-ich-leg-dich-um – nach dieser Musik tanz ich nicht.«

Frank starrte einen Moment mit gerunzelter Stirn auf die tadellos manikürten Fingernägel seiner linken Hand, schien nach penibler Überprüfung keinen Makel zu finden, wo es keinen Makel gab, hob schließlich den Blick und richtete ihn mit zusammengekniffenen Augen auf mich.

»Erstens: Ich leg niemand um.«

»Wozu hat man schließlich Personal?«

»Zweitens: Niemand verlangt von Ihnen, dass Sie tanzen. Sie machen einfach Pause. Urlaub. Denn wenn Sie's nicht tun, dann, darauf mein Wort, kommen schlimme Zeiten auf Sie zu. Ich beende Ihre zweifelhafte Karriere –«

»Welche Karriere?«

»... ich sorg dafür, dass in dieser Stadt, in diesem Land sogar dem letzten Hinterwaldredakteur beim Namen Mazurka das Papier vergilbt und die Druckerschwärze eintrocknet. Was ich meine, ist, ich ruiniere Sie. Bin ich deutlich genug?« Er lehnte sich zurück und schloss für wenige Sekunden zufrieden die Augen, ehe er sie wieder öffnete, um mich reglos zu betrachten, allenfalls erstaunt darüber, dass der Adressat seiner Rede noch immer zugegen war.

»Aber ja«, antwortete ich pflichtschuldigst. »Überdeutlich. Von geradezu plastischer Bildhaftigkeit. Aber wann wird's endlich komisch?«

»Mazurka, machen Sie Schluss. Für Ihre Arbeit sind Sie bezahlt worden; der Rest geht Sie nichts an.«

»Ach ja, das Interview«, sagte ich im Aufstehen. »So übel fand ich es gar nicht. Eigentlich schade, dass Sie's nicht drucken wollen ...«

»Das passiert in unserer Branche immer wieder.«

»In unserer Branche. Ganz recht, Herr Doktor Kollege. Aber da ich, wie gesagt, ja von Anfang an wusste, dass unserer geschäftlichen Verbindung keine Dauer beschieden ist, lag selbstverständlich der Gedanke nahe ...«

»Vergessen Sie auch das. Ein Anruf, und das Interview fliegt raus. Egal, welche Zeitung, egal, wann, egal, wo. Sie glauben mir nicht? Versuchen Sie's.«

»Sehen Sie, genau das hab ich mir auch gesagt.«

Frank brauchte etwa fünf Sekunden, um zu begreifen – exakt die Zeit, die ich benötigte, um bis zur Tür zu kommen. Da sagte mir das Schnalzen in meinem Rücken, dass er den Telefonhörer abgehoben hatte.

»Wem haben Sie es gegeben?«

Ich drehte mich um und sah ihn, den Hörer zwischen Schulter und linker Wange eingeklemmt, bereit, eine Nummer einzutippen.

»Und wenn ich's Ihnen nicht verrate?«

Es gelang ihm, mit beiden Schultern zu zucken, ohne den Hörer zu verlieren. »Dauert es zehn Minuten länger.«

»So gut sind Ihre Verbindungen?«

»Besser. Viel, viel besser.«

»Wie schön.« Ich grinste ihm ins Gesicht. »Nur, wie gesagt, *tempus fugit*. Diesmal kommt Ihr Anruf zu spät.« Ich warf einen Blick auf meine Uhr. »Es ist jetzt sechzehn Uhr zwölf. Um vierzehn Uhr ging der ›Wiener Bote‹ in Druck. Also wenn Sie mich fragen, dann würde ich schätzen, dass die Kolporteure sich gerade um die ersten Stapel raufen. Angenehme Lektüre.«

Frank hob nicht einmal mehr den Kopf, als er zu mir sprach. Aber ich hörte klar und deutlich, was er sagte, und ich wusste, dass es ein Fehler gewesen wäre, ihn nicht ernst zu nehmen. »Ich hab Sie unterschätzt, Mazurka«, sagte er kühl. »Und das bereitet mir Unbehagen. Verstehen Sie, was ich meine?«

»Ich denke schon«, sagte ich nickend, obwohl er noch immer den Blick gesenkt hielt und ich keineswegs sicher war, dass ich ihn wirklich verstand.

»Gut. Ich habe Ihnen meine Sicht der Dinge dargelegt. Halten Sie sich daran, und Sie überleben.«

Banken zählen zu jenen geheiligten Stätten des modernen Lebens, die ich nicht aufsuchen kann, ohne ein gewissermaßen kultisches Schaudern zu verspüren. Der Gott, dem hier gehuldigt wird, ist der dauerhafteste und machtvollste aller Götter aller Zeiten: Keinem anderen wurden so viele Kirchen errichtet wie Ihm; kein anderer darf sich Tag für Tag in den Litaneien und Bittgebeten einer auch nur annähernd so großen, treu ergebenen Priesterschaft sonnen, die nicht müde wird, Seinen Schein zu preisen – denn Sein ist das Reich und die Macht und die Herrlichkeit in Ewigkeit. GOtt Geld. HErr, wir loben dich. Lasset uns zahlen.

Der Tag des HErrn wird hierzulande am Donnerstag begangen, wenn Sein Haus bis sechzehn Uhr dreißig geöffnet bleibt und wir Gläubigen in Scharen herbeiströmen, um Ihm festverzinste Opfer darzubringen, auf dass Er uns von unseren Schulden freispricht – was nicht geschehen wird vor dem Jüngsten Tag, wenn der Internationale Währungsfonds gen Himmel fährt. Ich reihte mich am Ende der Prozession reumütiger Büßer und Bittsteller hinter einer nervösen Dame mittleren Alters ein. Nach vierzehn Minuten war ich an der gelben Bodenmarkierung angelangt, die dort appliziert worden war, damit das Beichtgeheimnis nicht gestört werde. Die Dame schien diese Woche kaum gesündigt zu haben; sie machte mir nach weniger als einer Minute den Weg zum Beichtstuhl frei. Ich rückte den Scheck heraus, unterschrieb und streifte die Heiligenscheine ein. Mit zahn- und huldreichem Lächeln erteilte mir eine attraktive Marie-Priesterin die Absolution. *Ite, missa est.*

Die Vorzimmerdame der Rechtsanwaltskanzlei Lanner & Karasek bat mich mit wohlklingenden Routinelauten, auf einer Ledercouch Platz zu nehmen; Frau Dr. Kramer werde mich in Kürze empfangen. Von meinem Platz konnte ich auf die Weihburggasse sehen und einen Blick auf die Spitze des Stephansdoms erhaschen. Keine üble Lage. Lanner & Karasek schien liquide Kundschaft zu vertreten. Ich brauchte nicht lange zu warten, bis Christa Kramer beschwingten Schritts, jedoch mit Ringen unter den Augen daherkam, um mich in ihr Büro zu geleiten.

»Sie wirken ein wenig strapaziert«, sagte ich.

»Das können Sie meinem Chef sagen«, knurrte sie. »Unter zwölf Stunden täglich ist hier nichts zu machen.«

»Das Wochenende rückt näher«, warf ich ein.

Sie schnaubte. »Was ist das – Wochenende? Ah, ich bin unhöflich. Worauf haben Sie Lust? Kaffee? Tee? Fruchtsaft?«

Ich sagte, Kaffee wäre in Ordnung. »Darf ich rauchen?«

»Bis Sie gelb sind.«

Während ich mir eine ansteckte, musterte ich sie. Sie trug ein helles, grobfaseriges Leinenkostüm, das an ihr sehr elegant aussah. Die langen roten Haare hatte sie kunstvoll hochgesteckt, was den Eindruck vornehmer Distinguiertheit noch verstärkte. Vermutlich ihr Berufs-Outfit.

»Also«, sagte sie und stellte die Kaffeeschale auf die Untertasse. »Wenn ich Sie am Telefon richtig verstanden habe, dann könnte sich das, wonach Sie suchen, im Firmenbuch finden. Wie war das übrigens – Sie und Immermann? Eine unvorstellbare Kombination.«

»Aber ganz und gar nicht unvorstellbar. Den Bischof und mich verbindet eine berufsbedingte Liebe zur Lüge. Wir sind uns da sehr nahegekommen.«

Sie lachte und entspannte sich für die Zeit, die ein A4-Blatt braucht, um vom Schreibtisch zu Boden zu fallen.

»Übrigens können Sie das Protokoll unserer Verbrüderung im aktuellen ›Wiener Boten‹ lesen.«

Sie sagte grinsend, sie könne es kaum erwarten, nahm sich zerstreut eine Camel aus meiner Packung und ließ sich, während sie die Tastatur ihres Computers beharkte, von mir Feuer geben.

»Was wissen Sie über diese Firma?«

»Nichts als den Namen. MantiCore.« Ich buchstabierte. »Der Rest ist pure Mutmaßung.«

»Und zwar?«

»Es könnte mit Waffen zu tun haben. Herstellung, Vertrieb, Export, etwa in diese Richtung. Und dann gibt es drei Namen, die möglicherweise mit MantiCore zusammenhängen: Frank, Roder oder Daszyński.«

»Da«, sagte sie, ohne den Blick vom Bildschirm zu lösen, »haben wir es.«

Ich stand auf, ging um den Tisch herum und starrte über ihre Schulter hinweg auf die Datenbank. Ich sagte: »Sinologie war nie meine starke Seite.«

»Wie? Ach so. Das ist ganz einfach, wenn man die Abkürzungen kennt. MantiCore ist eine Ges.m.b.H., zugleich aber auch eine Aktiengesellschaft. Also mit der Waffensache haben Sie ganz danebengegriffen. Die sind auf Datenübertragung spezialisiert – Software. Hauptaktionär ist eine weitere AG namens ConcorData, geschäftsführender Gesellschafter ein gewisser Franco Marini. Da steht etwas von sieben Filialen; Gerichtsort ist jedenfalls Wien.«

»Ausgerechnet«, brummte ich. »Zweimal daneben ist hart.«

»Warten Sie's ab. Sehen wir uns einmal ConcorData an.«

Und da wurden wir fündig. Zumindest in einer Richtung. Denn ConcorData existierte nicht.

»Was kann das bedeuten?«

Sie zuckte die Schultern. »Alles und nichts. Wirtschaftsrecht ist nicht mein Fachgebiet, aber ... eine Möglichkeit gibt es da noch ...« Sie warf einen flüchtigen Blick auf ihre Swatch.

»Ich will Sie nicht aufhalten«, log ich.

»Sie haben mich neugierig gemacht. Aber es dauert ein bisschen.«

Dass sie sich ins Internet einloggte, bekam ich mit, mehr aber auch nicht. Nach knappen zehn Minuten rief sie: »Na also. ConcorData Communications, Rom-Zagreb. Ebenfalls Aktiengesellschaft, Hauptaktionär ein US-Konsortium namens AMDG. Der Europa-Repräsentant heißt ... Den Namen kann ich nicht aussprechen. ConcorData ist spezialisiert auf

Netzwerkentwicklung. Wieder Computer. Die haben auch nichts mit Waffen am Hut.«

»Könnte ich davon einen Ausdruck haben?«

»Wird gemacht.«

Sie begleitete mich bis zur Tür. »Wenn Sie wieder etwas brauchen, rufen Sie einfach an«, sagte sie lächelnd. »Vielleicht haben wir beim nächsten Mal mehr Erfolg.«

Ich sagte, das wäre fein. Was ich ihr nicht sagte, war, dass wir durchaus erfolgreich gewesen waren. Denn der Repräsentant mit dem unaussprechlichen Namen hieß Lojze Majstorović. Und der hatte mit Waffen zu tun.

Als ich um neunzehn Uhr achtundzwanzig ohne Eile den Donaukanal entlangschlenderte, erkannte ich seine eindrucksvolle Silhouette schon von Weitem. Er lag auf dem Rücken neben einer Gruppe spielender Kinder, auf dem schmalen Grasstreifen, der zwischen dem Kanalweg und den vergitterten Fenstern des U-Bahn-Schachts für die Illusion von Natur sorgt. Der Platz bot einen schönen Ausblick auf »La Caleta«, die schwimmende Bar. Sein selbst im Liegen ausufernder Bauch, in ein Poloshirt der Größe XXX-Large gezwängt, strebte dem Himmel zu. Unter den dicken Bärenschädel hatte er eine zusammengerollte Jeansjacke geschoben, die ihm gemeinsam mit einem Fotokoffer aus Aluminium als Kopfpolster diente; zwischen seinen Lippen hielt er einen langen Grashalm eingezwängt und spielte damit herum wie mit einer Zigarette. Die Kinder – dunkelhäutige Sechs- oder Siebenjährige offensichtlich ausländischer Herkunft – hatten einen Halbkreis um ihn herum gebildet; sie hätten nicht faszinierter starren können, wenn ein Nilpferd dem Donaukanal entstiegen wäre, sich kurz geschüttelt und gleich darauf ins Gras plumpsen lassen hätte, um eine verspätete Siesta zu halten.

»Bist du so stark wie Bud Spencer?«, fragte der Wortführer der Bande.

»Stärker«, brummte Dominik, ohne die Augen zu öffnen oder die Haltung zu verändern.

»Glaub ich nicht. Du hast nicht einmal einen Bart.«

Dominik erhob sich ächzend. Die Kinder wichen vorsichtig zurück. »Meint ihr, dass Bud Spencer *das* könnte?« Behände ließ er sich vornüberfallen und begann, vor einem begeisterten Publikum auf den Händen zu gehen. Einem Jungen fiel vor Erstaunen der Game Boy ins Gras.

»Also, das kannst du noch immer«, stellte ich fest.

Dominik ließ sich auf die Füße zurücksinken, richtete sich auf und sagte, auf mich zukommend: »Du steckst vielleicht im Dreck, Bursche.«

Blitze zuckten über einen fernen nördlichen Himmel; das Gewitter hatte sein Einsatzgebiet verlagert und marodierte jetzt in den Gebieten hinter dem Kahlenberg, unschlüssig, ob es die Stadt belagern sollte. Ohne rechte Überzeugung steckte ich mir eine Zigarette an und setzte mich neben Dominik ins Gras.

»Was willst du fotografieren?«, fragte ich, auf den Alukoffer deutend. »Das Fischwunder vom Donaukanal?«

»Ketzer. Dich zum Beispiel. Sieh dir lieber das an.« Er zog eine gefaltete Zeitung aus der Innentasche seiner Jeansjacke und reichte sie mir.

Kainrath hatte Wort gehalten. Das Immermann-Interview kam groß raus. Überlebensgroß. Und er hatte nicht vergessen, in einem knalligen Vorspann herauszustreichen, dass es dem »Wiener Boten« nur unter Einsatz aller Mittel gelungen war, die mediale Abstinenz des Bischofs zu durchbrechen. Ansonsten hatte er Sätze verdreht und aus dem Zusammenhang gerissen, hier eine Kleinigkeit hinzugefügt, dort etwas unterschlagen, sodass sich das Ganze jetzt las wie eine Zusammenfassung dessen, was Kainrath unter innovativem (oder hatte er »investigativem« gesagt?) Journalismus verstand: wie eine Riesenschweinerei.

Während ich über die Konsequenzen brütete, die dieses

Stück publizistischer Scheiße für meine kurz- bis mittelfristige berufliche Zukunft nach sich ziehen würde, beobachtete ich Dominik unkonzentriert, doch mit wachsendem Interesse, wie er an seinem mysteriösen Koffer hantierte. Mit einem »Klack« sprang der Deckel auf. In die Schaumgummipolsterung gebettet lagen, sicher gegen Stöße, Druck und die Unbilden einer harten Welt, zwei starkwandige Bechergläser, ein Styroporthermophor, der Eiswürfel enthielt, eine Literflasche Tonic sowie eine Halbliterflasche Gordon's Dry Gin. Dominik rieb sich in Vorfreude die Hände und bereitete mit geübten Griffen zwei doppelte Gin Tonic vor.

Ich sagte: »Ist das deine Landpfarrer-kommt-in-die-große-böse-Stadt-Ausrüstung?«

Er zuckte mit den mächtigen Schultern. »So ein Survival-Kit kann Leben retten. Was weiß ich, in welche miese Kaschemme du mich verschleppst. Damit«, er schlug mit seiner Pranke auf den Koffer, »bin ich unabhängig. Und jetzt zum Eigentlichen.«

Er trank das Glas mit einem Zug leer und mixte sich einen neuen Gin Tonic; beim Mengenverhältnis legte er einen unübersehbaren Akzent auf Gin.

»Ich werde dir sagen, was du tust. Besser noch, ich werde dir sagen, was *ich* tue: Ich pack dich in meinen klapprigen Volvo und bring dich nach Gumpoldskirchen. Dort wirst du ein, vielleicht zwei Wochen Ferien machen. Schullandwoche bei Onkel Dominik. Du darfst im Garten spielen, mit Aufsichtspersonen jeden zweiten Abend zum Heurigen gehen, und am Sonntag gibt's was Besonders – da bekommst du nämlich –«

»Dom.«

»… im besten Wirtshaus am Platz ein Wiener Schnitzel mit Pommes und Ketchup, als Belohnung für gute Führung. Wir können noch schnell bei dir vorbeifahren, um deine Zahnbürste –«

»Dominik! Ich hasse Ketchup. Was ist los?«

»Was los ist?«, röhrte er so laut, dass sich ein vorbeigehendes ältliches Pärchen erschreckt nach uns umdrehte. »Das fragst du mich, Paul?« Er schüttelte fassungslos den Schädel. »Warum tust du das?«

»Was?«

»Was«, äffte er mich nach. »Das zum Beispiel«, sagte er mit Seitenblick auf den »Wiener Boten«. »Eine Woche lang herumschnüffeln und Typen aufschrecken, mit denen man sich besser nicht anlegt.«

»Seit wann hast du damit Probleme?«

»Ich habe dann damit Probleme, wenn ich Anrufe von oben bekomme und mir gesagt wird: Halte den Verrückten auf, lieber Bruder in Christo, bevor er sich wehtut. Richtig wehtut.«

»Von ganz oben?« Ich deutete mit dem Zeigefinger nach oben, auf einen trauernden Himmel.

»Arschgesicht. Vom Rat der Weisen. Genügt dir das? Also: Was hast du vor und warum?«

Ich sagte es ihm. Ich erzählte ihm die ganze Geschichte, ohne Streichungen, und Dom hörte zu. Er unterbrach kein einziges Mal, was umso erstaunlicher war, als es seinem Naturell zutiefst widersprach. Als ich in der Gegenwart angelangt war, wischte er sich mit einem fast sauberen Taschentuch den Schweiß von der faltigen Stirn und sagte: »Scheiße.«

Der Anruf war tatsächlich von *ganz* oben gekommen. Natürlich nicht so weit oben, wie ich angedeutet hatte, aber immerhin weit genug, um beunruhigende Fragen aufzuwerfen. Etwa die, warum sich der Rat der Weisen für die Irrwege eines fehlgeleiteten Wiener Journalisten interessierte; so sehr interessierte, dass es die alten Männer im Rat der Mühe wert fanden, mich über einen Freund unter Druck zu setzen. Die Angelegenheit hatte längst unüberschaubare, bedrohliche Dimensionen angenommen, und wir beschlossen, das Treffen mit Anna zur Krisensitzung umzugestalten.

Seit Dominik meine Beweggründe kannte, versuchte er nicht mehr, mich vom Weitermachen abzuhalten. Er wusste, dass er in diesem Fall keine Chance hatte, doch er trug es mit Fassung. Ohne viel Gerede hatte er mir sogar seine Hilfe angeboten, und das war mehr, als irgendjemand von Dom hätte verlangen können. Viel mehr. Selbstverständlich hatte der hohe Anrufer nicht »Bitte, bitte, könnten Sie vielleicht?« gemeint, sondern einen klaren, unmissverständlichen Befehl ausgegeben, dem sich ein kleiner Pfarrer aus einem österreichischen Provinznest besser nicht widersetzte; umso mehr, als Dominik mit dem »Rat der Weisen« seine oberste Dienststelle umschrieb. Und die war natürlich der Vatikan.

Sie musste den Großteil ihrer Honorare für ihre Garderobe ausgeben. In den vierundzwanzig Stunden, die ich sie kannte, kam sie zum dritten Mal in einer neuen Kollektion daher. Dann fiel mir ein, dass ich sie ja schon viel früher gekannt hatte. Nur war es schwer, sich das Mädchen von damals und die Frau von heute als ein und dieselbe Person vorzustellen. Genau genommen war es unmöglich. Diesmal trug sie ein mitternachtsblaues Seidenkostüm, das nach mehr Geld aussah, als ich in einem Monat verdiente. Bei genauerem Hinsehen war die Farbe eher ein Dreiundzwanzig-Uhr-Blau, und ein nicht geringer Reiz ging davon aus, dass meine Blicke immer wieder zwischen ihren grünen Augen und dem Kostüm hin- und herwandern mussten, um jedes Mal erstaunt festzustellen, dass sich die beiden intensiven Farbtöne nicht schlugen. Sie stand an der Bar und trank mit Strohhalm irgendein exotisches Mixgetränk, das mit Früchten und Schirmchen und Zuckerrand überladen war. Als sie mich entdeckte, lächelte sie ein englisches Lächeln (im Goethe'schen Sinn), und ich wusste, dass ich Vergebung gefunden hatte. Ein langer, durchaus mehr als nur herzlicher Kuss verstärkte diesen Eindruck.

»Der Dicke ist Dominik«, sagte ich. »Auch wenn es dir schwerfällt, das zu glauben: Er ist Pfaffe.«

»Im Ernst?«

Dom nickte. »Ernster könnte es gar nicht sein. Außerdem bin ich so etwas Ähnliches wie Pauls Onkel.«

»Der gute oder der böse Onkel?«

»Der gewichtige«, sagte Dominik und verbeugte sich.

Ricardo kam grinsend hinter der Theke hervor und führte uns zu einem abseits gelegenen Tisch, auf dem bereits die halb volle Bouteille von gestern und drei Gläser warteten. In zwei Gläser schenkte er ein, das dritte tauschte er gegen den Schirmchendrink aus. Für den prompten Service verzieh ich ihm sogar fast die Blicke, mit denen er Anna bedachte.

Dominik zögerte kurz, bevor er sich für einen Stuhl mit dem Rücken zur Bar entschied, der einen Panoramablick auf den Donaukanal gewährte. Anna wählte den Platz zu seiner Linken. Er zog eine teuer aussehende, große Zigarre aus der Tasche, schnitt sie mit einem Federmesser an und gab ihr sorgfältig mit einem langen Streichholz Feuer. Die Binde war in Rot und Gold gehalten; darauf stand in schwarzer Schrift »La Gloria Cubana«. Zwei formvollendete Rauchringe schwebten nach oben. Dominik beobachtete nachdenklich, wie sie kreiselnd emportaumelten, von den Stahltraversen der Decke zerschnitten wurden und sich schließlich ganz verloren.

Wider Erwarten war wenig los auf dem Boot; ein Pärchen tanzte eng umschlungen in der Mitte des Lokals; vielleicht fünfzehn Leute saßen verstreut herum und warteten darauf, dass irgendjemand Stimmung machte. Von mir aus konnten sie lange warten.

Um Zeit zu sparen, setzte ich zu einem gerafften Lagebericht an, wurde aber noch beim Atemholen von Anna unterbrochen.

Sie sagte: »Franjo hat angerufen. Er will mit dir sprechen. Heute Abend.«

»Heute Abend ist er mit Horst Fiedler verabredet.«

»Offensichtlich hat er umdisponiert.«

»Warum?«

Sie dachte darüber nach, zuckte die Achseln und nippte an ihrem Drink. »Ich weiß nicht. Er wollte mir am Telefon nichts sagen. Er klang beunruhigt.«

»*Wie* beunruhigt?«

»Also, wenn es nicht Franjo wäre, würde ich sagen, er hatte Angst. Er rief aus einer Telefonzelle an.«

»Woher weißt du das?«

»Ich hörte die Münzen fallen.«

»Wann kommt er vorbei?«

»Um neun.«

Ich sah auf meine Uhr. »Eine knappe Stunde. Dann bleibt mir nichts übrig, als zweimal zu erzählen.«

Zusammengefasst hörten sich die Rennereien und Unbilden eines langen, heißen Tages ziemlich dürftig an. Nicht gerade nach Liegestuhl, Margarita und Eisbeutel, aber eben dürftig.

Anna legte, nachdem sie das Interview überflogen hatte, den »Wiener Boten« mit spitzen Fingern zur Seite, so, wie man ein totes Insekt entfernt, und sagte mit einem dreckigen Grinsen, das Bruce Willis alle Ehre gemacht hätte: »Begnadet. Weiter so, und die ›Bild‹-Zeitung nimmt dich an die Brust. Wenn nicht gar die ›Krone‹.«

»Ich würde erröten, wenn ich's nicht verlernt hätte.«

»Auf jeden Fall verstehst du es, dir Feinde zu machen. Wer ist die Frau mit der Pistole?«

»Für mich sieht es so aus, als hätte Frank sie geschickt.«

»Dann will ich die Frage anders stellen: Was ist sie?«

»Militär«, sagte ich. »Profi.«

»Woher willst du das wissen?«

»Ich weiß es.«

»Er weiß es«, bestätigte Dominik.

»Wie schön, dass ihr einig seid«, sagte Anna ungehalten.

Ich zuckte die Schultern. »Ihre Haltung, ihr Gang, die Art, wie sie die Waffe hielt, der Schlag – das ist jahrelanges hartes Training.«

»Lernt man das nicht auch bei der Polizei?«

»Wenn, dann bei einer Antiterroreinheit. Aber die Frage ist akademisch. Sie hatte keinen Akzent.«

»Was bedeutet das?«

»Ich meine, überhaupt keinen. Niemand spricht auf diese Weise Deutsch. Außer, er hat eine andere Muttersprache.«

»Und du willst mir nicht erzählen, wie es kommt, dass du ausländische Nachrichtendienstler auf einen Blick erkennst? Oder Revolverkaliber am Klang?«

»Da gibt es nicht viel zu erzählen«, brummte ich. »Solche Leute gehören nicht zu meinem engeren Bekanntenkreis, wenn es das ist, was du meinst.«

»Nicht – oder nicht mehr? Was ist mit dem Einbrecher? Zählst du ihn zu deinem Bekanntenkreis?«

»Er ist eher ein Freund. Was hast *du* eigentlich getrieben?«

Anna nickte zweimal, als würde sie etwas über mich bestätigt finden, was sie längst vermutet hatte. »Na gut. Erstens. Die Adresse auf Sarahs Memorandum ist Roders Wiener Wohnung. Der Mann wohnt tatsächlich Tür an Tür mit den Sängerknaben. Sarah muss etwas im Sinn gehabt haben, als sie das recherchierte, denn«, sie leistete sich ein Lächeln, in dem vielleicht ein Hauch Selbstgefälligkeit mitschwang, »so einfach ist das gar nicht. Zweitens: Roder hält sich derzeit in Wien auf.«

»Wie hast du das herausgefunden?«

»Zuverlässige Quellen.« Sie warf einen Blick auf ihre Armbanduhr. Dann sagte sie, ohne Überleitung: »Was denkst du, was sie mit der Kostümierung bezwecken wollte?«

»Wer?«

»Emma Peel«, sagte Anna und verdrehte die Augen.

»Schon gut«, lenkte ich ein. »Ich vermute, dass sie zuerst einmal wissen wollte, ob ich noch immer in der Grunert-Sackgasse festsitze. Wenn, dann hätte sie ihre Perücke auf dem Kopf behalten, den Kaffee austrinken und nach einem Plauderstündchen mit Mazurka, dem Journalisten, wieder nach Hause trippeln können. Sie hätte ihrem Chef gemeldet, dass er sich keine Sorgen machen muss, und Frank hätte gesagt, lasst den armen Irren ruhig weiterschaufeln, dort, wo er gräbt, ist ohnehin nur Sand.«

»Was nicht der Fall war«, konstatierte Dominik.

»Was nicht der Fall war. Ich hab keinen Augenblick an ihrer Echtheit gezweifelt. Und ihr, um sie wieder loszuwerden, gesagt, dass das Grunert-Abfalter-Spektakel für mich ein für alle Mal abgehakt ist. Das war ein Fehler, den sie sofort und in mehrfacher Hinsicht nützte. Erstens konnte sie die Lage in meiner Wohnung in aller Ruhe prüfen. Und mir dann eindeutig zu verstehen geben, dass sie sogar über mein Gespräch mit Abfalter informiert ist. Das kann sie nämlich nur wissen, wenn man uns im ›Café Landtmann‹ abgehört hat. Vom Nebentisch, vom Klo, mit Wanze, Richtmikrofon, was weiß ich.«

Anna hob eine Braue. »Ziemlich aufwendige Methode, um dir das klarzumachen, meinst du nicht?«

»Durch Verwirrung beraubst du den Gegner der Initiative«, zitierte Dominik freihändig, den Blick an die Decke gerichtet, die Hände über dem Bauch gefaltet. »Ersticke die erfolgversprechenden Aktionen des Feindes, fördere die, die ihm schaden. Dann, wenn er im Kreis rotiert, schlag zu.«

»Stammt das aus den ›Ignatianischen Exerzitien‹?«, fragte Anna interessiert.

»Miyamoto Musashi – Japans größter Schwertkämpfer – in einer Abhandlung über Taktik«, sagte Dominik, ohne eine Miene zu verziehen, was bei ihm ein sicheres Anzeichen dafür ist, dass er im Begriff ist, eine Lüge oder eine Halbwahrheit zu erzählen. »Er nennt es, glaub ich, die Kissentechnik.«

»War er auch Jesuit?« Anna gelang es, in diese Frage noch eine Spur mehr Interesse zu legen als in die erste.

»Nur insofern, als er Psychologe war. Wie auch – wie hast du die Dame so treffend genannt? – Emma Peel. Sie gibt Paul eine Menge Stoff zum Nachdenken und hält ihn damit auf, während sie bereits den nächsten Schritt tut.«

»Und dann hat die Scharade noch einen dritten Effekt«, schaltete ich mich in das Zwiegespräch ein, während ich die leere Flasche in Richtung Ricardo schwenkte.

»Und zwar?«

»Sie lenkt damit die Spur wieder zurück auf Kardinal Grunert.«

»Und weg von Roder«, ergänzte Dominik.

»Genau.«

»Ich kann mir nicht helfen«, sagte Anna kopfschüttelnd, »das alles passt nicht zusammen. Wonach hat sie gesucht? Nach Fotos und nach einer Diskette. Die Fotos hast du, die Diskette nicht. Warum hat sie die Fotos nicht gefunden?«

Ich sagte ihr, warum.

»Gut. Sie findet also nichts, zieht ab, eine Stunde später besuchst du Frank, ihren mutmaßlichen Chef, und der erteilt dir denselben Ratschlag wie alle anderen: aufhören, Schluss machen. Das ergibt keinen Sinn. Sie müssten längst wissen, dass du es nicht hast.«

»Die Fotos habe ich.«

»Ja, die Fotos. Aber die Diskette?«

»Vielleicht«, sagte Dominik, sich den Bauch kratzend, »muss man wissen, wonach man sucht.«

»Das wissen wir, Dominik«, sagte ich missmutig.

»Ich habe keine Ahnung von Computern. Aber wäre es nicht möglich, dass diese Diskette anders aussieht, als ihr erwartet?«

»Disketten sind quadratisch, flach und in den meisten Fällen schwarz oder grau. Okay, manchmal auch rosa, blau, weiß … von der Farbe abgesehen, würden sie nicht ins Laufwerk passen, wenn etwas daran anders wäre.«

»War nur ein Gedanke von einem eingefleischten Multimedioten. Tarnen kann man alles Mögliche. Warum also nicht auch diese kleinen Teufelsdinger.«

»Gute Idee«, sagte ich. »Hatte ich auch schon. Leider …«

Anna verschluckte sich am Rest ihres Schirmchendrinks, hustete und sagte, mit den Fingern auf Dominik zeigend: »Halt, halt, zurückspulen. Was haben Sie –«

»Hast du«, korrigierte er.

»… hast du gesagt? Natürlich!«, rief sie und schlug sich mit der flachen Hand auf die Stirn. »Paul, er hat völlig recht.«

»Wer – der Pfaffe?«

»Keine Witze. Die Diskette mit dem ›Donauwellen‹-Cover!«

»Wenn du mich ausreden –«

»Begreifst du gar nichts? Dein Freund hat einfach die Diskette überklebt!«

»Tut mir leid, Anna, ich hab's vorhin sagen wollen. Da ist nur das drauf, was auf dem Etikett steht.«

In diesem Moment zersprang mit einem Donnerschlag die Fensterscheibe.

Der Knall war so laut, dass das ausbrechende Chaos wie das gedämpfte Murmeln und Mauscheln von Kirchgängern vor der Sonntagsmesse klang. Doch die Menschen schrien. Sie schrien, sie brüllten, sie suchten verzweifelt Schutz unter den Tischen, während das scharfe Sirren von Querschlägern keinen Zweifel daran ließ, dass wir beschossen wurden. Ich sah eine junge blonde Frau mit weit aufgerissenen Augen und offenem Mund, aus dem stumme Wutschreie drangen, Gläser, Zigarettenschachteln, Aschenbecher und Essensreste gegen die zerstörte Scheibe werfen; sie nahm alles, was sie kriegen konnte. Neben ihr saß am Boden, an ein Tischbein gelehnt, ein dicklicher Vierzigjähriger mit Halbglatze; er starrte verblüfft auf seinen Bauch, wo sich ein roter Fleck rasend schnell auf seinem weißen Poloshirt ausbreitete. Die Verblüffung wich nicht aus seinem Gesicht, als er sich in seinen Schoß erbrach.

Ich hörte Dominiks Stimme den Lärm übertönen: »Hat jemand ein Scheiß-Handy, damit wir Rettung und Polizei rufen können?«

Zwei hatten, aber zu Hause. Ein Dritter hatte ebenfalls. Zumindest gehabt. Die Blondine pfefferte es soeben durch das zerbrochene Fenster. Und ich sah Ricardo über die Theke flanken und mit einem kurzläufigen Revolver in den Händen wieder hervorkommen.

»Raus aus dem Licht«, rief ich und bewegte mich, tief geduckt, auf den Eingang zu. Ich trieb mich an, vorwärtszukriechen. Und zu denken. Die Schüsse kamen von dieser Uferseite. Sie kamen von oben. Man hörte sie nicht. Was man hörte, waren die Querschläger. Also ein Schalldämpfer. Was wiederum bedeutete, dass wir lange warten konnten, bis jemand von außerhalb die Polizei rief. Der Attentäter musste sich ein Nest auf der Rampe gebaut haben. Dort hockte er gemütlich und bestrich die Gangway und den Eingang. Er brauchte nur zu warten, bis einer von uns die Nerven verlor und hinausrannte. Bibbedie-babbedie-bumm. Er. Oder sie. Schwarzmantel oder Emma Peel. Aids oder Lungenkrebs.

»¿Donde?«, fragte Ricardo, der neben mir in die Hocke gegangen war.

Ich deutete mit dem Finger auf die Rampe. »Irgendwo dort oben. Du kannst nur auf Verdacht schießen.«

Er starrte mich verständnislos an; dann begriff er, fletschte die Zähne in Parodie eines Grinsens und sagte: »*Hombre*, das ist ein Tränengasrevolver.«

Großartig.

»Rum«, murmelte Dominik. »Wir brauchen achtzigprozentigen Rum. Spiritus wäre noch besser. Du«, er setzte einen dicken Zeigefinger auf Ricardos Brust, »habt ihr das in eurem Sortiment?«

»Auf Rezept von Dr. Molotow?«, fragte ich.

Dom nickte. »Wenn wir ihn damit schon nicht ausräuchern, gibt's zumindest ein schönes Feuerwerk für die Passanten.«

Ich fing einen Blick von Anna auf, die neben dem Verletzten kniete und versuchte, die Blutung zu stoppen. Ricardo kam mit einer halb vollen Flasche Spiritus zurück. Knapp neben ihm schlug ein Geschoß ein, Holz splitterte; jemand begann zu kreischen.

»Ruhe!«, knurrte Dominik, während er sein Stofftaschentuch in den Flaschenhals stopfte und mit Spiritus tränkte. Er ließ sich mein Zippo geben und schob sich zum Eingang vor.

Auf einmal hörte man Schritte auf der Treppe, die zur

Gangway führte. Noch bevor ich ihn sah, wusste ich, wer es war. Und ich wusste, dass mein Ruf zu spät kommen würde. Um Jahre zu spät. Und während ich zu Franjo Bregović hinsprang und ihn anbrüllte: »Hau ab, verschwinde!«, sah ich das Mündungsfeuer, sah, wie er sich um die eigene Achse drehte, dann war ich bei ihm, erwischte ihn am Kragen seines Jacketts, hörte etwas reißen, und dann brach Franjo lautlos über dem Geländer zusammen und stürzte ins Wasser. Und ich, mit dem Jackett in der Hand, stand da und sah seinen Körper mit der Strömung flussab treiben, unfähig, mich zu bewegen, unfähig, etwas zu tun. Doch da war Dominik bereits im Eingang und schleuderte die brennende Flasche auf die Rampe. »*Salud*, Arschloch!«, schrie er und ging in Deckung.

Er landete einen Volltreffer. Von oben drang ein Kreischen herüber, das in ein lang gezogenes Wolfsgeheul überging; dann sah man eine dunkle Gestalt auf der Rampe kreiseln; Arme und Schultern standen in Flammen. Mit dem zerrissenen Jackett in der Hand rannte ich los.

In regelmäßigen Abständen sind am Kanal Rettungszillen verankert; Treppen führen zu den Liegeplätzen hinunter. Der erste war leer. Ich hastete weiter stromab, überholte Franjo Bregovićs leblos treibenden Körper. Ein Blitz zuckte über den düsteren Himmel; Augenblicke später krachte es. Das Gewitter hatte uns eingeholt.

Da war es. Eine schlanke, schmale Holzzille stemmte sich gegen die rostige Eisenkette, die an ihrem Bug befestigt war. Auf rot-weißem Feld war die Zahl Dreizehn aufgemalt. Ich entschied, dass dies nicht der Augenblick für abergläubische Anwandlungen war. Während ich in das schwankende Gefährt kletterte und mich zum Bug hantelte, hörte ich über mir Stimmen. Auf einmal saß Anna auf der Heckbank, barfüßig, die hochhackigen Schuhe in der Hand; schnaufend wie ein betrunkener Bär schwankte Dominik die Treppe hinunter. Ich zerrte an der alten Kette, bekam sie von einem Bund Algen frei und löste den eisernen Karabiner. Gebückt ging ich rückwärts, ergriff zwei Ruder, die an den Seitenplanken angebracht waren, und setzte mich neben Anna auf die Holzbank.

»Wartet!«, schrie Dominik. »Ich komme mit!«

»Falsche Gewichtsklasse, Dom«, schrie ich zurück. »Wir sehen uns!«

»Halt!«

Ein paar Ruderstriche mit der Strömung, und der Bug drehte sich in Fahrtrichtung. Langsam schwamm die glatte Uferwand vorbei. Ohne auf das wütende Röhren des Priesters zu achten, steuerte ich das Boot auf die Kanalmitte zu. Etwas schwirrte glitzernd durch die Luft, streifte meinen Kopf und landete auf den Planken. Mein Zippo.

»Mehr rechts«, rief Anna plötzlich, »da ist er.«

Da trieb ein Bündel im Dreckwasser des Kanals. Ich steuerte näher ans Ufer heran, und Anna versuchte, den schlaffen Körper mit dem Ruderblatt zu erreichen. Und dann ging alles sehr schnell.

Die »Johann Strauß« war ein alter, abgetakelter Dampfer, der am Schwedenplatz vor Anker lag und ein Touristen-Nepplokal beherbergte. Sonst erfüllte er keinen Zweck, aber er wies ein paar Besonderheiten auf. Zwei Schaufelräder sorgten für original Wiener Mississippi-Romantik, die in Verbindung mit einer beeindruckenden Bronzestatue des Walzerkönigs dem Kahn einen völkerverbindenden Touch verliehen. Er war aus den Teilen zweier Wracks zusammengebastelt worden und galt einige Jahre lang als der ganze Stolz der Ersten Donau-Dampfschiffahrts-Gesellschaft (versuchen Sie, das zehnmal hintereinander auszusprechen). Nach einem Hauptwellenbruch Anfang der siebziger Jahre hatte man das Schiff nach einem längeren Gastspiel in Regensburg an seinem Liegeplatz verankert und festgezurrt, und seit damals hat es sich keinen Zentimeter fortbewegt. Das würde es auch jetzt nicht tun. Nicht einmal uns zuliebe.

Kantig und massiv ragte der Bug aus dem Wasser wie eine zu groß geratene, aggressive Messerschneide. Anna fing an, wie wild zu paddeln, auf die Mitte zu.

»Lass es«, rief ich. »Da kommen wir nicht mehr raus. Wir gleiten am Rumpf entlang und prallen gegen den Radkasten. Du musst gegensteuern.«

»Und rechts unter diesem ... Monstrum durch?«

»Genau.«

»Du meinst das ernst.«

Ich stimmte ihr mit knappem Nicken zu. Das Monstrum, eine überdachte Gangway aus schwerem Holz und hartem Metall, lag bedenklich knapp über dem Wasserspiegel. Und auch wenn sie für uns noch nicht zu sehen waren, wusste ich, dass ein paar Drahtseile den Dampfer mit dem Ufer verbanden.

Mit vereinten Kräften hielten wir die Zille rechts vom Bug der »Johann Strauß«; dann hatte uns der Sog gepackt. Ich sah die Seile, dick verflochtene, straff gespannte Drahtstränge, und drückte Anna runter auf die Planken. Mit eingezogenem Kopf hielt ich das Boot auf Kurs, dann kam ein Seil über den Bug herangesaust, und ich ging ebenfalls unter Deck. Dann war um uns nur mehr ein Sprudeln und Sausen und ein ekelhaftes Sirren, Beton schrammte, Holz krachte, und mit einem Mal waren alle Geräusche weg.

Vorsichtig hob ich den Kopf. Die schwarze Wolkenbank hing jetzt direkt über der Stadt. Dann und wann sah man Blitze niederfahren, während kleine, hinschnappende Böen uns mit vereinzelten dicken Regentropfen bewarfen. Wortlos nahmen wir unsere Plätze wieder ein und überließen uns der Strömung, als wenn nichts geschehen wäre.

Anna durchbrach zuerst das Schweigen. Sie drehte den Kopf, zuckte zusammen und flüsterte: »Wir führen Fracht im Schlepptau.«

Auch am Heck der Zille war eine Kette angebracht, die in einen Karabiner auslief. Sie musste sich aus ihrer Halterung gelöst haben und ins Wasser gefallen sein. Wir konnten von Glück reden, dass sie sich nicht in einem Drahtseil verheddert hatte. Dafür hing etwas anderes daran. Im Kielwasser unserer Zille schwamm Franjos regloser Körper.

Der Kanal wurde breiter. Zur Rechten erhob sich die Urania über die Mündung des Wienflusses wie ein weißer Felsen am Kloakensee. Die Ausdünstungen einer ganzen Stadt schienen auf diesen Ort konzentriert zu sein. Mir wurde übel bei dem Gedanken an eine Welt aus Säuren, Unrat und Fäkalien, die unter der schwarzen Oberfläche weste; ich stellte mir das Brodeln und Zischen von Laugen, das An- und Absteigen kleinster Dreckteilchen vor, und ich stellte mir gegen den Willen meines Magens vor, dass dieser Klumpen am anderen Ende der Kette vielleicht auch bald zu Teilchen zerfallen und an- und absteigen würde.

»Rechts voraus ist das Ufer flach«, sagte ich und deutete auf eine von Bäumen bestandene Wiese. »Dort können wir landen und uns um Franjo kümmern.« Oder um das, was von ihm übrig war.

Wir ließen die Zille stranden; ich sprang an Land, zerrte den Bug hoch und empfing das Paket, das mir die Strömung in die Arme trieb. Doch schon der erste Blick zeigte, dass da nichts mehr zu machen war.

»Ist er tot?«, fragte Anna, das Gesicht abgewandt.

»Ja«, sagte ich.

Und dann hörte ich das Auto.

Das Motorengeräusch schwoll an. Zwei harte Lichtstrahlen hoben sich über die Mauerkante am anderen Ende des kleinen Parks, dann kam ein weißer VW Passat in Sicht und rollte zögernd die Rampe hinunter. Dass sie langsam fuhren und weder Blaulicht noch Sirene eingeschaltet waren, konnte bedeuten, dass sie uns noch nicht entdeckt hatten. Es konnte aber genauso gut das Gegenteil bedeuten. Die Reaktion von Kieberern lässt sich nie genau vorhersagen.

Ich brachte das Boot wieder zu Wasser, half Anna beim Einsteigen, sprang selbst hinein und drückte uns mit dem Ruder vom Strand weg. Als die dunkle Zille in die Dunkelheit des Kanals eintauchte, hörte ich Schreie und Stiefelgetrampel, doch ich hörte es wie durch Berge von feuchtem Tuch gefiltert. Es galt nicht mir, nicht Anna und nicht dem Boot; es war nichts weiter als der übliche Lärm, den Polizisten machen, wenn sie eine Leiche finden. Ich wollte kotzen, ich wollte mich besinnungslos saufen. Was ich tat, war sitzen, starren und das Boot stromab treiben lassen.

Leiser, leichter Regen begann zu fallen. Er fiel auf das schwarze Haar der Frau, die, den Kopf in der Armbeuge vergraben, um einen Freund trauerte. Er fiel auf mein Gesicht und tat ihm wohl wie die Berührung einer kühlen, freundlichen Hand. Zu beiden Seiten stiegen jetzt von steinigen Ufern Wiesen an; darüber zogen taubengrau, dunkelocker und kieselgelb im Licht des vazierenden Gewitters die Häuserzeilen vorbei. Ich rauchte eine Zigarette und horchte nach innen, doch es kam keine Antwort.

Freitag

Schlüssel

Mitten in der Nacht weckte mich ein leises Wimmern. Ich fand Anna im Badezimmer. Sie kauerte in einer Ecke wie ein verschrecktes Tier, die Augen weit aufgerissen, ohne damit zu sehen. Ich hockte mich neben sie, legte den Arm um ihre Schultern und suchte vergeblich nach Trostworten. Denn es gab keinen Trost. Ihr bleiches Gesicht hatte wieder diesen gespenstisch kindlichen Ausdruck angenommen, und sie stammelte Worte in einer Sprache, die nur sie selbst verstand. Vielleicht nicht einmal sie selbst. Dann schlief sie unvermittelt ein. Ich hob sie auf, trug sie ins Bett und wartete auf Gott Morpheus. Er war anderwärtig beschäftigt.

Es war vier Uhr zweiunddreißig, und die Nacht hing bereits in den Seilen, als ich aus einem Traum hochschreckte – mit offenem Mund, bereit zu schreien –, der sich im Augenblick des Erwachens gleich wieder verflüchtigte. Vertrau deinem Unterbewusstsein, es weiß, warum es dich vergessen lässt. Ich packte Anna in die dünne Decke, die sie im Schlaf weggestrampelt hatte, und schlich aus dem Zimmer. Mit dem Gewitter hatte sich auch der Regen verzogen; das bisschen Abkühlung, das er gebracht hatte, würde wohl keine paar Stunden vorhalten.

Ich zog mich mit Kaffee und Zigaretten ins Arbeitszimmer zu einer internen Lagebesprechung zurück. Nach der ersten Tasse und der ersten Camel wurde per Mehrheitsbeschluss ein informelles Zwischenergebnis verabschiedet. Es lautete: Wir stecken bis zum Hals im Dreck. Rhetorische Frage: Kann es noch schlimmer kommen? Pragmatische Antwort: Aber sicher! Alles deutet darauf hin.

War der Mord an Franjo Bregović Absicht, oder hatte der

unbekannte Heckenschütze einfach auf alles geballert, was ihm vors Visier kam? Wenn es Absicht war, was konnte Franjo gewusst haben, das wichtig genug war, ihn dafür umzulegen?

Methodisch denken, sagte ich mir. Franjo hatte vor irgendetwas – oder, wahrscheinlicher, vor irgendjemand – Angst gehabt. Er hatte vorgehabt, mir etwas mitzuteilen. Einen Namen? Um das zu tun, war er zu uns gekommen. Und in eine Falle geraten, die der Schütze ganz bewusst inszeniert haben konnte. Denn die scheinbare Wahllosigkeit, mit der er keine Minute vor Franjos Auftauchen das Lokal beschoss, ergab dann Sinn, wenn er den geplanten Mord an Bregović als Amoklauf eines Verrückten tarnen wollte. Was allerdings einen Schluss nahelegte, der, so zwingend er auch sein mochte, eine ausgesprochen unerfreuliche Perspektive eröffnete. Dass nämlich Annas Telefon abgehört wurde. Und mit einiger Wahrscheinlichkeit auch meines. Franjo hatte Anna von einer Telefonzelle aus angerufen. Der Mörder oder seine Auftraggeber hatten mitgehört; nur so konnten sie Treffpunkt und Zeit kennen. Wo blieb meine Luftunterstützung?

Ich breitete den Tascheninhalt aus Franjos zerrissenem Jackett Stück für Stück auf dem Tisch aus. Er bestand aus einem Schlüsselbund, einem Führerschein der Republik Österreich, ausgestellt im November 1994, einem Nagelclip, einer halb vollen Packung Marlboro – *for use outside U.S.* –, einer abgewetzten ledernen Geldbörse, einem Briefumschlag und einem marineblauen Bic-Feuerzeug. Kein Streichholzheftchen mit der aufgedruckten Adresse irgendeiner anrüchigen Bar, in der im letzten Kapitel eine Hure mit goldenem Herzen dem smarten Private Eye den fehlenden Hinweis gibt.

In der Geldbörse befanden sich sechshundertvierunddreißig Schilling Bargeld, eine Diners-Club-Karte sowie ein Farbfoto, auf dem ein lachender Franjo Bregović mit Frau und Tochter zu sehen war. Der Briefumschlag war nicht zugeklebt, und er enthielt die Diskette Donauwelle.cover.gif und einen Ausdruck. Vielleicht hatte Franjo sein Treffen mit Fiedler, dem

»Donauwelle«-Herausgeber, auf einen späteren Zeitpunkt am gestrigen Abend verschoben. Nachdem er mit mir gesprochen hätte. Aber dazu war es nicht mehr gekommen, und darum war die Diskette wieder einmal bei mir gelandet. Der Ausdruck zeigte das komplette Cover, mit der neuen Titelschrift, die Tom Hrdlicka entwickelt hatte, der aktuellen Heftnummer, mit Druckanweisungen am Rand und einem winzigen Copyrightvermerk. Ich packte alles wieder zusammen, warf das kaputte Jackett in den Mist und steckte den Umschlag mit Diskette und Ausdruck in die Brusttasche meines Hemds.

Kurz nach fünf Uhr hatte der neue Tag in den Straßen Wiens triumphalen Einzug gehalten; die erste Tramway brauste durch die Taborstraße. Ich hörte Anna im Badezimmer hantieren. Ich hörte das Telefon läuten.

Die Stimme klang akademikerhöflich, zahnpastafrisch und fast gar nicht von oben herab. Vor allem aber klang sie beruhigend. So wie bei jemandem, der darin geübt ist, aufgeregte Leute gewissermaßen präventiv zu sedieren. Was mich nicht weiter verwunderte, als sich während der Honneurs herausstellte, dass mein Gesprächspartner Dr. Friedrich Herkner als Arzt im Allgemeinen Krankenhaus praktizierte. Eine *wirklich* beruhigende Stimme. Geradezu einschläfernd. Noch dazu um diese Tageszeit, für die sich der Dottore mindestens zweimal entschuldigte. Wir hätten ewig weiter Höflichkeiten austauschen können, wenn Herkner die Sprache nicht auf seinen neuen Patienten, Dominik Weibl, gebracht hätte.

»Nein! Nicht Dominik!«

»Herr Mazurka, vertrauen Sie uns. Er ist in besten Händen.«

»Haben Sie den Täter geschnappt? Wird Dominik durchkommen?«

»Täter? Welchen Täter? Es war niemand bei ihm, wenn Sie das zum Ausdruck bringen wollen. Dr. Weibl – es geht ihm übrigens bereits bedeutend besser – kam allein, in seinem eigenen Auto, was ich persönlich für grobe Unverantwortlich–«

»Was ist los mit Dominik?« Ich spürte Annas Hände auf meinen Schultern, roch den Duft ihres frisch gewaschenen Haars.

»... heute besuchen, darum hat er gebeten. Er kann wieder sprechen, wird aber eine Zeit lang noch stationär behandelt, bis wir entschieden haben, ob ein –«

»Was hat er?«

»Nun, das sagte ich doch: Er erlitt gestern Abend um etwa einundzwanzig Uhr einen leichten Herzinfarkt.«

»Die Frage ist nicht, ob sie kommt, sondern wann und in welcher Gestalt«, sagte Anna, als sie um sieben Uhr acht den Teller mit ihrem zu drei Viertel vertilgten Kräuteromelette auf Armlänge von sich schob und sich Tee nachschenkte. Sie wirkte beherrscht, ruhig, als hätte sie die Schrecken der Nacht hinter sich gelassen. Vielleicht hatte sie, mir saßen sie jedenfalls in den Knochen. »Das haben Katastrophen an sich, dass sie in Serie auftreten.«

»Ein philosophischer Ansatz«, räumte ich kauend ein, »der uns nebbich weiterbringt. Wem hast du von Franjos Anruf erzählt?«

»Dir und Dominik.«

»Sonst niemand?«

»Nein. Warum?«

»Weil ich befürchte, dass unsere Telefone abgehört werden.«

Anna runzelte die Stirn. »Du gehst davon aus, dass der Schütze Franjo töten wollte. Die zerschossenen Scheiben, der Verwundete – das war bloß Tarnung?«

»Anders ergibt es keinen Sinn.«

»Dann könnten sie ihm aber genauso gut gefolgt sein.«

»Um ihn dann zuletzt an genau dem Ort zu genau der Zeit abzuknallen, die er mit dir vereinbart hatte?«

Anna schwieg. Dann sagte sie ohne Vorwarnung: »Warum bist du gestern Nacht vor der Polizei geflüchtet?«

Ich zuckte im Geist die Schultern und sagte laut: »Weiß nicht. Aus keinem bestimmten Grund. Vielleicht ein Reflex ...«

»Damit ist die Angelegenheit nur aufgeschoben. Ohne Polizei geht jetzt gar nichts mehr. Wir müssen uns melden.«

Ich wollte nicken, doch da läutete die Türglocke. Und ich wusste, noch bevor ich öffnete, dass wir uns den Gang zum Kommissariat ersparen konnten. Die Polizei war zu uns gekommen.

Sie kamen zu zweit. Das tun sie immer. Beide groß, knapp eins fünfundachtzig, der eine hager mit grauer, griesgrämiger Visage, die so dreinsah, als würden immer alle ihm die Schuld geben, der andere athletisch – wenn auch mit Fettansatz –, jovial und fröhlich. Seine gesunde Gesichtsfarbe war eine Spur zu rot, und geplatzte Äderchen auf seinen Hamsterwangen ließen mich vermuten, dass er ein Bursche war, der gegen einen guten Schluck nichts einzuwenden hatte.

Er gab zuerst Anna, dann mir die Hand und sagte, sein Name sei Nowotny. Der Hagere sagte gar nichts. Dafür musterte er Anna, als ginge er im Geist die Kartei der zwanzig meistgesuchten Schwerverbrecher Österreichs durch und vergliche, ob sie zum Club gehörte. Bei mir musste er die Kartei nicht durchgehen. Äußerster Unmut huschte so schnell über sein Gesicht, dass ich mir nachher keineswegs sicher war, dort überhaupt etwas gesehen zu haben. Er gab mir nicht die Hand.

»Ich glaube, ihm sind wir unsympathisch«, flüsterte ich.

»Wie schade«, sagte Anna.

Nowotny steckte beide Daumen in den Gürtel und sagte: »Sie sind also nach der Schießerei – als der Schütze lebende Fackel spielte – weggelaufen. Direkt hierher. Habe ich Sie so weit richtig verstanden?«

»Bis auf die Tatsache, dass es keine Schießerei war. Dazu gehören zwei. Wir wurden beschossen.«

Der Hagere hob in rhythmischen Abständen den knochigen Kopf und ließ seine stark vorspringende, gerade Nase dabei auf und nieder fahren, als schnüffelte er einer Duftspur hinterher. Doch von vorne besehen war die Nase gar nicht so gerade; sie wies einen beachtlichen Linksdrall auf. Wahrscheinlich hatte ihr Besitzer einmal ein paar Ordentliche draufgekriegt. Vielleicht hatte jemand den ewig mürrischen Gesichtsausdruck nicht mehr ausgehalten und hatte ihn um jeden Preis zum Lächeln bringen wollen. Oder zum Reden. Er war stumm wie ein Fisch.

Sein Kollege sagte mit einem kleinen, missmutigen Lächeln: »Warum haben Sie nicht auf die Polizei gewartet wie die anderen?«

»Panik, nehme ich an.«

»Panik«, sagte Nowotny und nippte an dem Wort, als würde er Wein verkosten. Dieser Jahrgang schien bei seiner privaten Degustation durchzufallen. Er schüttelte geduldig den Kopf und seufzte: »Versuchen wir es noch einmal. Könnte es sein, dass Sie beide«, er deutete mit dem Zeigefinger zuerst auf mich, dann auf Anna, »in die Zille Nummer dreizehn hüpften, den Ermordeten – hieß er nicht Franjo Bregović? – an Land zogen und dann«, er ließ beide Hände wie aufgescheuchte Tauben hochflattern, »verschwanden? Möglicherweise mit Beweismaterial?«

»Wozu?«

»Ja, natürlich. Wozu. Gibt es etwas, was Sie dazu zu sagen haben?«, fragte er in Annas Richtung.

Sie würdigte ihn keiner Antwort.

»Nichts«, sagte er und nickte. »Und wer der Attentäter war, wem der Anschlag galt – wenn wir davon ausgehen, dass er nicht Herrn Bregović galt –, darüber wissen Sie wohl auch nichts.«

»War das eine Frage?«

Er lächelte freundlich. »Ganz gewiss war das eine Frage.«

Ich mühte mich ab, Bedauern in meine Stimme zu legen. »Leider nein … aber sobald wir etwas erfahren sollten, melden wir uns natürlich bei Ihnen.«

»Natürlich«, sagte er, ohne das freundliche Lächeln abzusetzen. Mir gefiel dieses Lächeln nicht. Ganz und gar nicht.

»Wer war übrigens der große Dicke … der mit der zündenden Idee?«

Ich legte meine Stirn in Falten und sagte nach einer wohldosierten Pause: »Hmm … jetzt, da Sie es erwähnen – irgendwie kam mir der Dicke tatsächlich bekannt vor. Vielleicht ein Schauspieler?«

Das Lächeln wurde um Bruchteile eines Millimeters breiter. »Ein Schauspieler? Das könnte die Lösung sein. Er hat sich Ihnen nicht vorgestellt?«

»Leider.«

»Nein«, sinnierte Nowotny, »sonst wären Sie ihn ja wohl um ein Interview angegangen, nicht wahr? So eine Gelegenheit ergreift man als guter Journalist, könnte ich mir vorstellen. Was sagte er denn so?«

»Er wollte sich, glaube ich, ein Handy ausborgen. Telefon gibt es auf dem Boot nicht. Er orderte beim Kellner eine Flasche Spiritus und rief ›*Salud*, Arschloch‹, bevor er den Cocktail servierte. Fällt dir noch was ein, Anna?«

»Davor rief er: ›Ruhe!‹«

»Soso. Er rief ›Ruhe!‹«, sagte Nowotny. »Das ist sehr aufschlussreich. Und was sagte er in den – grob geschätzt – sechzig Minuten, die Sie sich an einem Tisch mit ihm angeregt unterhielten?« Etwas Lauerndes lag jetzt in seinem Blick. »Das haben nämlich ein paar Gäste zu Protokoll gegeben, falls es Sie interessiert.«

»Wir waren alle sehr angespannt. Wenn jemand unter Schock seine Aussage macht, dann …«

»Herr Mazurka«, sagte Nowotny, indem er sich zu mir vorbeugte, »der Kellner – Ricardo Vargas, wenn ich den Namen richtig behalten habe – war etwa so schockiert wie die dienstälteste Polizeischreibmaschine im Bezirkskommissariat beim Protokollieren einer Verlustanzeige. Wir konnten«, er schnippte mit den Fingern, als würde er den Namen aus der Luft herbeizaubern, »den Priester Dominik Weibl noch nicht vernehmen. Der Arzt war dagegen. Vorerst. Doch dass Sie mit ihm befreundet sind, das wissen wir auch so.«

Ich grinste ihn freundlich an. »Worauf wollen Sie hinaus?«

»Wie ich hörte, sind Sie auch mit Thomas Hrdlicka bekannt, Herr Mazurka, der – das haben Sie vielleicht über Ihre Quellen gehört – in Zusammenhang mit dem Mord an Sarah Ortbauer gesucht wird. Oh, die kannten Sie doch auch! Irgendeine Idee, wo er stecken könnte?«

»Nicht die leiseste. Meine Quellen sind anscheinend nicht besonders gut.«

»Wie bedauerlich. Dafür ist Ihr Freundeskreis ... irritierend, um ein mildes Wort dafür zu finden. Zählen Sie sich auch dazu, Frau Wysocki?«

»Gewissermaßen.«

»Dann sollten Sie vorsichtig sein. Ihr Freund zieht Leichen an. Zu viele für meinen Geschmack. Und das, Herr Mazurka, gefällt mir gar nicht.«

»Versuchen wir's doch einmal von einer anderen Seite – sagen wir, von der des Staatsbürgers, der sich um die Verschwendung von Steuergeldern sorgt. Kümmern Sie sich eigentlich nur um die Opfer? Darin sind Sie gut, das geb ich zu. Sie haben nicht einmal zwölf Stunden gebraucht, um uns alle drei einzusammeln. Wie macht man das so schnell?« Ich zündete mir eine Zigarette an und sagte, nachdem ich die Kunstpause lang genug hinausgezögert hatte: »Ich werde Ihnen sagen, wie man das macht. Gar nicht.«

»Gar nicht?«, fragte Nowotny, der interessiert das einzige Bild in meinem Wohnzimmer betrachtete, eine bessere Reproduktion von Dürers »Ritter, Tod und Teufel«, die über dem Sofa hing.

»Gar nicht. Niemand im Lokal kennt unsere Nachnamen. Frau Wysocki und ich waren dort gestern zum zweiten Mal, für Dominik Weibl – er ist übrigens Dr. phil., haben Sie das auch herausgekriegt? – war's eine Premiere. Das schaffen Sie nicht über Nacht. Nicht in Wien. Tatsächlich auch sonst nirgendwo.«

»Nicht?« Sein Interesse für den Dürer nahm obsessive Züge an.

»Sie haben einen Anruf erhalten, stimmt's? Und ich verwette meine nächsten drei Interviewhonorare, dass er anonym war. Der gab Ihnen die Namen und dazu den Tipp, gleich nach dem verschwundenen Hrdlicka zu fragen; vielleicht gibt's ja einen Zusammenhang.«

»Gibt es den?«, fragte Nowotny, ohne das Bild aus den Augen zu lassen. »Und wer könnte Interesse daran haben, Ihre Namen der Polizei mitzuteilen?«

»Da Sie ohnehin den Verdacht haben, kann ich gleich gestehen – der Dürer ist tatsächlich eine Fälschung.«

Nowotny machte kurz den Eindruck, als wollte er etwas sagen, überlegte sich's dann doch noch anders und blieb stumm.

»Bleibt Ihnen bei dem ganzen Rummel eigentlich noch Zeit, den Attentäter zu schnappen, oder ist dafür eine andere Abteilung zuständig?«

Das war ein Wort zu viel. Ein gemeiner Blick zog seine Stirn in Falten. Die schweren, bulligen Schultern fielen nach vorn; seine Stimme klang jetzt dunkler, metallischer, aus dem Bauch heraus. Er sagte: »Ich kenne Sie. Ihre Art. Sie denken, dass wir miese, brutale Arschlöcher sind, nicht wahr? Das ist es doch! Die den ganzen langen Tag nichts anderes zu tun haben, als Politikern und reichen Trotteln hinten reinzukriechen. Zum Ausgleich treten wir nach Dienstschluss dann Obdachlose in den Arsch, mischen Studenten und Demonstranten auf und kennen nichts Geileres, als euch tapferen Rächern der Witwen und Waisen, oder wofür Sie und die restliche Presskumpanei sich auch immer halten mögen, das Leben schwer zu machen. Bürgerrechte, Demokratie? Da lachen wir drüber. Kunst und Kultur? Ein Furz in der Landschaft. Im Stechschritt marschierende Idioten, die Bücher verbrennen, anstatt sie zu lesen, dafür halten Sie uns doch, oder?«

Irgendwie hatte ich das bestimmte Gefühl, den letzten Satz schon einmal gehört zu haben, konnte mich aber beim besten Willen nicht daran erinnern, bei welcher Gelegenheit.

»Lass dich doch nicht provozieren, Joe«, meldete sich der

Hagere erstmals zu Wort. »Wir verpacken die beiden und fahren sie aufs Revier. Wichtige Zeugen.«

Ich klatschte zweimal in die Hände. »Il Silenzio kann sprechen! Wenn das keine Überraschung ist. Macht doch tatsächlich den Mund auf, und es kommt Deutsch heraus!«

»Leg dich mit mir an, du Arsch, mach mir die Freude!«

»Gut, ich hab mich geirrt. Kein Deutsch. Aber es klang so ähnlich.«

»Du blöder, arroganter ...«

Nowotny hob die rechte Hand, ohne den Blick von mir zu wenden, und machte damit eine winzige Geste, die seinen Partner zum Verstummen brachte. Auf einmal wirkte er müde und grau. Auf den Dürer deutend, sagte er: »Schöne Reproduktion. Ich hatte einmal eine der ›Melencolia‹. Im Übrigen würde ich es begrüßen, wenn Sie Montag zehn Uhr auf dem Kommissariat Leopoldstadt erschienen, um Ihre Zeugenaussage zu Protokoll zu geben. Bis dahin haben Sie genug Zeit, um sich die Sache noch einmal durch den Kopf gehen zu lassen. Ah, da fällt mir ein«, sagte er, als würde ihm das tatsächlich jetzt erst einfallen, »Sie hatten da einmal eine Vorstrafe, Herr Mazurka, in Zusammenhang mit einem kleinen Gefängnisaufenthalt ...«

»... die angeblich längst getilgt ist.«

Er setzte ein schiefes Grinsen auf. »Aber selbstverständlich ist sie das. Wir leben schließlich in einem Rechtsstaat. Also dann.«

Er schob im Aufstehen den Sessel zurück und legte mit der linken Hand eine Visitenkarte, auf der nichts stand als eine Wiener Telefonnummer, so auf den Tisch, dass die Unterkante bündig mit der Tischplatte abschloss. Er winkte mit derselben Hand, ohne uns dabei anzusehen.

»Der Attentäter ...«, setzte ich ohne allzu große Hoffnung an.

»... heißt Rudolf Krass, gebürtiger Berliner, lebt und wirkt seit mehr als zwanzig Jahren in Afrika, Lateinamerika und auf dem Balkan. Kein ordentlicher Wohnsitz, kein uns bekannter Telefonanschluss. Wollen Sie seine Versicherungsnummer?«

»Nein. Haben Sie ihn geschnappt?«

Nowotny seufzte und fuhr sich mit dem Handrücken über die Nase. »Noch nicht. Wir haben seine Waffe.«

»Wie beruhigend. Und Name und Lebenslauf haben Sie … woher? War alles in den Gewehrkolben eingraviert?«

Nowotny machte sich nicht die Mühe, darauf zu antworten.

»Krass muss schwere Brandwunden davongetragen haben. Krankenhäuser und Ärzte …«

»Kümmern Sie sich um Ihren eigenen Job. Die Fahndung läuft seit gestern.« Er sah sich unschlüssig im Zimmer um, dann sagte er: »Sie hatten Glück. Der Mann war Scharfschütze bei der deutschen Bundeswehr, bevor er sein zweifelhaftes Talent der Privatwirtschaft zur Verfügung stellte. Übrigens mit großem Erfolg.«

»Ein Mietkiller? So etwas gibt es in Österreich?«

»Sie würden staunen, was es hier alles gibt. Krass allerdings lebt nach unseren Informationen in Kroatien. Sagt Ihnen Crna Legija etwas? Die Schwarze Legion?«

»Ist das nicht die kroatische Einheit, die aus deutschen und österreichischen Freiwilligen besteht?«

»Genau. Krass ist ein Hauptmann dieser Bande.« Er klopfte zweimal mit dem Zeigefinger auf seine Karte. »Bleiben Sie am Leben. Zumindest bis Montag, zehn Uhr. Wenn Sie davor von einem Erinnerungsschub befallen werden, erreichen Sie mich unter dieser Nummer.«

»Auf Wiedersehen, Herr Gruppeninspektor.«

Nowotny drehte sich langsam um. Zum ersten Mal zeigte sein Gesicht eine Regung, die Erstaunen recht nahekam. Er war kein Mann, der solche Regungen schätzte. »Woher kennen Sie meinen Rang? Ich kann mich nicht erinnern, ihn genannt zu haben.«

»War nur geraten. Wir Presskumpane können das manchmal ganz gut.«

»Dieser Krass – das ist Schwarzmantel, oder?«

»Ich denke schon.«

»Was wird er jetzt tun?«

»Sich in einem Rattenloch verkriechen und seine Wunden lecken. Frank wird schon einen Arzt auftreiben, der's mit dem Gesetz nicht so genau nimmt. Er kann sich ja auf den hippokratischen Eid berufen. Oder wird der nicht mehr geschworen?«

»Glaubst du, dass er uns noch gefährlich werden kann?«

»Schwer zu sagen. Wir wissen nicht, wie schlimm es ihn erwischt hat. Und davon abgesehen – wenn nicht er, dann ein anderer.« Oder eine andere, fügte ich in Gedanken hinzu.

Sie schwieg eine Weile. »Wofür?«, fragte sie die Zimmerdecke.

»Wie bitte?«

»Die Vorstrafe. Wofür hast du die kassiert?«

»Brandstiftung im Kindergarten.«

»Sehr witzig.«

»Ich erzähl es dir beizeiten.«

Sie legte den Kopf schief und betrachtete mich prüfend. »Was spricht gegen jetzt?«

»Ich besuche Dominik. Was ist mit dir?«

»Würde ich nicht stören?«

»Ganz im Gegenteil.«

»Da ist noch etwas, Paul. Etwas Unangenehmes. Ich war mit Franjo befreundet. Gut befreundet. Ich muss seine Familie besuchen, mit seiner Frau … seiner Witwe sprechen. Ich glaube, das hätte er von mir erwartet.«

Ich nickte.

»Willst du mitkommen?«

»Nein. Aber natürlich tu ich's.«

Ich sah ihr aus den Augenwinkeln beim Telefonieren zu. Sie sprach ruhig und begütigend – und für meine Ohren absolut fließend – Serbokroatisch in den Hörer, mit langen Pausen, in denen sie wortlos zuhörte. Als ich sah, wie die mühsam aufrechterhaltene Beherrschung aus ihrem Gesicht wich, wandte ich mich ab. Nachdem sie aufgelegt hatte, blieb sie minutenlang reglos neben dem Telefon sitzen. Endlich sagte sie, ohne mich dabei anzusehen: »Mirjana wird mit dem Kind am Sonntag zu einer Freundin ziehen. Dort will sie zumindest bis zum Begräbnis bleiben. Wir können sie morgen Nachmittag besuchen.«

»Wie geht es ihr?«

»Ich glaube nicht, dass sie vorhat, sich umzubringen. Nicht jetzt. Sonst hätte sie das Angebot ihrer Freundin nicht angenommen. Viel fehlt allerdings nicht.«

»Was ist mit der Kleinen? Weiß sie ...«

»Nein. Ihr Papa musste wieder einmal auf Reisen gehen. Das ist für sie nicht das erste Mal.«

Aber das letzte Mal. »Welche Version kennt Mirjana?«

»Die offizielle. Franjo wurde von einem verrückten Amokläufer getötet. Dir ist klar, dass wir der Polizei Informationen vorenthalten haben?«

Ich nickte.

»Warum?«

Ja, warum eigentlich?

Doms Hautfarbe konkurrierte mit dem Weiß der Bettwäsche. Seine grauen Augen sahen müde aus; er wirkte alt. Doch er grinste, als er uns hereinkommen sah, und es gelang ihm sogar, grüßend die rechte Hand zu heben.

»Simulant«, sagte ich, als ich mich zu ihm an die Bettkante setzte. Er grinste wieder, doch das schien ihn anzustrengen.

»Holt mich hier raus«, flüsterte er heiser. »Die Schwestern wollen mich umbringen.«

Anna, die ihn noch nicht gut genug kannte, sah mich fragend an.

Ich winkte ab. »Wahrscheinlich haben sie ihm das Rauchen verboten. Richtig?«

Dom nickte mürrisch.

»Davon abgesehen: Brauchst du irgendetwas?«

»Alles da. Außer Büchern. Gibt's was Neues?«

Ich erzählte ihm von den beiden Polizisten. »Wir haben versucht, dich rauszuhalten, doch die wussten es bereits. Frag mich nicht, wie sie so schnell deinen Namen herausgefunden haben. Ich tippe auf einen anonymen Anruf. Pass bei dem Älteren auf; Nowotny ist sein Name. Seine Kollegen nennen ihn Joe. Der hat Hirn. Und genug davon.«

»Dann ist er beim falschen Verein.«

»Nicht nur er«, sagte ich und klopfte ihm auf die Schulter. »Falls es notwendig sein sollte: Ich kenne eine Anwältin, die ist, glaube ich, ziemlich gut. Aber ich kann mir nicht vorstellen, dass deine Flaschenpost unter Notwehrüberschreitung fällt. Das wollen wir zumindest hoffen.«

Wir blieben etwa zehn Minuten, bis eine aufgebrachte Ärztin uns rausschmiss. Ich sagte: »Mach's gut, Kriegsheld«, und zwinkerte Dominik beim Hinausgehen zu. Draußen atmete ich zweimal tief durch. Anna legte mir ihren Arm um die Schultern.

»Was jetzt?«, fragte sie, als wir im Freien standen, im Rücken die beiden riesigen Stahlbetonquader des Wiener Allgemeinen Krankenhauses.

»Recherche. Ich habe einen Termin mit einem Alfred Koller im ›Café Eiles‹ vereinbart. Ehemaliges Opus-Dei-Mitglied. Danach werde ich mich zu Hause einbunkern und auf das Eintreffen meiner Luftunterstützung warten.«

Sie dachte einen Moment über den Inhalt meiner Antwort nach, dann sagte sie: »Du willst deinen Freund, den Einbrecher, also wirklich einspannen?«

»Roder ist der Schlüssel. Er ist der Grund, weswegen einige Leute verrücktspielen und Menschen umbringen. Zu wissen, worum es geht, könnte eine Art Lebensversicherung für uns sein.«

»Oder das Gegenteil.«

»Möglich. Ich gehe vom ersten Fall aus. Stell mir alles zusammen, was du über ihn kriegst: Daten, politische Statements, Lieblingsschauspieler, Freunde, Gewohnheiten, Haustiere, bevorzugtes Klopapier. Einfach alles. Vor allem aber seine nächsten Termine, soweit du sie in Erfahrung bringen kannst. Eine richtige Pressemappe. Ich brauche es bis heute Abend, und in diesem Fall sind deine Drähte die besseren. Wirst du das tun?«

»Ich will sehen, wie weit ich komme. Ich melde mich, sobald ich etwas Brauchbares habe. Wie heißt dein … Kombattant?«

»Sein Name ist Czerwenka. Roman Czerwenka.«

»Und was genau wollt ihr in Roders Wohnung deponieren?«

»Kein Kommentar.«

»Das bekomme ich in letzter Zeit ein wenig oft von dir zu hören, findest du nicht?«

Während ich ein heranrollendes Taxi mit einer Handbewegung stoppte, äffte ich ihren Tonfall nach: »Dann sind wir ja ein gutes Team, findest du nicht?«

Darauf blieb sie mir die Antwort schuldig, und ich begann das Gesagte zu bereuen.

Unser Fahrer schaffte es in vierzehn Minuten bis zum »Café Eiles« im achten Bezirk; angesichts der extremen Verkehrslage eine erstaunliche Leistung. Ich drückte Anna einen Kuss auf den Mund, bevor sie es schaffte, sich wegzudrehen, und stieg aus.

Ich war lange nicht mehr im »Eiles« gewesen, deshalb war der Eindruck schlicht überwältigend. Das Kaffeehaus war renoviert worden, und zwar exakt nach den Richtlinien aus dem Buch »So soll es nicht sein«. Die Stuckbögen Schokobraun, Decke und Wände in der Farbe künstlichen Vanillepuddings. Der schiefergraue Kunststoffbelag des Bodens – eine Art Granitimitat – machte das Gehen mit Gummisohlen zu einem akustischen Ereignis, das sämtliche Gäste miteinbezog; die Sitzbezüge lieferten eine Farborgie, die gelinde gesagt irritierend war. Alles in allem ein gutes Beispiel dafür, dass künstlerischer Gestaltungswille dieser Tage in Lebensbereiche eindringt, wo er wahrhaftig nichts zu suchen hat.

Obwohl ich fünf Minuten zu früh war, beantwortete der schnurrbärtige Ober meine Frage nach Dr. Koller positiv. Der Ober hieß Herr Kurt und war ehemaliger Boxer; klein, wendig und sehr zäh. Und litt unter der Hitze wie alle anderen, woraus er kein Hehl machte. »Nächster Urlaub in zwei Wochen«, verkündete er. Ich beglückwünschte ihn neidisch. Er führte mich zu einem Fenstertisch und nahm im Gehen meine Bestellung auf.

Alfred Koller war ein kleiner, pummeliger Mann um die fünfzig. Sein gerötetes Gesicht glänzte verschwitzt, die hellen Augen wurden durch dicke Brillengläser vergrößert. Der kleine Haarkranz, den ihm die Zeit gelassen hatte, war auf der linken Seite unverhältnismäßig länger gewachsen und mit der offensichtlichen Intention über den Kopf frisiert, die Glatze zu verbergen. Das war nicht geglückt. Die dunklen Strähnen hoben die rote Kahlheit geradezu magisch hervor. Er las Arno Schmidts »Enthymesis oder W.I.E.H.«, was mir für einen ehemaligen Opus-Dei-Genossen als einigermaßen befremdliche Lektüre erschien. Koller empfing mich, indem er aufsprang, die Hand zum Gruß ausstreckte und dabei seine Kaffeetasse umstieß. Kopf- und Gesichtsfarbe wurden eine Spur dunkler, als er sich wortreich entschuldigte.

»Darf ich voraussetzen, dass Ihnen die Geschichte des Opus Dei – von seiner Gründung durch den ›Vater‹ Josemaría Escrivá de Balaguer bis zu dessen Seligsprechung 1992 – zumindest in groben Zügen bekannt ist?«

Ich nickte. »Escrivá wurde des Öfteren mit Ignacio de Loyola verglichen, und die Seligsprechung war ja fast so etwas wie ein Schnellschuss.«

»Nicht nur fast. Siebzehn Jahre nach dem Tod – die schnellste Seligsprechung seit Thomas Morus. Daran mag man ermessen, welchen Stellenwert Johannes Paul II. dem Opus Dei einräumt. Und selbstverständlich daran, dass er es 1982 zur Personalprälatur erhob. Doch zurück zu Ihrer Kernfrage. Bereits mehrere Jahre vor der Gründung der unabhängigen polnischen Gewerkschaft Solidarność engagierte sich Opus Dei in Wien mit dem Ziel, ein Tor nach Osteuropa zu öffnen. Welche westliche Hauptstadt wäre dafür auch geeigneter gewesen? Von hier wurden Bibeln nach Südpolen geschmuggelt; das Opus rekrutierte Sympathisanten aus der kleinen, aber starken polnischen Exilgemeinde in Wien. Der damalige Kardinal Wojtyła stattete der österreichischen Hauptstadt Mitte der siebziger Jahre zahlreiche Besuche ab; auf diese Zeit geht auch seine Freundschaft mit Jakob Roder zurück, einem langjährigen und verdienten Opus-Dei-Mitglied. Roder lernte den zukünftigen Papst durch den Mann seiner Schwester kennen, einen Exilpolen, der es zum Großindustriellen gebracht hatte und ganz oben in der Opus-Dei-Hierarchie mitmischte, dort, wo es um das Wichtigste geht: um Geld.«

»Was bedeutet es für einen Bischof, Opus Dei anzugehören? Praktisch, sozusagen im täglichen Leben?«

Auf Kollers Gesicht machte sich Verwirrung breit, bis er die Frage begriff. »Ja, das ist ein springender Punkt. In der Hauptsache geht es wohl darum, dass er seinem Vorgesetzten – dem Regionalvikar, letztendlich aber dem Prälaten von Opus Dei – Rechenschaft ablegen muss, und das regelmäßig. Zum Zweiten darf ihm natürlich nur ein Opus-Priester die Beichte abnehmen. Damit übt das Werk ständige Kontrolle über alle seine Mitglieder aus, gleich, welchen Rang sie in der vatikanischen Hierarchie einnehmen. Ist es das, was Sie wissen wollten?«

Ich nickte, während ich mir eine Zigarette anzündete. »Ja. Übrigens: Sind die meisten Opus-Dei-Mitglieder Geistliche?«

»Überhaupt nicht«, sagte Koller, während er eine Unmenge Zucker in seinen neuen Kaffee schaufelte und mit genussvoll gespitzten Lippen das Gebräu kostete. »Das genaue Gegenteil ist der Fall. Von etwa achtzigtausend Angehörigen weltweit sind knapp zweitausend ordiniert. Sie dürfen dabei allerdings nicht die schier unglaubliche Zahl der Sympathisanten vergessen. Viele hochrangige Geistliche etwa halten es vielleicht nicht für opportun, dem Werk nominell beizutreten, sind ihm jedoch de facto – theologisch, weltanschaulich und in ihrer politischen Praxis – durchaus assoziiert. Es existiert ein System sogenannter ›Vertrauensmänner‹, die Opus Dei durch Spenden und Hilfestellungen nicht nur finanzieller Natur unterstützen. Berlusconi und Andreotti etwa waren jahrzehntelang Vertrauensmänner des Werks, was im Hinblick auf jüngste italienische Politskandale ein interessantes Schlaglicht auf die Organisation wirft.«

Nach einer kurzen Pause, die Koller dazu nützte, das verbliebene Haar in Form zu bringen, griff er den Faden wieder auf: »Jakob Roder wurde nach Polen beordert, nahm dort Kontakt mit interessierten Intellektuellen und Fachkräften auf, die als Führer einer nationalen Erneuerung Polens eingesetzt werden sollten. Einer von ihnen war Lech Wałęsa, ein junger Elektriker bei der Lenin-Werft in Danzig. Roder hatte insofern eine Schlüsselrolle inne, als sein Auftrag, die Schaffung eines starken katholischen Untergrunds, mit finanziellen Mitteln des Opus Dei bewerkstelligt werden sollte. Damals lernte er auch Pawel Daszyński kennen, einen kleinen Krakauer Priester, den er zu seinem Sekretär machte.«

Koller verschluckte sich an seinem Kaffee und wurde augenblicklich tiefrot im Gesicht, ob aus Verlegenheit wegen des Fauxpas oder aus Atemnot. Er nahm einen Schluck Wasser zu Hilfe und setzte fort: »Im Grunde war es Roder, der die Entscheidung fällte, in welche Kanäle Gelder – und wir sprechen hier von Dollarmillionen – fließen sollten und in welche nicht. Natürlich musste er Rücksprache mit der Opus-Leitung halten – was realiter bedeutet, dass er sich mit seinem Schwager und dem zuständigen Regionalvikar besprach, die seine Entscheidungen sanktionierten –, doch er war der Experte vor Ort, er bekam die wesentlichen Informationen aus erster Hand, die er nach seinem Gutdünken filterte.«

»Und hat sie offensichtlich erfolgreich verwertet.«

»Bitte? Oh ja, er war erfolgreich. Ungewöhnlich erfolgreich. 1984 berief ihn der polnische Papst in den Vatikan, wie er ja überhaupt um diese Zeit begann, Schaltstellen des Apostolischen Palasts mit Opus-Dei-Männern zu besetzen. 1991 wurde er nach Zagreb gesandt; Gerüchten zufolge waren es Roders Darstellungen, die Wojtyła dazu brachten, als erste ausländische Macht die Unabhängigkeit Kroatiens anzuerkennen, noch vor dem Eiskunstpaarlauf von Hans-Dietrich Genscher und Alois Mock. Kurz nach der Anerkennung starb Roders Schwager an einem nicht restlos geklärten Unfall auf dem Weg nach Zagreb; der frischgebackene Kurienbischof trat seine Nachfolge bei Opus Dei an. Das war übrigens auch die Zeit, als ich aus der Organisation austrat.«

»Sagt Ihnen der Name Maximilian Frank etwas?«

Koller schüttelte den Kopf und warf einen demonstrativen Blick auf seine knallbunte Plastikuhr. Dann sagte er: »Ich muss jetzt gehen. Wenn Sie mich in Ihrem Artikel zitieren wollen …«

»Ich kann Ihren Namen raushalten.«

»Ganz im Gegenteil. Ich würde es begrüßen, wenn Sie meinen Namen erwähnten.«

Ich fragte nicht, warum er das begrüßen würde. Vielleicht hatte er noch eine Rechnung zu begleichen. Während ich Herrn Kurt heranwinkte, sagte ich: »Zwei kurze Fragen noch. Wie wahrscheinlich ist es, dass Daszyński sich vor seinem Tod an eine Journalistin wandte und damit sozusagen Verrat an Roder beging? Und wenn es so war, was könnte ihn dazu bewogen haben?«

Koller zuckte die runden Schultern. »Möglich wäre das schon. Man sagt, dass es mit dem Verhältnis der beiden in letzter Zeit nicht zum Besten stand. Aber warum? Da könnte ich nur vermuten.«

»Und in welche Richtung würden Ihre Vermutungen gehen, Herr Doktor? Nein, lassen Sie das bitte mich übernehmen«, sagte ich, als er seine Brieftasche hervorholte.

Voller Unbehagen sagte Koller: »Roder wurde und wird von vielen vorgeworfen, er sei für einen kirchlichen Würdenträger zu ... nun, zu weltlich. Pawel Daszyński war ein Fanatiker, dem diese Entwicklung Roders nicht gefallen konnte. Aber wie gesagt – das sind bloße Vermutungen.«

Wir schüttelten einander die Hände. Ich deutete auf den Arno Schmidt und sagte: »Wissen Sie übrigens, was die Buchstaben ›W.I.E.H.‹ im Titel bedeuten?«

Er strahlte mich an. »Das wollte ich schon längst wissen.«

Ich sagte es ihm und wandte mich zum Gehen. Und plötzlich fiel mir eine dritte Frage ein. »Wie hieß eigentlich der Schwager?«

»Der Schwager? Ach so, ja. Roders Schwager. Sein Name war Wysocki. Karol Wysocki.«

Man muss flexibel sein. Nach diesem Leitsatz stieß ich ohne Zögern meine Tagesplanung um. Um zwölf Uhr einundzwanzig rief ich vom Kaffeehaus Helga Maculan beim Meldeamt an, eine gute Bekannte, von der ich hin und wieder mit Informationen gefüttert wurde, und bat sie um einige Auskünfte. Sie teilte mir mit, ich hätte Glück, sie wollte gerade Mittagspause machen. Als ich mit meiner Liste durch war, fragte Helga: »Bist du verrückt?«

»Wieso?«

»Schon mal von Datenschutz gehört?«

»Das gibt es wirklich?«

Durch den Hörer drang ein langer Seufzer. »Hör zu, Paul. Einmal angenommen, ich tu es, nur einmal angenommen, verstehst du? Dann bleibt die Schwierigkeit, dass das alles überhaupt nichts mit meiner Abteilung zu tun hat; zum Teil nicht einmal mit dem Amt.«

»Natürlich, Helga, ganz klar. Lass uns in Ruhe darüber

nachdenken. Hmm ... stell dir vor, da fällt mir doch tatsächlich etwas ein. Eine sehr nebulose Idee, ich gebe es zu, doch wer weiß ... Ihr habt doch diese zentrale Datenbank mit einer Hotline zum Server der Allgemeinen Unfallversicherungsanstalt, kurz AUVA. Die mit den fetten Skandalen in jüngster Zeit, du erinnerst dich? Das ist doch alles ungeheuer praktisch, oder? Mir ist schon klar, dass ich über diese Direktleitung eigentlich gar nichts wissen dürfte, genauso wenig wie über eure großartigen Kontakte zu den wichtigsten Banken, zum Kreditschutzverband et cetera. Denn *das* ist eine echte Verletzung des Datenschutzgesetzes. Aber keine Sorge. Bei mir ist euer kleines, dreckiges Geheimnis sicher aufbewahrt. Außerdem ist diese wüste Geschichte vielleicht ohnehin bloß erfunden. Sie wurde mir übrigens einmal – *off the record* sozusagen – von einer nicht mehr ganz nüchternen –«

»Du mieser Erpresser!«

»Höre ich Resignation?«

»Nur ohnmächtige Wut. Du schuldest mir noch einen Gefallen, wenn ich dich daran erinnern darf.«

»Dann sind es jetzt zwei. Und da ist noch etwas: Ich brauche das alles spätestens heute Abend.«

»Du bist wirklich verrückt. Heute ist Freitag ...«

»... und du bist Staatsbedienstete, ich weiß. Schaffst du's trotzdem?«

Ich gab ihr meine Faxnummer, bestätigte, dass ich noch tiefer in ihrer Schuld stand, und legte den Hörer in die Gabel. Ich wartete ab, bis der altertümliche Apparat das Gesprächsende registriert hatte, und wählte dann Sergej Markows Nummer. Er fluchte; ich hatte ihn aus der Dusche herausgeläutet. Ich schilderte ihm mein Problem.

»Das kann man nicht so leicht beantworten«, sagte er.

»Auch nicht als ehemaliger Irrenarzt?«

»*Wenn* du die Symptome richtig beobachtet hast – immerhin bist du Laie – und *wenn* das Ereignis, das du vermutest, tatsächlich stattfand und in einem bestimmten Entwicklungsstadium geschehen ist, dann besteht die vage *Möglichkeit*, dass es eine Krankheit ausgelöst hat, die der Psychiatrie seit etwas mehr als einem Jahrzehnt bekannt ist. Der österreichischen Schulmedizin übrigens noch immer nicht. Habe ich mich klar ausgedrückt?«

»Nein.«

»Das wird am Telefon auch nicht möglich sein. Zum Teufel, das, woran ich denke, hat erst seit Kurzem einen Namen.«

»Sagst du mir den Namen?«

Wie erwartet hörte ich den Begriff zum ersten Mal.

»Ich nehme an, die Sache ist dringend.«

Das konnte ich bestätigen.

»Gehen wir essen.«

Es war zwölf Uhr zweiunddreißig. Die beiden Telefonate hatten mich dreiundzwanzig Schilling gekostet. Wir verabredeten uns für dreizehn Uhr in Gadis Bar.

Für Freitagmittag war die Stadt geradezu leer und ausgestorben. Jeder, der es sich irgendwie einrichten konnte, war entweder auf Urlaub oder gestern Abend ins verlängerte Wochenende gefahren. Das Gewitter hatte die Lage noch verschlimmert. Anstatt den Dreck fortzuspülen, hatte das bisschen Regen nichts anderes getan, als die Luftfeuchtigkeit noch weiter zu verstärken und damit die ohnehin erhöhten Ozon- und Kohlendioxidwerte so richtig zur Geltung zu bringen. Mit der elektrischen Entladung war der Luft der Stecker rausgezogen worden, kraftlos stand sie unter der Dunstglocke wie ein zäher, rastender Teig, der darauf wartete, in den Backofen geschoben zu werden. Was wohl nicht allzu lange dauern würde.

Als ich, die Jacke über die rechte Schulter geworfen, die Freyung hinunterschlenderte, war ich mir sicher, dass sie mir folgten. Zum ersten Mal hatte ich sie im Rathauspark bemerkt, doch da hatte ich sie noch für das gehalten, was sie darstellen wollten. Nicht dass sie besonders auffällig gekleidet waren.

Beide trugen sie nicht zu neue Markenjeans und weiße Poloshirts, und der größere von beiden hatte sogar eine von diesen lächerlichen Bananentaschen um den Bauch geschnallt, die zur Uniform von Touristen auf der ganzen Welt zählen, ganz gleich, woher sie kommen. Würden Sie zu Hause mit so etwas durch die Gegend laufen? Eben. Aber in Alanya oder Mallorca tun Sie's.

Touristen bleiben stehen und sehen sich ein Gebäude oder eine Auslage an; sie versuchen, anhand von Stadtplänen ihren Standort ausfindig zu machen; sie verschwinden in Geschäften, um dort ihre Devisen loszuwerden und damit die heimische Volkswirtschaft zu stärken. Das Problem mit den beiden war, dass sie nichts dergleichen taten. Dass sie zielgerichtet dorthin gingen, wo auch ich hinging, ganz gleich, wo das sein mochte und welchen Weg ich einschlug.

Ich betrat die Trafik neben dem italienischen Eisgeschäft, von dessen Sitzen die Gäste einen tollen Blick auf das Portal des Kunstforum Bank Austria haben, und kaufte mir eine Schachtel Zigaretten. Als ich die Trafik verließ, standen die beiden vor der Gelateria und warteten. Eis hielten sie keines in der Hand, das Portal des Kunstforums schien sie nicht zu interessieren. Sie standen nur da und warteten auf das Einzige, das sie hier und jetzt interessierte: auf mich. Dass sie zu Mittag auf offener Straße etwas unternehmen würden, damit rechnete ich nicht. Und das war ein Fehler.

Neben dem Pfeifengeschäft auf dem Heidenschuss öffnet sich eine kleine Schaufenstergalerie. Manchmal stehen Leute drin, aber eigentlich nicht besonders oft, denn in den Schaufenstern sind Fahnen und Wimpel ausgestellt, und die haben ihre besten Tage hinter sich. Ich hatte nicht vorgehabt, die Galerie zu betreten, doch ein kräftiger Stoß in meinen Rücken änderte meine Pläne. Ich stürzte vorwärts, fing mich mit den Händen an einer Glasscheibe ab und wirbelte herum.

Bananentasche war ein eins achtzig großer, feister Blondling mit wässrigen blauen Augen. Ein Wiener Siegfried, dessen große Zeit vorbei war, ehe sie angefangen hatte. Schon begann er, um die Mitte Fett anzusetzen; Tränensäcke, Krähenfüße, geplatzte Äderchen und ein gieriger Zug um die dicken Lippen verliehen dem ehemaligen Bubengesicht etwas, das manche Leute möglicherweise mit Charakter verwechselt hätten. Früher einmal war er ein harter Straßenschläger gewesen, der zum Frühstück altes Eisen kaute; jetzt sah man, dass ihn die Jahre bequem gemacht hatten und dass zu viel Koks und hin und wieder statuierte Exempel an uneinsichtigen Huren als Trainingsprogramm lange nicht so effizient waren wie die Revierkämpfe im Prater in der guten alten Zeit. Aber auch wenn über den alten Eisenknochen eine schwammige Schicht lag, bildeten seine Fäuste noch immer zwei kompakte, bedrohliche Vorschlaghämmer.

Sein Compadre war vier oder fünf Zentimeter kürzer. Dafür war *dieser* Gentleman offenbar soeben aus einem Bodybuildermagazin herausgestiegen. An ihm war nichts Weiches, vom Kopfinhalt einmal abgesehen. Er war schwarzhaarig und sah nach ehemaligem Ostblockboxer aus. Er deckte nach draußen ab, während Bananentasche mit mir beschäftigt war. Taktisch naheliegend. Drei Seiten Auslagen, da kommt man nicht durch. Also die vierte Seite versperren und den Kunden bedienen. Klingt nach dem richtigen Ort für einen schnellen, sicheren Job. Weil sie nicht wussten, was ich wusste.

Bananentasche drängte mich an die Rückwand und sagte: »Kein Gequatsche, keine Ausreden, keine Sprüche. Gib her, was du hast, Kleiner, und du behältst dein Gebiss. Vielleicht.«

Ganz egal, aus welchen Löchern sie gekrochen kommen, es existieren dort Kabelfernsehen und Satellitenschüsseln, und daher haben sie ihre Dialoge. Ich gab ihm, was ich hatte. Ich trat ihm das rechte Knie mit voller Wucht in die Eier. Im selben Augenblick schlug ich ihm die linke Faust in einer Geraden so aufs Nasenbein, dass ich es knirschen hörte und ein Schmerz in meine Knöchel fuhr, der mich aufstöhnen ließ.

Bananentasche vollführte zwei entgegengesetzte Bewegungen gleichzeitig. Er knickte ein und katapultierte sich nach hinten. Das mag ein Verstoß gegen die Gesetze der Schwerkraft sein, doch das war ihm egal. Er hatte so oft gegen Gesetze verstoßen, dass es auf dieses eine Mal auch nicht mehr ankam. Er krachte gegen seinen Partner, warf ihn um und ging selbst zu Boden, wo er wimmernd liegen blieb.

Ich griff mit der schmerzenden Linken nach hinten, dorthin, wo ich wusste, dass die Klinke war, fand sie, drückte sie nieder und zog an. Die Auslage samt Inhalt schwang zur Seite, ich schob mich durch den Spalt und zog hinter mir wieder zu. Dann durchquerte ich mit drei Sprüngen den winzigen Innenhof, stieg durch ein offenes Gangfenster ins Haus und verließ es durch das Tor in der Naglergasse. Ich rannte bis zum Graben, dort hielt ich keuchend an und sah mich um. Im Prater mochten sie jede Schiffrinne kennen – in der Innenstadt waren sie eben doch nur Touristen. Ich hatte sie abgehängt.

Souverän, als würden nicht zwanzig verschwitzte Gäste nach ihren Getränken hecheln, trat Gadi aus seinem Allerheiligsten in den Schankraum, gab nebenbei einer sehr jungen, fast naturblonden Kellnerin knappe Direktiven und überreichte mir den Umschlag.

»Du bist sicher, dass du das wieder zurückhaben willst?«

»Woher weißt du denn, was drin ist?«

»Ich weiß gar nichts.«

»Die Haltung eines Profis. Ich such mir einen Platz im Freien.«

Als ich meinen Claim abgesteckt hatte, zündete ich mir eine Zigarette an und betrachtete nachdenklich meine linke Hand. Die Knöchel waren aufgeschürft, und eine leichte Schwellung erhob sich. Jede Fingerbewegung tat weh, doch das war nichts im Vergleich zu dem, was Bananentasche jetzt durchmachte. Und dieser Gedanke war tröstlich.

Um zwölf Uhr neunundfünfzig nahm Sergej Markow mir gegenüber Platz. Wir bestellten beide Tagliatelle all'arrabiata und aßen schweigend. Als wir fertig waren, sagte er: »Erzähl es noch einmal.«

Sergej betrachtete das Foto eingehend und ohne eine Miene zu verziehen. Ich suchte in seinem Gesicht nach einer Reaktion – einer unwillkürlichen Muskelbewegung, dem Flattern eines Lids, dem Zucken eines Nervs –, doch bis auf ein langsames zweimaliges Nicken kam keine. Schließlich gab er mir das Bild zurück; ich schob es in den Umschlag zu den anderen.

Ich sagte: »Nun?«

Sergej strich sich mit dem Daumennagel den Schnurrbart glatt. »So einfach ist das nicht«, sagte er schließlich. »Natürlich kann so etwas der Auslöser – oft auch die Ursache – sein. Meistens ist es ja Gewalt, in jeder möglichen Form, und am häufigsten sexuelle. Allerdings in einem sehr frühen Stadium. Fast immer ist der Täter ein nahes Familienmitglied.«

»Männlich?«

»In neunundneunzig von hundert Fällen. Und wenn wir schon bei Zahlen sind: Einer unter fünf Männern denkt beim Sex an Kinder.«

»Was?«

»Du hast richtig gehört. Sex mit Minderjährigen ist keineswegs nur eine Randerscheinung, wie man der Öffentlichkeit gerne weismachen möchte. Und kommt in allen Gesellschaftsschichten vor. Je jünger das Kind, desto schwieriger die Therapie. Das Mädchen auf dem Foto ist – wie alt? Zehn? Elf? Warum nimmst du an, dass etwas vergleichbar Traumatisches der Frau, von der du sprichst, in gerade diesem Alter passiert ist?«

»Weil das Schwein, das du auf dem Bild gesehen hast, dieses Alter bevorzugt.«

»Und wie groß schätzt du die Wahrscheinlichkeit ein, dass er die Frau als zehnjähriges Kind kannte?«

»Ich würde sie auf genau hundert Prozent schätzen. Er ist ihr Onkel.«

»Hat sie dir erzählt.«

»Hat sie vergessen, mir zu erzählen.«

Sergej starrte mich an, als wollte er etwas sagen, dann überlegte er es sich anders und sagte nur: »Ein später Zeitpunkt.«

»Aber es könnte sein?«

»Ich weiß nicht. Ja. Kann sein. Die Forschung ist da noch nicht sehr weit. Früher warf man so was – soweit man es überhaupt sah – alles in einen Topf und nannte es Schizophrenie.«

»Aber es ist etwas anderes?«

»Es ist etwas anderes.«

»Und der Fachbegriff dafür ist ...?«

»Multiple Persönlichkeitsstörung. Oder Dissoziative Identitätsstörung. Solche Menschen tragen mehrere gänzlich verschiedene Persönlichkeiten in sich. In einem gewissen Rahmen tut das natürlich jeder, nur können sogenannte normale Menschen diese Vielheit, oder wie man es nennen will, im Großen und Ganzen kontrollieren und mit der Wirklichkeit koordinieren. Um keine Missverständnisse aufkommen zu lassen: Multiple spielen nicht, sie *sind*. Manche dieser ›Menschen im Menschen‹ kennen einander, haben Bezug zueinander, andere nicht. Es kann vorkommen, dass Peter sich einen Termin mit dir ausgemacht hat, von dem Fritz nichts weiß, weil er Peter nicht kennt. Du besuchst Peter wie vereinbart, doch er ist nicht da, weil er in diesem Moment gerade nicht existiert. Statt seiner sitzt Fritz im Kaffeehaus um die Ecke und kümmert sich einen Dreck um irgendwelche Verabredungen, die er nicht getroffen hat. Das ist einer der Gründe, warum multiple Persönlichkeitsstörungen so schwer therapierbar sind. Denn irgendwann kommt bei jeder Therapie der Punkt, wo es schmerzhaft wird. Und Multiple reagieren auf Schmerz, Verletzung und Angst immer gleich: Sie flüchten sich in eine andere Persönlichkeit.«

»Verändern ihr Aussehen?«

»So weit es möglich ist, ja. Und man würde staunen, wie weit das gehen kann. Kein Schauspieler würde den Rollenwechsel so hinkriegen. Was daran liegt, dass es keine Rollen sind. Es ist Realität. Wahnhafte, kranke Realität, aber Realität.«

»Wie sieht ein typischer Multipler aus?«

»Den gibt es nicht.«

»Dann nenn mir einfach ein paar statistische Annäherungswerte.«

»Der Großteil aller Multiplen sind Frauen. Vielleicht, weil eben mehr Frauen als Männer in ihrer Kindheit missbraucht werden, vielleicht aber auch, weil sie eher therapiebereit sind und damit überhaupt erst statistisch erfasst werden können. Man weiß es nicht. Insgesamt sind Multiple überdurchschnittlich intelligent, kreativ begabt, phantasievoll und sensibel – aber das sind Künstler, zum Beispiel, auch, und es besagt nicht viel, höchstens, dass man über ein Mindestmaß an Hirn und Herz verfügen muss, um allein die logistischen und organisatorischen Voraussetzungen für diese Krankheit mitzubringen. Was natürlich wiederum eine relativ günstige Ausgangssituation für die Heilung darstellt.«

»Gibt es eine Heilung?«

Sergej zog die Brauen zusammen. »Was willst du hören, Paul?«

»Alles, was der Fall ist.«

»Es gibt sie. In seltenen Fällen. Nach extrem langwieriger, aufreibender Zusammenarbeit von Arzt und Patient. Wenn die Bereitschaft da ist. Wenn das akute Umfeld des Multiplen durch Sicherheit, Toleranz, Güte und Gesprächsbereitschaft gekennzeichnet ist.«

»Friede, Freude, Sonnenschein? Wer kann sich so ein Umfeld leisten? Das kostet Geld. Viel Geld.«

»Willst du über die Schlechtigkeit der Welt im Allgemeinen diskutieren?«

»Schon gut.«

»Ich sage nicht, dass jeder Streit ausgesperrt werden muss. Aber die Konfliktfähigkeit ist bei multiplen Persönlichkeitsstörungen herabgesetzt, und das wird sie immer bleiben.«

»Eins noch, Sergej. Was könnte bei einem bereits geheilten Multiplen die Krankheit wieder zum Ausbruch bringen?«

»Gewalt. Aggressive Konfrontation mit den Aspekten der Vergangenheit, die die Krankheit verursacht haben.«

Vielleicht kennen Sie jenes Gefühl, das einen beschleicht, wenn man, den Schlüssel bereits in der Hand, vor seiner eigenen Wohnungstür steht und feststellt, dass man ihn gar nicht braucht. Dass die Tür bereits offen ist. Für mich war das Gefühl neu, und ich legte es als wiewohl interessante, so doch keineswegs angenehme oder gar unverzichtbare Erfahrung in meinem geistigen Setzkasten ab.

Ich stieß die Tür ganz auf und tat einen schnellen Schritt hinein, den Schlüsselbund jetzt auf eine Weise in der Hand, als wäre er sechsschüssig und waffenscheinpflichtig. Leise durchquerte ich Vorzimmer, Wohn- und Schlafzimmer, ohne ganz verhindern zu können, dass das alte Parkett unter meinen Schritten knarrte. Zum Apachen muss man geboren sein, Bleichgesicht. Ich benötigte wenig mehr als vier Minuten, um festzustellen, dass sich außer mir niemand in der Wohnung aufhielt. Ich registrierte die neuen Kratzspuren auf dem Schloss, drückte die Tür zu, bis sie einschnappte, und griff zum Telefon. Ich wählte Annas Nummer, wartete voller Ungeduld den kurzen Text ihres Anrufbeantworters ab und sagte nach dem Pfeifton: »Komm sofort zu mir. Nimm ein Taxi.« Ich suchte mir die Nummer ihrer Redaktion heraus, ließ mich in ihr Ressort durchstellen und mir von einer gestressten Sekretärin versichern, dass Anna mich zurückrufen würde, sobald sie dort eintraf. Wann das sein würde? Keine Ahnung. Erst dann machte ich einen Rundgang und inspizierte das Chaos, das sie hinterlassen hatten.

Nicht dass es mutwillig ausgesehen hätte. Zumindest nicht so, als wären sie richtig wütend geworden und hätten die Wohnung zwecks Wiedererlangung ihrer Contenance kurz und klein schlagen müssen. Vielleicht wollten sie damit – wie auch mit der offen gelassenen Tür – auf kameradschaftliche Art zum Ausdruck bringen: Schau, uns ist es völlig egal, dass du weißt, dass wir hier waren; wir haben nichts zu verbergen. Du allerdings auch nicht, zumindest nicht das, wonach wir suchen, zumindest nicht hier, wo wir gesucht haben, und deshalb sollst du ruhig ein bisschen was zu tun bekommen. Klar, Arschloch?

Das war eine sehr verständliche und zutiefst menschliche Art, auf Misserfolg zu reagieren. Wir finden nichts, und weil uns das ärgert, ärgern wir den alten Mazurka. Allerdings war diese Reaktion völlig unprofessionell. Und das brachte mein Gehirn in Gang. Toms Studio war von Profis durchsucht worden. Meine Wohnung hatte sich gestern Emma Peel vorgeknöpft, und die war durch und durch Profi. Sie hatte nichts gefunden. Welchen Sinn ergab es, Amateure hinterherzuschicken, wenn die Elite nichts erreicht hat? Keinen. Oder doch? Irgendetwas stimmte hier überhaupt nicht.

Es kostete mich etwas mehr als zwei Stunden, die Wohnung in akzeptablen Zustand zu bringen. Wichtige Orte wie Kühlschrank, Spülkasten im Klo, Schmutzwäschedepot oder Tischunterseiten hatten sie völlig ausgelassen. In der Hauptsache waren sie an meinem Archiv, dem Schreibtischinhalt und dem Kleiderschrank interessiert gewesen. Kaum die Stellen, wo ich etwas verstecken würde. Und dass ich nach den Vorkommnissen der letzten Tage das, was sie bei mir vermuteten, verstecken würde, davon mussten sie ausgehen.

Um sechzehn Uhr vierzehn setzte ich mich an den Computer, und da kam Helga Maculans Fax. Es enthielt alle Informationen, auf die ich gehofft, und einige, mit denen ich nicht gerechnet hatte. Karol Wysocki, polnischer Emigrant, österreichischer Staatsbürger seit 1962, Großindustrieller mit Wohnsitz in Wien, war am 15. Januar 1992 in der Nähe von Zagreb bei einem Autounfall ums Leben gekommen. Ursache: wahrscheinlich menschliches Versagen; es existierten, so hatte Helga handschriftlich vermerkt, in Österreich keine Unterlagen über den Unfallhergang. 1964 hatte er seine Frau Alma geehelicht, eine geborene Roder, jüngere Schwester des Kurienbischofs Jakob Roder. Aus dieser Ehe war 1967 eine

Tochter Anna hervorgegangen. Ich rief Helga Maculan an, um mich für die prompte Hilfe zu bedanken, doch unter ihrer Durchwahl hob niemand ab.

Dann wandte ich mich wieder dem Computer zu, um das Schadensausmaß auf diesem Sektor festzustellen. Es lag bei null. Keine Dateien gelöscht, keine verschoben. Auch kein böse tickendes Bomben-Icon, das dir mitteilt, ganz gleich, was du auch unternimmst, in fünf Sekunden wird deine Festplatte zwangsformatiert. Ich ließ einen Virenkiller darüberlaufen, doch er fand nichts. Und während ich darüber nachdachte, warum alle diese Tatsachen zusammengenommen nichts ergaben, was auch nur annähernd logisch oder sinnvoll aussah, spürte ich Roman Czerwenkas Anwesenheit. Vielleicht roch ich aber auch nur das unverwechselbare Aroma einer filterlosen Flirt.

Wie hatte er es geschafft, bis zum Arbeitszimmer vorzudringen, ohne das Parkett auch nur ein einziges Mal zum Knarren zu bringen? Ich weiß es bis heute nicht. Vielleicht war er heimlicher Apache. Er stand in der Tür zum Wohnzimmer und sah mich mit leicht schief geneigtem Kopf aus scharfen grauen Augen an, ruhig und mit einer stillen, gelassenen Neugier, wie ich sie so ausgeprägt noch nie an einem anderen Menschen gesehen hatte; ein kleiner, schlanker Mann unschätzbaren Alters, dem eine filterlose Zigarette im Mundwinkel hing.

Er sagte: »Jemand hat vor Kurzem Ihr Türschloss geknackt. Ein Stümper.«

Ich nickte. Und dann musste ich doch grinsen und sagte: »Danke, dass Sie gekommen sind. Wie wär's mit Tee? Assam?«

»Assam wäre gut«, sagte er mit einem dünnen, papierfeinen Lächeln, das die Position seiner Zigarette um keinen Millimeter veränderte. »Und ich würde gerne Musik hören, falls Sie nichts dagegen haben. Laute Musik.«

Roman Czerwenka hatte sich mir am Morgen des 17.3.1983 in exakt dem Augenblick vorgestellt, als sich die Tür zu der

Zelle hinter mir schloss, die wir für die nächsten drei Wochen teilen würden. Er war aufgestanden und hatte mich mit der eigentümlichen Höflichkeit begrüßt (er war als Einziger mit allen Häfnbrüdern per Sie), die ihn anscheinend nie verließ, in keiner Situation und keinem Menschen gegenüber. Dann hatte er mir in einem neun- oder zehnsekündigen, fraglos aber vollständigen Vortrag alle Regeln aufgelistet, deren Befolgung es mir ermöglichen sollte, die drei Wochen im Gefängnis so zu verbringen, als handle es sich dabei um ein Klausurseminar. Genau genommen war es nur eine Regel, und sie lautete wörtlich: »Merken Sie sich meinen Namen. Wenn Sie in Schwierigkeiten geraten, berufen Sie sich auf mich.« Sie hatte sich als goldene Regel erwiesen.

Wir saßen nicht in Stein, wo man die wirklich schweren Fälle von der Gesellschaft isoliert; dies war ein ruhiges Gefängnis, ein geradezu nettes Gefängnis (gemessen an Standards, die man lieber gar nicht kennen will), dessen Publikum in der Mehrzahl aufgrund von Eigentumsdelikten wie Diebstahl, Betrug, Einbruch und Ähnlichem einsaß. Dennoch hatte, wie jede andere, auch diese Gemeinschaft Kodizes und Gesetze, und der Verstoß dagegen war wie überall unter Strafe gestellt. Selbstverständlich herrschte auch hier eine Hierarchie (wenn auch keine ganz so strenge wie etwa unter Bankbeamten, Friseuren oder gar in der Kirche); und wenn es einsichtig und logisch war, dass ein junger Neuling an deren unterstem Ende stand, so war es eine wesentlich komplexere Aufgabenstellung, herauszufinden, warum ein so ruhiger, friedliebender und zurückgezogener Mann wie Roman Czerwenka auf diesem lautstarken Set Regie führte. Zu komplex, um sie in drei Wochen zu lösen.

Bereits nach kurzer Zeit erhielt ich jede Menge Jobangebote, die samt und sonders darauf hinausliefen, als Ghostwriter oder gar als einzig autorisierter Verfasser die unglaublichen Biografien von Fälschern, Nebenerwerbszuhältern, gescheiterten Strohmännern und reisenden Betrügern zu schreiben, ja, einer wies von vornherein jegliche falsche Bescheidenheit von sich und entschied, dass als einzig adäquates Medium für die Geschichte seines ereignisreichen Lebens ein Hundertzwanzig-Minuten-Spielfilm-Drehbuch in Frage käme, und machte sich erbötig, nicht bloß als Co-Autor und Hauptdarsteller zu fungieren, sondern auch als Regisseur. (Er konnte, wenn ich mich recht erinnere, eine nicht sonderlich lange Karriere als Kanalräumer und Müllabfuhrbediensteter für sich verbuchen, bevor er ins Charakterfach des Scheckfälschers, Einbrechers, Bankräubers und Quartalhäfenbruders gewechselt hatte.) So verging die Zeit wie im Flug, bis sich mir eine reale Aufgabe stellte.

Eine Amnestie rückte in nähere Entfernung, und alle, deren Strafausmaß den Aufwand lohnte, formulierten hektisch ihre Gesuche. Und so kam ich hinter Czerwenkas bislang wohlgehütetes Geheimnis: Er war Analphabet. Präzise gesagt, war er funktionaler Analphabet, denn er schaffte es mit viel gutem Willen, die Zeitung zu buchstabieren; nur benötigte er dafür einen Tag. Schreiben konnte er drei Worte: seinen Vornamen, seinen Nachnamen und den Vornamen seiner verstorbenen Frau. Nachdem ich sein Gesuch verfasst hatte (tatsächlich wurde es schließlich angenommen), überzeugte ich ihn davon, dass dieser Zustand unter der Anleitung und tätigen Mithilfe des bekannten Biografen der Strafanstalt für ihn leicht zu ändern sei. Als schließlich meine Zeit abgelaufen war, nahm ich bei meinen wöchentlichen Besuchen seine Hausaufgaben entgegen, um ihm nebst Büchern, Assam und Flirt filterlos neue zu übergeben. Am Schluss las er fast problemlos Hemingway und Jack London in deutscher Übersetzung und konnte seine Gesuche selber schreiben. Allerdings kam er nie mehr in eine Situation, die das von ihm verlangt hätte. Nicht dass er seinen Beruf an den Nagel gehängt hätte. Er wurde einfach besser darin. Als er im Zuge der Amnestie vorzeitig entlassen wurde, machte er mich mit einer weiteren Regel bekannt. Er sagte: »Wenn Sie in Schwierigkeiten geraten, rufen Sie mich.«

»Ich lese Ihre Artikel«, sagte Czerwenka, während er sich Tee nachgoss und eine Zigarette ansteckte. Er hatte nach kurzem Stöbern eine CD ausgewählt, die er etwas über Zimmerlautstärke abspielte. John R. Cash sang *»San Quentin, you've been living hell to me«*, im Hintergrund das zustimmende Gebrüll der Sträflinge.

»Und? Mögen Sie sie?«

»Manche mehr als andere. Besonders gut gefiel mir gestern das Interview mit Bischof Immermann.«

»Nun ... das stammt eigentlich nicht wirklich von mir.«

»Nicht? Wie schade.« Er musterte mich nachdenklich, dann grinste er plötzlich. »Sie sind jung geblieben.«

»Äußerlich. Nur äußerlich.«

Czerwenka schwieg eine Zeit lang, dann sagte er: »Wir sollten daran denken, Ihr Türschloss auszuwechseln. Ich könnte mir vorstellen, dass es Ihre Arbeit beeinträchtigt, wenn fremde Leute in Ihrer Wohnung ein und aus gehen. Ich habe eine Auswahl an Modellen, die sind wirklich sehr, sehr sicher. Geradezu unglaublich sicher.«

»Sogar vor Ihnen?«

»An schlechten Tagen ... wer weiß?«

»Arbeiten Sie neuerdings als Schlosser?«

»Eigentlich nicht. Nur in besonderen Fällen. Darf ich Ihnen Tee nachschenken? Und dann, wenn Sie mir den Vorschlag gestatten, erzählen Sie mir alles, was ich wissen muss.«

Alles, was er wissen musste – das war wenig und viel zugleich. Viel, weil ich ihn mit jedem Satz in eine Sache hineinzog, die nicht seine war, und wenig, weil ich gerade von den Details, die Czerwenka wissen musste, selbst zu wenig hatte. Er hörte zu und machte sich an einigen Stellen – so sah es zumindest für mich aus – im Geist Notizen. Schließlich, als ich nicht mehr weiterwusste, lehnte er sich zurück, drehte den Kopf leicht zur Seite, wie er das immer tat, wenn er überlegte, und fragte: »Bis wann können Sie die Informationen besorgen?«

»Ich rechne in den nächsten drei Stunden damit.«

»Gut.« Czerwenka nickte langsam, als hätte er einen Entschluss gefasst. »In dieser Zeit werde ich mich um die nötige Ausrüstung kümmern. Wenn jemand über die Möglichkeiten verfügt, Ihr Telefon zu überwachen, dann kann er genauso gut die ganze Wohnung abhören.«

»Deshalb die Musik?«

»Eine einfache Vorsichtsmaßnahme. Die wirklich raffinierten Systeme kann man damit allerdings auch nicht überlisten. Das werden wir zuerst überprüfen. Dann können wir uns an die detaillierte Planung machen.«

»Ich werde mir hier in der Nähe ein Lokal zum Abendessen suchen. Falls ich noch nicht zurück sein sollte, wenn Sie kommen …«

Wieder ein dünnes Grinsen. »Dann mach ich mich eben inzwischen schon an die Arbeit.« Er erhob sich und reichte mir die Hand. Ich ergriff sie, und dann kam mir ein beunruhigender Gedanke.

Ich sagte: »Da wäre noch etwas.«

Czerwenka senkte zustimmend den Kopf.

»Können Sie mir eine Waffe besorgen?«

Das Grinsen verschwand, als hätte es ein plötzlicher Regenschauer aus Czerwenkas Gesicht geschwemmt; der Blick aus den klaren grauen Augen wirkte jetzt kühl, fast kalt, als er sagte: »Sie wissen, was ich von Waffen halte.«

Ich bestätigte mit einem Nicken. »Ich würde Sie nicht darum bitten, wenn es mir nicht ernst wäre.«

Czerwenka legte den Kopf schief. »Können Sie überhaupt damit umgehen?«

»Erinnern Sie sich nicht, weshalb ich 1983 drei Wochen lang Ihre Gastfreundschaft – und natürlich die der Republik – in Anspruch nehmen musste?«

Und dann kehrte es zurück, das Grinsen. »Das hatte ich tatsächlich vergessen«, sagte Czerwenka kopfschüttelnd, ob über seine partielle Gedächtnisschwäche oder über den Grund für meinen kurzen Gefängnisaufenthalt, war nicht herauszufinden. »Und haben Sie in den letzten zwölf Jahren etwas … Vergleichbares unternommen?«

»Das nicht. Aber es ist damit so ähnlich wie mit dem Radfahren. Man kommt aus der Übung, aber man verlernt es eigentlich nie.«

»Ich werde mich darum kümmern. Das kann allerdings dauern.«

»Wie lange?«

»Sagen wir: bis morgen. Der Tee war übrigens hervorragend. Sie müssen mir bei Gelegenheit Ihre Quelle verraten.«

Um neunzehn Uhr zehn, etwa zwei Stunden nach Czerwenkas Abgang, ertönte die Türglocke. Erfreulich, dass hin und wieder doch noch Leute zu den guten alten Methoden griffen, wenn sie einen besuchen wollten. Vielleicht ist der wahre Grund dafür, dass die meisten Menschen Konventionen für wichtig ansehen, einfach der, dass ihre Einhaltung so beruhigend wirkt.

Anna sah nicht beruhigt aus. Tatsächlich war sie unter dem leichten Make-up blass und abgespannt, und die Ringe unter ihren Augen ließen sich nicht mehr ganz wegretuschieren. Ich umarmte sie, spürte, wie sie sich für eine Sekunde entspannte, und sagte: »Lass uns essen gehen.«

Sie reichte mir eine rote Flügelmappe und sagte: »Paul, ich möchte –«

»Psst«, unterbrach ich sie und machte eine raumumfassende Geste. Ich nahm Anna bei der Hand, warf die Tür hinter mir zu und fand es zuerst bedenklich, dann aber doch vorwiegend erheiternd, dass mir nicht einmal der Gedanke kam, die Wohnung abzuschließen. Wir entschieden uns für ein Beisl, das eine Gehminute und zwei Gassen weiter hinter der Karmeliterkirche lag und »Zum Reichsapfel« hieß. Besser gesagt entschied *ich* mich für diese Örtlichkeit, hauptsächlich wegen der Nähe und der Ruhe, die dort herrschte. »Zu ruhig«, pflegte der Besitzer immer zu sagen, wie der alte Scout im Western, kurz bevor die Komantschen mit Kriegsgeheul hinter den Felsen hervorbrechen. Tatsächlich stammte das einzige Kriegsgeheul, das man dort hin und wieder hören konnte, von einem alten Jagdhund, der das ganze Jahr über friedlich hinter einem noch älteren Kanonenofen lag und Knochen zählte. Kamen zu wenig Gäste, fielen zu wenig Knochen ab; dann heulte er.

Auf dem Weg zum »Reichsapfel« schwiegen wir. Oft wirkt Schweigen bedrückend, manchmal wirkt es erleichternd, und hin und wieder einfach nur angemessen und richtig. Dieses Schweigen war indifferent; es gehörte keiner Kategorie an. Wir suchten uns eine Fensternische und bestellten Weißwein gespritzt, der mit der Speisekarte geliefert wurde. Wir waren die einzigen Gäste, doch es war noch früh am Abend; kein Grund also für den Wirt, der heute etwas griesgrämig blickend die Schank bewachte, die Hoffnung aufzugeben.

»Hast du meine Nachricht zu Hause oder in der Redaktion erhalten?«

»Zu Hause. Also«, sagte Anna, nachdem sie an ihrem Wein genippt hatte, »was war so wichtig, dass ich sofort ins Taxi springen musste? Und warum mussten wir hierherkommen, um zu reden? Glaubst du, dass deine Wohnung abgehört wird?«

»Eigentlich nicht. Aber die Möglichkeit besteht. Solange wir's nicht wissen, sollten wir kein Risiko mehr eingehen.«

»Kein Risiko«, schnaubte sie. »Seit ich dich kenne, ist Risiko mein häufigstes Vokabel. Was ist mit dem Telefon?«

»Wird in den nächsten Stunden überprüft.«

Anna hob ihr Glas, stutzte und stellte es wieder zurück auf den Bierdeckel. »Czerwenka ist also gekommen«, stellte sie fest, während sie mir zum ersten Mal direkt in die Augen blickte. »Der Mann fürs Gröbere.«

»Ganz im Gegenteil. Der Mann mit den Chirurgenhänden. Aber bevor er kam, hatte ich noch anderen Besuch.«

»Von wem?«

»Das weiß ich nicht. Obwohl sich mir ein bestimmter Verdacht aufdrängt. Was ich allerdings genau weiß, ist, was sie –

oder er, oder sie Einzahl, auch wenn ich die erste Variante für die richtige halte – bei mir gesucht haben. Das, was sie alle suchen: Fotos, Diskette, Spuren, die zu Tom Hrdlicka führen. Es gibt diesmal jedoch ein kleines Problem, das ich nicht verstehe, weil es einfach nicht ins Bild passt – heute waren es Amateure.«

»Wieso weißt du das?«

»Wo sie suchten, was sie ausließen – das war einfach die falsche Methodik. Ich korrigiere mich: Was mich stört, ist das Fehlen *jeder* Methodik. Ich habe Toms Studio gesehen, und ich habe meine Wohnung gesehen, nachdem dort gestöbert wurde. Beide Male gekonnte, beide Male saubere Arbeit, wie sie von Leuten erledigt wird, die gewohnt sind, so etwas zu erledigen. Dazu kommt, dass Czerwenka das Türschloss überprüft hat.«

»Und?«

Ich wartete, bis der schweigsame Wirt das Essen serviert hatte – ein großer gemischter Salat für Anna, ein Grillkotelett mit Bratkartoffeln für mich –, und sagte: »Er hat mir auf den Kopf zugesagt, dass jemand bei mir eingebrochen ist. Er bezeichnete diesen Jemand als Stümper. Das waren die beiden Burschen, die mich heute fertigmachen wollten, auch.«

»Du bist überfallen worden?« Anna legte die Gabel weg und starrte mich an.

»Von billigen Straßenschlägern der unteren Kategorie. Ich hatte Glück. Wenn sie's nicht wie Idioten angegangen wären, hätte mir Glück auch nichts genutzt.«

»Glaubst du, dass sie wiederkommen?«

»Was ich glaube, ist, dass es diese zwei waren, die sich bei mir umgesehen haben, und was ich weiters glaube, ist, dass in absehbarer Zeit deine Wohnung drankommt.«

»Warte, halt. Du willst mir sagen, dass die in meine Wohnung –«

»Hör mir zu, Anna«, sagte ich, bevor sie explodieren konnte. »Ich habe dich hierherbestellt, weil ich nicht möchte, dass du dort bist, wenn es passiert. Du könntest nichts ändern.«

Sie funkelte mich an. »Natürlich könnte ich das. Alles noch besser, als hier darauf zu warten, dass sie in meinem Privatleben herumschnüffeln.«

»Anna, das ist schlimmstes Gesindel. Abschaum. Weißt du, was die mit dir anstellen, wenn sie dich zu Hause erwischen?«

»Ich könnte die Polizei rufen.«

»Ruf die Polizei. Tu es. Und erzähl ihnen als Draufgabe, wie dein lieber Onkel Jakob Roder da mit drinhängt.«

Sie starrte mich fünfzehn Sekunden an, ohne sich zu regen und, wie mir schien, ohne zu atmen. Dann zog ein nervöses, scheues Lächeln, wie ich es noch nie bei ihr gesehen hatte, über ihr Gesicht, und dann lehnte sie sich zurück, verschränkte die Arme und sagte mit einem Teil ihrer wiedergefundenen Selbstsicherheit: »Seit wann weißt du es?«

»Seit heute. Geahnt hab ich es von dem Augenblick an, als ich dir das Foto zeigte. Frag mich nicht, wie ich es herausgefunden habe; das solltest du wissen – wir beide haben den gleichen Job.«

»Bist du mir böse, weil ich es dir nicht gesagt habe?«

Ich schob den Teller weg und zündete mir eine Zigarette an. »Nein«, sagte ich paffend, »bin ich nicht. Ich glaube, ich verstehe, warum du es nicht getan hast. Du musst nicht darüber sprechen, wenn du nicht willst. Es sei denn, du wüsstest etwas, das uns aus dem Schlamassel heraushilft.«

Ich musterte sie scharf und befürchtete schon, dass ihr Gesicht wieder diesen Ausdruck annehmen würde, doch es ging so schnell vorbei, wie es gekommen war. Ich bot ihr eine Zigarette an. Sie nahm sie, rollte sie gedankenverloren zwischen Zeige- und Mittelfinger und ließ sich schließlich Feuer geben. Dann strich sie mir kurz über den Unterarm und lächelte mich an.

»Anna, wie wäre es, wenn du für ein paar Tage aufs Land fährst? Und den ganzen Mist einfach für unbestimmte Zeit vergisst.«

»Nein«, sagte sie ruhig. »Ich habe seit Jahren nach einer

Möglichkeit gesucht, wie ich der Welt zeigen könnte, was für ein Ungeheuer er ist. Jetzt ist die Chance da. Verstehst du das?«

Ich zuckte die Schultern. »Sicher«, sagte ich. »Aber darum geht es nicht. Da läuft jemand herum, der Leute umbringt …«

»Paul«, sagte sie und brachte ihr Gesicht so dicht an meines, dass ich den hellen Duft ihrer Haut durch den Tabakqualm riechen und blanken, vibrierenden Hass in ihren grünen Augen sehen konnte, »ich will Roder vernichten. Wir sind so dicht an ihm dran, dass ich manchmal glaube, seine Angst zu spüren. Du hast die Fotos gesehen. Willst du, dass er weitermacht? Dass er wieder einmal ungestraft als Sieger hervorgeht? Wie aus allem, was er getan hat, sein ganzes langes beschissenes Leben lang?«

»Ich will nicht, dass dir etwas geschieht. Und ich mag das nicht, was mit dir geschieht, wenn es um Roder geht. Es ist, als würde er dich …«

»Verändern?« Sie lachte laut auf. Es war kein schönes Lachen; es war ein Lachen, bei dem sich einem die Nackenhaare aufrichten konnten. »Wolltest du das sagen? Was für ein scharfer Beobachter du bist.«

»Kein Grund, sarkastisch zu werden.«

»Oh ja, Jakob Roder hat mich verändert. Zerbrochen, deformiert, auf Jahre hinaus zu einem zitternden, ängstlichen Seelenkrüppel entstellt. Hast du ein Bild davon, wie ich *vorher* war? Sieh nicht weg, Paul. Schau mir in die Augen. Ich war lebenslustig, fröhlich, klug, lebendig … ach Scheiße, einfach so, wie Kinder eben sind. Das alles hat er in einer Stunde zerstört. Und willst du wissen, was das Wichtigste von allem ist? Ich war normal. Weißt du, was das bedeutet? Normal – ein Kind wie jedes andere.«

»Du kannst es wieder werden«, sagte ich mit einem Nicken, das meine nicht ausschließlich gespielte Überzeugung unterstreichen sollte, und ohne ihrem Blick auszuweichen. »Du bist stark. Du bist auf dem besten Weg dazu.«

»Auf dem besten Weg …« Sie kostete an meiner Formulierung, dann schüttelte sie mit einer ablehnenden Bewegung eine Locke aus ihrer Stirn und begann, in gleichförmigem, gänzlich unakzentuiertem Tonfall zu sprechen, der einen fast schon physisch schmerzhaften Gegensatz zum pochenden Hass in ihren Augen bildete: »Ich will dir etwas erzählen, mein edler Ritter. Als ich achtzehn war, hatte ich einen Traum. Nacht für Nacht denselben Traum. Ich lief hinter Roder her, versuchte, ihn zu fassen, immer und immer wieder. Und je mehr ich es wollte, je stärker ich mich anstrengte, umso mehr wuchs die Distanz und mit ihr meine Angst. Nacht für Nacht endete es damit, dass ich schreiend aufwachte und mich künstlich wach hielt, damit der Traum nicht wiederkehrte. Bis zu der einen Nacht, als ich den Traum zum letzten Mal träumte. Da blieb Roder plötzlich stehen. Er drehte sich zu mir um. Und als ich die Angst in seinen Augen lesen konnte, lachte ich. Und all das Blut, das aus einer Wunde in seiner Brust floss ... Mein Gott«, sie lachte abermals, kurz und laut, und wieder lief es mir kalt über den Rücken, »es schoss hervor wie aus einem herrlichen, unerschöpflichen Springbrunnen.«

»Was geschah dann?«

Auf einmal schien sie jedes Interesse für dieses Thema verloren zu haben. »Ich trank sein Blut.«

»Und?«

»Und wachte auf.«

»Und seither hattest du den Traum nie wieder.«

»Nie wieder.«

»Eine klare, eindeutige Allegorie.«

»Ja. Wenn ich sein monströses Leben zertrete, rette ich meines.«

»Anna«, sagte ich, leicht nach vorne gebeugt, »nichts ist so klar und eindeutig, niemals. Glaubst du wirklich, dass es so abläuft? Du machst ihn fertig und wirst dadurch wieder gesund?«

Sie nickte einmal, mit trotzig verzogenem Mund.

Ich sagte: »Du hast nie etwas anderes getan, stimmt's? Dein Studium, die Reisen auf den Balkan, die Recherchen, deine Arbeit mit Sarah ... lauter Schritte, um Roder zu fassen. Der Unfall deines Vaters ...«

Sie hob die Augenbrauen. »Das hast du auch herausgefunden? Ich glaube, es war kein Unfall.«

»Und das willst du beweisen.«

»Ach, nein ... Mein Vater war ein treuer Diener zweier Herrn: Kirche und Geld, in dieser Reihenfolge. Am Ende scheinen sich zum ersten Mal in seinem Leben Zweifel geregt zu haben. Das bekam dem ergebenen Diener nicht.«

»Und deshalb ließ ihn Roder umbringen.«

»Wie? Nein, ich denke, er hat Selbstmord begangen.«

»Und deine Mutter?«

»Meine Mutter war mit ihrer eigenen Feigheit geschlagen ... Sie hat weggesehen und für unser aller Seelenheil gebetet. Als ich zwanzig war, starb sie an Leukämie. Jetzt gibt es nur mehr ihn.«

»Und dich. Ich frage mich ... was würdest du wohl alles tun, um dein Ziel zu erreichen?«

»Alles«, sagte sie ruhig.

Ich lehnte mich zurück und verschränkte die Hände im Nacken. »Warum nur nehme ich dir das nicht wirklich ab, Anna?«

»Hilf mir dabei.«

»Und wenn es so weit ist? Wenn du Roders Blut getrunken hast und drauf kommst, dass alles ganz anders ist als in deinem Traum?«

Auf einmal lächelte sie, freundlich, beinah fröhlich. »Das Risiko muss ich wohl eingehen, oder?«

Ich versuchte es mit einem Stirnrunzeln, dann gab ich auf, grinste zurück, tippte mit dem Zeigefinger auf die rote Flügelmappe und sagte: »Dann sehen wir uns einmal unsere Hausaufgaben an.«

Kurz nach einundzwanzig Uhr verließen wir das Gasthaus »Zum Reichsapfel« in weitaus besserer Stimmung, als wir es betreten hatten. Wir liefen die kurze Strecke Hand in Hand, sprangen die Treppe hinauf und erlebten dort die nächste Überraschung. Auch diesmal war der Schlüssel nicht sehr hilfreich. Aber nicht, weil die Tür offen stand. Überhaupt nicht. Sie war fest verschlossen. Mit einem blank polierten, fabrikneuen Schloss. Ich klingelte. Gleich darauf ertönte ein winziges präzises Klicken, und dann schwang die Tür auf und Czerwenka sagte: »Kommen Sie herein. Der Tee ist bereits fertig.«

»Was ist das?«, fragte Anna, die neugierig auf ein graues Gerät mit Tragegriff deutete, kaum größer als ein Notebook.

»Das«, sagte Roman Czerwenka, »ist ein … sagen wir einmal, dieses unscheinbare Ding ist *der* Standard, wenn es darum geht, elektronische Überwachungssysteme ausfindig zu machen.«

»Und das funktioniert?«

»Einwandfrei.«

»Wo kann man so etwas kaufen?«

»Oh«, sagte Czerwenka mit feinem Grinsen, »ich habe es eigentlich nicht gekauft. Erstens wäre das in Österreich gar nicht so einfach – ich könnte mir durchaus vorstellen, dass es sogar gesetzlich verboten ist –, und zweitens würde ein Modell in dieser Ausstattung kaum unter sechzigtausend Schilling zu haben sein, und das liegt weit über meinen finanziellen Mitteln.«

»Haben Sie etwas gefunden?«, fragte ich und stieß mich, die leere Teetasse in der Hand, vom Türstock ab.

»Nicht in der Wohnung. Die ist sauber. Nur Ihr Telefon wird angezapft. Ich kann das jederzeit ändern. Allerdings wissen dann Ihre Überwacher, dass sie aufgeflogen sind. Sie müssen entscheiden, was Sie für richtig halten.«

Ich nickte. »Wir lassen es. Und telefonieren von außerhalb.«

»Aber nicht nur«, gab Anna zu bedenken. »Sonst merken sie's erst recht.«

»Gehen wir den Zeitplan durch«, sagte Czerwenka, über die rote Mappe gebeugt, deren Flügel jetzt aufgeschlagen waren. »Unser Kunde ist heute Abend auf einem Empfang, der ihn mindestens bis ... wie lang? Ein Uhr dreißig in Anspruch nehmen wird. Ist der Zeitpunkt gesichert?«

»Kunde?«, fragte Anna.

»Roder«, sagte ich.

»Aha«, sagte Anna und deutete auf die entsprechende Stelle in ihren Unterlagen. »Einundzwanzig Uhr Empfang des päpstlichen Nuntius. Dauert geschätzt bis Mitternacht, vielleicht auch länger. Die Abkürzung ›1.I.‹ steht für ›ein Uhr Interna‹. Roder setzt sich also um ein Uhr früh noch mit einigen Höherrangigen zum Gespräch zusammen. So etwas dauert sicher nicht kürzer als eine halbe Stunde. Dann wäre er um frühestens ein Uhr fünfundvierzig zu Hause – wenn er das vorhat.«

»Das bedeutet«, fuhr Czerwenka fort, »dass wir um null Uhr dreißig hineingehen – nicht die optimale Zeit, aber auch nicht schlecht – und den Ort um Punkt ein Uhr fünfzehn wieder verlassen. Irgendwelche Einwände?«

»Nein«, sagte ich. »Welche Informationen brauchen Sie noch?«

Czerwenka legte den Kopf schief, dann schüttelte er ihn einmal kurz und sagte: »Keine. Wir treffen uns am Ort. Dunkle Kleidung wäre vorteilhaft. Besitzen Sie Handschuhe?«

»Ja.«

»Nehmen Sie sie mit.«

Er packte sein Gerät ein, drückte Anna lächelnd die Hand und übergab mir ein Paar Schlüssel mit den Worten: »Verlieren Sie sie nicht. Mehr wird es davon niemals geben.«

Ich winkte ihm mit zwei neuen, unglaublich kompliziert aussehenden Magnetschlüsseln und zog die Tür hinter ihm zu. Wieder ein präzises, leises Klicken.

»Du solltest damit vorsichtig sein«, sagte Anna.

»Warum?«

»Ich hatte einmal solche Schlüssel. Die Magneten ruinieren Disketten, wenn man sie zu nahe daranhält. Ein gewesener Chefredakteur hat das immer wieder als Ausrede für leere Disketten bezeichnet.«

»Und?«

»Die Redaktion schenkte ihm eine Kassette mit Magnetschlüsseln. Er benützte die Kassette als Aufbewahrungsort für seine Systemdisketten. Danach hat er nie wieder ein Wort über Ausreden verloren.«

»Danke für den Tipp«, sagte ich, knöpfte die Brusttasche meines Hemdes auf und legte die »Donauwelle«-Diskette samt Ausdruck weit entfernt von den Schlüsseln auf den Tisch.

Unter der Dusche überlegte ich meine nächsten Schritte. Ich wusste, was ich zu tun hatte. Die Angelegenheit war eskaliert, und noch immer fehlten mir die Trumpfkarten, um endlich ein paar Stiche zu landen. Die Frage war, ob sie noch im Talon lagen oder bereits vergeben waren. In dieser Lage bleibt einem nur mehr übrig, den Feind zum Stechen zu verleiten. Die Diskette hatte ich nicht. Ich musste mit dem arbeiten, was ich in der Hand hielt, und das waren die Fotos. Fotos, die einen österreichischen Kurienbischof als Kinderschänder überführten.

Ich zog schwarze Levi's und ein schwarzes Poloshirt an, stellte die schwarzen Reebok bereit und hatte das Equipment für ein Johnny-Cash-Konzert zusammen. Aber das stand nicht zur Wahl. Stattdessen zerrte ich meine alten Lederhandschuhe aus der untersten Schublade hervor und steckte sie ein. Und ging zurück ins Wohnzimmer, wo Anna auf der Couch saß und den »Donauwelle«-Ausdruck studierte.

»Was heißt das?«, fragte sie, den Blick auf das Bild gerichtet.

Ich trat neben sie und sah dorthin, worauf sie mit dem Finger zeigte. Das war der Copyright-Vermerk. Aber es war eben kein normaler Copyright-Vermerk. Denn daneben stand »rename gif.xls«.

»Das heißt, dass ich ein Idiot bin.«
»Schön. Und warum?«
»Du hast soeben die Diskette entdeckt!«

Im Grunde war der Trick sehr einfach. Zwei Dateien – »Donau1« und »Donau2« –, wovon die erste tatsächlich eine Bilddatei war. Die zweite tat nur so, als wäre sie eine. Ich ersetzte bei »Donau2« die Endung .gif durch .xls. Dann startete ich. Und wartete.

.xls ist das Kürzel für eine Excel-Datei, ein Programm, das hauptsächlich bei Tabellenkalkulationen zum Einsatz kommt. Buchhaltung, Statistiken, Datenbanken aller Art werden damit erstellt; ein universelles Programm, das fast jeder verwendet, der mit Computern arbeitet. Und als dann die Tabelle erschien, wussten wir, dass alles noch viel schwieriger war, als wir vermutet hatten.

»Kontonummern«, sagte ich. »Und das hier sind vielleicht Beträge.«

»Aber was bedeuten die Städtenamen?«

Ich zuckte die Schultern. »Keine Ahnung. Wir brauchen jemand, dem diese Zahlen etwas sagen.«

»Und wo finden wir den?«

»Ich glaube, wir finden ihn morgen Mittag in Gadis Bar. Er heißt ... warte ... richtig, Weininger und ist so etwas wie Finanzberater. Bis dahin ... sieh's dir an, vielleicht fällt dir ja etwas dazu ein.«

Anna hob zweifelnd eine Augenbraue. »Und wenn es doch nicht die richtige ist?«

»Diese ist es. Tom Hrdlicka hat sie getarnt und an mich geschickt. Franjo muss gestern dahintergekommen sein. Nein, das ist es schon, wonach wir gesucht haben. Wir wissen nur noch nicht, was es bedeutet.«

Samstag

Kaperfahrt

Kaffee um Mitternacht ist etwas Eigentümliches. Nicht, wenn man damit ein Gelage abschließt und sich die wohlige Illusion verschafft, mit Hilfe des Koffeinkicks den Schlaf überlisten zu können, um noch schnell im Bett den vergangenen Tag Revue passieren zu lassen; Selbsttäuschungen dieser Art haben einen gewissen Charme. Doch wenn der Mitternachtskaffee Ihren neuen Arbeitstag einläutet, dann wissen Sie, dass sich Ihr Leben grundlegend verändert hat.

Ich sah noch einmal nach Anna. Sie schlief bereits, die Beine angezogen, den Kopf halb unter dem Leintuch vergraben, und atmete flach, aber regelmäßig. Kurz wartete ich, ohne zu wissen, worauf, dann schloss ich leise die Schlafzimmertür und drehte in den anderen Zimmern die Lichter ab. Ich speiste einen lederbezogenen Flachmann, den mir vor Jahren ein befreundeter Arzt in Anspielung auf meinen Alkoholkonsum geschenkt hatte, aus einer jungfräulichen, zollfreien Ein-Liter-Flasche Lagavulin, bestückte das Zippo vorsorglich mit einem neuen Feuerstein, goss Benzin nach und trank eine letzte Tasse Espresso.

Ich brauchte neun Minuten bis zur Castellezgasse, dann erahnte ich eine kleine dunkle Gestalt, die, an den Stamm einer Kastanie gelehnt, mit den Schatten der Nacht zusammenfloss.

Roman Czerwenka begrüßte mich mit einem stummen Nicken. Er reichte mir einen schwarzen Doppelzylinder, der wie ein überdimensionales Fernglas aussah. Ich nahm es in die Hand und schätzte, dass es mindestens anderthalb Kilo wog.

»Was ist das?«, fragte ich leise.

»Ein Nachtsichtgerät aus Beständen der ehemaligen Sowjetarmee. Sehen Sie sich dort oben die beiden linken Fenster im dritten Stock an. Ganz links. Das ist die Küche unseres Kunden.«

Ich peilte die dunkle Fensterreihe an. Das Nachtsichtgerät tauchte die Fassade in taghelles, unangenehm grünes Licht.

»Tut sich dort oben etwas?«

»Nichts. Ich bin seit vierzig Minuten hier. Die letzten Lichter im Haus wurden vor einer halben Stunde abgedreht. Seither herrscht hier strenge Nachtruhe. Nach einer kleinen Hochrechnung liegt die Fahrfrequenz in der Castellezgasse jetzt bei zehn Autos pro Stunde. Paradiesisch.«

Czerwenka steckte das Gerät in eine dunkle Umhängetasche und warf einen Blick auf das Leuchtziffernblatt seiner Armbanduhr.

»Zwölf Minuten«, sagte er.

»Gibt es eine Alarmanlage?«

Er spannte verächtlich die Oberlippe und entblößte eine Reihe matt schimmernder weißer Zähne. »Schrott«, sagte er. »Nichts, was uns aufhalten könnte.«

»Woher wissen Sie das?«

Er zündete sich hinter vorgehaltener Hand mit einem Zündholz eine Flirt an und hob die Schultern. »Jede Arbeit taugt nur so viel wie die Vorarbeit, die man dafür geleistet hat. Bei meinem Beruf ist Recherche lebenswichtig. Bei Ihrem doch auch, oder?«

»So sagt man. Wie sieht denn so ein ganz gewöhnlicher Arbeitstag bei Ihnen aus? Oder gibt es den gar nicht?«

»Doch, doch«, sagte er, betrachtete die Glut der Zigarette im Schirm seiner Hand und lächelte sein stilles, in sich gekehrtes Lächeln. »Sie werden gleich einen miterleben.«

»Sind Sie gut?«

»Andere sind besser. Guter Durchschnitt, würde ich sagen.«

»Ist das alles auf die Dauer nicht ein bisschen aufreibend?«

»Nicht mehr als andere Berufe. Stumpfsinnige Vorgesetzte, intrigante Kollegen, unzuverlässige Lieferanten, lästige Kunden ... das ist aufreibend. Ich frage mich, wie die Menschen das aushalten, ohne dabei krank zu werden. Ich könnte es nicht.«

»Haben Sie's versucht?«

Er warf mir einen seltsamen Blick zu, dann sagte er: »Sicher. Sechzehn lange Jahre.«

»In welcher Branche?«

»VÖEST.«

»Metallarbeiter? Schlosser?«

Ohne die Frage zu beantworten, dämpfte er seine Zigarette aus, rückte die Tasche zurecht und sagte: »Haben Sie Ihre Handschuhe dabei? Dann ziehen Sie sie an. Es geht los.«

Die Castellezgasse beherbergte in der Großen Zeit des Tausendjährigen Reiches, an dem Österreich sieben Jahre teilnehmen durfte, eines der vier Sammellager, von denen die jüdischen Wiener in die diversen Todeslager abtransportiert wurden. Den wenigen überlebenden Zeitzeugen klingeln noch heute die Ohren von den Anfeuerungsrufen ihrer entmenschten Mitbürger, die den uniformierten Abschaum namens SS zu neuen Höhepunkten der Gewalttätigkeit aufstachelten. Sie verläuft entlang der Ostseite des Augartens, in dem zwei Flakbunker, das Geburtshaus des bekannten Augartenporzellans und das Hauptquartier der Wiener Sängerknaben die architektonischen Akzente setzen. Das fünfhundertzweiundzwanzigtausend Quadratmeter große Areal ist von einer Mauer umgeben, die auf der Ostseite von einigen Wohnhäusern unterbrochen wird. Eines davon ist das vierstöckige Haus Nummer fünfundzwanzig, von dem eine Wandtafel verkündet, dass es in den Jahren 1939–45 zerstört und 1966–68 wiederaufgebaut wurde. Und so sieht es auch aus. Wenn es etwas Hässlicheres geben sollte als den Wiener Wohnbau in den sechziger Jahren, dann kann es nur im ehemaligen Ostblock beheimatet sein.

Das Haus hat drei Stiegen. Stiege eins ist ausschließlich den Sängerknaben vorbehalten; von dort führt eine überdachte Brücke zum Hauptgebäude, einem gegen Ende des 17. Jahrhunderts errichteten weiß gekalkten Prunkbau nach Plänen von Johann Bernhard Fischer von Erlach. Die Stiegen zwei und drei werden zum Teil zwar auch von den Jungs mit den goldenen Kehlen genutzt, doch einige Wohnungen wurden von – gewiss ausgesuchten – Privatleuten angemietet, unter ihnen Kurienbischof Jakob Roder. Ich fand seinen Namen auf der karg beschrifteten Gegensprechanlage, in der Form, wie Sarah Ortbauer ihn in ihrem Memorandum notiert hatte: J.R.

Czerwenka verharrte kurz vor der Eingangstür; dann, ohne dass ich eine Bewegung wahrgenommen hätte, drückte er die Klinke nach unten, öffnete die Tür und winkte mich hinein. Meine Augen brauchten einige Zeit, bis sie sich an die Düsternis gewöhnt hatten. Ein enger Korridor dämmerte grau vor sich hin; der Boden unter den Füßen war nicht zu sehen; ich hatte das Gefühl, als würde ich über dunkles Wasser schreiten. Wie Czerwenka sich orientieren konnte, weiß ich nicht, doch es gelang ihm. Ich folgte ihm rasch und lautlos in den dritten Stock hinauf, hielt vor einer Tür an, die er ohne zu zögern als die richtige auswählte, und nahm mir fest vor, die Show diesmal nicht zu verpassen, als er flüsternd verkündete: »Treten Sie einen Schritt zurück. Ich werde mich jetzt um die Alarmanlage kümmern.«

Der Kopf des Einbrechers verschwand. Es war so still, dass ich das Sausen des Blutes in meinen Adern hören konnte. Dann sah ich einen winzigen Lichtpunkt an einer Metallwand auf und ab wandern. Ich sah den schemenhaften Umriss des kleinen Mannes, der mit flinken behandschuhten Fingern an Metall herumarbeitete. Zwischen den Zähnen hielt er die Miniaturausgabe einer Stablampe. Ein, zwei sichere Griffe, ein Klicken, erheblich leiser als eine zuschnappende Mausefalle, dann verschwand der Lichtpunkt, und Czerwenka erhob sich. Er beugte sich über die Stelle, an der ich das Schloss vermutete, verharrte sekundenlang scheinbar reglos und drückte dann langsam die Tür nach innen.

Ich überlegte, wie das wohl die Leute machten, die er überdurchschnittlich nennen würde. Vielleicht kümmerten die sich gar nicht um Schlösser. Vielleicht gingen sie einfach durch die Wand.

Es war eine wohlproportionierte Drei-Zimmer-Wohnung mit einem kleinen Bad, in dem sogar eine Badewanne Platz hatte, und einer Küche, deren Fenster auf die Castellezgasse hinausgingen. Die Fenster von Wohn-, Arbeits- und Schlafzimmer schauten auf den Augarten und boten selbst in der Nacht einen schönen Ausblick. Ich schätzte die bischöfliche Privatwohnung auf achtzig bis fünfundachtzig Quadratmeter. Das Erste, was Czerwenka tat, war, die Vorhänge sämtlicher Fenster zuzuziehen; erst dann schaltete er das Licht ein.

Er verschränkte die Finger, ließ die Gelenke knacken und sagte, nachdem er einen Blick auf die Uhr geworfen hatte: »Dann los. Damit keine Missverständnisse aufkommen, wiederholen Sie bitte, wonach wir suchen.«

»Nach Aufzeichnungen, Terminkalendern, Telefonbüchern, Notizheften, Kontoauszügen, Disketten. Nach einem Safe. Nach Dingen, die so geheim sind, dass Roder sie versteckt hat.«

Czerwenka begann im Bad. Obwohl er schnell war – rasant schnell, mit exakten, gleichförmigen Bewegungen, die ihm ein unsichtbares Metronom diktierte –, hatte ich nicht den Eindruck, dass er etwas auslassen würde. Zumindest nichts, was größer gewesen wäre als der Schatten einer Küchenschabe. Um null Uhr vierundvierzig hatten wir die Nebenräume durch und nahmen uns das Wohnzimmer vor.

Es war sparsam, doch mit teuren, schön restaurierten Biedermeier- und Rokokomöbeln eingerichtet, die in seltsamem Kontrast zu den niedrigen Decken und der unverhohlenen Nachkriegsbauatmosphäre standen. Die ganze Wohnung machte den Eindruck, als wäre die Putzfrau der Hauptmieter.

Im Arbeitszimmer sagte Czerwenka: »Fällt Ihnen etwas auf?«

Ich schüttelte den Kopf.

»Wir suchen nach Disketten und finden keinen Computer.«

Tatsächlich. Doch dann wurden wir von dieser Spur abgelenkt. Denn Czerwenka entdeckte den Safe.

Er war, klassisch wie im Gangsterfilm der vierziger Jahre, hinter einem Gemälde in die Wand eingelassen, einem Seestück, das Turner so ähnlich sah, wie es eigentlich nur Turner tun sollte. Czerwenka brauchte dafür zwei Minuten einundzwanzig Sekunden.

»Ist das Ihr Rekord?«

Ohne sich umzudrehen, meinte er lakonisch: »Wir werden alle alt.«

Der Safeinhalt belief sich auf ein beachtliches Bündel Fünftausend-, Tausend- und Hundert-Schilling-Scheine und einen grauen Schuhkarton ohne Aufdruck. Czerwenka lud beides auf dem riesigen Eichenholzschreibtisch ab, griff in den Schuhkarton und wurde stutzig.

»Was ist da drin?«, fragte ich.

Er richtete einen Blick aus intensiven grauen Augen auf mich. »Ich nehme an, wir haben soeben Ihren Schutzengel entdeckt. Sehen Sie selbst nach.«

Mit spitzen Fingern entfernte ich fünf Bälle aus zusammengeknülltem Zeitungspapier und ergriff einen Gegenstand, der sich schwer, kalt und metallisch anfühlte.

»Entspricht das Ihren Vorstellungen?«

Ich nickte und begann, die Pistole zu zerlegen. Sie war brüniert, unorthodox geformt und hatte Griffschalen aus hellem, längs gemasertem Holz. Sie lag gut in der Hand.

»Beretta M84«, sagte ich. »Magazinkapazität dreizehn Patronen Kaliber neun Millimeter kurz. Sehr kompakt, sehr bissig.« Ich zog den Lauf aus der Lauffeder und blickte wie durch ein Fernrohr hindurch, um die Züge zu kontrollieren. »Scheint recht neu zu sein.«

»Nicht nur neu«, sagte Czerwenka, nachdem er einen kurzen Blick auf den Schlitten geworfen hatte. »Jemand hat die Registriernummern herausgeschliffen. Jemand, der es gut mit Ihnen meint.«

»Wie wahr. Ich dachte, Sie hätten keine Ahnung von Waffen.«

»Das habe ich nicht behauptet. Ich kann sie nur nicht leiden.«

Ich setzte die Waffe wieder zusammen, schob sie in den Hosenbund und steckte die zwei beigepackten Patronenschachteln in die Taschen der Jeansjacke. Es war ein Uhr eins.

Czerwenka zählte das Geld wie ein Bankprofi, bündelte es und verkündete: »Zweihundertelftausend Schilling steuerfrei. Wie hoch würden Sie die Unkosten veranschlagen, die Ihnen unser Kunde verursacht hat?«

Ich schüttelte den Kopf. »Meine Buchhaltung hat den Betrag noch nicht errechnet.«

»Meine schon. Er beläuft sich auf genau einhundertfünftausendfünfhundert Schilling. Wie's der Zufall will, ist das exakt der Betrag, den auch ich in Rechnung stellen werde. Was jetzt? Das, wonach wir gesucht haben, haben wir nicht gefunden.«

»Jetzt«, sagte ich und zog eines der Roder-mit-Kleinmädchen-Fotos aus der Jackentasche, »werden wir unseren Fehdehandschuh werfen.«

Ich ging zum Safe, deponierte das Foto mit der Bildseite nach unten, ließ die Safetür einschnappen, klappte das Gemälde zurück und zuckte zusammen, als das Telefon klingelte. Nach dem dritten Läuten schaltete sich der Anrufbeantworter ein. Die Meldung, die nach dem Pfeifton auf Band aufgezeichnet wurde, bestand aus zwei Sätzen, gesprochen von einer sonoren, akzentfreien, alterslosen Männerstimme, die mir vage bekannt vorkam. Sie lautete: »Rückruf bitte unter der gewohnten Nummer. Dringend.«

Ich wandte mich zu Czerwenka und sagte: »Können Sie die Alarmanlage so einstellen, dass sie losgeht, wenn wir in Sicherheit sind?«

»Mit einer Zeitschaltung«, beschied er nach kurzem Überlegen. »Kein Problem.«

Als wir den bischöflichen Gemächern den Rücken kehrten,

war es ein Uhr sechzehn. Wir hatten unseren ursprünglichen Zeitplan um nur eine Minute überzogen. Wir überquerten die Obere Augartenstraße, drehten eine Runde um den Block und betraten das »Café Am Spitz«.

Dichter, ekelhaft warmer Qualm umfing uns. Der verwinkelte, schlecht beleuchtete Raum sah aus, als wäre er 1934 zum letzten Mal von einer Putzfrau betreten worden. Dann hatten ihm Bürgerkrieg, Nazi- und Besatzungszeit böse zugesetzt, und langsam wurde er auch noch alt. Der Grind an den Wänden hatte sein fünfzigstes Jubiläum schon hinter sich. Nichts deutete darauf hin, dass er die Hundert-Jahres-Feier nicht in alter Pracht begehen würde.

Über einer schmierigen Theke, die als Sondermüll hätte entsorgt werden müssen, brannte eine kahle Neonröhre. Darunter stand ein langer, schlaksiger Mann mit schwarzem Schnurrbart und wischte dreckige Gläser mit einem nicht ganz so dreckigen Tuch. Er starrte uns finster an. Als er Czerwenka erkannte, lächelte er kurz. Es war ein freundliches Lächeln.

»Rocco«, sagte Czerwenka und tippte sich grüßend mit zwei Fingern an die Schläfe. »Gibt es für uns noch was zu trinken?«

»Sicher.« Rocco deutete mit dem Daumen auf eine Treppe, die sich im Halbdunkel verbarg. Wir fanden einen einsamen Fensterplatz in der oberen Etage, mit gutem Blick auf die Castellezgasse. Zu meinem Erstaunen bestellte der Einbrecher Weißwein.

»Ich dachte, Sie trinken keinen Alkohol?«

Er hob die Schultern und grinste fast. »Wir haben doch Grund zum Feiern.«

»Halten Sie's nicht für etwas riskant, so nah am ... Tatort zu bleiben?«

»Seit wann sitzen wir hier, Rocco?«, fragte er den schnauzbärtigen Kellner, der ohne Eile zwei Viertel Veltliner auf unserem Tisch ablud. Die Gläser waren mit Schlieren verziert.

Rocco warf einen Blick auf seine Uhr und brummte: »Seit elf.«

»Wie heißt mein Freund?«

»Paul Mazurka. Kommt immer wieder einmal mit dir ins ›Spitz‹, trinkt aber meistens Bier und Fernet.« In der irrigen Annahme, es handle sich um ein französisches Produkt, sprach er Fernet mit einer Betonung auf dem zweiten e aus.

»Fernet-Branca«, präzisierte Czerwenka, hob sein Glas und prostete mir zu. Aus der Ferne ertönten Polizeisirenen.

»Sie sind ein wirklich guter Rechercheur. Haben Sie die kleine Szene vor dem Einbruch arrangiert?«, fragte ich neugierig.

»Natürlich. Aber das ist nur eine Routinemaßnahme. Es wird gar nicht dazu kommen, dass sich die Polizei für uns interessiert.« Er rieb sich mit dem Zeigefinger den rechten Nasenflügel, dann fragte er: »Warum wollten Sie, dass ich die Alarmanlage wieder aktiviere?«

»Haben Sie das Foto gesehen?«

»Schlimme Sache. Ist das unser Kunde?«

»Ja. Ich will, dass er im Safe nachsieht, wenn er zurückkommt.«

Diesmal lächelte Czerwenka breit. »Unsere Freunde und Helfer werden den Bischof fragen, ob etwas gestohlen wurde. Und er ist gezwungen, Nein zu sagen.«

Ich nickte. »Weil er davon ausgeht, dass im Safe neben einer unregistrierten Waffe ein Haufen Bargeld liegt, das aller Wahrscheinlichkeit nach der Kategorie Schwarzgeld zuzurechnen ist. Daher wird er erst nachsehen, wenn die Polizei gegangen ist. Und das Foto finden.«

»Und dann?«

»Das weiß ich nicht. Ich jedenfalls würde an seiner Stelle nervös werden. Und Fehler machen.«

»Dann wollen wir hoffen, dass er nervös wird und Fehler macht.« Czerwenka überreichte mir ein dickes Kuvert. »Hundertfünftausendfünfhundert Schilling. Ich denke, dass Sie dafür keine Honorarnote legen müssen.«

»Sind Sie sicher, dass Sie es so aufteilen wollen? Sie haben bereits sehr viel riskiert.«

»Und gut verdient.« Er lächelte sein stilles, in sich gekehrtes Lächeln. Dann hob er eine Augenbraue und sagte: »Und wie geht es weiter?«

Anna drehte sich im Schlaf murmelnd auf die andere Seite. Aus der Küche drangen schwache Geräusche herüber. Ich sprang aus dem Bett und ging langsam auf die Lärmquelle zu. Es war sieben Uhr vierzehn, und ich witterte den unverkennbaren Duft von frischem Espresso.

Er stand in der Küche, sah sich seelenruhig um und nickte mir dann wortlos zu.

»Wie sind Sie reingekommen?«, knurrte ich.

Czerwenka sah mich eine Weile verständnislos an. Dann begriff er, grinste schwach und breitete die Hände aus.

»Ach so«, sagte ich und rieb mir den Schlaf aus den Augen. »Dumme Frage. Geben Sie mir zehn Minuten, dann sollte ich fit sein.«

Doch das war nichts weiter als ein frommer Wunsch. Als ich aus der Dusche kam, um Czerwenka beim Kaffee Gesellschaft zu leisten, fühlte ich mich nicht im Mindesten fit. Schlafmangel, Muskelschmerzen und eine allgemeine Lustlosigkeit, die sich rasch zu einer spezifischen Antipathie gegen alle Welt, mich selbst inkludiert, ausweiten würde, waren mit frugalen Genüssen wie Dusche, Kaffee und einer ersten Zigarette nicht zu bekämpfen.

»Sie sehen ein wenig mitgenommen aus, wenn ich das so sagen darf«, befand Czerwenka höflich nach einer raschen, offenkundig jedoch gründlichen Musterung.

»Danke«, sagte ich. »Ich habe mich an meine neuen Lebensumstände noch nicht recht gewöhnen können. Beispielsweise daran, dass Besucher nicht mehr auf Türglocken angewiesen sind. Ich hab es mit einem Sicherheitsschloss probiert – und stellen Sie sich vor, es nützt nichts.«

Czerwenka nickte bedächtig, als hätte ich ein knappes, jedoch angebrachtes Lob seiner Fähigkeiten ausgesprochen. Er machte sich einen zweiten Espresso, den er mit reichlich Zucker und Milch verdarb, spitzte beim Kosten genießerisch die Lippen und ging mit entschiedenem Wohlbehagen daran, die Küchenluft mit einer Flirt zu verpesten. »Schildern Sie mir unser heutiges Programm.«

»Die erste Etappe müssen Sie im Alleingang machen. Unser Mann verlässt die Wohnung um spätestens elf Uhr dreißig.«

»Ist das sicher?«

Ich nickte und gab ihm Weiningers Adresse. Ich hörte das Vorzimmerparkett unter Annas Schritten knarren; kurze Zeit später rauschte das Wasser.

»Dann sollte ich mich auf den Weg machen. Wonach muss ich suchen?«

»Ich weiß nicht, was es ist, ich weiß nicht, wo es ist, und ich weiß nicht, wie es aussieht. Aber ich werde Ihnen sagen, worum es sich handelt.«

Als ich vom Bäcker zurück war und das noch warme, duftende Brot aufgeschnitten hatte, betrat Anna im Bademantel die Küche. Ihr nasses Haar glänzte, und jede Müdigkeit war aus ihrem Blick verschwunden.

»Schöner denn je«, sagte ich und küsste sie. »Hast du Hunger?«

»Entsetzlichen.«

»Dann sollten wir etwas dagegen tun.«

Sie schnupperte und fragte: »Was riecht hier so gut?«

»Brot, Butter, Früchte, Lachs, Assam.«

Sie hatte wirklich Hunger. Nach zwei Schnittlauchbroten und drei Toasts mit Butter und Graved Lachs seufzte sie zufrieden und schenkte sich Tee nach, den sie mit einer ersten Zigarette begleitete.

»Ihr habt also Erfolg gehabt«, stellte sie fest.

»Woher weißt du das?«

»Man sieht es dir an. Du siehst müde aus – müde und erschöpft –, aber zufrieden.«

»Zufrieden ist vielleicht ein zu starkes Wort.«

Sie hörte sich meinen Bericht ohne zu unterbrechen an, aber mit gerunzelter Stirn und auf der Unterlippe kauend. »Ich weiß nicht, ob mir gefällt, was ich da höre«, sagte sie. »Du hast ihn in die Enge getrieben.«

»Das war das Ziel – die Dinge zu beschleunigen.«

Es entstand Schweigen, das sich lange hinzog. Anna brach es zuerst.

»Er ist anders.«

»Roder?«

Sie nickte stumm.

»Wenn er das nicht wäre, wäre er nicht Bischof.«

»Er wird anders reagieren, als du es erwartest.«

»Was erwarte ich denn?«

»Dass er dir wieder Schläger auf den Hals hetzt, Drohanrufe, solche Dinge – das, was jemand tut, der nervös geworden ist.«

»Und das, denkst du, wird Roder nicht tun.«

»Das wird er vielleicht tun. Aber es wird nicht alles sein.«

»Was noch?«

Sie hob die Schultern. »Ich weiß es nicht. Niemand weiß es. Irgendetwas Krankes.«

»Hast du Angst, Anna?«

Ihr Mund verzog sich zu einem schmalen, nach unten gekrümmten Halbbogen, einer Art auf den Kopf gestelltem Lächeln. »Ich hoffe, dass *du* Angst hast, Paul, ich hoffe es wirklich. Du kennst ihn nicht. Und du kannst glücklich sein, wenn du ihn nie kennenlernst. Vielleicht hast du mich vorhin nicht richtig verstanden: Er ist nicht anders als die meisten. Er ist anders als jeder.«

»Sind wir das nicht alle?«

»Er ist böse, Paul. Er ist wirklich und wahrhaftig böse. Und er bekommt, was er will. Immer.«

»Warum gibst du dann nicht auf?«

»Weil es dafür zu spät ist. Du hast mich gefragt, ob ich Angst vor ihm habe. Was ich empfinde, ist nicht Angst, sondern Grauen und Panik. Er ist ein Ungeheuer. Ich empfehle dir, dich beizeiten mit solchen Gefühlen vertraut zu machen. Denn wenn nicht, dann wärst du verrückt. Und ich glaube nicht, dass ich mich mit diesem Gedanken anfreunden möchte.«

»Das wird nicht nötig sein. Mir schlottern jetzt bereits die Knie.«

Sie nickte, als hätte ich etwas sehr Treffendes gesagt. Und auf einmal grinste sie, stand auf und küsste mich. »Du bist ein hoffnungsloser Fall. Und du *bist* verrückt. Zumindest ein bisschen.«

»Dann lass uns etwas Verrücktes tun«, sagte ich und drängte sie zum Schlafzimmer hin.

Ich schrak hoch, als ich eine Hand auf meiner Schulter spürte. Das war Nico, der mir ungefragt einen zweiten Mocca brachte.

»Geht aufs Haus«, sagte er, während er sich mit der linken Hand die Haare glatt strich, ohne dass vorher an seiner Frisur etwas auszusetzen gewesen wäre. »Du solltest mehr schlafen, Junge.«

»Danke«, sagte ich, kippte den Mocca und bestellte noch einen. Elf Uhr vierunddreißig. Zwei Gäste teilten sich den langen Tresen, Burschen mit trübem Blick und grauen Gesichtern; von ihnen und mir abgesehen, war das »Alt Wien« leer. Ein halb volles Glas Tonic stand vor mir; die Zeitungen lagen in derselben Ordnung da, wie ich sie abgelegt hatte; im Aschenbecher gloste eine kaum zur Hälfte gerauchte Zigarette dem Ende zu. Ich konnte nicht länger als zwei Minuten geschlafen haben. Das bereits durchgeschwitzte Hemd klebte mir an der Haut, und am Rücken machte sich eine Druckstelle unangenehm bemerkbar, dort, wo ich die Beretta in den Gürtel gesteckt hatte. Die auch der Grund dafür war, dass ich das Jackett vorläufig lieber anbehielt.

Euphemistisch gesagt war die Angelegenheit eskaliert. Thomas Hrdlicka verschwunden, Sarah Ortbauer erschossen, Franjo ebenfalls erschossen, Dominik mit Herzinfarkt im Krankenhaus. Und ich mit einem Fuß im Kriminale. Ach ja. Wenn man die Straftaten der letzten Tage zusammenzählte – Unterschlagung von Informationen und Beweismitteln in zumindest zwei Mordfällen, unerlaubter Besitz einer unerlaubten Waffe, schwerer Einbruch –, dann war die Formulierung »mit einem Fuß« die Untertreibung des Jahres. Als Wochenbilanz recht beachtlich.

Die Zeitungen widersprachen einander in der Darstellung des Massakers auf dem Boot. Die »Neue Kronen Zeitung« verstieg sich, wie nicht anders zu erwarten, in ihren liebsten Plot, die gute alte Geschichte von der Verschwörung der allgegenwärtigen Geheimdienste aus dem ehemaligen Ostblock unter Mitwirkung der guten alten unverzichtbaren Russenmafia. »Täglich Alles« lieferte eine wirre Story, in der linksextremistische Todesschwadronen und ihre finsteren revolutionären Ziele die Hauptrolle spielten. Die mittel- bis großbürgerlichen Blätter, die traditionell das, was sie nicht recherchiert haben, von gedämpfterer Palette aufzutragen pflegen als ihre farbenfrohen Pendants mit dem Gütesiegel »Für den kleinen Mann«, potenziellen Auflagenvergrößerern aber schließlich auch etwas bieten müssen, wollten die Möglichkeit eines Bandenkriegs im Unterweltmilieu unter Umständen vielleicht doch nicht von vornherein durchwegs zur Gänze ausschließen – oder?

Eine bundeslandweit bekannte wöchentliche Kassandra männlichen Geschlechts war immerhin auf die Tatsache gestoßen, dass der Chef des Lokals ein aus politischen Gründen emigrierter Chilene war. Was an sich schon mit dem Großen Staatspreis für kompetente Hintergrundrecherche honoriert werden müsste, gäbe es diesen Preis und Gerechtigkeit in unserem Land. Sollten Sie Österreichs sogenannte Medienlandschaft kennen, werden Sie dem vorbehaltlos zustimmen.

Besagter Preisträgeraspirant in spe zog nun die Kubikwurzel aus der Summe seiner fulminanten Erkenntnisse, nachdem er auf gut Wienerisch zwei und zwei zusammengezählt und mit einem durchschnittlichen Unwahrscheinlichkeitswert multipliziert hatte. Das Ergebnis dieser arithmetischen Meisterleistung, die bei uns jeder Medienfiaker aus dem linken Handgelenk schüttelt, war eines der Kategorie Grüß Gott. Lateinamerikaner plus Flüchtling ergibt unweigerlich »Die Rache der Drogenbarone«. Zwar lebte Alejandro seit einem Vierteljahrhundert auf der anderen Seite des Großen Teichs, zwar lagen drei Staaten und gute zweitausendfünfhundert Kilometer Luftlinie zwischen Chiles Nordgrenze und den kolumbianischen Kokainzentren – ungeachtet solcher Einwände, wie sie nur Ignoranten und kleine Geister ins Treffen führen können, wehte ein Wind durch die Zeilen, der nach Medellín und Cali roch und geeignet war, den Geist Pablito Escobars zu beschwören.

Mit dem Bild des kolumbianischen Desperados vor Augen beendete ich meine Zeitungslektüre. In keinem Artikel war die Ermordung Franjo Bregovićs auch nur mit einem Wort erwähnt worden; kein einziges Blatt zitierte den Kern der standardisierten Aussage des Polizeipressesprechers, nämlich »kein Kommentar während laufender Ermittlungen«. Auf die Gefahr hin, mich zu wiederholen: Wien ist anders. Sage und schreibe.

»Ist er da?«

Gadi deutete mit stoppelbärtigem Kinn nach draußen, zum Schanigarten. »Ich habe ihm von dir erzählt.«

»Und?«

»Was und?«

»Wird er mit mir reden?«

»Du kannst es ja versuchen.« Gadi grinste, während er, einen Bierkrug mit vollendeter Schaumkrone schwenkend, an mir vorbeiging.

»Arschloch«, knurrte ich und lief ihm nach.

Der Gast, auf den er zuhielt, saß links hinten im äußersten Eck des Gartens, und ich wusste, dass es Weininger war, bevor Gadi das Bier vor ihm abstellte. Woher ich das wusste? Gadi hatte ihn als Kapitän zur See bezeichnet, und von den sieben oder acht Männern, die unter dem weißen Sonnendach das Wochenende mit einem Mittagsdrink einläuteten, war er der einzige, der seinen Schnurr- und Backenbart streng nach dem Zuschnitt Vizeadmiral Tegetthoffs in seinem letzten Jahr trug. Genau genommen war er der einzige mir bekannte lebende Mensch, der einen solchen Bart trug. Sein kurz geschnittenes Haar – das, was davon übrig geblieben war – hatte dieselbe Farbe wie der Bart, ein Hellbraun mit dem Schimmer, den das Haar von Menschen oft annimmt, die als Kinder blond gewesen sind. Er war klein, kompakt, braun gebrannt und kräftig und, soweit ich es beurteilen konnte, etwa Anfang fünfzig. Gut erhaltene fünfzig, von der Sorte, die auf Selbstkasteiung, Diät und Abstinenzen aller Art wenig Wert legt. An seinem linken Handgelenk trug er eine Omega Seamaster. Dem Design nach handelte es sich um ein älteres Modell, eines von diesen Edelstahltrümmern aus längst vergangenen Tagen, als Ziffernblätter noch vorwiegend dazu hergestellt wurden, um die Zeit davon ablesen zu können. Ein Stück beruhigender Nostalgie, handfest, verlässlich und wie geschaffen für die vielen Menschen, die den Großteil ihrer Zeit auf Yachten und Sportflugplätzen verbringen müssen. Die Zeiger standen auf zwölf Uhr sieben. Ich beschloss, ihnen zu glauben.

Gadi beendete die Vorstellung in dem Moment, als ich meinen Blick von dem Zeitmesser löste. Ohne genau zu wissen, wie man in dieser Situation angemessen reagiert, streckte ich meine Hand aus und sagte: »Kapitän.«

Weininger schlug ein, grinste und forderte mich mit einer Kopfbewegung auf, Platz zu nehmen.

»Sie sind der Journalist?«

Ich machte eine Geste der Zustimmung.

»Hab ich auch einmal versucht«, sagte er und widmete sich seinem Bier.

»Und?«

Er hob die Schultern. »Jetzt finde ich Rallyes spannender.«

»Eine Frage der Perspektive«, sagte ich und rückte möglichst unauffällig die Beretta zurecht, die schon wieder zu scheuern begonnen hatte. »Wie wird man als Österreicher eigentlich Kapitän zur See?«

»Englisches Patent«, sagte er, als wäre damit alles erklärt, und zwinkerte mir zu. Mit einem mächtigen Zug trank er sein Bier leer, winkte die Kellnerin heran und sagte: »Aber das ist wohl kaum der Grund, warum Sie mit mir sprechen wollen. Ich schlage vor, Sie lassen sich von mir ein Bier spendieren und fangen an.«

Ohne meine Zustimmung abzuwarten, gab er mit Hilfe von Zeige- und Mittelfinger zwei Bier in Auftrag, die mit Warp vier serviert wurden. Wir stießen an, und ich nützte einen langen ersten Schluck, um mir meine Eröffnung zurechtzulegen.

»Die Sache, an der ich arbeite, hat mit Geldwäsche zu tun. Zumindest denke ich das. Gadi hat angedeutet, Sie wüssten, wie das funktioniert.«

Er starrte mich ausdruckslos und ohne ein Zwinkern an. Das dauerte vielleicht zehn Sekunden, dann sagte er: »Gehen wir einmal von der zweckdienlichen Arbeitshypothese aus, es wäre so. Dann würde ich von Ihnen gerne einen guten Grund hören, warum ich Ihnen etwas darüber erzählen sollte.«

»Da hängt eine Menge Geld drin. Blutgeld. Mindestens drei Menschen wurden in den letzten Tagen ermordet, weil sie zu viel wussten.«

Er hob die Augenbrauen.

»Mit einem der Opfer war ich bekannt, mit einem anderen auf kollegialem Grußfuß.«

»Das ist schlimm und gewiss hart für Sie und im Übrigen absolut Sache der Polizei.«

Womit er natürlich recht hatte. Ich versuchte es mit einem

anderen Einstieg: »Es geht um Waffendeals im ehemaligen Jugoslawien.«

»Bedaure, aber die Probleme der Welt gehören nicht zu meinem Ressort.«

Ich blickte ihn misstrauisch an. »Das ist doch Bogart, oder?«

Er grinste. »Genau. ›Casablanca‹. Einer meiner Lieblingsfilme. Den Bogart-Part kann ich auswendig. Mögen Sie ihn auch?«

So kamen wir nicht weiter.

»Hören Sie, Käpt'n, natürlich mag ich ›Casablanca‹. Jeder mag ›Casablanca‹, so ist das mit Kultfilmen. Wenn Sie wollen, stehe ich auf und singe die ›Marseillaise‹; allerdings muss ich Sie darauf hinweisen, dass mir ab *›arrivé‹* der Text fehlt. Ich bedaure auch sehr, dass ich Ingrid Bergman nicht ähnlicher sehe. Aber ich brauche die Transitvisa!«

Weininger lehnte sich zurück; bevor er die Hände hinter dem Kopf verschränkt hatte, erhaschte ich einen Blick auf die Omega. Zwölf Uhr sechsundzwanzig. Czerwenka war in vier Minuten fällig.

»Was wissen Sie über meine Tätigkeit?«

»Dies und das. Sie helfen reichen Menschen, noch reicher zu werden.«

»Falsch«, sagte Weininger. »Ich bin ein ... sagen wir, ein professioneller Privatier, der Geschäftsleute dabei unterstützt, durch eine Absurdität zu navigieren, die sich österreichisches Steuersystem nennt, ohne dabei Schiffbruch zu erleiden.«

»Dafür gibt es Steuerberater, wie mir zu Ohren gekommen ist.«

»In einfacheren Fällen durchaus. Wenn Sie mir gestatten, bei dieser Metapher zu bleiben: Steuerberater sind Hafenlotsen. Meine navigatorischen Manöver finden auf hoher See statt.«

»Außerhalb der Drei-Meilen-Zone und der Gesetze.«

»Wieder falsch. Außerhalb der Drei-Meilen-Zone gilt das Seerecht. In gewisser Hinsicht sind es die härteren Gesetze, die da draußen herrschen, das können Sie mir glauben.«

»Schon möglich. Doch wer schafft es bis dorthin? Nur die dickbäuchigen, schwer beladenen Kauffahrer der Pfeffersäcke. Oder wollen Sie mir wirklich einreden, dass Sie auch für den durchschnittlichen Steuerzahler mit seinen monatlichen fünfzehntausend Schilling Ihren Sextanten auspacken?«

»Natürlich nicht. Wie ich bereits festgestellt habe, bin ich kein Weltverbesserer. Ich halte Kapitalismus und freie Marktwirtschaft für harte, manchmal brutale, aber insgesamt sehr effektive Systeme. Wenn Sie dann noch die Demokratie als Regulator hinzufügen, haben Sie ein relativ stabiles Gebilde mit rudimentären Ansätzen von Chancengleichheit und Fairness.«

»Ich nehme an, es darf gelacht werden. Was bringt ein Regulator, den Sie mit Ihren Tricks aussegeln?«

»Es gehört zum Wesen der Demokratie, dass sie solche Möglichkeiten offenlässt.«

In diesem Augenblick betrat Roman Czerwenka die Bar, ohne von uns Notiz zu nehmen.

»Warum erzählen Sie mir das?«

Er lächelte ein wenig hinterhältig. »Ich gebe Ihnen eine Kurzversion meines Weltbilds. *The bullet points* sozusagen. Wenn Sie mich für Ihre Zwecke einspannen wollen, müssen Sie mir schon etwas bieten. Geld haben Sie keins, als Kunde kommen Sie für mich nicht in Frage, also kann es nur eine Sache sein, die meinen ... sagen wir, meinen sportlichen Ehrgeiz weckt.«

»Wenn Sie mich für fünf Minuten entschuldigen, habe ich vielleicht etwas für Sie.«

Ich ging hinein und lehnte mich neben Czerwenka an den Tresen. »Gab es Schwierigkeiten?«

»Nichts Ernstes. Nur eine kleine Verzögerung unbedeutender Natur.« Unauffällig schob er mir ein kleines Päckchen in die linke Tasche meines Sakkos.

»Wo haben Sie es gefunden?«

»Dort, wo sie es in neun von zehn Fällen aufbewahren. In

der obersten Schreibtischlade, ganz hinten. Wenn dort nichts ist, liegt es im Safe.«

»Was kein echtes Problem bedeutet hätte.«

Czerwenka lachte leise. »Nicht einmal ein kleines.«

Ich bat ihn, auf mich zu warten, und verließ die Bar durch den Hinterausgang. Ich betrat das WC am Gang und schloss sorgfältig die Tür hinter mir. Dann packte ich die Beute aus.

Weininger hatte meine Abwesenheit genutzt, um ein Telefonat zu führen; als ich mich zu ihm setzte, drehte er das Handy ab und steckte es weg.

»Also«, begann er. »Letzte Chance. Was bieten Sie mir an?«

»Ein Wortspiel.«

Er runzelte die Stirn. »Ein Wortspiel?«

»Genau. Ein Wortspiel aus dem Seewesen sollte doch nach Ihrem Geschmack sein. Sie haben sich vorhin als Privatmann bezeichnet, präziser: als Privatier. Wenn Sie das Wort englisch aussprechen – *privateer* –, dann bedeutet es etwas ganz anderes, nämlich Freibeuter, Pirat.«

»Bis hierher kann ich Ihnen folgen.«

»Davon bin ich überzeugt. Und genau dafür halte ich Sie, für einen Finanzkorsaren, der unter falscher Flagge segelt, um die reguläre Flotte zu täuschen. Warum grinsen Sie? Amüsiert Sie das, oder freut es Sie einfach, dass die Sonne scheint?«

»Beides«, sagte er, noch breiter grinsend, »auch wenn es natürlich keineswegs bedeutet, dass ich Ihnen zustimme. Übrigens – schenken Sie mir eine Camel? Ich habe den Erwerb von Zigaretten vor einiger Zeit aufgegeben.«

Ich verkniff mir die Frage, ob ihn finanzielle oder gesundheitliche Erwägungen zu diesem Entschluss bewogen hatten, und sagte: »Bedienen Sie sich. Sie verlangen, dass ich Ihren sportlichen Ehrgeiz wecke. Nun gut. Ich möchte Ihnen ein Geschenk machen.«

Zum ersten Mal wurde Weiningers Gesichtsausdruck vorsichtig. »Ein Geschenk?«

»Ja. Ein Beutestück, eine Prise, *the loot*, wie auch immer wir Haudegen und Glücksritter unrechtmäßig angeeignetes Gut umschreiben.« Ich griff in die linke Sakkotasche und zog das Päckchen hervor.

Neugierig nahm Weininger den kleinen Gegenstand an sich. Dann erstarrte er.

Sein Mund war im Begriff, eine Frage zu formulieren, doch bevor diese Information an Zunge und Stimmbänder weitergegeben werden konnte, hatte er sich wieder im Griff und brachte einen kühlen, neutralen Gesichtsausdruck zustande.

Er sagte: »Wissen Sie, was das ist?«

»Ich würde sagen, dass das ein sechsteiliger silberner Faltbecher mit alter 925er-Punze ist – was bedeutet, dass er mindestens fünfzig Jahre auf dem Buckel hat. Macht klack-klack-klack, wenn er aufspringt. Fasst vielleicht zwölf Zentiliter, also optimal als kurzfristiges Zwischenlager für hochprozentige Spirituosen geeignet. Gut in Schuss, aber aufgrund einiger Dellen und Kratzer und, wie gesagt, der Punzierung würde ich sein Alter doch –«

Er schob meine Ausführung mit einer unduldsamen Handbewegung vom Tisch.

»Ich spreche von der Bedeutung des Bechers.«

»Sagen wir, ich habe eine nicht gänzlich unkonkrete Vorstellung davon, was er für Sie bedeutet.«

»Und das wäre?«

Ich lehnte mich zurück und grinste ihn mit einem Mindestmaß an Unverschämtheit an. »Das ist Ihr Glücksbringer, nicht wahr? Darf bei keiner Kaperfahrt fehlen, sonst bleiben die Prisen aus und der Galgen kommt in Sicht.«

Weiningers Blick verhieß nichts Gutes. Zum ersten Mal fiel mir auf, dass die Farbe seiner Augen Blau war, ein sehr heller, bereits ins Graue spielender Ton. Er saß bloß da, die Ellenbogen auf den Tisch gestützt, das vorgereckte bartlose Kinn vier Millimeter über den ineinander verschränkten Händen, einen harten, abschätzenden Blick auf mich gerichtet. Nichts in seinen Augen bewegte sich. Seine Stimme hatte einen scheinbar träumerischen, weichen Klang angenommen, als er fragte: »Wer hat es Ihnen gesagt?«

»Niemand. Während wir hier sprachen, hat sich mein Partner in Ihrer Wohnung umgesehen.«

»Und woher wusste er, was er suchen musste?«

»Von mir. Ich sagte ihm, der Gegenstand würde klein, alt und durch häufigen Gebrauch abgegriffen sein; er wiederum wusste, wo solche Gegenstände aufbewahrt werden. Jemand wie Sie muss einfach ein Maskottchen besitzen.«

Weininger zeigte kurz ein hartes, strahlendes Grinsen, bei dem seine Augen funkelten, dann brach er in Gelächter aus.

»Nicht schlecht«, sagte er schließlich. »Schildern Sie mir Ihr Problem, Mazurka, und stellen Sie mir Ihren Partner vor. Ich glaube, dies ist der Beginn einer wunderbaren Freundschaft.«

»Hat es geklappt?«, fragte Czerwenka, der mit dem Rücken an die Schank gelehnt ein kleines Bier trank und die Gäste beobachtete, ohne irgendjemand zu bevorzugen.

»Sieht so aus. Er will Sie kennenlernen.«

»Halten Sie das für eine gute Idee?«

»Das müssen Sie entscheiden. Vielleicht hat er Arbeit für Sie.«

»Könnte nicht schaden«, sagte Czerwenka, zuckte die Schultern und folgte mir nach draußen. Er schüttelte Weininger die Hand, der, während er den Einbrecher neugierig musterte, die Augen zusammenkniff, als würde er nach Wochen auf dem Ozean versuchen, Land auszumachen.

»Sind wir uns nicht schon früher einmal begegnet?«, fragte er schließlich.

»Ich denke doch, dass ich mich daran erinnern könnte«, sagte Czerwenka und rückte sich einen Sessel zurecht.

»Trotzdem …« Weininger wiegte zweifelnd den Kopf hin und her. »Auf jeden Fall haben Sie gute Arbeit geleistet. Falls ich einmal vor einem Problem stehen sollte, das in Ihre Kompetenz fällt ...« Er nickte dem Einbrecher aufmunternd zu.

»Dann wenden Sie sich an meinen Freund«, ergänzte Czerwenka den Satz und trank sein Glas leer. »Er weiß, wie ich zu erreichen bin.«

Er stellte das Glas ab und erhob sich. »Wenn Sie mich jetzt bitte entschuldigen – ich hatte einen anstrengenden Arbeitstag und brauche ein wenig Ruhe.«

Ich sah dem unauffälligen kleinen Mann nach, bis er mit raschen, sicheren Schritten vom Touristenstrom am Graben geschluckt wurde.

»Seltsam«, sagte Weininger nachdenklich, sein Maskottchen in der Hand rollend, »dann hat mich Ihr Freund wohl an irgendjemand anderen erinnert.« Er musterte mich, dann sagte er: »Begleiten Sie mich ins Büro.«

Weininger fuhr einen Austin-Healey Baujahr 1962 mit offenem Verdeck; er bezeichnete die Wagenfarbe als British Racing Green. Ein ovaler weiß-roter Aufkleber am Heck erzählte von einer jüngst absolvierten Monte-Carlo-Rallye. Tief liegende Ledersitze gaben einem das Gefühl, in Bodennähe dahinzubrausen. Zu meiner Überraschung setzte Weininger keine lederne Fliegerhaube auf. Wahrscheinlich war es zu heiß dafür, doch fraglos wäre es die einzig adäquate Kopfbedeckung gewesen. Möglicherweise mit Ausnahme einer Tweedmütze. Wir sausten mit röhrendem Motor und heißem Fahrtwind im Haar durch die Innenstadt, schlugen uns unter gröblicher Missachtung einiger grundlegender Verkehrsregeln auf die Zweierlinie und gelangten nach sechsminütiger Fahrt beim Messepalast an.

Weininger stellte den Wagen im vorderen Innenhof ab und ging voraus in den hinteren Teil – dort, wo bloß liegende Ziegelmauern und verwitterte, efeubewachsene Wände, von denen uralter Verputz abbröckelt, jenes Ambiente schaffen, das Wien-Touristen aus aller Welt noch immer mit Orson Welles und dem »Dritten Mann« verbinden. Ansonsten ist – außer dem Riesenrad im Prater und der Kanalisation – davon nur mehr wenig übrig geblieben. Wir gingen die Rampe hoch, die zum Gastgarten des »Glacis-Beisls« führt, und betraten einen engen, strahlend weiß gekalkten Hausflur.

Weiningers Büroräume nahmen, wie er mir ungefragt mitteilte, hundertdreißig Quadratmeter des neu adaptierten Dachgeschoßes ein; wir durchquerten sie im Eiltempo und gelangten in eine kleine Küche. Er setzte Kaffee auf, stellte ein anthrazitfarbenes Texas-Instruments-Notebook der neuesten Generation auf den Tisch und sagte: »Die Diskette bitte.«

Er stutzte, als er die Liste sah, überflog sie kommentarlos, machte sich ein paar Notizen und stand schließlich auf, um Kaffee in zwei große Tassen zu gießen. Er reichte mir eine, setzte sich wieder an den Computer und musterte mich nachdenklich.

»Wissen Sie, was Sie da aufgegabelt haben?«

»Wenn ich's wüsste, hätte ich mich nicht an Sie wenden müssen.«

Weininger nickte gedankenschwer. »Ich überlege gerade, ob es hierbei wohl um Drogen oder um Waffen geht.«

»Um Waffen.«

»Ach ja, Sie erwähnten vorhin so etwas. Doch im Grunde ist das natürlich völlig gleichgültig.«

»Warum?«

»Weil es auf dasselbe Prinzip hinausläuft. Sehen Sie her. Die Information, die Ihre Diskette enthält, besteht aus zwei Teilen. Zum Ersten werden hier sehr verschachtelte Kontobewegungen und Geldtransfers aufgeführt. Hier haben Sie einen ganzen Haufen privater Banken in verschiedenen Staaten, auf die Geld angewiesen wird, das man sofort wieder abzieht. Konzentrieren wir uns auf diese beiden – Banco Ambrosiano und Cariplo; sie fungieren in diesem Szenario sozusagen als Zentraleinheiten. Beide würde ich übrigens im engsten Dunstkreis des Vatikans verorten. Beachten Sie die Zahlen am Schluss jeder Transaktion. Dabei handelt es sich um Nummernkonten, auf denen die Beträge landen. Davon gibt es zwei. Ich tippe auf Schweiz oder Liechtenstein.«

Ohne den Blick vom Bildschirm zu nehmen, schnappte sich Weininger eine Camel aus der Packung, die ich am Küchentisch abgelegt hatte, und ließ sich von mir Feuer geben.

»Können Sie mir bis zu diesem Punkt folgen?«

»Problemlos.«

»Gut. Bisher wissen wir bloß, dass Geld gewaschen wird. Wir wissen noch nicht, woher das Geld kommt. Darüber gibt uns der nächste Abschnitt Auskunft.«

»Die zweispaltige Tabelle?«

»Genau. Die Städte auf der linken Seite haben zwei Dinge gemeinsam.«

Ich las noch einmal die Namen. Die meisten davon waren eindeutig afrikanisch, andere klangen so; von einem Namen wusste ich zufällig, dass er die Hauptstadt eines winzigen und wirtschaftlich unbedeutenden karibischen Inselstaates bezeichnete. Ich fand nicht einmal einen gemeinsamen Nenner.

»Alle«, sagte Weininger, während er seine Zigarette ausdämpfte, »sind Hafenstädte. Und alle gehören zu neutralen Staaten, die – gegen gute Bezahlung – Endverbraucherzertifikate vergeben.«

»Noch einmal für Normalsterbliche bitte.«

»Die meisten nationalen Gesetzgebungen verhindern den Verkauf von Waffen an kriegführende Staaten. Stellen Sie sich folgendes Szenario vor: Ein kleiner, neutraler afrikanischer Staat – nennen wir ihn der Anschaulichkeit halber Liberia –, der zurzeit mit seinen Nachbarn in Frieden lebt, beschließt, italienische Waffen einzukaufen. Kein Problem. Ein Endverbraucherzertifikat wird ausgestellt, und ein liberisches Frachtschiff mit einer Ladung Granatwerfer und Flugabwehrgeschützen im Bauch verlässt, sagen wir, Brindisi. Das Prozedere ist recht einfach. Bestimmungshafen ist der Freeport Monrovia, doch kaum auf offener See, tauscht der Kapitän die Schiffspapiere gegen gefälschte aus, holt die liberische Flagge ein und zieht die kroatische auf. Dann landet er in einem kroatischen Hafen an – suchen Sie sich einen von der Liste aus –, löscht die Fracht, lädt Kisten mit Ballast auf und verlässt den Hafen. In Liberia kommt er mit einem Tag Verspätung an, den er auf einen Maschinenschaden zurückführt, lässt die Kisten ausladen und sich die Papiere von einem bestochenen Hafenmeister abstempeln – und der Deal ist gelaufen. Kapiert?«

»Allerdings.«

»Dann können wir uns dem nächsten Problemkreis widmen. Ich gehe davon aus, dass diese Diskette nicht auf … herkömmlichem Weg in Ihren Besitz gelangt ist und daher die Gefahr besteht, dass die vormaligen Eigentümer Rechte geltend machen könnten – ebenfalls nicht auf herkömmlichem Weg. Ist das der Fall?«

»Sie sollten Ihren Hang zu Euphemismen in den Griff bekommen. Er nimmt bereits bedenkliche Formen an.«

»Was Sie benötigen, ist ein Sicherungssystem. Am besten ein zweistufiges. Stufe eins: Wir ziehen Kopien von der Originaldiskette, die Sie an strategisch günstigen Orten verteilen. Zwei Stück sollten genügen. Stufe zwei: Wir verschlüsseln die Datei mit einem Passwort.«

Ich lehnte mich zurück und verschränkte die Arme hinter dem Kopf. »Ich dachte, dass man jeden Code knacken kann.«

»Einige nicht«, sagte Weininger.

»Die Botschaft hör ich wohl …«

»Es gibt da ein Verschlüsselungsprogramm namens PGP – Pretty Good Privacy, das sich jeder aus dem Internet herunterladen kann. Die US-Regierung führt seit einigen Jahren einen Prozess gegen den Programmierer; sie argumentiert, dass ein so komplexes Kryptosystem unter das Exportgesetz fällt. Ihre Spezialisten von der NSA haben es nicht geschafft, das Programm zu knacken. Ich könnte die Daten auf Disketten verschlüsseln. Was halten Sie davon?«

»Sie haben mich überzeugt.«

»Dann denken Sie sich schon einmal ein Passwort aus.«

Ich stutzte, dann sagte ich: »Da weiß ich etwas Besseres. Denken Sie sich ein Passwort aus.«

Vielleicht lag es daran, dass sie etwas aus meiner Stimme heraushörte – Verzweiflung, Zorn, Verbitterung –, das mir selbst nicht bewusst war. Vielleicht fand sie Spaß daran, einmal die Vorschriften zu beugen, nur ein bisschen. Und vielleicht war sie einfach nur eine kleine, freundliche Bibliothekarin, die einem alten Stammkunden gern einmal einen kleinen Gefallen tat, selbst wenn es Samstagnachmittag war und sie dafür ihren Job verlieren konnte.

Wider Erwarten hob jemand ab, als ich die Nummer der Nationalbibliothek wählte, und verband mich umgehend mit Sonja Trebermann. Sie hatte Dienst und erkannte mich sofort, doch sie war alles andere als erfreut, als ich mich meldete und ihr in Stakkatosätzen mein Anliegen vortrug.

»Unmöglich«, rief sie. »Wie denn? Sie kennen, denke ich, unsere Öffnungszeiten. Falls Sie es übersehen haben sollten: Heute ist Samstag.«

»Ich weiß.«

»Ist das alles? Ich weiß? Kein ›Lob für eine fähige Mitarbeiterin‹?«

»Hab ich das damals so gesagt?«

»Zumindest wurde es mir so mitgeteilt.« Nach einer kurzen Pause fügte sie hinzu: »Immerhin haben Sie sich meinen Namen gemerkt.«

Um vierzehn Uhr zweiunddreißig – mit zweiminütiger Verspätung – stand ich vor einem Nebeneingang der Nationalbibliothek. Sonja Trebermann wartete bereits.

»Ihre hart erworbene Urlaubsbräune ist fast beim Teufel«, konstatierte sie flüsternd, als wir sehr leise den Zeitschriftenlesesaal betraten. »Was haben Sie nur getrieben? Sie sehen schlecht aus.«

»Ich liebe Ihre Komplimente. Es war auch wirklich eine tolle Woche.«

Sie nahm hinter ihrem Terminal Platz und sah mir voll ins Gesicht. Ihr Blick war forschend, ohne misstrauisch zu sein. Heute schien sie ihre Brille nicht dabeizuhaben. Vielleicht, weil das Wochenende begann.

»Ich habe es in den Zeitungen gelesen«, sagte sie ohne Überleitung.

Ich schwieg.

»Sarah Ortbauer«, fuhr sie fort. »Sie wussten es bereits.«

»Was?«

»Dass sie ermordet wurde. Als Sie sich am Montag Ortbauers Artikel ausheben ließen, wussten Sie es. Hab ich recht?«

»Schon möglich.«

»Ich könnte Sie jetzt fragen, was Sie damit zu tun haben, aber Sie würden es mir nicht sagen, oder?«

»Richtig. Ich würde es Ihnen nicht sagen.«

Sie nickte langsam, zweimal. Dann hatte sie ihren Entschluss gefasst.

Zwei britische, vier deutsche und eine österreichische Zeitung nach dem Verlauf der kroatischen Offensiven zu durchforsten, ist an sich schon eine zeitraubende Angelegenheit. Schlimmer wird es allerdings noch, wenn man gar nicht weiß, welche Daten für die Recherche wertvoll sind und welche nicht. Es war langwierige, ödeste Archivarbeit, und wenn man sie gut machen wollte, dann benötigte man dafür entweder eine Woche Zeit oder Glück. Um fünfzehn Uhr vier stellte sich heraus, dass ich Glück hatte.

»Möchten Sie Tee?«

Ich nickte und nahm ihr einen Plastikbecher ab.

»Was ist das für ein grässliches Gebräu?«

Sie lachte. »Stammt direkt aus dem Automaten. Wonach suchen Sie überhaupt?«

»Nach einem Zusammenhang. Irgendeinem.« Ich deutete

auf meine Notizen. »Hier – das sind die Offensiven der kroatischen Armee im letzten Jahr. Kein Anspruch auf Vollständigkeit.«

»Und diese Daten?« Bevor ich es verhindern konnte, schnappte sie sich das Blatt, auf dem ich das Eintreffen der Waffenlieferungen notiert hatte. Sie stand eine Zeit lang schweigend da, an die Tischkante gelehnt, und studierte nachdenklich die Blätter. Dann legte sie sie wieder zurück, stellte ihren Teebecher ab und sagte: »Zwei Wochen.«

»Wie bitte?«

»Das ist der Zusammenhang. Zwischen Ihren Daten hier – was immer sie auch bedeuten mögen – und den Offensiven steht jeweils ein zeitlicher Abstand von exakt zwei Wochen.«

Ich rieb mir die Augen, ging noch einmal meine Notizen durch, verglich sie mit den Daten von der Diskette – und plötzlich sah ich es auch. Sie hatte völlig recht. Simpel, klar und von einleuchtender Logik. Der Schlüssel lautete zwei Wochen. Einzahlungsdatum auf die Nummernkonten plus zwei Wochen ergab den Start einer kroatischen Offensive. Es bestand also ein ursächlicher Zusammenhang zwischen den Waffenlieferungen unter der Patronanz eines Kurienbischofs und der kroatischen Kriegspolitik – und ich besaß eine Diskette, die es bewies.

»Sie sind meine Heldin«, sagte ich. »Wie kann ich mich revanchieren?«

»Lassen Sie sich etwas einfallen.«

»Wie wäre es mit einem Abendessen nächste Woche?«

»Wenn ich mir das Restaurant aussuchen darf, gerne.«

Das Fahrziel Allgemeines Krankenhaus bedeutet für die meisten Wiener Taxifahrer so viel wie: Autopilot ein. Manche werden dann geschwätzig und fühlen sich bemüßigt, mit dem Fahrgast die neuesten (verheerenden) Fußballergebnisse zu diskutieren, die jüngsten Schweinereien in Politik und Wirtschaft, den Anstieg der Arbeitslosenrate oder einfach ein längeres Statement zum Sinn des Lebens abzugeben. Dazu war ich heute nicht in Stimmung. Ich unterband den Redefluss meines Fahrers bereits im Ansatz, indem ich mich zurücklehnte und leise, aber leidenschaftlich zu schnarchen begann.

Die fehlenden Stücke lagen ausgebreitet vor mir. Alles war da. Ich wusste, warum die Morde geschehen waren. Und doch passte auf einmal nichts mehr zueinander. Schwarzmantel, Emma Peel, die beiden Schläger, Frank, Immermann, Roder – wie hingen sie zusammen? Wer hatte die Daten auf der Diskette zusammengestellt? Und vor allem: Wie kamen wir alle heil wieder aus der Sache heraus?

Ich bat den Fahrer, vor dem Haupteingang zu warten, und betrat den Moloch. Adolf Loos' polemischer Essay »Ornament und Verbrechen« kam mir in den Sinn, als ich versuchte, einen Aufzug zum Halten zu bewegen. Loos hatte das AKH nicht gekannt, sonst hätte er einen Folgeessay unter dem Titel »Architektur und Verbrechen« geschrieben. Oder, konkreter: »Architektur *als* Verbrechen«.

Dominik sah eine Schattierung besser aus als gestern, doch noch immer so schlimm, dass ich bei seinem Anblick zusammenzuckte. Die Ringe unter seinen Augen waren so dunkel, dass sie wie blaue Flecken wirkten; die Wangen waren eingefallen; die Haut hatte eine mattgraue, krankhafte Blässe angenommen. Die Infusionsbehälter waren entfernt worden. Erst als er die Augen öffnete, sah ich, wie viel Leben noch in ihm war. Er grinste schief und tippte mir mit dem Zeigefinger der rechten Hand auf die Brust.

»Was machst du denn hier?«

»Ich bin der Leichenbeschauer.«

»Freche Laus. Erzähl mir, was du unternommen hast. Unzensiert.«

»Ich glaube nicht, dass dir das guttun würde.«

»Und hier liegen und darauf warten, dass sie dich ein paar Stock tiefer einliefern, das tut mir gut?«

Da musste ich ihm recht geben. Als ich bei Czerwenka und dem Einbruch in Roders Wohnung angelangt war, flüsterte er:

»Mein Gott, ihr seid wirklich bei ihm eingestiegen und habt ihm das Foto untergejubelt? Und sein Geld mitgenommen? Du Irrer.« Er lachte heiser. Doch als ich mit meinem Bericht zum Ende kam, lachte er nicht mehr.

»Das ist zu groß für dich, Paul. Zu groß für jeden. Du hast das Geld. Damit kannst du mit Anna für eine Weile aus der Schusslinie verschwinden. Fahrt ins Ausland, irgendwohin, wo es ruhig und polytheistisch ist. Und kommt wieder zurück, wenn sich die Wolken verzogen haben.«

»Und was ist mit Tom? Die Polizei hält ihn noch immer für den Mörder.«

»Ich weiß nicht«, sagte Dominik und schloss die Augen. »Ich wäre mir da nicht so sicher. Dieser Nowotny und sein schweigsamer Kollege waren heute Vormittag bei mir.«

»Was hast du ihnen erzählt?«

»Dass wir plötzlich unter Beschuss standen. Und ich nicht die geringste Ahnung habe, wieso. Dann wollte er wissen, woher ich weiß, wie man einen Molotowcocktail mixt.«

»Woher weißt du, wie man einen Molotowcocktail mixt?«

Dominik grinste schwach, die Augen geschlossen. »Ich hab ihm erzählt, ich hätte es in einem Film gesehen. Was nebenbei auch stimmt.«

»Hat er dir geglaubt?«

»Nein. Aber es blieb ihm nichts anderes übrig. Und du hattest recht. Er hat Hirn.« Dominik schlug die Augen wieder auf und sah mich an. »Verschwinde aus Wien, Paul. Mach dir einen schönen Urlaub mit Anna und vergiss diese schmutzige Geschichte. Verwende Roders Geld für einen guten Zweck.«

»Ich werde darüber nachdenken.« Ich drückte ihm »Black Cherry Blues« von James Lee Burke in die Hand und ging.

Mirjana Bregović drängte mir eine Tasse Kaffee auf. Mittlerweile schoss so viel Koffein durch meine Blutbahn, dass sich jede weitere Dosis gegenteilig auf meinen Kreislauf auswirkte. Trotzdem nahm ich an.

»Wo ist Ihre Tochter?«

»Freunde haben sie in den Prater mitgenommen.«

»Haben Sie viele Freunde in Wien?«

»Ein paar«, sagte sie müde.

Die kleine Frau wirkte merkwürdigerweise gefasst – sie brüllte nicht, schlug keine Fensterscheiben ein und machte auf mich nicht den Eindruck, als würde sie sich demnächst vor ein Auto werfen. Nur ihre Lider waren rot und geschwollen, und das Eichhörnchenbraun ihrer Augen war einem stumpfen, schmutzigen Graubraun gewichen. Wider Erwarten sprach sie recht passabel Deutsch, wenn auch mit starkem Akzent, und sie schien es zu bevorzugen, über belanglose Alltäglichkeiten zu reden. Vielleicht, weil sie das am ehesten von ihrem Verlust ablenkte. Also schob ich mein Anliegen so lange hinaus, wie es nur möglich war. Doch als es gegen halb sechs ging und Anna noch immer nicht kam, wurde ich langsam unruhig. Ich rief bei ihr zu Hause an und ließ es läuten. Niemand hob ab. Auch das Band schaltete sich nicht ein. Ich probierte es bei mir und sprach zum ersten Mal einen Text auf meinen eigenen Anrufbeantworter. Ein schizophrenes Gefühl.

»Ich fürchte, dass Anna heute nicht mehr kommen wird«, sagte ich und versuchte, höfliches Bedauern statt Beunruhigung in meine Stimme zu legen.

Mirjana nickte und schenkte mir, bevor ich es verhindern konnte, Kaffee nach.

»Ich möchte Ihnen etwas übergeben«, begann ich, als ich es nicht mehr hinauszögern konnte. »Wie Sie wahrscheinlich wissen, war Franjo mit mir verabredet, als er ermordet wurde. Ich habe das hier an mich genommen.«

Ich reichte ihr ein Kuvert mit dem Inhalt seiner Sakkotaschen; es war alles dabei – alles außer der Diskette. Mirjana nahm es in Empfang, drehte sich kurz zur Seite und fasste sich sofort wieder. »Danke«, sagte sie.

»Aber da ist noch etwas.« Ich zückte den Umschlag mit

Roders Geld. »Das sind hunderttausend Schilling«, sagte ich. »Sie gehörten Franjo. Jetzt gehören Sie Ihnen.«

Sie starrte mich verständnislos an. Und stellte die naheliegende Frage: »Woher hatte Franjo das Geld?«

»Sehen Sie, er –«

»Ich weiß, dass er in etwas ... Böses verwickelt war«, unterbrach sie mich. »Gestern war die Polizei bei mir und stellte mir Fragen. Ich weiß nicht, was es ist, und ich will es auch gar nicht wissen. Und ich will auch dieses Geld nicht. Es ist dreckig.«

»Nein«, sagte ich, während ich mir eine Zigarette anzündete. »Nur das, was manche Menschen dafür tun, ist dreckig.«

»Hat Franjo ...«

»Ihr Mann hat nichts getan, wofür Sie sich schämen müssten. Im Gegenteil. Sie sollten stolz auf ihn sein. Ich bin stolz darauf, Franjo gekannt zu haben. Er hat mir ... nun, er hat mir sehr geholfen. Nehmen Sie das Geld. Er hätte es so gewollt. Denken Sie an Ihre Tochter. Und denken Sie an sich.«

»Sind Sie sicher, dass es ... recht ist?«

Ich sah ihr in die Augen. Ein bisschen Glanz hatte sich dort wieder eingefunden. Nicht viel, doch es war ein Anfang.

Ich sagte: »Ganz sicher.«

Das Taxi hielt am Fleischmarkt. Ich zahlte, stieg aus und bog in die Köllnerhofgasse. Ich brauchte nicht lange nach dem Haus Nummer sechs zu suchen. Ich drückte den Knopf an der Gegensprechanlage, der mit den Initialen »A.W.« beschriftet war. Nichts geschah. Nach ein paar fruchtlosen Versuchen ging ich zwanzig Meter weiter und setzte mich in eine kleine Bar.

Es war achtzehn Uhr, und ich war der einzige Gast. Ein schönes Gefühl und äußerst ungewöhnlich für einen Samstag. In zwei Stunden würde der Rummel beginnen, und ab Mitternacht mussten sie am Eingang Stehplatzkarten verkaufen. Die Bar war blitzblank sauber und aufgeräumt, und ich trank ein kaltes Bier und blätterte in einem Magazin namens »Buchkultur«. Einen Artikel über den portugiesischen Dichter Sebastião Martím de Azevedo las ich ganz. Er trug den feinsinnigen Titel »Neunter und letzter Port«. Das gefiel mir. Die Geschichte eines Trinkers, für Trinker geschrieben. Fast erwog ich, den Kellner nach seinen besten Kreszenzen auf dem Sektor Portwein zu fragen. Ich ließ es dann doch bleiben. Stattdessen zahlte ich das Bier, von dem ich nur die Hälfte getrunken hatte, und ging zurück zu Annas Haus.

Auch diesmal meldete sich niemand. Ich drückte ein paar Knöpfe auf einmal und erzählte einer fremden Frauenstimme die alte Geschichte vom vergessenen Schlüssel. Sie schien sie noch nicht zu kennen und betätigte den Türöffner.

Ich trat in ein breites, großzügig angelegtes Stiegenhaus mit alten Kronleuchtern, Marmortäfelung, blank poliertem Messinggeländer und allem anderen, was dazugehörte, um einen gut situierten Wiener Großbürger um die Jahrhundertwende zufriedenzustellen. Ich misstraute dem altersschwachen Lift und stieg hinauf in den letzten Stock, fand die Tür Nummer achtzehn und registrierte ohne echte Überraschung, dass sie angelehnt war. Ich trat ein und gelangte durch ein weites Vorzimmer in einen mittelgroßen, hellen Salon.

Anna wohnte nicht übel. An mattweißen Wänden hingen spärlich verteilte Fotos und Plakate. Auf dem Boden lagen zwei avantgardistisch gemusterte Teppiche, groß genug, um Bequemlichkeit zu vermitteln, aber nicht so groß, dass man das edle Parkett nicht mehr gesehen hätte. Eine Ledercouch, zwei Stahlrohrsessel nach Le Corbusiers Modell 1928 mit Bezügen aus schwarz-weiß geflecktem Fell, ein Schreibtisch mit Glasplatte und ein riesiger schwarzer Überseekoffer mit Messingbeschlägen bildeten das Mobiliar. Ein schöner Raum. Störend waren nur zwei Dinge. Die Tatsache, dass Kleidungsstücke, aufgeschlagene Bücher, Manuskripte und aller möglicher Kleinkram über den Boden verteilt waren, so als hätte ein begrenzter Mini-Hurrikan hier gewütet. Und dass ein Geruch in der Luft hing, ein penetrant männlicher Geruch nach Bier, altem Schweiß und Pisse.

Als ich das Parkett knarren hörte und mich umdrehte, wusste ich, dass ich eine Dummheit begangen hatte. Mein Solarplexus kollidierte mit einer Faust. Ich krümmte mich, torkelte zurück und versuchte, Luft in die Lungen zu bekommen. Ein Tritt in die linke Niere schleuderte mich gegen die Schlafzimmertür. Sie gab nach, und ich taumelte gegen ein bewegliches Hindernis. Mir wurde übel. Und dann fühlte ich mich an den Ellenbogen gepackt und nach vorne gedrückt.

Vor mir baute sich mein alter Freund Bananentasche in voller Lebensgröße auf. Allerdings hatte er diesmal sein Markenzeichen zu Hause gelassen. Seine Nase war seit unserem letzten Gespräch ums Doppelte gewachsen und setzte einen wenig ansprechenden rosaroten Akzent in seinem Gesicht. Er grinste. Es sah abstoßend aus.

»Wir haben auf dich gewartet.«

»Das muss wahre Liebe sein«, sagte ich, nur um irgendwas zu sagen. Der Druck auf meine Ellenbogen verstärkte sich. Bananentasches Partner hatte zwei Eisenzwingen, wo andere ihre Hände haben.

Der Blonde schob sein Gesicht so nahe an meines heran, dass ich seinen Atem riechen konnte. Er verursachte mir Brechreiz.

»Du hast etwas, das dir nicht gehört, Kleiner«, sagte er, noch immer grinsend. »Jemand will sein Eigentum zurück.«

»Ich würde das Fundamt empfehlen.«

Er schlug mir mit dem Handrücken übers Gesicht, nicht besonders fest, eher so, als würde er um meine ungeteilte Aufmerksamkeit bitten.

Mühsam sagte ich: »Soll ich dir noch mal die Nase pudern?«

Eine Tonne Altmetall krachte gegen meine Stirn. Ich knallte mit dem Hinterkopf gegen etwas Hartes, hörte einen Schrei, und alles wurde schwarz.

Lange konnte ich nicht weg gewesen sein. Nicht länger, als ein einen Meter zweiundachtzig großer menschlicher Körper braucht, um zusammenzusacken und auf dem Fußboden zu landen. Den stechenden Schmerz in meinen Rippen ignorierend, wich ich einem Fußtritt des Blonden aus, schob meine Rechte in den hinteren Hosenbund und brachte, mit dem Daumen entsichernd, die Beretta ans Tageslicht.

Der Blonde lächelte auf einmal nicht mehr. Er wich langsam zurück, wobei er unausgesetzt »Scheiße, Scheiße, Scheiße« murmelte. Ich stützte mich mit der Linken ab und schaffte es bereits beim zweiten Versuch in die Vertikale. Zum ersten Mal kam Siegfrieds Partner in mein Blickfeld. Mein Hinterkopf schien das Duell mit seiner Nase für sich entschieden zu haben; jedenfalls hielt er sie mit beiden Händen und wimmerte vor Schmerz. Blut besudelte den hellen Teppich, auf dem er stand.

»Für jeden Tag eine Nase«, krächzte ich. »Rache für Cyrano!« Und dann begann ich wie ein Irrer zu kichern.

Das Kichern gab Blondfried den Rest. Seinen Kumpan mit sich schleifend, flüsterte er, ohne mich aus den Augen zu lassen: »Weg hier, Mirko. Wir verschwinden.«

Als ich die Tür ins Schloss fallen hörte, kicherte ich noch immer. Alles war dermaßen lustig, dass ich nicht aufhören konnte. Ich ließ mich japsend auf den Teppich sinken. Meine Lungen schrien nach Luft. Atmen. Atmen. Atmen. Und dann begann es. Eine Schmerzwelle der Tsunami-Klasse stieg vom Zentrum hoch und raste durch den Körper eines Fremden. Sie brach sich in einer Unzahl kleiner Explosionen, bis sie im Hirn gelandet war und die Windungen flutete.

Ein Schabrackentapir lag auf meiner Brust. Kein besonders großes Exemplar – kaum größer und schwerer als ein Elefantenbaby –, aber doch groß genug, um mich zu stören. Ich versuchte ihn zu verscheuchen. Er wollte nicht weggehen. Er lag einfach da und sah mich aus müden, sentimentalen Augen an wie ein alternder Junkie, dem man zum dreihundertfünfundsechzigsten Mal eine Entziehungskur vorgeschlagen hat. Ich zwickte ihn in seine Weichteile, aber er grunzte nur gequält und verdrehte den unförmigen Kopf. Ich schrie ihn an – keine Reaktion. Ich mag Tiere – insbesondere Schabrackentapire –, aber alles zu seiner Zeit. Etwas klingelte. Ich hob die Augenlider.

Als ich das Telefon erreichte, legte der Anrufer auf. Ich bestellte ein Taxi, nachdem ich mein Gedächtnis dazu überredet hatte, eine entsprechende Nummer auszuspucken. Die Telefonistin sagte einen Satz, der zu lang und zu kompliziert für mein Hirn war. Etwas wie: »Ihr Wagen kommt in fünf Minuten.« Ich legte auf und kroch in die Küche. Mühsam bekam ich mit zitternden Händen ein Glas zu fassen, füllte es mit Wasser und trank davon. Es schmeckte nach Kupfer. Etwas begann sich zu regen. Ich schaffte es bis zum WC und gratulierte mir zu diesem Meilenstein in der bislang noch ungeschriebenen Kulturgeschichte der Selbstbeherrschung. Erst dann erbrach ich mich in die Kloschüssel.

Danach ging ich zurück in die Küche, wusch mir das Gesicht und spülte mir den Mund und tat so, als fühlte ich mich ein wenig besser. Ich tastete meinen Hinterkopf ab. Da war eine Beule, bestimmt nicht größer als ein halbierter Tennisball. Sie schmerzte, aber noch mehr schmerzte, was vom Inhalt meines Schädels noch vorhanden war. Zweiundzwanzig arbeitsscheue Heinzelmännchen hatten sich dort breitgemacht und spielten Fußball. Das Stadion tobte. Nachdem ich meine Rippen abgetastet und festgestellt hatte, dass sie noch alle da und höchstwahrscheinlich nicht einmal gebrochen waren, machte ich mich unter Anrufung des Schutzpatrons der Bergsteiger bereit zum Abstieg ins Erdgeschoß. Es wurde zu meiner persönlichen Eiger-Nordwand.

Das Schicksal ließ Gnade walten, denn diesmal war der Taxifahrer ein Schwarzer, der kein Wort Deutsch verstand und aus diesem Grund die ganze Fahrt über schwieg. Der Nachteil war, dass ich ihn mit Gesten dirigieren musste, und das tat weh. Ich gab ihm so viel Trinkgeld, wie die kurze Fuhre ausmachte. Es war ohnedies schon alles egal.

Als ich auf die Straße trat, war die Luft zäh und feucht, als würde sie jeden Augenblick den Aggregatzustand wechseln. Jeder Schritt kostete dreitausend Kalorien. Mindestens. Meine Oberschenkel gaben mir das Gefühl, ich würde in schweren Arbeitsstiefeln, die immer schwerer wurden, durch immer mehr Dreck, der daran kleben blieb, durch eine Senkgrube waten. Keuchend kam ich oben an, lehnte mich an meine Tür und zwang mich zum Atmen. Die Lungen stachen, und um die Brust zogen sich eiserne Ringe zusammen. Unter Aufbietung letzter Kraftreserven öffnete ich die Tür, schloss sie zweimal ab und legte mich, die gesicherte Beretta neben mir, aufs Bett. Noch bevor mein Kopf den Polster erreicht hatte, tauchte Genosse Schlaf am Horizont auf. Er brauste heran wie eine Stampede.

Geweckt von pochenden Schmerzen im Rippenbereich, stieg ich um einundzwanzig Uhr siebenundfünfzig aus dem Bett, riss mir das dreckige Zeug vom Leib, ging ins Badezimmer und warf drei Aspirin-Plus-C-Tabletten in ein hohes Glas. Obwohl der Abend kaum Kühlung gebracht hatte, zitterte ich vor Kälte. Ich ließ heißes Wasser in die Wanne laufen, setzte mich an den Rand und sah den Tabletten zu, wie sie sich sprudelnd und zischend im Glas auflösten. Ein treffliches Sinnbild für die Vergänglichkeit. Als sie völlig dem flüssigen Element angehörten, ging ich in die Küche und machte Kaffee. Ein ganz gewöhnlicher Abend an einem ganz gewöhnlichen Tag. Ich nahm Pulver aus der Dose und füllte es in den Espressofilter, drückte das Pulver an und verankerte den Filter mit einer Achteldrehung in der Maschine. Dann goss ich Wasser in den Tank, schraubte ihn zu und drückte den kleinen roten Schalter. Es gurgelte und brodelte und dampfte, und langsam ergoss sich die schwarze, duftende Brühe in eine Tasse.

Mit der Tasse in der Hand stieg ich in die Badewanne, machte es mir für zwanzig Minuten so bequem wie möglich und versuchte mich zu entspannen. Die Schmerzen wurden erträglicher. Ich wusch mir die Haare, rasierte mich, putzte mir zweimal die Zähne und zog frische Wäsche an. Dann erst wagte ich einen Blick in den Badezimmerspiegel. Das war keine gute Idee.

Die linke Stirnhälfte war geschwollen; knapp über der Braue, dort, wo mich Siegfrieds eiserne Faust getroffen hatte, begann sich ein Bluterguss auszubreiten. Noch befand er sich im Entwicklungsstadium, doch bereits jetzt war zu sehen, dass er seinen ganzen Ehrgeiz daransetzte, zum Alpha-Bluterguss zu werden. Am meisten jedoch sorgte mich mein Gesichtsausdruck; es war etwas Psychopathisches an ihm.

Ich kämmte mir das Haar mit den Fingern aus dem Gesicht und machte mich auf die Suche nach Zigaretten. Nach den ersten beiden Zügen sah ich kleine grelle Lichtpunkte, doch sie vergingen, und ich genoss das Nikotin.

Die nächste halbe Stunde verbrachte ich am Computer. Die Zusammenstellung mit vier angehängten offenen Fragen umfasste nicht mehr als zwei eng beschriebene Seiten; der Drucker arbeitete keine dreißig Sekunden daran. Ich heftete einen Ausdruck der Diskette bei und löschte die Datei von der Festplatte. Dann ging ich zum unangenehmen Teil des Abends über.

Der Anrufbeantworter hatte sechs Anrufe aufgezeichnet. Ich hörte sie alle mit halbem Ohr ab, doch es war der vierte Anruf, den ich immer wieder von Neuem abspulte. Ich hatte ihn erwartet.

Dieser Anrufer kam ohne störende Höflichkeitsfloskeln sofort zur Sache; er trug seine knappe, klare Botschaft mit einer Emphase vor, die in jeder Hinsicht entwaffnend war. Ich konnte mich nicht erinnern, die Stimme schon einmal gehört zu haben, doch das mochte daran liegen, dass der Mann flüsterte. Es war diese Art Flüstern, bei der einem selbst in der Sauna kalt werden kann – heiser, metallisch, mit einem sadistischen Timbre. Wenn der Mann, zu dem das Flüstern gehörte, seine Stimme verstellte, dann lieferte er jedenfalls eine erstklassige Darbietung.

»Möchten Sie Ihre Freundin gerne wiedersehen? Dann sollten Sie in nächster Zeit die Hand nicht vom Hörer nehmen. Sie wollen die Polizei einschalten? Denken Sie nicht einmal daran. Sie glauben mir nicht? Eine kleine Live-Darbietung.« Dann sagte Anna: »Paul, ich bin –«

An dieser Stelle brach die Aufzeichnung ab. Ich hörte sie mir elf Mal an, ging in die Küche, füllte ein Glas einen Fingerbreit mit Lagavulin und setzte mich ans Telefon. Es wurde kein Dauerjob daraus. Ich brauchte vier Minuten und etwa zwei Zentiliter Whisky, um eine Taktik auszuarbeiten, die ich als riskant, aber funktionell einschätzte. Sie basierte auf einer Erkenntnis, die ich aus dem elfmaligen Abhören der Botschaft gewonnen hatte. Der Flüsterer liebte es, sich selbst sprechen zu hören. Und im Allgemeinen macht es diesen Typus wahnsinnig, wenn man ihn unterbricht. In der fünften Minute klingelte das Telefon. Ich schaltete das Band ein, hob ab und lauschte.

»Schön, dass Sie da sind«, flüsterte die Stimme. »Dann können wir ja mit den Verhandlungen beginnen.«

Ich schwieg.

»Sie haben sich in Angelegenheiten eingemischt, die Sie nichts angehen. Das ist eine schlimme Sache, sehr, sehr schlimm, doch darüber können wir möglicherweise hinwegsehen. Liefern Sie uns das Material aus, und –«

Ich legte auf.

Der zweite Anruf kam vierzehn Sekunden danach. Der Flüsterer geriet langsam in Rage; seine Stimme gewann an Tonhöhe.

»Sie sollten solche Dummheiten unbedingt vermeiden. Im Interesse Ihrer kleinen Freundin. Wir haben hier ein paar Leute, die sehr, sehr gerne mit ihr spielen würden. Ausgesuchte Spezialisten, die ihre Arbeit lieben. Was glauben Sie, wie lange sie das durchhält?«

Ich legte auf.

Der dritte Anruf kam nach neun Sekunden. Er begann mit einem Schrei. Annas Schrei. Der Flüsterer war jetzt wirklich wütend. Und das brachte einen winzig kleinen serbokroatischen Akzent zutage. Und ich wusste, mit wem ich es zu tun hatte. Majstorović. Der Waffeneinkäufer. Franjo hatte ihn einen Kriegsverbrecher genannt. Mit dieser Berufssparte hatte ich noch nie zu tun gehabt.

Er sagte: »Für wen hältst du dich, Arschloch? Du bist niemand, du Wichser, du bist der Dreck unter meinen Stiefeln. Ich zertrete dich. Verstehst du mich? Ich zertrete dich wie die miese kleine Ratte, die du bist. Hast du mich verstanden? Du wirst von jetzt an genau das tun, was ich dir sage, kapiert? Genau das und nichts anderes.« Noch ein Schrei. »Hast du verstanden? Hast du es jetzt endlich kapiert, du –«

Ich legte auf.

Der vierte Anruf kam nach genau der Zeitspanne, die ich benötigte, um mir mit dem Handrücken eine Träne von der rechten Wange zu wischen, die sich dorthin verirrt hatte. Flüsterer hatte es diesmal begriffen. Er sagte, wieder ganz Geschäftsmann: »Die Übergabe wird morgen, Sonntag, um neun Uhr stattfinden. Den Ort werden wir Ihnen mitteilen. Lassen Sie in den nächsten Stunden Ihr Telefon nicht aus den Augen. Sie kommen allein, und Sie kommen unbewaffnet. Andernfalls …« Anna schrie, kurz und spitz. »Sie wissen jetzt, dass wir keine leeren Drohungen machen. Wir …«

In diesem Moment zerbrach etwas in mir.

Auch die beste Taktik ist nur dann etwas wert, wenn hinter ihr die Entschlossenheit steht, sie unter allen Umständen durchzusetzen, ganz gleich, was auch geschieht. Damit war es vorbei. Ich sagte, mit einer Stimme, dunkel und verzerrt vor Hass, einer Stimme, die nicht meine war: »Ich finde dich, Majstorović.«

Zum ersten Mal vergaß der Mann am anderen Ende zu

flüstern. Seine Tonlage war höher, als ich vermutet hätte. Er sagte laut: »Wie?«

»Ich finde dich. Ich bin auf dem Weg. Ich bin bald bei dir. Und dein Gott wird lächeln.«

Ich legte auf.

Der Anruf, mit dem ich nicht gerechnet hatte – es war der fünfte –, kam nach drei oder vier Minuten. Er überraschte mich in der Küche. Ich lief zurück zum Telefon und hob ab.

Eine scharfe, kühle Stimme meldete sich, nicht eigentlich unsympathisch, aber befehlsgewohnt und mit einem militärischen Touch. Diese Stimme kannte ich. Und plötzlich löste sich alles auf, als hätte es nie eine Frage gegeben.

»Mazurka? Wir sollten uns treffen«, sagte Frank.

»Gute Idee. Ich nehme an, Sie haben eben mitgehört. Wie war die Vorstellung?«

»Ich muss sagen, ich fand Ihren Verhandlungsstil … überzeugend. Nur das Finale war für meinen Geschmack eine Idee zu emotional. Wann haben Sie es herausgefunden?«

»Dass Ihr Gesangsverein meine Leitung abhört? Gestern.«

»Ausgezeichnet«, sagte Frank wie ein Lehrer, der seinen Lieblingsschüler lobt. »Was halten Sie von Mitternacht? Wenn ich meiner Uhr trauen darf, dann bleiben uns bis dahin noch … ja, tatsächlich, ganze neunundzwanzig Minuten.«

»Ihre Uhr ist ein IWC Schaffhausen Fliegerchronograph. Sie sollten ihr uneingeschränkt trauen.«

»Da haben Sie wohl recht. Mitternacht also?«

»Werden die Wölfe heulen?«

»Ich erwarte Sie vor Ihrem Haustor.«

Sonntag

Ungeheuer

Als ich Punkt Mitternacht auf die Taborstraße hinaustrat, dachte ich darüber nach, wie viel die Lebensversicherung wohl wert war, die ich in der letzten halben Stunde abgeschlossen hatte. Tatsächlich handelte es sich eher um eine Überlebensversicherung – vorausgesetzt, ich hatte mich nicht in wesentlichen Punkten verrechnet. Doch um das herauszufinden, musste ich es darauf ankommen lassen.

Die Versicherungspolizze war in einfachem, klarem Stil gehalten. Sie bestand aus einer Diskette – dem Original, verschlüsselt –, sieben Fotos (vier davon gehörten dem Genre Kinderpornografie an) sowie meiner doppelseitigen Zusammenfassung. Das alles fand problemlos in einem DIN-A4-Kuvert Platz, auf dem eine deutsche Adresse notiert war. Eine Kopie der Diskette (verschlüsselt; die zweite lag in Weiningers Safe) wartete gut sichtbar neben der Tastatur auf meine Gäste. Auf dem roten Label stand in meiner Handschrift: »Gladius Domini – finanzielle Belange«. Ich achtete beim Hinausgehen darauf, dass die Wohnungstür angelehnt blieb – Czerwenkas Sicherheitsschloss würde Franks Leute zu lange aufhalten. Um dreiundzwanzig Uhr dreiundvierzig betrat ich das »Café Magistrat« durch den Hintereingang, stellte mich so an die Theke, dass man mich von der Straße aus nicht sehen konnte, und orderte bei der Kellnerin Bier und Telefon. Sie lieferte prompt.

Czerwenka meldete sich sofort.

»Ich muss Sie noch einmal um einen Gefallen bitten.«

»Kein Problem.«

»Ich wünschte, das könnte ich auch behaupten.« Ich skizzierte ihm in schnellen Strichen die Lage, bevor ich sagte: »Ich hinterlasse das Päckchen im ›Café Magistrat‹. Holen Sie es ab, so schnell Sie können. Wenn ich mich bis morgen Mittag nicht persönlich bei Ihnen melde, schicken Sie es bitte an die angegebene Adresse.«

»Sie erwähnten ein Passwort.«

»Richtig. Ich kenne es nicht. Der einzige Mensch, dem es bekannt ist, ist Weininger. Falls es dazu kommen sollte, dass Sie zur Post gehen müssen, rufen Sie ihn vorher an. Er wird es Ihnen sagen.«

»Gibt es noch etwas, das ich für Sie tun kann?«

»Sie haben bereits mehr als genug getan.«

Er wünschte mir Glück, und wir legten gleichzeitig auf. Ich zahlte und übergab der Kellnerin das Päckchen mit einem großzügigen Trinkgeld. Dann verließ ich das Lokal durch die Hintertür.

Mitternacht also. Taborstraße.

Lautlos wie ein Schatten schwebte die Limousine heran. Sie war schwarz oder mitternachtsblau, dimensioniert wie der Karosserie gewordene Alptraum jedes Parkplatzsuchenden und mit einem Motor ausgestattet, der wie ein satter, zufriedener Kater schnurrte. Ich habe keine Ahnung von Autos, doch Geld erkenne ich, wenn ich es sehe. Das tut jeder. Mein neuer Verbündeter schien über ein großzügiges Spesenkonto zu verfügen. Vielleicht konnte er den Wagen aber auch von der Steuer absetzen.

Die Fondtür ging auf, und im schalen Licht der Straßenlampen winkte mich eine schlanke, gebräunte Hand heran. Ich folgte ihrer Aufforderung und stieg ein. Ich drückte Franks Hand, knapp und kurz, wie der Meister selbst.

»Heute sind Sie pünktlich«, sagte er.

»Keine Vertreterbesuche«, gab ich zurück.

Er nickte, als hätte ich etwas bestätigt, was er schon lange vermutet hatte. Ich lehnte mich zurück, als der Wagen anfuhr, und überließ Frank den Einstieg. Ich brauchte nicht lange zu warten.

»Aus Ihrem Dossier weiß ich, dass Sie kulinarischen Ereignissen und großen Weinen nicht abgeneigt sind …«

»Eine Frage der Gesellschaft.«

»… auch wenn man das bei Ihrer Figur nicht unbedingt vermuten würde.«

»Woher stammt es?«

»Was sagten Sie?«

»Das Papier. Der Wisch. Staatspolizei?«

»Ich bitte Sie. Nicht dass die Kollegen geradezu unfähig wären – aber die Staatspolizei unterliegt einer solchen Anhäufung von Einschränkungen, wie sie in einer Demokratie scheinbar notwendig sind, dass effektives Arbeiten unmöglich ist. Nein, die Akte hat mir das Heeresnachrichtenamt zur Verfügung gestellt. Die weitaus verlässlichere Quelle.«

Ich wurde hellhörig. »Der Militärgeheimdienst? Seit wann interessieren sich die für unbekannte Journalisten?«

»Stellen Sie sich nicht naiv. Sie würden es kaum für möglich halten, was da alles drinsteht. Und keineswegs nur über Ihre Zeit beim Bundesheer – obwohl sich auch dieser Lebensabschnitt interessant liest: Befehlsverweigerung, Beleidigung eines ranghohen Offiziers, Gefängnisaufenthalt … Es heißt dort auch, Sie würden über einen ganz speziellen Charme verfügen – ich persönlich weiß nicht so recht, ob ich dem beipflichten kann –, den Sie erfolgreich zu manipulativen Zwecken einsetzen. Nun, lassen wir das Dossier einmal beiseite. Das Restaurant, das ich Ihnen vorstellen möchte«, fuhr er lächelnd fort, als hätte ich meine Zustimmung längst gegeben, »lässt wirklich kaum Wünsche offen. Es liegt zwar ein wenig außerhalb …«

»Weit genug, um eine Leiche bequem zu beseitigen?« Ich zündete mir eine Zigarette an, ohne zu fragen, ob es ihn störte. Eine kleine kindische Rache, die wirkungslos verpuffte. Der Wagen war klimatisiert.

Frank seufzte. »Wie oft muss ich das wohl wiederholen? Weder töte ich, noch gebe ich Morde in Auftrag. Könnten Sie nicht endlich anfangen, die Sache in einem vernünftigen Licht zu betrachten?«

»Sehr erhellend haben Sie sich bisher nicht gegeben.«

»Das kann sich ändern. Nehmen Sie mein Angebot an.«

»Ich habe heute Nacht noch einiges zu tun.«

»Und ich bringe Sie Ihrem Ziel ein Stück näher. Auch räumlich.«

Ich zuckte die Schultern. Das war im Dunklen keine sinnvolle Geste, doch Frank schien die Diskussion ohnehin für beendet anzusehen.

Der Wagen nahm auf der Weißgerberlände Geschwindigkeit auf; wir fuhren nach Süden, Richtung Schwechat. Fahren war genau genommen nicht das richtige Wort; es war dies mehr ein schnelles Schweben, so schnell und gleichförmig, dass man den Eindruck gewinnen konnte, der Chauffeur besitze eine Fernsteuerung für die Ampelschaltung. Und zusätzlich unterflog er die Radarkontrollen. Die orangen Streifen der Straßenbeleuchtung schwappten in rasendem Tempo unter uns durch, als wir auf die A 4 kamen und ich beunruhigt feststellte, dass wir wirklich Richtung Schwechat fuhren. Der Flughafen schien mir kein guter Ort für ein Gespräch mit einem Mann aus Franks Branche – ob sie nun im konkreten Fall Nachrichten-, Geheim- oder Abwehrdienst genannt wird. Doch mein Misstrauen erwies sich in diesem Fall als unbegründet. Knapp bevor die Limousine die Stadtgrenze passieren konnte, bogen wir ab, auf die Mündung des Donaukanals und den Hafen Albern zu. Einmal hatte während der Fahrt Franks Handy geklingelt, doch außer »Ja« und »Geht in Ordnung« war nichts dabei herausgekommen.

»Nicht gerade die Gegend für einen Fresstempel«, sagte ich.

»Sie werden sich wundern.«

Daran zweifelte ich keine Sekunde.

Der Alberner Hafen mit seinem Frachtbahnhof und den Lagerhallen der Speditionen gilt eher als verrufenes Areal. Außerdem schließt gleich daran der Friedhof der Namenlosen an, und das weckte bei mir Assoziationen, die ich lieber beiseiteschob. Der Wagen rollte über einen Kiesweg auf ein schattengraues, unscheinbares Gebäude zu, das sich halb hinter einer alten Trauerweide verbarg. Sie griff mit ihren Ästen bis ins Donauwasser hinein, als wollte sie die Strömung aufhalten. Viel Erfolg hatte sie damit nicht.

Wir hielten an. Bevor ich im Halbdunkel den Türöffner finden konnte, war der Chauffeur bereits an meiner Wagenseite und hielt mir die Tür auf. Zu meinem nicht geringen Erstaunen trug er weder Livree noch Uniform. Es sei denn, man wollte seinen dunklen Anzug mit der grauen oder schwarzen Krawatte als solche bezeichnen. Ich überlegte, ob es wohl angemessen wäre, ihm Trinkgeld anzubieten, entschied mich aber dagegen und folgte Frank, der mit federndem Gang das Haus umrundete und mühelos die Treppen zu einem schwach erleuchteten Foyer hinauftrabte. Dort empfing uns ein Kellner im Smoking. Genauer gesagt empfing er Frank, und das mit der Würde und dem stillen Einverständnis, das Butler für wohlhabende Gentlemen reserviert haben. Bei mir fand er nicht den geringsten Anlass für stilles Einverständnis. Franks Hut in der Hand, musterte er mich von Kopf bis Fuß, als überlegte er, welche Schublade für mich zuständig sei. Als der Maître ums Eck gebogen kam und sich meinem Begleiter mit Gesten des Überschwangs und der Verzückung näherte, war er noch zu keiner endgültigen Entscheidung gekommen. Seinem Gesichtsausdruck war nur zu entnehmen, dass es sich um eine Schublade im unteren Bereich der Kommode handelte. Allerdings einer Kommode, die im Keller stand.

Der Maître – von Frank beständig so angesprochen – war ein zarter, fragiler Mann von schwer schätzbarem Alter. Es mochte knapp unter vierzig liegen. Er war höchstens mittelgroß, hatte ein blasses Allerweltsgesicht, das von schütterem sandfarbenen Haar eingerahmt wurde, und bewegte sich wie ein Zuneigung heischendes Wiesel. Auch er trug Smoking (wahrscheinlich die Uniform in diesem Club), und seine ausgewaschenen, feuchten Augen irrten hin und her. Er wurde vom Sturm seiner Begeisterung so fortgetragen, dass auch ich einen Teil davon abbekam. Kurzerhand nahm er uns beide beim Ellenbogen und dirigierte uns in einen mittelgroßen, nur durch Kerzen erleuchteten Raum, in dem fünf Tische großzügig Platz fanden. Nur einer davon war gedeckt, und zwar mit zwei kompletten Sätzen Gourmetwerkzeug, die wirklich nichts zu wünschen übrig ließen. Von diesem Tisch aus hatte man eine schöne Sicht auf die nachtdunkle Donau. Rund um den Tisch waren strategisch günstig Blumensträuße und Buketts in allen Farben und Formen verteilt. Frank hatte, was seine Beziehungen betraf, nicht einen Millimeter übertrieben.

Nachdenklich starrte Frank auf den Fluss, während wir auf den Aperitif warteten und ich mir die Zeit mit einer obligaten Zigarette verkürzte. Er schien es nicht eilig zu haben. Als die Getränke kamen – für ihn ein Tawny Port, für mich ein junger Sherry –, wandte er sich mir zu und musterte mich geistesabwesend. Er nippte an seinem Port, stellte das Glas zurück auf den Tisch und sagte: »Sie haben tatsächlich eine harte Nacht vor sich. In diesem Punkt muss ich Ihnen vollkommen recht geben.«

Ich nickte ihm aufmunternd zu und wartete. Doch es kam nichts mehr, denn abermals erschien der Maître, um nun unsere Bestellung aufzunehmen. Er empfahl eine leichte Hühnerbouillon mit Kaiserschöberln, als Vorspeise sautierte Flusskrebse auf Eissalat und Entenmousse, dann Zanderfilet mit Chilibutter und Safran-Hollandaise. Zuletzt, Hauptgang und Krönung, Rindsgeschnetzeltes mit Trüffeln und Steinpilzen. Ich widerstand der Versuchung, um Ketchup zu bitten. Frank und ich übernahmen seine Menüvorschläge anstandslos, nur das Dessert sagten wir beide ab. Der Maître versicherte wiederholt, wie bedauerlich er das fände. Die Weinauswahl überließ ich Frank, und das erwies sich als kluge Entscheidung. Bereits nach dem zweiten Schluck stand fest, dass sie über jeden Zweifel erhaben war. Wir tranken einen sehr jungen, spritzigen Veltliner zu den Vorspeisen, einen trockenen, aber vollen Riesling zum Fisch und zuletzt einen Brunello di Montalcino Jahrgang 1985, bei dem sich jeder Weinliebhaber mit Selbstachtung fragen musste, wie er bisher hatte leben können, ohne diesen Wein zu kennen.

Obwohl ich Hunger hatte – Heißhunger sogar – und überhaupt kein Problem damit, die Portionen zu bewältigen, machten mir meine schmerzenden Rippen während des Essens bewusst, wie absurd die Situation war. Anna wurde festgehalten, bedroht, vielleicht misshandelt, und ich saß hier mit einem Mann, der zumindest zum Teil dafür verantwortlich war, über einem mehrgängigen Festmahl und führte höflich Konversation. Und doch – wenn meine Berechnungen nicht ganz falsch waren, war Frank in diesem Spiel die einzige Karte, die stach. Mein Pik-Ass. Er wusste es nur noch nicht. Und solange er es nicht wusste, würde die Partie nach seinen Regeln laufen.

»Nun, was halten Sie davon?«, sagte Frank, der sich zufrieden seufzend zurücklehnte und den Mund mit einer weißen Leinenserviette abtupfte.

»Eine ganze Menge«, sagte ich. »Ich werde das Restaurant ein paar kulinarisch sehr interessierten Bekannten empfehlen. Sie werden die unkonventionellen Öffnungszeiten zu würdigen wissen, da sie aus dem Obdachlosenmilieu –«

»Wie wär's mit Kaffee und Cognac?«

»Gern, wenn es für mich Whisky sein darf.«

Das räumte er mit einem schwachen Kopfnicken ein. Ich trank Macallan, er Rémy Martin XO, und der Kaffee duftete, wie nur hundertprozentiger Arabica duften kann. Dazu zündete er sich mit unnachahmlicher Grandezza eine schlanke Cohiba an, die mit dem Kaffeearoma harmonierte, als wären sie füreinander geschaffen. Als er die Prozedur abgeschlossen hatte, paffte er ein paarmal mit sichtlichem Behagen und sagte: »Da wären wir also. Sie haben meine wohlgemeinten Ratschläge nicht befolgt und tragen nun die Konsequenzen.«

»Ihre Ratschläge waren von Anfang an nichts wert.«

Er legte den Kopf schief. »Glauben Sie?«

»Weiß ich. Sie können einfach lieb gewonnene Angewohnheiten nicht ablegen.«

»Als da wären?«

»Intrige. Konspiration. Geheimniskrämerei. Desinformation. Wie in der guten alten Zeit beim OSS.«

Bei der Erwähnung des CIA-Vorläufers zuckte sein rechtes Augenlid zweimal.

»Dummerweise bin ich die ganze Zeit davon ausgegangen, dass es Ihre Aufgabe sei, Roder zu schützen. Und das war natürlich grundlegend falsch.«

Er antwortete nicht, beobachtete mich nur durch die schlanke Rauchfahne, die von seiner Zigarre aufstieg.

»Der Fehler war die Annahme, es sei eine Gruppe, die da ihr Unwesen treibt. Roder und Frank, Gladius Domini und der Vatikangeheimdienst, ein Herz und eine Seele. Mein Pech, dass ich so lange brauchte, um herauszufinden, dass es nicht so ist. Wie nennen Sie ihn eigentlich?«

»Wen?«

»Ihren Verein. Sagen Sie nicht ›Die Firma‹.«

Er leistete sich ein schwaches Grinsen, ohne die Cohiba aus dem Mundwinkel zu entfernen. »Nicht direkt. Ich persönlich spreche am liebsten vom ›Dienst‹. Das scheint mir recht angemessen.«

»Aber sicher. Die Fotos haben in Wirklichkeit Sie Daszyński zugespielt. Warum?«

»Das ist so schwer nicht zu erraten. Wir mussten an die Diskette herankommen. Roder und Majstorović waren außerhalb unserer Reichweite. Außer ihnen hatte nur noch Daszyński Zugang. Der lag bereits in Konflikt mit dem Lebenswandel seines Bischofs. Da reichte ein zarter Anstoß …«

»Zart ist gut.«

»Leider wurde Daszyńskis Reaktion von unseren Analytikern falsch eingeschätzt. Wir gingen davon aus, dass er sich an den ›Dienst‹ wenden und nicht gleich zur Skandalpresse rennen würde.«

»Wie bedauerlich für Sie. Woher hatten Sie die Bilder?«

»Die Bilder«, sagte Frank ungerührt und machte eine wegwerfende Geste. »Die wurden Ende der siebziger Jahre in Polen aufgenommen, zu einer Zeit, als Roder von uns noch als unbedenklich eingestuft wurde. Als Rückversicherung sozusagen, falls sich diese Einstufung einmal ändern sollte.«

»Unbedenklich ... nachdem Sie die Fotos kannten ...«

»Stellen Sie sich nicht naiv, Mazurka. Ich führe kein Mädchenpensionat.«

»Ist mir bewusst. Wann hat Roder eigentlich begonnen, den Spielplatz zu wechseln?«

Frank nahm einen Schluck Cognac und betrachtete melancholisch die goldrote Flüssigkeit im Schwenker. »Spätestens bei Ausbruch des Krieges, so viel steht fest. Er suchte nur nach dem geeigneten Mann. Einem Mann, der Waffendeals für Kroatien in der notwendigen Größenordnung abwickeln konnte und bereit war, mit Roder den Erlös zu teilen.«

»Majstorović.«

Abermals würdigte er mich keiner Antwort.

»Aber Majstorović und Roder können bloß die Spitze des Eisberges sein.«

»Da mögen Sie recht haben. Die Sache ist nur, dass wir schön langsam zum Punkt kommen sollten.«

Diesmal schwieg ich.

»Ich mache Ihnen ein Angebot«, sagte er schließlich. »Ich nehme einmal an, Sie wissen, dass Roder nicht vorhat, Frau Wysocki tatsächlich einzutauschen. Er hat vor, Sie beide zu töten, um Spuren zu beseitigen. Drei Morde gehen bereits auf sein Konto, da kommt es auf zwei mehr oder weniger nicht an. Selbst wenn er es sich anders überlegen würde – das hieße dann, dass er senil geworden ist –, würde Majstorović das verhindern. Er hat seinem Bluthund Krass Platz befohlen. Ein Pfiff, und der fährt Ihnen an die Gurgel. Stimmen wir so weit überein?«

»Ich warte auf Ihr Angebot.«

»Sie erhalten von mir den Namen des Ortes, wo man Frau Wysocki festhält. Es ist eines unserer sicheren Häuser, das der ›Dienst‹ seit Jahren nicht mehr benützt. Seit dem Zusammenbruch der Sowjetunion und ihrer Satellitenstaaten ist Wien für unsere Branche ja lange nicht mehr so attraktiv wie früher.« Er seufzte, als würde er diesen Missstand aufrichtig bedauern. »Sagen wir besser, es war eins unser sicheren Häuser, denn jetzt, da Roder es für seine eigenen Zwecke eingespannt hat, ist es für uns natürlich nutzlos geworden. Als sicheres Haus bezeichnen wir beim ›Dienst‹ übrigens –«

»Ich habe le Carré gelesen«, unterbrach ich ihn.

Er runzelte die Brauen. »Wen?«

»Den Schriftsteller. John le Carré. Sichere Häuser verspeist der Gentleman zum Frühstück. Sollten Sie auch lesen – berufliche Weiterbildung sozusagen.«

Er sah mich fragend an, dann begriff er. Etwas unwirsch fuhr er fort. »Also: Sie bekommen von mir eine Beschreibung des Gebäudes, eine ziemlich präzise Einschätzung der Situation, die Sie dort vorfinden werden, und ein paar eher … allgemein gehaltene taktische Ratschläge. Wie gefällt Ihnen das?«

»Auf einmal keine Rede mehr davon, das Spiel den Profis zu überlassen?«

Frank hob gleichmütig die Schultern. »Sie haben sich da selbst hineinmanövriert. Geben Sie nicht mir die Schuld.«

»Warum sind Sie eigentlich so sicher, dass ich mich nicht an die Polizei wenden werde?«

»Machen Sie sich nicht lächerlich«, sagte er. »Das hätten Sie tun können, als die bei Ihnen zu Besuch war.«

Ich nickte und griff nach einer Zigarette. »Der anonyme Anruf, der Nowotny auf unsere Spur setzte … der kam auch aus Ihrem Lager?«

»Natürlich. Ich musste Sie stoppen, bevor Sie noch mehr Unheil anrichten konnten.«

»Und wenn ich geredet hätte?«

Er lächelte süffisant und kippte elegant sechs Zentimeter Zigarrenasche in einen frischen weißen Aschenbecher. »Was haben Sie schon gewusst? Das meiste waren doch nur Vermutungen, und die waren zur Hälfte falsch oder unvollständig. Und dann ... dann ist es nun einmal so, dass man die Hand, die einen füttert, nicht beißt.«

Diesmal brauchte ich eine Zeit lang, um zu begreifen, und was ich begriff, gefiel mir gar nicht. »Sie wollen damit sagen, dass Sie die Polizei geschmiert haben?«

»Was haben Sie denn gedacht?«

»Man kann nicht die gesamte Wiener Polizei einkaufen. Niemand kann das.«

Er nickte bedächtig. »Da haben Sie natürlich recht. Nur ist das gar nicht notwendig. Ein paar Schaltstellen reichen völlig. Versuchen Sie's, laufen Sie hin. Die beschäftigen sich ein paar Tage mit Ihren kleinen illegalen Aktionen der letzten Woche, bevor irgendetwas anderes passiert. Und bis dahin ...« Er breitete die Arme aus. »Doch natürlich haben Sie das gar nicht vor.«

»Ein wenig mehr Unterstützung hätte ich nun doch erwartet«, sagte ich betont verstimmt.

Frank, der nach der Rechnung verlangt hatte, faltete sie nun zusammen, ohne einen Blick darauf zu werfen, und steckte sie in die rechte Innentasche seines Sakkos. Er schien hier Kredit zu haben. »Tut mir leid«, sagte er. »Weiter kann ich mich nicht vorwagen.«

»Sie haben mein vollstes Verständnis. Lassen Sie mich nur schnell die Möglichkeiten zusammenfassen«, sagte ich gespielt nachdenklich. »Sollte ich wider jede Vernunft Erfolg haben, wären Sie das Problem Roder ein für alle Mal los. Wenn ich bei der Aktion ... sagen wir einmal: Schaden erleide, was wahrscheinlicher ist, kann Ihnen das auch egal sein. Dann würde einfach ein anonymer Informant eine Einsatztruppe der Wiener Polizei in dem Moment dorthin beordern, wenn Roder, Majstorović und Konsorten gerade Leichen zählen. Das gäbe zwar einen Skandal – Kurienbischof in flagranti et cetera –, aber den würden Sie schon ausbügeln. Machen Sie doch den guten Roder einfach zum Opfer von Geiselnehmern – das etwa wäre eine naheliegende Lösung. Habe ich Sie so weit verstanden?«

Frank lächelte höflich, wenn auch leicht gelangweilt. Seine Aufmerksamkeit nahm von Minute zu Minute ab.

»Ich mache Ihnen ein anderes Angebot. Ich gebe Ihnen die Diskette, und Sie geben mir Schützenhilfe. Aber diesmal ernsthaft. Ihre Profis, um Anna da lebend rauszukriegen; danach Ihre Beziehungen, damit uns die Polizei und der Rest von Gladius Domini in Ruhe lassen. Was halten Sie davon?«

»Wie bitte?« Frank blickte leicht nervös auf seine Uhr. »Ach so, die Diskette. Bedaure, aber an der bin ich nicht mehr interessiert.«

»Ach.«

Er fasste mich scharf ins Auge. »Und erzählen Sie mir nicht, Sie hätten das Beweismaterial bei einem Rechtsanwalt deponiert, oder was derlei sonst noch im Fernsehen vorkommt. Ich würde Ihnen kein Wort glauben.«

»Würden Sie sich von mir auf ein letztes Getränk einladen lassen? Immerhin haben Sie ungefragt die ganze Rechnung übernommen.«

Frank wiegte den Kopf, als würde er überlegen. »Vielleicht ein andermal. Ich fürchte, den Maître und seine Crew drängt es nach Hause. Und Sie haben ja, wie gesagt –«

Irritiert musterte er mich, als ich in schallendes Gelächter ausbrach. Ich hatte seine Aufmerksamkeit wieder.

»Was ist daran so lustig?«

»Und wenn Sie drei Tage hier sitzen, würde der Maître Ihnen noch Gutenachtgeschichten vorlesen, wenn Sie das wollten. Überdenken Sie meinen Vorschlag. Zur Abwechslung ein gut gemeinter Rat von mir.«

»Mazurka. Sie haben nichts mehr zu verkaufen.«

Ich sah ihn grinsend an und sagte: »Als Ihre Leute Sie vorhin im Auto anriefen – ich meine, nachdem sie sich die Diskette holten –, haben sie Ihnen da auch erzählt, dass meine Eingangstür nicht verschlossen war? Sie war angelehnt, Frank. Nur angelehnt.«

Frank hatte weitere Drinks für uns bestellt. Er wirkte höchstens ganz leicht ramponiert, aber noch längst nicht aus der Form geraten. Seine grauen Augen strahlten Kampflust aus, seine Haltung war aufrecht und gespannt. Der alte Fuchs zählte seine Schlupflöcher und schien mit dem Resultat zufrieden zu sein. Allerdings nicht mehr lange.

»Mazurka, wie immer bauen Sie auf Sand. Sie haben nichts. Sie wissen nichts.« Er gönnte sich eine neue Cohiba, diesmal eine Panetela. Mir schien, dass das Ritual des Anzündens mehr Zeit in Anspruch nahm als beim ersten Mal.

»Rufen Sie Ihre Truppe an. Fragen Sie sie, ob sich die Diskette öffnen lässt.«

»Und wenn schon. Sie wurden ständig überwacht. Sie haben sich nicht von zu Hause fortbewegt. Niemand hat Sie besucht, Sie haben niemand angerufen. Sie hatten keine Minute die Möglichkeit, das Material zu übergeben. Sie wissen nicht, was das für Daten sind.«

»Falsche Annahmen«, sagte ich, den Triumph in meiner Stimme unterdrückend. »Ich weiß mittlerweile genug über Endverbraucherzertifikate, Steuerfreiparadiese und die zwei Wochen, die zwischen den Geldtransfers und den kroatischen Offensiven liegen …«

Ich sah ihm an, dass ich über diesen Punkt nicht weitersprechen musste. Er hatte zum Handy gegriffen und erteilte mit abgewandtem Gesicht und leiser Stimme Befehle. Als er das Gerät zuklappte, wirkte er nachdenklich und in sich gekehrt.

»Sie haben den Code noch nicht geknackt«, sagte er zu niemand Bestimmtem.

Ich lachte. »Das wird ihnen in den nächsten Jahren auch nicht gelingen. Aber das ist noch lange nicht Ihr größtes Problem.« Ich zündete mir zur Belohnung und aus Gründen der Dramaturgie eine Camel an. »Ihr größtes Problem ist, dass die Überwachung Lücken hatte.«

Frank probierte es mit einem überlegenen Grinsen. »Sie bluffen«, sagte er.

»Warten Sie's ab. Das weithin gerühmte ›Café Magistrat‹ …«

»Eine Zuhälterbude übelsten Leumunds. Sie haben Ihren Wohnort gut gewählt.«

»Sie glauben gar nicht, wie gut. Die haben dort eine Hintertür, über die man vom Gang ins Lokal kommt, ohne dass einen jemand von der Straße aus beobachten kann. Und jetzt mache ich Sie mit einem süßen Geheimnis vertraut: Es gibt sogar ein Telefon. Und das haben Sie nicht abgehört. *¿Comprende?*«

Die Hand, die sich auf meine Schulter gelegt hatte, war feingliedrig, schlank und gebräunt. Trotz ihrer Eleganz strahlte sie Kraft aus. Es war eine linke Hand. Und sie gehörte einer Frau. Aber noch bevor ich mich umdrehte, wusste ich, welcher Frau. Emma Peel war wieder da.

Ich spielte mit dem Gedanken, sie mit »Hallo, Süße« oder »Servus, Mausi« zu begrüßen, entschied mich aber dann aus Pietät dagegen. So nahe waren wir uns noch nicht gekommen. Oder doch, wenn man es recht bedachte.

Heute trug sie enge hellblaue Jeans und ein weißes Sweatshirt. Emma, die Legere. Sie nahm keinerlei Notiz von mir. Ihre schöne Hand blieb auf meiner linken Schulter liegen; die kobaltblauen Augen schienen auf einen Wink ihres Jefe zu lauern. Frank sagte etwas, sie antwortete, dann war wieder Frank an der Reihe. Die Sprache konnte Tschechisch sein, aber sicher war ich nicht. Schließlich zog sie ihre Hand zurück, schnappte sich einen Stuhl und setzte sich in Cowboyart darauf, die Lehne vorne, die langen Beine weit von sich gestreckt, die Unterarme lässig verschränkt. Noch während ein sichtlich verstörter Maître angetänzelt kam, deutete sie auf mein Glas, fragte »Darf ich?« und bediente sich, ohne meine Antwort abzuwarten, am Whisky. Den Maître, der eben zu einer Eloge angesetzt hatte, unterbrach sie mit den Worten: »Scotch. Doppelt. Mit Eis.« Und einem Blick, der den armen Mann wie einen Schmetterling aufspießte. Kurz zappelte er und flatterte mit den Flügeln, dann riss er sich los und taumelte in die Küche.

»Was für eine Schwuchtel«, sagte sie kopfschüttelnd und zündete sich eine Marlboro an.

»Sie wirken inkommodiert, meine Liebe«, sagte ich.

»Sie ist wütend«, sagte Frank, »und lässt den Macho raushängen. Raten Sie, warum.«

»Sie haben Mademoiselle verboten, mit mir zu spielen.«

»Arschloch«, sagte Emma Peel, nahm ihren Scotch in Empfang und trank ihn aus.

»Cheerio, meine Liebe«, sagte ich und bestellte ihr beim Maître einen zweiten Scotch. »Hatten Sie einen angenehmen Tag?«

»Ich würde sie an Ihrer Stelle nicht provozieren«, sagte Frank. »Sie hat vorgeschlagen, das Passwort aus Ihnen herauszuquetschen. Denken Sie, das würde ihr gelingen?«

»Nein.«

»Du glaubst wohl, du bist hart«, sagte sie.

»Mitnichten, meine Liebe. Weich wie Butter in der Sonne.«

»Wenn mich der Idiot noch einmal ›meine Liebe‹ nennt –«

Frank schlug auf den Tisch; einmal; kurz und scharf. Der Maître, der gerade mit ihrem Getränk herantorkelte, schrak zusammen. Er war blass um die Nase.

»So kommen wir nicht weiter«, sagte Frank, als der Scotch serviert war. »Glauben Sie mir, sie kriegt es aus Ihnen heraus. Sie braucht nicht einmal eine halbe Stunde dafür.«

»Ich kenne das Passwort nicht.«

»Er blufft«, sagte Emma.

Ich grinste sie an und sagte: »Bedaure, meine Liebe, aber …«

Sie knallte mir eine.

»Bitte nicht schlagen, Euer Gnaden«, sagte ich.

»Jetzt reicht's«, schrie Frank, rot im Gesicht, und hieb auf den Tisch, dass die Gläser wackelten. Einen Wutausbruch hätte ich ihm nicht zugetraut. Der Maître war einer Ohnmacht nahe. Emma Peel zog einen sexy Schmollmund, fügte sich aber im Übrigen dem Befehl ihres Chefs. Ich fragte mich, welcher Natur ihre Beziehung war. Und auch, warum sie diesmal so emotional reagierte – und damit völlig unprofessionell. Frank schien mir nicht der Mann, der bei seinen Leuten Insubordination durchgehen ließ. Emma Peel musste etwas Besonderes sein.

»Sie reden, Mazurka. Und du«, zischte er die erzürnte Emma an, »hältst einmal in deinem Leben den Mund.«

»Ich habe vom ›Magistrat‹ aus einen Verbündeten angerufen, der sich die Unterlagen abgeholt hat. Wenn ich mich nicht bei ihm melde, wendet er sich an einen anderen Verbündeten, der den Code kennt.«

Frank hob die Augenbrauen. »Adressen, bitte.«

»Sind mir nicht bekannt.«

»Wir werden sie herausfinden. Mir stehen eine Menge Ressourcen zur Verfügung.«

»Alles andere würde mich enttäuschen. Aber das kostet Zeit.«

»Haben Sie das wirklich durchdacht? Sie haben keine Zeit, wenn Sie Frau Wysocki helfen wollen. Ich auf der anderen Seite habe da einen viel großzügigeren Spielraum.«

»So großzügig auch wieder nicht. Wollen Sie nicht wissen, was dann passiert?«

»Dann?«

»Dann schmeißen die beiden ihre Informationen zusammen, und Deschner in Deutschland bekommt eine eingeschriebene Postsendung, garniert mit einem ausführlichen, klärenden Telefongespräch.«

»Wer ist der Typ?«, fragte Emma.

»Ihr Chef weiß es, nicht wahr?«, sagte ich. »Und er weiß auch, dass er den nicht so leicht stoppen kann.«

»Wenn er das, was Sie sich da zusammengereimt haben, überhaupt glaubt.«

»Geben Sie's auf, Frank. Er wird es glauben. Und nicht nur er wird es glauben.«

Um zwei Uhr vierunddreißig verließen wir das Restaurant. Die Limousine lauerte im Schatten hinter dem Haus; der Chauffeur stand an den Wagen gelehnt und vertrieb sich die Zeit mit einer Zigarette. Die Filterstummel zu seinen Füßen ließen vermuten, dass es nicht die erste war. Frank, nachdenklich und schweigsam, setzte sich neben mich in den Fond, die Frau nahm vorne Platz. Der Chauffeur fuhr langsam an, wendete in einem präzisen Bogen, der den Kies aufspritzen ließ, und fuhr zurück auf die Straße.

»Klären Sie mich auf«, sagte ich zu Frank. »Mit wie vielen Leuten müssen wir rechnen?«

»Was heißt wir?«, zischte Emma vom Vordersitz.

»Ich bin dabei.«

»Kommt überhaupt nicht in Frage«, stellte sie fest. Sie drehte sich zu Frank um und zielte mit dem Zeigefinger auf sein Gesicht. »Du bringst mich nicht dazu, mit einem beschissenen Amateur da reinzugehen.«

»Warum möchten Sie dabei sein?«, fragte Frank neugierig, ohne auf sie zu achten. »Wem wollen Sie damit etwas beweisen?«

»Da ist meine Freundin drin. Ich gehe mit.«

Emma schnaufte und schlug sich mit der flachen Hand auf die Stirn. Dann drehte sie sich zu mir um. Ihr Gesichtsausdruck war im Halbdunkel des Wageninneren nur schwer zu deuten. »Im Haus sind mindestens vier Bewaffnete«, sagte sie leise, »vor dem Tor steht ein Posten, ebenfalls bewaffnet. Die Männer drin sind – soweit wir das wissen – Krass, zwei Straßenschläger und Majstorović. Den haben Sie noch nicht kennengelernt. Er ist ein sadistischer Irrer mit einer großen Leidenschaft: Er legt gerne Menschen um. Und er kann das.« Sie schwieg kurz, dann fuhr sie fort: »Wenn Sie da reingehen, haben wir nichts als Scherereien. Sie würden uns aufhalten, wir müssten uns um Sie kümmern und Sie schützen. Tempo ist jetzt alles. In kurzer Zeit beginnt es zu dämmern. Mit Ihnen im Rucksack können wir den Zeitplan nicht einhalten.«

»Wir?«

»Mein Partner und ich.«

»Ich bleibe hinter Ihnen und halte mich aus allem heraus.«

Wieder wechselten sie die Sprache; diesmal war ich ziemlich sicher, dass es Tschechisch war. Nach einer Minute wusste ich, dass ich mitging. Leise trug uns der Wagen auf einen fahlschwarzen Südosthimmel zu, hinein ins Zentrum der Nacht.

Wie sie so schnell zu ihrem Reisegepäck gekommen war, weiß ich nicht; gut möglich, dass dergleichen zur fixen Ausrüstung von Franks Limousine gehörte, etwa so wie Pannendreieck, Erste-Hilfe-Koffer und Werkzeugkasten in normalsterblichen Autos. Sie hatte einen monströsen schwarzen Seesack aus dem Kofferraum gewuchtet und war hinter dem Wagen verschwunden. Ich hatte diese Zeit genützt, um mich scheinbar zum Pinkeln hinter einen Busch zu verdrücken. Tatsächlich holte ich die Beretta hervor, zog den Schlitten auf, um eine Kugel in den Lauf zu befördern, steckte sie wieder in den Hosenbund und ging zurück zum Auto.

Als Emma Peel wenige Minuten später wiederkehrte, trug sie schwarze, enge Kleidung und einen etwas kleineren, ebenfalls schwarzen Seesack. Das Haar hatte sie nach hinten gebunden. Schließlich hatte sie Frank einen flüchtigen Kuss auf den Mund gedrückt und war Richtung Donau losmarschiert, ohne sich nach mir umzudrehen. Frank blieb zurück, eingerahmt von der Innenbeleuchtung des Wagens, eine schweigende, aufrechte Figur im Gegenlicht, die jetzt seltsam verloren wirkte. Nach zehn Minuten hatten wir unser Ziel erreicht.

Das Haus lag in einer Senke, die von Gestrüpp und Hecken gesäumt und von der Straße kaum einzusehen war – ein schwarzgrauer zweistöckiger Klumpen; feindselig stierte es mit blinden Fenstern einem Morgen entgegen, der sich weigerte zu kommen. Mit fast blinden Fenstern: Im obersten Stock bahnte sich ein schmaler Lichtkeil seinen Weg ziellos durch eine nicht ganz gelungene Abdunklung in die Freiheit. Die Donau konnte nicht weit entfernt sein; ich witterte den leicht bitteren Algengeruch, der vom Flusswasser hochstieg. Versteckt hinter einer Hecke kauerte ich neben der Frau und beobachtete stumm ihre raschen Bewegungen beim Auspacken ihrer Spielsachen. Schließlich lag vor uns auf einer Kunststoffplane eine mittelgroße Sammlung assortierter Mordwerkzeuge plus elektronischem Zubehör ausgebreitet, die das Herz jedes angehenden Terroristen hätte höherschlagen lassen.

Routiniert schraubte sie einen Schalldämpfer auf die Mündung einer langläufigen Kleinkaliberpistole und legte sie nach kurzem Zögern beiseite, wand sich in Rekordzeit in die Riemen eines Schulterhalfters, das mit einer großen Militärpistole bestückt war, checkte in rascher Folge einige Magazine unterschiedlichen Kalibers, überprüfte (abgeschirmt) eine Scorpion-Stablampe und befestigte eine filigrane Vorrichtung an ihrem Kopf, die ich für eine Kombination aus Empfänger, Hörer und Kehlkopfmikrofon hielt.

»Keine Nachtsichtgeräte?«, fragte ich ohne hörbare Ironie.

»Werden wir da drin nicht brauchen«, sagte sie und deutete auf den Lichtstreifen. »Die fühlen sich sicher.«

»Warum schlafen sie dann nicht?«

»Wer sagt, dass sie das nicht tun?«

»Bei Licht?«

Sie zuckte die Schultern und würdigte mich keiner Antwort mehr.

Und dann, ohne dass ich irgendeine Bewegung wahrgenommen hätte, kauerte plötzlich eine dritte Gestalt bei uns. Der schwarz gekleidete, fast fragile Mann mit dem blassen Gesicht und dem schütteren hellen Haar, das jetzt ganz unter einer schwarzen Mütze verborgen war, verlor keine Zeit mit ausschweifenden Begrüßungen. Offenbar hatte er diese Eigenart mit seinem Smoking abgestreift. Und wie es schien, auch einige andere. Der Maître wirkte in seinem neuen Outfit gar nicht mehr unsicher. Vielleicht hatte er sich mit dem Restaurant übernommen, und Frank hatte ihm einen einträglichen Nebenjob angeboten. Wie man das unter Freunden eben so tut.

Meine Überraschung über das unverhofft frühe Wiedersehen hielt sich allerdings in Grenzen. Nicht, weil ich es erwartet hätte, sondern einfach, weil ich es leid war, von Franks Garde überrascht zu werden. Es war, als würde man mit einer Schauspielertruppe durchs Land tingeln. Aber vielleicht machten sie ja auch diesen Nebenjob.

»Bereit?«, fragte Emma in seine Richtung.

»Klar, Major«, antwortete der militante Gastronom. Binnen weniger Augenblicke hatte er seine Ausrüstung angelegt, zu der neben der schallgedämpften Kleinkaliberpistole auch ein Fallschirmjägerdolch mit brünierter Klinge gehörte, und ging nun leise und militärisch knapp mit der Frau den Zeitplan durch. Emma hatte es also irgendwann zum Major gebracht. Fragte sich nur noch, in welcher Armee.

»Wollen Sie sich das nicht noch einmal überlegen?«, sagte der Maître, wobei er mich nachdenklich aus blassen, feuchten Augen betrachtete.

Ohne auf seine Frage einzugehen, grinste ich ihn an. »Wie spricht man Sie übrigens in Ihrer neuen Funktion an? *Maître de la muerte? Padrone Al Capone?*«

»Seine Nerven flattern, darum die blöden Sprüche«, sagte Emma Peel, während sie mit ihrem Kombattanten den obligatorischen Uhrenvergleich vornahm.

Damit hatte sie allerdings recht. Pure Angst pumpte Adrenalin in meine Venen und vertrieb Müdigkeit, Alkohol und Schmerzen. Das war der positive Aspekt daran. Der negative waren Schluckbeschwerden, erhöhter Puls und der dringende Wunsch, weit weg von hier zu sein. Nur war es dafür längst zu spät.

Der Maître ging auf Schleichfahrt; er nahm Kurs auf die Rückseite des Hauses. Als er zurückkam, schien mir, dass der Himmel etwas weniger schwarz war als zuvor. Es konnte aber auch Einbildung sein.

»Ein Posten an der Tür auf der anderen Seite«, sagte er leise und zuckte verächtlich die Schultern. »Sehr nachlässig.«

»Du übernimmst«, sagte die Frau. »Wir rücken drei Minuten später vor.«

Lautlos löste sich der schlanke Mann in der Dunkelheit auf.

»Was hat er vor?«

»Wart's ab«, sagte sie mit aufblitzenden Zähnen. »Wenn du das Drehbuch schon gelesen hast, ist der Film nicht mehr spannend.«

Nach exakt drei Minuten (auf der Uhr; nach meiner inneren Zeitrechnung war eine Stunde vergangen) hob Emma ihre linke Hand und zischte: »Los!«

Geduckt folgte ich ihr im Laufschritt über das feuchte Gras, während ich zum zehnten Mal den Sitz meiner Beretta im Hosenbund überprüfte. Ein kleiner Trost, das gute Stück dabeizuhaben. Ein sehr kleiner.

Als wir um die Ecke bogen, ging der Maître soeben daran, ein unförmiges dunkles Bündel an der Wand abzustützen. Beim Näherkommen war zu erkennen, dass es ein Mann war. Jetzt wirkte er wie eine zerbrochene Gliederpuppe, leblos und von Zeit und schlechter Behandlung kaputt gemacht. Neben ihm lehnte ein schmaler Schatten, der Gefahr ausströmte und verdächtig nach Sturmgewehr aussah. Aus dem Augenwinkel registrierte ich, wie der Mörder die Klinge seines Dolches am Hosenbein des Erstochenen abwischte, bevor er ihn wieder in seinem Waffengurt verschwinden ließ; eine beiläufige Geste von unbestrittener Grazie, die die Situation vollends ins Irreale verzerrte.

»Ich gehe jetzt hinein«, flüsterte er.

Emma nickte. »Ab hier Funkkontakt«, sagte sie und verstellte etwas an ihrer Anlage.

»Was macht er?«, fragte ich ohne allzu viel Hoffnung auf Antwort. Sie enttäuschte mich.

»Er sagt ›Sesam, öffne dich‹, damit wir nicht anklopfen müssen, und sieht nach, wo die vierzig Räuber ihren Rausch ausschlafen«, sagte sie dicht an meinem Ohr.

»Ein vielseitig talentierter Mann«, sagte ich in ihr freies Ohr. Sie war mit Gewissheit der bestriechende Macho der Welt.

In einer scharfen, abgezirkelten Bewegung schoss ihre linke Hand nach oben. »Er ist in Position. Auf geht's.«

Sie verschwand durch die Tür. Einen Augenblick blieb ich unentschlossen stehen, den Blick auf den Toten gerichtet, ohne ihn wirklich zu sehen, und kämpfte gegen den Drang an, mir eine Zigarette anzuzünden. Auf einmal bekam ich Lust auf eine Menge Dinge; einen alten Bogart-Film, zwei Wochen Urlaub irgendwo im Süden, eine Bootsfahrt mit Anna. Ganz konventionell, ohne Leiche am Haken. Oder einfach acht Stunden Schlaf … Stattdessen folgte ich einem professionellen Mörder und einer Frau, die vermutlich früher Major beim tschechoslowakischen Militärgeheimdienst gewesen war, mit einer Pistole im Gürtel und einer Menge böser Gedanken im Kopf in ein scharf bewachtes Haus.

Die kompromisslose Dunkelheit im Parterre roch muffig und abgestanden wie in allen längst verlassenen, leer stehenden Häusern, doch als wir die Treppe hinaufstiegen, wo die Schwärze weniger satt war, wurde der Geruch individueller; es roch nach frisch gebratenem Speck und Eiern. Absurderweise bekam ich Hunger. Als wir den ersten Stock erreichten, drang etwas Licht von draußen durch die vergitterten Gangfenster und verwandelte Emma vor mir in einen geschmeidigen tiefschwarzen Schatten in einer tristen Anthrazitwelt.

Die Treppe, die zum obersten Geschoß hinaufstieg, war schmäler als ihre Untergebene; die Stufen waren aus altem, trockenem Holz, das bei jedem Schritt knarrte und knackte wie Feuerholz im Kamin. Ich stützte mich schwer auf das Geländer, versuchte, nur mit den Fußballen aufzutreten, doch die Trittgeräusche nahmen nicht ab; jede Stufe Höhengewinn kostete eine kleine Explosion.

»Nilpferd«, fauchte Emma, als wir am oberen Ende angelangt waren, wo der Absatz eine scharfe Biegung aus dem Halbdunkel in einen langen Korridor machte, an dessen Ende spärlich gelbes Licht schimmerte. Es sickerte aus einem Türspalt auf einen Teppichboden von undefinierbarer Färbung, auf dem selbst Nilpferde schleichen konnten. Die Tür, halb angelehnt, war entweder in den Angeln gut geölt, oder Emma Peel kannte einen Zauberspruch, der quietschende Türen zum Verstummen bringt; lautlos schwang sie auf und gab den Blick auf ein kahles, rechteckiges Zimmer frei. Es wurde von einer einzigen Glühbirne erleuchtet, die aus einer Ecke des Plafonds hervorblinzelte und kaum stärker als vierzig Watt sein konnte; dennoch brauchten meine Augen Zeit, sich an den Wechsel zu gewöhnen. Und wieder registrierte ich eine neue Geruchsnote: ein schwacher Hauch von Kordit hing im Raum.

Je ein einfacher, unbehandelter Holzstuhl stand unter den beiden Fenstern an der Front, die ebenfalls vergittert waren. Auf einem lag eine Schrotflinte, der Typ, den man Pumpgun nennt, auf dem anderen schlief Bananentasches schweigsamer Partner Mirko den Schlaf des Ungerechten. Nach der verrenkten Haltung und dem kleinen roten Loch in seiner rechten Schläfe zu urteilen, würde er für immer schweigen. Und der Schlaf, den er schlief – gerecht oder ungerecht –, war der große Schlaf. Neben ihm stand der Maître und widmete sich konzentriert einem elektronischen Utensil, nicht größer als eine flache Zigarettenpackung. Ein Kabel führte zu einem

Mikrohörer in seinem rechten Ohr. Penibel las er Werte von einem grünlich schimmernden Display ab und schien sie im Geist mit Idealwerten auf einer imaginären Tabelle zu vergleichen. Die Leiche zu seiner Linken interessierte ihn nicht im Mindesten.

Ich deutete auf die Schrotflinte. »Gegen wen fahren die Burschen ihr ganzes Arsenal auf?«

»Gegen niemand Bestimmten«, murmelte die Frau, ohne mich anzusehen. »Reine Vorsichtsmaßnahmen. Majstorović ist ein Paranoiker.«

»Vorsichtsmaßnahmen?«, flüsterte ich. »Sturmgewehre, Pumpguns, ein Posten am Eingang, eine Wache im Vorzimmer – die sind im Kriegszustand.«

»Das sind wir auch. Und daran solltest du besser jede Sekunde denken«, beschied sie knapp und nickte ihrem Mordskollegen fragend mit dem Kinn zu. »Einschätzung?«, sagte sie.

»Roder ist hier.«

Ihr Gesicht verzerrte sich zu einer Grimasse, die oberflächliche Ähnlichkeit mit einem Grinsen hatte. Einem Haifischgrinsen. »Der alte Drecksack muss sich ganz schön ins Eck gedrängt fühlen, wenn er sich so weit von seinem Rattenloch entfernt. Wer noch?«

»Majstorović. Er spricht gerade mit Roder. Krass. Üble Verletzungen.«

»Woher ...«

»Er stöhnt. Brabbelt wirres Zeug. Muss starke Schmerzen haben. Vielleicht Fieber. Gut für uns.«

Die Frau hob warnend einen eleganten Zeigefinger. »Und wenn er Parkinson hätte und zwei amputierte Hände – ich würde Krass nicht den Rücken zuwenden.«

Der Maître lächelte dünn, ohne seine Zähne zu zeigen. »Ich wende niemand den Rücken zu.«

»Was ist, wenn uns jemand überrascht, während ihr hier eure kleine Konferenz abhaltet?«, mischte ich mich ins Gespräch.

»Er hört sie gerade ab«, sagte Emma und deutete auf das elektronische Gerät. »Wenn einer sich bewegt, spricht, in der Nase bohrt, die Tür öffnet, hört er das. Denk logisch oder halt den Mund.«

Doch diesmal ließ ich mich nicht abkanzeln. Etwas war hier ganz und gar nicht in Ordnung; von den Leichen einmal abgesehen. »Das ist der zweite Tote. Zwei von zwei möglichen. Ist das wirklich notwendig? Kennt ihr keine alternativen Operationsmethoden? Das ist doch heutzutage schick.«

Sie warf mir einen scheelen Blick zu, der alles bedeuten konnte. Nur nichts Gutes. »Sie – oder wir«, erklärte sie patzig. »Von deiner kleinen Freundin da drin ganz zu schweigen.«

»Das ist nicht meine kleine Freundin«, äffte ich ihren penetranten Tonfall nach. »Sie könnte älter als du sein, meine Liebe.« Emma brachte mich in Rage.

»Ist sie aber nicht. Weiter.«

»Ab jetzt keine präzisen Daten«, sagte der Maître, als würde er den Wetterbericht kommentieren. »Das Mädchen – möglicherweise anwesend; vielleicht in einem Nebenraum, vielleicht unter Drogen, vielleicht –«

»Schon gut«, unterbrach ihn Emma schroff. »Wer noch?«

»Wenn noch jemand, dann schläft er. Und hat aufs Schnarchen vergessen.«

»Gut. Drinnen übernehme ich – du sicherst. Fragen?«

Der Maître verneinte mit einem kaum wahrnehmbaren Kopfschütteln, packte seinen elektronischen Plunder in die Tasche und wartete auf das Zeichen seiner Kommandantin, wachsam und geduldig, ein in die Jahre gekommener, todbringender Pfadfinder, immer noch allzeit bereit.

Sie hielt sich nicht mit langwierigen Präliminarien auf. Mit einer Bewegung, die zu schnell für das menschliche Auge war, zog sie die Waffe und schlich mit ihrem Raubkatzengang aus dem Zimmer. Sie hielt eine neuartige Glock in einem mir unbekannten Kaliber in den Händen. Einem großen Kaliber. Ich hoffte für unser aller Trommelfelle, dass es heute nicht zum

Einsatz kommen würde. Ihr Partner folgte ihr geduckt, seine schallgedämpfte Pistole im beidhändigen Combatanschlag vor der Brust, ganz nach dem Lehrbuch für Häuserkampf.

Wir liefen einen dämmrigen Gang entlang, die Schritte gedämpft durch einen Teppich, und hielten vor einer verschlossenen Tür. Emma baute sich davor auf, nickte ihrem Kollegen zu und trat dann mit solcher Wucht auf den runden Messingknauf, dass Holz splitterte und die misshandelte Tür mit einem lauten Krachen nach innen flog. Mit zwei Schritten war sie drinnen und kontrollierte vom rechten Eck aus das ganze Zimmer, während der Maître im Türrahmen Position bezog. Ich schlüpfte an ihm vorbei und drückte mich die linke Wand entlang, möglichst weit aus der Schusslinie. Ich überflog den Raum mit einem schnellen Kontrollblick und entschied, dass meine Alliierten alles im Griff hatten. Das sollte sich als Irrtum erweisen.

Das Zimmer enthielt nicht mehr als einen quadratischen Tisch in der Mitte, vier Sessel an jeder Kante und ein Feldbett im rechten hinteren Eck, das Schwarzmantel als Liegestatt diente. An der rechten Wand war ein Waschtisch montiert, und links hinten ragte eine alte graue Couch in den Raum. Darauf hockte Anna, zusammengesunken und stumm; sie blickte nicht einmal auf, als wir eintraten. Neben ihr saß Kurienbischof Jakob Roder mit übereinandergeschlagenen Beinen, heute in Priesterzivil, das nur durch den weißen Kollar im ansonsten rabenschwarzen Outfit seine Profession verriet. Er befand sich in leisem Gespräch mit einem schlanken Mann, den ich als Majstorović wiedererkannte. Beide sprangen auf, als die Tür aufflog.

»Alles hoch und die Hände über den Kopf«, bellte Emma. »Und dann bewegt sich niemand mehr.« Haltung und Stimme strahlten eine arrogante Autorität aus, die alle Anwesenden dazu brachte, schleunigst ihren Befehlen nachzukommen. Vielleicht lag es aber auch nur an der großkalibrigen Waffe in ihren Händen, die, ohne auf jemand Bestimmten gerichtet zu sein, doch eine bedrohliche Präsenz im Zimmer verbreitete.

»Ihr habt nicht die leiseste Chance«, sagte Majstorović.

Er wurde sofort von Emma unterbrochen. »Halt's Maul«, zischte sie. »Herr Bischof, Sie haben nichts von uns zu befürchten. Setzen Sie sich und verhalten Sie sich ruhig.«

Während Roder tat, was sie von ihm verlangte, behielt sie Schwarzmantel Rudolf Krass im Visier, der sich nach zwei missglückten Versuchen stöhnend aufrichtete. Seine Augen glänzten fiebrig, Haare und Augenbrauen waren versengt, Hände und Unterarme bis über die Ellenbogen verbunden. Er lallte etwas Unverständliches. Der Maître schoss ihm zweimal in die Brust. Krass sank langsam aufs Bett zurück.

»He«, sagte ich, »er hat doch gar nicht –«

Der Maître traf Majstorović knapp oberhalb der Nasenwurzel. Er drehte sich zu zwei Drittel um seine Achse und brach zu Füßen des Bischofs auf dem Parkett zusammen. Und dann geriet alles außer Kontrolle.

Ein Brüllen ertönte hinter uns, dann wurde der Maître aus dem Türrahmen nach innen katapultiert, prallte gegen den Tisch und versuchte, sein Gleichgewicht wiederzufinden, während Bananentasche mit wutverzerrtem Gesicht und einem Springmesser auf ihn losging. »Die Schweine haben Mirko umgelegt«, schrie er und erwischte den Maître mit der Klinge links an der Taille. Dann erstarrte er. Er blickte direkt in den Lauf von Emmas Pistole. Bananentasche zog sich langsam vage in Richtung Feldbett zurück, stolperte über einen Sessel und kroch, während seine panisch flackernden Augen zwischen Emma und dem Maître hin- und herirrten, wieder auf den Tisch zu. Vielleicht wollte er darunter Schutz suchen, vielleicht auch nur den Blicken seiner Henker entkommen – sicher wusste er in den letzten Sekunden seines Lebens, dass alles, was er jetzt tat, sinnlos war. Wieder ploppte das dezente Mordwerkzeug zweimal. Und während Bananentasche mit einem letzten Würgen in den Schlägerhimmel einging und sich in den ätzenden Geruch von Angstschweiß und Kordit der Beizegestank seiner Exkremente mischte, als im Sterben sein Schließmuskel versagte, rief eine fremde, kalte Stimme: »Waffen fallen lassen. Und dann langsam auf die Knie.«

Roder war aufgestanden. Er hielt einen kurzläufigen Revolver in der Rechten und zielte gelassen auf die beiden Mörder, die mit leeren Augen und versteinerten Gesichtern vor ihm knieten. Anna saß in unveränderter Haltung auf ihrem Platz am anderen Ende der Couch, die Augen geweitet und starr auf einen Punkt gerichtet, der jenseits von Mord und Blutvergießen lag, jenseits dieser Spirale aus Hass und Gewalttätigkeit, in der ihr Leben gefangen war und aus der sie nie wieder entrinnen würde. Ihr Gesicht war bleich, reglos und krankhaft kindlich. Sie hatte beide Hände an die Wangen gelegt, die Fingerspitzen an den Ohrläppchen, als hätte sie auf halbem Weg die Kraft verlassen, ihre Ohren vor der Stimme des Ungeheuers zu verschließen, das Schmerz und Krankheit in ihr Leben getragen hatte.

Meine rechte Hand brauchte eine Stunde, um den Pistolengriff zu finden, und eine weitere, um die Beretta in Schusslinie zu bringen, ein erwachtes, lebendiges, zuckendes Untier, das mit seiner Feuerzunge nach Drachenblut lechzte und brüllend über die Welt hereinbrach, lauter als alles, was Menschen je gehört haben.

Roder wollte schreien, doch ein Schwall Blut aus seiner Halsarterie erstickte den Schrei im Ansatz und verwandelte ihn in ein gurgelndes Röcheln. Mit rudernden Armen torkelte er auf seine Nichte zu, während Blut aus der Halswunde in rhythmisch pulsierenden Stößen auf den Boden spritzte, auf die Couch, auf Annas Gesicht. Er kippte vornüber, stolperte über Majstorovićs Leiche und landete mit dem Gesicht auf dem Boden. Ich ging zu ihm hin, trat ihn mit dem Fuß aus dem Weg und begann, mit einem Taschentuch notdürftig Annas

Gesicht zu reinigen. Sie ließ es geschehen, ohne sich zu bewegen.

»Du Arschloch!«, keifte Emma meinen Rücken an. »Wir hätten Roder lebend gebraucht. Du hast alles versaut, alles. Und woher zum Teufel hast du die Scheißpistole?« Ich hörte ihr nicht mehr zu.

Ich nahm Anna bei der Hand und zog sie mit mir fort. Ich hatte befürchtet, sie tragen zu müssen, doch sie ging mit zaghaften, unsicheren Schritten neben mir her. Als ich bei Emma angelangt war, die noch immer neben einem sehr blassen Maître kniete und, während sie sich um seine Messerwunde kümmerte, unverdrossen weiterschimpfte, hielt ich kurz an und starrte auf sie hinunter. Irgendetwas in meinem Blick ließ sie ihre Tirade unterbrechen.

»Gehen wir«, sagte ich zu Anna und wandte mich ab.

Vor dem Haustor parkte die Limousine; Frank stand daneben und wartete.

»Wie ist es gelaufen?«, fragte er.

Ich antwortete nicht. Er wollte mithelfen, Anna in den Fond zu setzen, doch als er sie am Arm berührte, wehrte sie sich und stieß spitze Schreie aus.

»Besser, Sie greifen sie nicht an«, sagte ich, zündete mir mit zitternden Fingern eine Zigarette an und nahm mir ohne zu fragen das Handy vom Rücksitz. Ich inhalierte in tiefen Zügen, während ich Sergejs Nummer wählte. Kein Freizeichen.

»Warum funktioniert der Scheiß nicht?«, brüllte ich.

»Sie müssen null-eins vorwählen«, erklärte Frank.

Sergej klang schlaftrunken und wenig entzückt, doch als ich ihm in groben Zügen mein Anliegen geschildert hatte – Anna zu versorgen und einen Krankenhausplatz für sie zu organisieren –, stimmte er zu. Ich sagte, wir würden in der nächsten Stunde bei ihm eintreffen.

»Sie haben erreicht, was Sie sich vorgenommen haben«, sagte Frank. »Warum sind Sie wütend?«

»Und Sie lassen keine Menschen umbringen, richtig?«

Er starrte mich an, kalt. »Da muss ich wohl gelogen haben.«

»Sie hätten die Aktion mit mir oder ohne mich durchgezogen. Und das hatten Sie auch von Anfang an vor«, fuhr ich ihn an. »Aber nicht, um Anna Wysocki da rauszuholen.«

»Warum dann?« Seine Neugier wirkte aufrichtig, was mich noch wütender machte.

»Um alle Zeugen zu beseitigen. Das war ein Killerkommando, und Sie haben den Befehl dazu gegeben.«

Er zuckte die Schultern. »Das waren Mörder. Sie haben es nicht anders verdient.«

»Ja, jetzt, weil sie nicht mehr Ihre hehren Pläne exekutieren. Doch davor durften sie jahrelang die Frohe Botschaft verkünden. Und Sie hatten nichts dagegen einzuwenden. Ein Kinderschänder, ein faschistoider Massenmörder, ein Berufskiller ... Das alles wussten Sie vor langer Zeit. Und erst jetzt sind sie Mörder, die es nicht anders verdient haben?«

»Mein Chauffeur wird Sie zurück in die Stadt bringen. Ich melde mich morgen bei Ihnen. Sonst noch etwas?«

»Eins nur«, sagte ich, während ich mich neben Anna in den Wagen setzte und das Fenster per Elektroschalter herunterließ, »warum wollten Sie den Bischof lebend?«

»Können Sie sich das nicht denken? Sie sind doch sonst so fix.«

Ich warf die Wagentür zu und beugte mich zum Fenster hinaus. »Ich nehme an, um eine goldene Gans zu mästen. Er wäre Ihr Eigentum, könnte keinen Schritt mehr tun, ohne dass Sie sein Händchen halten. Und natürlich sind da noch die Schwarzgeldkonten, auf die Ihr Betrieb sicher ungern verzichten würde.«

Der Chauffeur ließ den Motor an.

»Leider muss ich Sie enttäuschen«, rief ich.

Frank kam näher heran. »Was sagen Sie?«

»Der Bischof ist tot.«

»Sind Sie verrückt?«

Ich deutete mit dem Daumen auf das Haustor. »Fragen Sie Ihre Totschläger«, sagte ich. Frank verschwand grußlos im Haus.

Zwei Minuten später fielen dicke, schwere Tropfen gegen die Windschutzscheibe. Ein warmer Regen breitete sich über der Stadt aus. Als wir ans Donauufer gelangten, ließ ich den Fahrer anhalten, stieg aus und warf die Pistole in den Fluss. Im Osten dämmerte grau ein Sonntagmorgen herauf; er versprach trist und freudlos zu werden. Glitzernd tauchte die Waffe in die Wasseroberfläche ein und verschwand. *Ave atque vale.* Ich lauschte, doch es war kein anderes Geräusch zu hören als das stete Prasseln des Regens.

Epilog

Mit Erinnerungen ist es eine seltsame Sache. Wenn ich an die Zeit nach jenen sieben Tagen im Sommer 1995 zurückdenke, bleibt das meiste davon verschwommen, grau und konturlos wie ein verregneter Nachmittag. Ich tat nicht viel, hing kraft- und lustlos herum und wartete im Übrigen auf eine Nachricht von dem Mann, der alles ins Rollen gebracht hatte. Sie kam in Form einer Postkarte, auf der »La Bodeguita del Medio« abgebildet war, jene kubanische Bar, in der Papa Hemingway sich unproduktive Zeiten mit zahllosen Mojitos vertrieben hatte. Nachdem ich die letzte Zeile der Grußbotschaft gelesen hatte – »ich hoffe, du fühlst dich so hervorragend wie ich, Tom Hrdlicka« –, stimmte ich ein homerisches Gelächter an, um mich danach wieder konzentriert meiner Depression zu widmen. Kuba war damals allerdings ein Ort, an dem der Vatikan wenig zu suchen hatte; heute sieht das bereits etwas anders aus. Tom kam zwei Wochen später pleite, aber erholt, braun gebrannt und mit einer dicken Havanna im Mundwinkel in Wien an.

Ich machte meine Aussage auf dem Kommissariat, wie das Gesetz es befahl, ohne den Vernehmungsbeamten namhafte Varianten in dieser zweiten Lesart zu bieten, und verabschiedete mich mit der Frage, ob es nicht absurd sei, dass es in Österreich wohl ein Kommissariat, jedoch keinen Kommissar gebe. Der Beamte stimmte mir zu, sagte dann aber einschränkend: »Außer Rex.«

Anna lag zu dieser Zeit vernehmungsunfähig in der Psychiatrie, unter der Obhut eines alten Kollegen von Sergej, der sein Bestes tat, um ihr den Weg in eine geschlossene Anstalt zu ersparen. Sie erholte sich nie mehr ganz von jenem blutigen Sonntag. Ihr Traum – Roders Blut trinken und gesunden – war also ein falscher Wegweiser gewesen. Vielleicht hatte sie ihn aber auch nur falsch gedeutet.

Als Alleinerbin des Vermögens ihrer Eltern ist sie finanziell abgesichert und braucht sich über schnöde Alltagssorgen nicht den Kopf zu zerbrechen. Dazu wäre sie allerdings auch nicht mehr in der Lage. Hin und wieder besuche ich sie in ihrem kleinen Garten in Sievering, und wir unterhalten uns über Dinge, die manche Menschen als belanglos abtun würden. Für mich sind sie nicht belanglos. Ich habe nicht immer den Eindruck, dass sie mich erkennt, doch sie scheint sich jedes Mal über meinen Besuch zu freuen. Im Lauf der Jahre sind meine Besuche seltener geworden, doch ich denke, dass sie nie ganz abreißen werden. Zumindest hoffe ich das. Und vielleicht – vielleicht wird man doch einmal Therapiemethoden finden, die dieser Krankheit beikommen.

Die Zeitungen überschlugen sich wieder einmal in der Darstellung des Massakers an der Donau; abstruse Theorien, Hintergrundgeschichten ohne Hintergrund, hirnrissiges Palaver – ich gab es damals sehr schnell auf, mich in die periodischen Sudelblätter zu vertiefen, umso mehr, als ich in diesen Tagen ohnehin nichts mehr von der leidigen Angelegenheit hören wollte. Zur selbst verschuldeten Verwirrung der Boulevardjournaille kam, dass Frank offensichtlich am Sonntagmorgen eine Putzbrigade hinbeordert hatte, die den schlichten Akt des Aufräumens zum Gesamtkunstwerk verkommen ließ. Die Leiche des Bischofs fand sich schließlich in seiner Wohnung wieder (»Bewaffneter Raubüberfall?«); die anderen Toten waren strategisch günstig über das ganze Haus verteilt; die Schalldämpferpistole des Maître lag in der rechten Hand von Bananentasche, der mit bürgerlichem Namen Karl Hauer hieß (kein Witz) und sichtlich das ganze Gemetzel veranstaltet hatte, bevor er sich mit zwei Kugeln ins Herz (sic) selbst richtete. Schwarzmantels Revolver fand man bei seinen sterblichen Überresten, und sage und schreibe gelang es der Wiener Kriminalpolizei, ihn als die Mordwaffe im Fall Sarah Ortbauer zu identifizieren. Vielleicht ging allerdings auch dieser Erfolg auf das Konto eines anonymen Anrufers.

Gruppeninspektor Nowotny wurde von den Ermittlungen im Fall »Anschlag auf das Donaukanal-Boot« abgezogen, worüber er, wie er mir gestand, gar nicht unglücklich war. Ich treffe ihn manchmal auf ein Bier, und dann versucht er, mich über die ganze Geschichte auszufragen. Meine Antwort darauf lautet immer gleich: Ich lasse mich vielleicht dazu herab, mit einem Kieberer Bier zu trinken, aber ihm die Wahrheit sagen? Wo bleibt da das Berufsethos? Doch ich glaube, dass es mittlerweile einfach zu einem Running Gag zwischen uns geworden ist.

Frank … Maximilian Frank wird für mich immer die am wenigsten durchschaubare Figur von allen bleiben. Er meldete sich tags darauf, und ich übergab ihm die Disketten – alle, auch das Original. Es war ein seltsames Zusammentreffen, voller Spannungen und ungeklärter Untertöne. Bevor ich ging, reichte er mir eine Visitenkarte, auf der eine Mobiltelefonnummer stand. Ich sah ihn wortlos an.

»Wenn Ihnen jemals wieder etwas über den Kopf wächst, melden Sie sich.«

»Warum?«

Er seufzte. »Machen Sie es mir nicht schwerer, als es sein muss. Ich stehe in Ihrer Schuld. Sie haben jemanden gerettet, der mir sehr, sehr nahesteht.«

»Ich habe es nicht für Ihre Tochter getan.«

Frank nickte. »Trotzdem wäre Irene ohne Sie tot.«

Irene – die Friedfertige. Weit entfernt von Emma Peel.

»Ich nehme an, sie sieht das anders«, sagte ich.

»Sie wird irgendwann einmal akzeptieren müssen, dass Roder sie ohne Zögern erschossen hätte. Bis dahin – leben Sie wohl.«

Ich steckte die Karte ein und machte mich aus dem Staub, weit weg von allem, was mit Frank und seiner Welt zu tun hatte. Ich vergaß sie über die Monate und Jahre, denn ich war sicher, dass ich niemals wieder in Franks Dunstkreis geraten würde. Das sollte sich als Irrtum erweisen. Doch das ist eine andere Geschichte.

Glossar

Austriazismen werden hier selten angeführt, in Österreich sind wir stolz auf jeden einzelnen; die wenigen Wiener Dialektausdrücke habe ich in die Gemeinsprache übertragen.

Ave atque vale – Sei gegrüßt und lebe wohl.

Bóže moj – Russisch für: Mein Gott!

Briefbomben – Von 1993 bis 1997 wurden unter dem Namen »Bajuwarische Befreiungsarmee« Brief- und Rohrbombenattentate in Österreich verübt. Schließlich verhaftete man (eher zufällig) Franz Fuchs, der seither als Einzeltäter gilt. Ohne näher ins Detail gehen zu wollen, ist die Einzeltäter-Theorie bis heute höchst umstritten.

Écrasez l'infâme – »Vernichtet das Verabscheuungswürdige!« Voltaires antiklerikaler Schlachtruf, der bis heute weltweit gegen Fanatismus und Intoleranz angewendet wird.

Einspänner – Wiener Kaffeespezialität. In einem Glas wird ein kleiner Mokka mit einer Unmenge Schlagobers überdacht.

Emma Peel – Diana Rigg war ab 1965 als so schlagkräftige wie attraktive Protagonistin in der britischen TV-Serie »The Avengers« (»Mit Schirm, Charme und Melone«) zu bewundern.

Englisches Lächeln – »... und lispeln englisch, wenn sie lügen.« Das bekannte »Faust«-Zitat ist kein Beispiel für Anglophobie, sondern ein Homonym. Englisch bedeutet hier »engelhaft«.

Feh – Österreichische Taschentuchmarke, bekannt für den omnipräsenten Werbeslogan »Oh! It's a feh!«.

Game Boy – Mobile Spielkonsole. Damit mussten sich die bedauernswerten Kinder in den Neunzigern begnügen, als das Smartphone noch nicht verfügbar war.

GOtt, HErr – Binnenmajuskel (wie etwa in PayPal oder NationalsozialistInnen), die vor allem im Barock gebräuchlich war, um den Namen GOttes NOch GrÖßer zu machen.

Habe die Schere – Kalauer aus »Habe die Ehre«, ein veralteter Ausruf des Erstaunens, der heute in Österreich fast nur mehr ironisch eingesetzt wird.

Häfenbruder – Gefängnisinsasse.

Herr Kurt – In Wien hat jeder Kaffeehausober den Vornamen Herr.

IOR – Istituto per le Opere di Religione, auch bekannt als Vatikanbank. Untersteht nicht der italienischen Bankenaufsicht (und damit auch sonst keiner).

Isle of Jura – Von 1947 bis zu seinem Tod 1950 lebte George Orwell auf der kleinen Hebrideninsel. Er schrieb dort seinen Roman »1984«.

Ite, missa est – Gehet hin in Frieden (wörtlich: Geht, sie ist gesandt): Mit dieser Formel entlässt der Priester die Gläubigen aus der Messe.

Kerzelschlicker – Frömmler.

Kieberei – Wienerisch für Polizei, vor allem Kriminalpolizei.

Kolporteur – Österreichischer Zeitungsverkäufer.

Lueger, Karl – 1897–1910 Wiener Bürgermeister der Christlich-Sozialen. Bediente mit Antisemitismus in Wort und Tat die Hassphantasien seiner vorwiegend kleinbürgerlichen Klientel. A. Hitler bewunderte ihn.

Marie – Geld.

Marienbrücke – Mazurka irrt sich. Zum einen würdigte der polnische Papst die Brücke erst bei seinem zweiten Wienbesuch 1998, zum andern gab es nie einen vergoldeten Heiligenschein.

Mellon – Elbisch für: Freund. Behauptet zumindest Gandalf.

Mock, Alois – Bis Mai 1995 österreichischer Außenminister;

war maßgeblich an der frühen Anerkennung von Kroatien und Slowenien beteiligt.

Sacklpicker – »Tütenkleber«; wienerisch für Strafgefangener.

Schickse, Goj – Nichtjüdin, Nichtjude.

Schilling – Österreichische Währung, wurde 1999 durch den Euro abgelöst. 1 Euro = 13,7 Schilling.

Summis desiderantes affectibus – Die berüchtigte »Hexenbulle«, von Heinrich Kramer verfasst, von Papst Innozenz VIII. 1484 abgesegnet. Die Bulle leitete die Hexenverfolgung in die Wege und sollte Kramers folgenreiches Machwerk »Malleus Maleficarum« alias »Der Hexenhammer« legalisieren. Tatsächlich hat sich die Kirche bereits im Jahr des HErrn 2000 offiziell fast dafür entschuldigt.

Tegetthoff, Wilhelm von – Österreichischer Seeheld (jawoll, das gibt es!), 1827–1871.

Tempus fugit – Die Zeit flieht.

Tuđman, Franjo – Präsident Kroatiens 1990–1999; machte in zahlreichen Wahlkampfreden wie auch in seinem Werk »Irrwege der Geschichtswirklichkeit« gern mit antisemitischen Plattitüden von sich reden.

VÖEST – Österreichische Stahlwerke; seit 1995 voestalpine AG.

Waschzettel – Kurzinformationen, die Verlage vor Erscheinen eines Buches an Buchhändler und Rezensenten verschicken; oft auch ein (nicht ganz korrektes) Synonym für Klappentext.

Wickl – Ärger, Streit.

W.I.E.H. – Wahrscheinlich »Wie Ich Euch Hasse«.

Wojtyła, Karol Józef – 1978–2005 Papst Johannes Paul II.

Zeit im Bild – Tatsächlich gab es erst 1998 mit der »Zeit im Bild 3« eine Mitternachtsausgabe der ORF-Fernsehnachrichten. Mazurkas Erinnerung beschert uns da einen Anachronismus.

Danksagung

Alles begann mit einem Kardinal. Am 27.3.1995 erschien das Magazin »profil« mit dem Cover: »Der Fall Groër«. In der Titelgeschichte wurde der österreichische Kardinal des Missbrauchs von Minderjährigen angeklagt. Ein Tabubruch, der nicht nur die Kirche, sondern auch die Zivilgesellschaft erschütterte. Drei Jahre später sprachen vier Bischöfe den Kardinal schuldig. Vor Gericht musste sich Groër nie verantworten.

Hubertus Czernin †, Herbert Lackner, Josef Votzi: Ohne ihren Mut, diesen Artikel zu veröffentlichen, wäre die Welt nach fünfundzwanzig Jahren eine andere. Denn was sie damals erkämpften, wirkt machtvoll nach – auch innerhalb der kirchlichen Mauern sind Kinderschänder nicht mehr sicher.

Karlheinz Deschner †, der mir Mut machte, ein so schwieriges Thema zu verfolgen.

Dem Theologen, Publizisten und suspendierten Priester Adolf Holl † danke ich für die Aufklärung über einige vatikanische Bräuche & Gegebenheiten.

Einem burgenländischen Priester und einem Abt gilt mein Dank; dass sie namentlich nicht genannt werden wollen, haben beide zu Beginn der Interviews festgelegt.

Dem gelehrten Buchhändler Kurt Lhotzky, mit dem ich in vielen Kaffeehäusern den Plot besprochen habe.

Meinem Freund Michael Schnepf, Herausgeber des Magazins »Buchkultur«. Sein Engagement hat letztlich dazu geführt, dass der Roman bei Emons erscheint.

Meinem Verleger Hejo Emons – ohne ihn wäre der Roman im Internet gelandet; zwei Wochen bevor das geschah, fand sich ein Brief auf meinem Schreibtisch. Vielen Dank!

Für den Verlag danke ich pro toto Hannah Naumann und Sophie Olk vom Lektorat für die gute Zusammenarbeit.

Großer Dank gebührt meinem Lektor Carlos Westerkamp, der auch noch die am besten verborgenen Unstimmigkeiten ans Licht und zur Sprache gebracht hat.

Meinem Freund Tommy Lehmann und meiner Frau Birgit Schwaner danke ich, denn sie haben mich mit geladenen Schrotflinten dazu genötigt, dieses langjährige Projekt endlich abzuschließen.